# Donde habitan las Sirenas

# María Martínez

# Donde habitan las sirenas

CROSS BOOKS

Obra editada en colaboración con Editorial Planeta – España

© del texto: María Martínez
Ilustración de portada: @ Shutterstock/ Ann in the uk.
Lettering: @ Joan Quirós

Canciones del interior:
Pág. 9: *There for you* © Emi April Music Inc., Universal Tunes, Universal Music Publishing B.v., Artist 101 Publishing Group, Bob Ochoa's Homemade Salsa, Universal Music Publishing Bv, Mr Buck Lucky, Bump Into Genius Music, Let Me In, Songs By Cook Classic, 2017. Compuesta por Jessie Thomas, Martijn Garritsen, Ben Burgess, Troye Sivan, Brett Leland Mclaughlin, e interpretada por Martin Garrix y Troye Sivan.

Págs. 262: *You Belong With Me* © Warner-tamerlane Publishing Corp., Sony/atv Tree Publishing, Taylor Swift Music, Orbison Music Llc, 2008. Compuesta por Taylor Swift y Liz Rose e interpretada por Taylor Swift. El papel de este libro procede de bosques gestionados de forma sostenible y de fuentes controladas.


Bajo el sello editorial CROSSBOOKS M.R.
Avenida Presidente Masaryk núm. 111,
Piso 2, Polanco V Sección, Miguel Hidalgo
C.P. 11560, Ciudad de México
www.planetadelibros.com.mx

Primera edición impresa en España: noviembre de 2025
ISBN: 978-84-08-30860-7

Primera edición impresa en México: noviembre de 2025
Segunda reimpresión en México: junio de 2026
ISBN: 978-607-39-3620-0



Impreso en los talleres de Corporación en Servicios Integrales de Asesoría Profesional S.A. de C.V.
Calle E No. 6, Parque Industrial Puebla 2000, C.P. 72225, Puebla, México.
Impreso en México – *Printed in Mexico*

*Para mi padre, que me enseñó que soltar es un acto de amor. De amor propio.*

«De modo que ella, sentada con los ojos cerrados, casi se creía en el país de las maravillas, aunque sabía que solo tenía que abrirlos para que todo se transformara en obtusa realidad».

Alicia en el País de las Maravillas

*But I can't do this alone*
*Sometimes I just need a light*
*If I call you on the phone*
*Need you on the other side*
*So when your tears roll down your pillow like a river*
*I'll be there for you*
*When you're screaming, but they only hear you whisper*
*I'll be loud for you*
*I got you, I promise*
*But let me be honest*
*Love is a road that goes both ways*

MARTIN GARRIX (*feat* TROYE SIVAN)

# Prólogo

Crecí pensando que mi madre era un hada. Un hada como las que aparecen en los cuentos. Una goja, como solía llamarla mi bisabuela desde el mismo instante en que vio sus ojos de color esmeralda iluminados por el resplandor de su primer amanecer y notó su fascinación por el agua.

Esbelta como una espiga, su piel era tan pálida y fina que parecía traslúcida. Tenía una larga melena rubia, clara y brillante como los rayos del sol, que solía decorar con diademas que trenzaba ella misma con flores que recogía del jardín. Siempre iba descalza y le gustaba usar vestidos amplios, bajo los que su figura apenas se distinguía corpórea.

Mi madre no solo era hermosa, también era especial. Única.

Siempre vivió en un mundo muy distinto al de los demás, en el que la línea entre la realidad y su imaginación era tan fina y estrecha que iba de una a otra de un solo salto. Un mundo mágico al que se escabullía cada vez con más frecuencia, lleno de magia, aventuras y criaturas por descubrir. Su propio «país de las maravillas», en el que siempre era primavera.

Su carácter peculiar hizo que de niña apenas tuviera amigos. Amigos de carne y hueso. Era la chica rara, la diferente, la incomprendida. La que hablaba con las flores, los animales y otros niños que nadie más podía ver. Nunca le importó, al contrario. Prefería mantenerse al margen del resto. Era feliz moviéndose entre bambalinas. Siempre a salvo, arropada por una familia que la adoraba y la sobreprotegía.

Creció y se enamoró a primera vista de un chico forastero, que le entregó su corazón y la amó con locura desde el momento en que sus miradas tropezaron una noche de San Juan. Tuvieron dos hijas. Primero nació Laura, mi hermana, y un año más tarde vine yo al mundo.

Crecimos felices en una casa tan grande como un castillo y un jardín encantado repleto de mariposas sobre un acantilado, al norte de una isla casi desconocida en medio del mar Mediterráneo. Sin embargo, no existe nada que permanezca inalterable en el tiempo, y con el paso de los años nuestra felicidad se fue transformando en otras emociones muy distintas y difíciles de describir. Sentimientos reprimidos y secretos guardados que pesaban demasiado.

Mamá dejó de ser un hada y poco a poco se fue convirtiendo en un ser siniestro que daba miedo. Su mundo mágico se llenó de oscuridad y peligros. Sus abrazos se volvieron dolorosos y sus palabras, confusas.

—No se lo tengas en cuenta, Lucía, mamá está enferma y a veces no sabe muy bien lo que hace —solía decirme mi abuela para justificar su extraño comportamiento.

Y tenía razón, mamá no estaba bien. Tenía una enfermedad llamada esquizofrenia, que me costó mucho entender. Una enfermedad que la familia no supo afrontar de la manera correcta y sobre la que corrió un tupido velo para ocultarla como si fuese así de fácil hacerla desaparecer.

—Y si está enferma, ¿por qué no vuelve al hospital y toma su medicación? —pregunté una mañana después de que mamá me hubiera encerrado sin luz en la despensa durante otro de sus brotes.

La abuela me puso un vaso de leche caliente en las manos y me acarició la mejilla para secar una lágrima perdida. Bebí un sorbo, que por unos segundos alivió el dolor de mi garganta irritada tras gritar pidiendo ayuda una eternidad.

—En ese hospital, lo único que hacen es atiborrarla a pastillas que apagan su luz y la convierten en un ser sin vida que se limita a respirar. No queremos eso para ella, ¿verdad? —me preguntó.

Negué con un gesto. Solo la visité una vez mientras estuvo ingresada en el hospital psiquiátrico, tras un incidente en mi colegio en el que apareció una mañana buscándome completamente ida, y no me gustó verla en ese estado catatónico en el que la mantenían. Sin embargo, esas semanas en casa sin ella fueron las más felices que tuve en mucho tiempo, y esa emoción me hacía sentir una persona horrible.

—No —susurré.

—Nosotros podemos cuidar de ella. Lo único que necesita es el amor y la comprensión de su familia.

—Sí.

Me dedicó una sonrisa y salió al jardín, llevándose consigo uno de los cestos de mimbre que había junto a la puerta. Me sequé el sudor de las manos en el pantalón y levanté mi mochila del suelo. Saqué el libro de inglés, lo abrí sobre la mesa y comencé a estudiar. Al día siguiente tenía un examen y probablemente suspendería.

Era un esfuerzo inútil.

El instituto se había transformado en un lugar infernal para mí. Odiaba ir. No tenía amigos, Laura fingía no conocerme fuera de casa y los rumores que se habían ido extendiendo sobre mi madre me convirtieron en un blanco fácil del que todos se burlaban y reían.

«Chiflada, lunática, loca, rarita...». Lo escribían en las paredes y me lo gritaban a la cara. Después vinieron los empujones, los insultos y la intimidación. Yo agachaba la cabeza y me tragaba el llanto. Apenas podía soportarlo y escapar de todo aquello fue un anhelo doloroso.

Entonces, llegó él. Rubén.

¿Alguna vez has conocido a alguien y has sentido que esa persona iba a ser importante para ti? Instintivamente. Un estremecimiento que te hace mirarla dos veces y reconocerla, como si hubiera estado ahí siempre, esperándote.

Recuerdo la primera vez que lo vi. Era el segundo sábado de agosto y mi abuela nos había llevado a Laura y a mí al mercadillo ambulante que se instalaba todos los fines de semana en el paseo marítimo, donde solía comprar frutas, verduras y otros productos frescos.

Nada más llegar, nos dirigimos a la churrería, que se encontraba en un extremo del paseo. Laura había quedado en ese lugar con Carlota, su mejor amiga. La abuela nos compró chocolate y churros, y nos pidió que la esperásemos allí mientras ella recorría los puestos del mercado. Ocupamos una mesa libre en la terraza, bajo uno de los parasoles. Laura y Carlota comenzaron a hablar de sus cosas, y yo me dediqué a observar a la gente que iba de un lado a otro.

El sol brillaba con fuerza en el cielo azul y el aroma salado del mar invadía mis pulmones mientras una brisa cálida sacudía los mechones sueltos de mi coleta. A lo lejos, los mástiles de los veleros amarrados en el puerto deportivo se mecían como un bosque de juncos. Cerré los ojos, un poco aletargada por el calor y el espeso chocolate que mi estómago trataba de digerir.

Al abrirlos, vi un monovolumen blanco aparcando en nuestro lado de la calle, en un hueco entre dos coches que acababa de quedar libre. La mujer que conducía bajó primero, rodeó el vehículo y deslizó la puerta trasera hacia atrás hasta abrirla del todo. Dos chicos saltaron a la acera. Primero uno y luego el otro. Por un momento, pensé que veía mal. Cerré los ojos y volví a abrirlos.

Parpadeé asombrada al darme cuenta de que eran idénticos. Tan iguales que resultaba inquietante. Copias perfectas solo en apariencia, porque con el tiempo pude comprobar que eran completamente diferentes.

—¿Y esos quiénes son? —saltó Laura al percatarse de su presencia.

Carlota estiró el cuello y echó un vistazo por encima de sus gafas de sol.

—Son los nietos de Eloy Vinent —respondió.

—¿Quién?

—El dueño de la bodega en la que trabaja mi padre.

—¿Son gemelos?

—Como dos gotas de agua.

—¿Los conoces? —continuó interrogándola.

—No, solo sé que llegaron hace un par de semanas con sus padres y van a quedarse en el pueblo. Antes vivían en Londres, donde su padre trabajaba como escultor y su madre era profesora de español. Parece que las cosas no les iban muy bien allí y decidieron regresar. Tienen catorce años, como Lucía. Uno se llama Román y el otro Rubén, aunque no sé quién es quién. Aún no logro distinguirlos. Lo que sí sé es que Rubén no habla, pero no estoy segura de la razón.

—¿Qué quieres decir con que no habla? —pregunté intrigada.

—Pues eso, que no habla. Es mudo. Unos dicen que nació con un problema físico que se lo impide y otros, que tuvo una lesión durante el parto. O puede que no quiera sin más, ¿quién sabe? El caso es que no dice ni una palabra y si le sumas que es un poco rarito...

Hice una mueca de disgusto al oír ese último comentario.

—¿Y tú cómo sabes todo eso? —se interesó Laura.

—Mi madre lleva años limpiando la masía que sus abuelos tienen a las afueras. También otra casa que compraron aquí no hace mucho, en el pueblo. Una con vidrieras de colores en las ventanas. Mientras trabaja, suele oír cosas.

Laura asintió interesada.

—¿Qué tipo de cosas? ¿Cosas turbias? —sonsacó.

—¡Y yo qué sé!

Mi hermana le lanzó un trozo de churro a la cara.

—Entonces, ¿van a ir a nuestro instituto cuando comiencen las clases o eso tampoco lo sabes?

—Román sí. A Rubén lo han matriculado en otro centro. Imagino que uno para gente como él.

—¿Como él? —salté, molesta por el tonito desdeñoso que había utilizado.

Los ojos de Carlota se convirtieron en dos rendijas al mirarme.

—Bueno, normal normal no es, y no lo digo como algo malo.

—Pues lo parece.

—Me refiero a que es un chico con necesidades especiales —remarcó Carlota, sin un ápice de paciencia. No era ningún secreto que solo me soportaba por mi hermana.

—Antes has dicho que era rarito —insistí.

—No tanto como tú. —Me dedicó una sonrisita mordaz.

Abrí la boca para replicar, pero mi hermana me fulminó con la mirada. Apreté los labios, frené mis palabras y les di la espalda con un nudo en la garganta. No importaba si yo tenía razón o no, Laura siempre actuaba en mi contra. Dejaba que cualquiera me pisoteara, si con ello conseguía la aprobación que con tanta desesperación parecía necesitar, hasta el punto de ningunear a su propia hermana.

Decepcionada y dolida, parpadeé para deshacerme del velo húmedo que emborronaba mi vista.

Observé a la familia recién llegada y me fijé con más atención en los gemelos. Eran muy rubios, con la piel pálida y los ojos... A esa distancia no estaba muy segura. Entorné los párpados. Por más que buscaba, no lograba encontrar diferencias entre ellos. Misma estatura. Mismo corte de pelo. Misma ropa. Probablemente tendrían algún rasgo propio que los distinguiera, como un lunar o una mancha de nacimiento. Si no, menuda locura.

Mientras divagaba entre mis pensamientos, uno de los gemelos comenzó a mover los labios y, al mismo tiempo, con una mano tiraba del brazo de su madre y con la otra señalaba la playa. Su voz rogando ir a la tienda de deportes llegó a mis oídos alta y clara.

Si Carlota estaba en lo cierto, ese debía de ser Román.

Miré al otro niño. Permanecía inmóvil, con la mirada perdida en el cielo, ajeno a todo lo que sucedía a su alrededor. Bajó la cabeza y sus ojos inexpresivos se cruzaron durante un segundo con los míos. Una sensación extraña me apretó el estómago, como una conexión. Una fuerte empatía hacia alguien que no conocía.

Él era distinto y yo me había sentido de ese modo toda mi vida.

Él no podía hablar y a mí el mundo me obligaba a guardar silencio.

Silencio sobre lo que no me gustaba. Lo que me hacía sufrir.

Silencio ante lo que necesitaba. Todas las carencias que aplastaban mi corazón y la vergüenza que me ahogaba desde dentro.

Callando las humillaciones que recibía en la escuela y los secretos que debían permanecer en casa, porque era lo mejor para todos; salvo para mí, pero ese matiz no parecía importarle a nadie.

Ese fuerte sentimiento hizo que fantaseara con la posibilidad de aproximarme a Rubén y conocerlo. De que pudiese convertirse en mi amigo. De tener a mi lado a alguien que podría entenderme; y me convencí a mí misma de que él lo haría.

Después de aquel día, comencé a escaparme de casa en cuanto tenía la menor ocasión. Paseaba por el pueblo con la esperanza de encontrarme con él y, si finalmente reunía el valor, acercarme y pedirle que fuese mi amigo. No tuve la oportunidad. Los días pasaron, agosto llegó a su fin y no lo vi ni una sola vez. Tampoco a su gemelo. Era como si la tierra se los hubiera tragado.

A mediados de septiembre, no me quedó más remedio que volver al instituto.

Desde el mismo instante en que crucé las puertas del centro, supe que, si el curso anterior había sido terrorífico para mí, este lo sería aún más. No era un presentimiento, solo la constatación de una realidad que no dejaba de repetirse y que ya duraba demasiado.

Miradas de desprecio. Insultos escondidos en toses. Crueles provocaciones que buscaban una respuesta. Clavé los ojos en el suelo y recorrí el pasillo con toda la indiferencia que pude aparentar.

Iba a entrar en clase cuando alguien me empujó por la espalda.

—Aparta de mi camino, retrasada —me espetó Marina.

Me golpeó tan fuerte que caí al suelo y la botella de agua que llevaba en el bolsillo de mi mochila salió rodando hasta perderse bajo una silla de la primera fila. Muerta de vergüenza, me levanté sin apartar la vista de mis pies. Una mano apareció bajo mi barbilla y vi que sostenía mi botella.

—Se te ha caído —dijo una voz.

Alcé la cabeza y me tragué el nudo que tenía en la garganta al reconocer a Román.

No pude evitar fijarme en sus ojos, eran de un color avellana muy claro. Nunca había visto un color como ese, y me pregunté si los de Rubén serían iguales.

Susurré un «gracias» y me alejé a toda prisa en busca de un lugar donde sentarme que estuviera lo más lejos posible de Marina y sus amigas. Esa fue la primera y única vez que hablé con él.

Pronto me percaté de que Román no era muy sociable y prefería estar solo. Por otro lado, era bastante arrogante y presuntuoso. Tenía una actitud de indolente superioridad que frustraba a los profesores sin necesidad de abrir la boca. No se preocupaba por encajar en ninguno de los grupos, ni siquiera lo intentaba. Pasaba de todo y de todos. Hasta que conoció a Hugo, un chico un año mayor con fama de rebelde y al que solo le importaba el surf.

Se hicieron inseparables.

Mientras tanto, yo aún fantaseaba con la idea de conocer a su hermano. Lo idealicé. En mis sueños llegó a ser alguien especial que, con una simple sonrisa, conseguía que no me sintiera tan sola. Ni tan triste. Ilusiones y sueños que un día dejaron de serlo porque, cuando ya me había rendido, nuestros caminos se cruzaron por pura casualidad.

Era un viernes y las clases habían finalizado hacía ya un buen rato. Sin embargo, yo aún continuaba escondida en el baño de las chicas. Por más que intentaba ser valiente y convencerme a mí misma para salir y enfrentarme a Marina y sus insultos, no podía. El miedo es un ser muy persuasivo que me llevaba a hacer cosas extrañas y esa chica había logrado que mi existencia se convirtiera en un cúmulo de ansiedad, pesadillas y sobresaltos.

Unos golpes en la puerta hicieron que contuviera la respiración.

—Puedes salir, ya se han ido —dijo una voz conocida.

Me colgué la mochila y salí del baño. En el pasillo me esperaba Diego, el conserje, con un manojo de llaves en su mano. Casi todos los días se repetía la misma escena. Sonaba el timbre y yo corría a esconderme en el baño más alejado, antes de que los pasillos se llenaran de gente. Pasado un tiempo, cuando las voces, las risas y los gritos desaparecían, las luces se apagaban y el silencio ocupaba hasta el último rincón, él venía a mi encuentro.

Diego era una de las pocas personas que se preocupaban por mí y, a su manera, intentaba protegerme del acoso que sufría.

—Lo siento, siempre cierra tarde por mi culpa —dije en voz baja.

—No pasa nada —respondió con una pequeña sonrisa—. ¿Quieres que te acompañe? Solo por si acaso.

Lo miré a los ojos y vi que su ofrecimiento era sincero. Me escoltaría hasta casa si se lo pedía, pero ya hacía demasiado por mí. Negué con la cabeza y le dediqué la sonrisa más serena que pude adoptar.

—Hasta el lunes —me despedí.

Pasé por su lado para dirigirme a la salida.

—Podría denunciarlo por ti —dijo Diego a mi espalda.

Lo observé de reojo y me encogí de hombros.

—No serviría de nada y se metería en problemas. No importa las veces que me queje o lo denuncie, ellas dirán que solo se trataba de una broma o que fue un accidente, me pedirán perdón y el instituto lo dejará correr, como siempre. Después se vengarán siendo más crueles conmigo. Mejor dejar las cosas como están.

—No es nada justo para ti.

—Solo debo aguantar un par de años. Haré el bachillerato en un colegio privado y allí todo será diferente.

Diego hizo una mueca de disgusto, pero no dijo nada más. Levantó la mano a modo de despedida y yo respondí a su gesto. Luego me encaminé a casa con paso rápido y una fuerte desazón en el pecho. Mirando con insistencia a mi alrededor para asegurarme de que nadie me esperaba en una esquina o me seguía.

A medida que mis pasos recorrían las calles adoquinadas y la brisa marina que fluía a través de ellas refrescaba mi rostro, mi corazón se fue tranquilizando. Me quité la cazadora vaquera y me la anudé a la cintura. Ya estábamos a mediados de octubre, pero durante el día el sol calentaba como si fuese verano y hacía calor.

Al cruzar la plaza de la ermita, vi a Román sentado en un banco. Cabizbajo, lanzaba piedras a una botella de plástico, tratando de derribarla. Me sorprendió que estuviera allí, ya que llevaba un par de días sin ir a clase porque se suponía que estaba enfermo. También me llamó la atención su ropa, muy diferente a la que solía vestir.

De repente, se puso de pie, agarró la botella y echó a andar con paso rápido. Desapareció de mi vista al doblar la esquina. Rodeé el banco y descubrí una mochila azul tirada en el suelo. La levanté, mientras recordaba que la suya era roja. El corazón me dio un vuelco al leer la etiqueta que colgaba de una de las cremalleras: Rubén Vinent.

Comenzaron a temblarme las piernas y mis latidos se aceleraron.

¡Lo había encontrado!

Ni siquiera pensé en lo que hacía cuando eché a correr tras él. Doblé la esquina y me metí en una calle desierta. La casa de su familia, la que tenía las vidrieras de colores, no estaba muy lejos, así que supuse que se dirigía allí. Continué corriendo, sin hacer caso a mis pensamientos atropellados: «Estás actuando como una acosadora. Pensará que eres rara si lo abordas así. ¿De verdad vas a hacer esto?».

De pronto, lo distinguí a lo lejos.

—¡Eh, espera! —grité—. Espera un momento. ¡Eh, perdona! ¡Oye!

Se detuvo y giró sobre los talones al tiempo que se quitaba los auriculares con cable que colgaban de sus orejas. Sus ojos se abrieron mucho cuando me paré frente a él, resollando sin aliento. Le tendí la mochila con el brazo estirado.

—Toma, la has olvidado en la plaza —le dije con una enorme sonrisa que era incapaz de contener.

Me miró fijamente. En su rostro, el desconcierto y la curiosidad luchaban por ocupar un lugar. Infló el pecho y tomó la mochila. Lo contemplé ansiosa, con mil sentimientos que rebotaban unos contra otros acelerando mi pulso hasta marearme. Apreté los puños a los costados y tragué saliva.

Era ahora o nunca.

—Eres Rubén, ¿verdad? —me lancé. Arrugó la frente y sus ojos avellana recorrieron mi cara con una expresión que no pude interpretar—. Sé que eres tú porque lo pone en tu mochila y porque... ya había oído hablar de ti antes. No por nada malo, no te preocupes —me apresuré a aclarar—. Este es un pueblo pequeño y todo el mundo habla de todos, no se puede evitar. Por cierto, yo soy Lucía, Lucía Serra. Tu hermano va a mi clase, aunque no creas que nos conocemos. Nunca he hablado con él. Ni él conmigo, la verdad. Si lo pienso, en el instituto ninguno de los dos hablamos mucho con otras personas. A mí no se me da muy bien conversar con la gente, ¿sabes? —Una sonrisa burlona se insinuó en sus labios, como diciendo «¡No me digas!», y yo hice una mueca en respuesta—. Bueno, viéndome ahora sé que no lo parece, pero cuando me pongo nerviosa comienzo a cotorrear y no sé cómo parar. Mi cabeza dice «cállate, cállate...», y mi boca hace justo lo contrario. ¿Entiendes a lo que me refiero? —Él negó con un gesto—. ¡Qué tonta, ¿cómo lo ibas a saber?! Tú no puedes hablar. —Cerré la boca de golpe y mi voz se apagó por fin.

Muerta de vergüenza, miré a Rubén a los ojos.

—Lo siento. A veces digo las cosas sin pensar en cómo van a sonar. No creas que me burlaba de ti. Jamás haría algo así, te lo juro.

Él me observaba con la cabeza inclinada, serio, y yo me mordí la lengua para no decir ninguna otra estupidez. Me odié en ese momento por ser tan descuidada. Nada iba a superar nunca ese nivel de torpeza.

Poco a poco, las comisuras de sus labios se elevaron. Se encogió de hombros y sacudió la cabeza como si le quitara importancia a lo que acababa de ocurrir. Sentí un alivio inmediato.

Sonreí y alcé las manos en señal de rendición.

—Menuda primera impresión —me lamenté.

Su sonrisa se hizo más amplia y dulcificó su mirada. Noté que el suelo se movía bajo mis pies, de repente consciente de lo guapo que era a esa distancia. Le sentaba bien sonreír, y también esa expresión amable a la que yo no estaba acostumbrada. Imagino que ese simple motivo bastó para que mi cerebro cortocircuitara y mi lengua se desatara de nuevo sin ningún freno.

—De verdad que no soy tan rara como parezco. Aunque si preguntas por ahí, te dirán justo lo contrario. Bueno, te dirán muchas cosas, pero ninguna es cierta. O casi ninguna. Aquí la gente suele hablar mucho sobre lo que no sabe, prefiere exagerar o inventarse las cosas a quedarse callada, sin pararse a pensar en las consecuencias y que siempre las sufre quien menos culpa tiene. O quizá ya has oído todas esas cosas que dicen sobre mí y creas que son ciertas. ¡Y no lo son, te lo aseguro! —declaré vehemente. Me faltaba el aliento y tomé aire por la nariz. Él frunció el ceño sin dejar de mirarme. Podía ver su confusión por mis palabras. Yo también estaba confundida, ya que sabía lo que quería pedirle y no entendía por qué me costaba tanto decirlo sin más—. En fin, que no soy tan rara como parezco y si algún día estás aburrido y te apetece salir un rato, podríamos quedar y... No sé... ir a tomar un helado, dar un paseo o ver una película. O podemos no hacer nada y tan solo sentarnos en cualquier sitio a conversar. Por supuesto, cada uno haría la parte que mejor se le da: yo hablaría y tú escucharías. Eres muy bueno en eso —bromeé mientras le guiñaba un ojo.

Rubén sacudió la cabeza y una gran sonrisa iluminó su cara. Noté que todo en mi interior se encogía y terminé de lanzarme al vacío. No tenía nada que perder.

Saqué el bolígrafo que llevaba en el bolsillo y me acerqué a él. Sin ningún asomo de duda, tomé su mano y escribí en su muñeca mi número de teléfono móvil. Hacía unos meses que mi padre nos había regalado uno a Laura y otro a mí, después de que a mamá le diera por arrancar los cables del teléfono fijo que teníamos en casa, convencida de que las personas que nos llamaban y sus voces no eran humanas, sino fantasmas y seres demoníacos que intentaban engañarnos y lastimarnos.

Rubén miró su brazo y luego a mí, sorprendido.

—Ese es mi número de teléfono. Si te apetece que seamos amigos, envíame un mensaje, ¿vale? —Le sonreí como si acabara de ganar un premio—. Me encantaría que lo hicieras.

Di un paso atrás y dejé escapar un suspiro entrecortado.

No podía creerlo, lo había hecho. Había dado el paso.

En realidad, fue mucho más que un paso, lo había atropellado como un coche sin frenos a toda velocidad. De pronto, toda mi valentía se esfumó. Mi mente se llenó de pensamientos negativos y un montón de «¿Y si...?». ¿Y si Rubén me malinterpretaba y pensaba que estaba ligando con él? ¿Y si se tomaba mi propuesta como algo más de lo que realmente era y veía segundas intenciones donde no las había?

Un fuerte sentimiento de vergüenza comenzó a devorarme e hice lo que cualquiera en mi lugar habría hecho: di media vuelta y salí corriendo de la forma más cobarde que nadie podría imaginar.

Esa noche no logré dormir. Mi mente no dejaba de darle vueltas a lo ocurrido, repasando una y otra vez mis palabras. Analizando hasta el más mínimo gesto y las reacciones de Rubén. A ratos me convencía a mí misma de que no tenía nada de qué preocuparme y cerraba los ojos en paz, para un instante después abrirlos de golpe con un nuevo ataque de ansiedad y la necesidad de huir a otro país, donde nadie me conociera.

El fin de semana quedó atrás y el lunes regresé a clase con la amarga decepción de no haber recibido ningún mensaje. Sin embargo, en mi interior aún titilaba una pequeña llama que se negaba a extinguirse. O quizá solo fuese mi propio deseo de que ocurriera, pero allí estaba esa chispa de ilusión que me hacía mirar mi teléfono a cada rato.

Los días pasaron y, cuando llegó un nuevo fin de semana, mi esperanza se había diluido por completo en un mar de inseguridades y preguntas. ¿Por qué no quiere ser mi amigo? ¿No soy lo suficientemente simpática? ¿Tan poco interesante me considera? ¿No me ve lo bastante guapa? ¿Qué tengo de malo?

No era la chica más despampanante ni con mejor personalidad. Puede que tampoco sobresaliera de la media. Pero cuando me miraba en el espejo, lo que veía no era tan poco agraciado como para que un chico me evitara.

Además, la gente decía que me parecía a mi madre, y ella poseía una belleza que no pasaba desapercibida. Quizá mi cabello fuese un poco más cobrizo. Y mis ojos, de un azul claro grisáceo, no brillaran como el verde esmeralda de los suyos. Mi piel tampoco era tan perfecta como la de ella, pero tenía un tono bonito y estaba salpicada de pecas doradas.

Podía ser simpática y me gustaban los deportes, los juegos y los cómics.

No entendía dónde estaba el problema.

El sábado por la tarde me escabullí de casa para estar un rato a solas. Papá había vuelto a la isla con unos días libres y su necesidad de compensarnos sus largas ausencias me asfixiaba. Mi padre era comandante en una aerolínea comercial y pasaba más tiempo a bordo de un avión recorriendo el mundo que con su familia. Siempre insistía en lo culpable que se sentía por no estar con nosotras y perderse tantos momentos significativos, que trataba de remediar con un sinfín de regalos inútiles.

Sin embargo, nunca hizo nada para cambiar la situación, y a mí dejó de importarme en cuanto descubrí que la enfermedad de mamá y su incapacidad para afrontarla eran la verdadera razón por la que prefería estar en cualquier otra parte.

Crucé el jardín y me dirigí a la puerta trasera. La encontré cerrada con llave, por lo que no me quedó más remedio que saltar el muro de piedra que rodeaba nuestra propiedad. Caminé sin rumbo a lo largo del acantilado, alejándome más y más del pueblo. Mis pasos distraídos me llevaron por un sendero que conducía a una pequeña cala de arena blanca salpicada de rocas.

Me senté sobre la arena húmeda y me abracé las rodillas. Contemplé el mar. Las olas llegaban con fuerza a la orilla, dejando tras ellas un rastro de espuma. Cerré los ojos y me concentré en su sonido al romper contra las rocas. Era hipnótico y relajante.

De pronto, un golpe seco a mi lado me sobresaltó.

Durante unos segundos observé boquiabierta al chico que había aparecido de la nada junto a mí.

Rubén.

Solo podía ser él.

—¿Qué-qué haces aquí? —balbuceé.

Él se encogió de hombros. Me fijé en el sudor que brillaba en su cara y en su respiración agitada.

—¿Me estabas siguiendo?

Rubén repitió el mismo gesto, pero esta vez sus labios dibujaron una sonrisa traviesa. Sacudí la cabeza y me reí. Ni en mil años habría imaginado un encuentro parecido. Él se inclinó a un lado para alcanzar su mochila y sacó un cuaderno y un bolígrafo. Abrió una página en blanco al azar y comenzó a garabatear muy rápido. Después me enseñó lo que había escrito.

*—Desde hace un buen rato, pero me ha costado alcanzarte. Eres muy rápida y te he perdido un par de veces. ¿Sueles venir aquí? No conocía este lugar, mola bastante.*

Parpadeé sorprendida y lo miré a los ojos sin saber qué decir. Había sido difícil para mí convencerme de que Rubén pasaba de mí y me importaba un pimiento que así fuese —él se lo perdía—, pero allí estaba. Me sostuvo la mirada mientras su sonrisa se desvanecía. Volvió a escribir.

*—No pude enviarte ningún mensaje. La tinta no se secó bien y el número se emborronó. Lo siento.* —Fruncí el ceño, sonaba a excusa. Su pecho se elevó con una inspiración y empuñó el bolígrafo—. *No te miento, es la verdad.*

—No pasa nada si lo haces, tampoco esperaba que quisieras quedar conmigo —admití.

*—Sí quería. Y te he seguido hasta aquí sin que nadie me obligue, ¿no cuenta?*

—No lo sé, es posible.

*—¿Por qué no iba a querer quedar contigo?*

—Porque nadie quiere.

*—¿Por qué?*

—No importa.

*—A mí sí.*

Levanté la vista de la hoja y lo miré a los ojos. En ellos vi sinceridad.

—Porque soy Lucía la pirada y todos piensan que estoy loca como mi madre.

Desvió la mirada y asintió un par de veces. En ese instante supe que ya había oído hablar de mí. ¿Cuánto? Lo más probable es que conociera hasta el último detalle de toda la basura que decían por ahí.

*—A mí no me pareces una pirada.*

—Gracias.

*—¿Qué le pasa a tu madre?*

—Padece esquizofrenia, ¿sabes lo que es?

Rubén hizo un gesto afirmativo y se quedó mirándome, como si esperara que yo continuara hablando. Y lo hice, hablé sin parar. Le conté todo sobre mi madre y cómo era mi vida con ella. Las cosas que hacía cuando su mente se nublaba y cómo uno de esos episodios se convirtió en un espectáculo público y a mí, en el blanco de Marina y su grupito de seguidores.

Con un poco más de timidez y vergüenza, también le confesé que a veces tenía miedo de ella. Sus pensamientos erráticos la llevaban a crear escenarios en los que yo estaba en peligro y ella debía protegerme, sin ser consciente de que era ella misma la que hería mi corazón y me lastimaba la piel.

El sol ya rozaba el horizonte, con sus naranjas y púrpuras coloreando el cielo y las nubes que lo salpicaban, cuando iniciamos el regreso. Me acompañó a casa y, para mi sorpresa, me preguntó si me apetecía volver a quedar con él.

Desde aquel día, Rubén y yo no dejamos de encontrarnos todos los fines de semana. Siempre en lugares apartados donde nadie pudiera vernos. Era yo la que prefería mantener en secreto nuestra amistad, por miedo a que Marina y sus amigos nos descubrieran y eso les diera más poder sobre mí para continuar arruinándome la vida.

Rubén era mi único amigo y no quería perderlo. Ni que se convirtiera en otro chico acosado por mi culpa. Me bastaba con lo que teníamos y el tiempo que pasábamos juntos, vagando de un lado a otro mientras le contaba mis pensamientos y le confesaba mis sueños.

Con él no me sentía fuera de lugar. Ni pequeña e invisible.

Al principio se me hacía raro, pero poco a poco me acostumbré a comunicarme con él a través de su cuaderno. Por su parte no podía obtener mucho más que preguntas cortas y respuestas breves y concisas. A veces era difícil y podía notar su frustración. Yo también la sentía cuando esas frases escritas eran insuficientes para saciar mi curiosidad. Quería ir más allá de su superficie. Profundizar en su interior. Saberlo todo sobre él, con detalles y largas explicaciones que me ayudaran a conocerlo un poco más.

Como el día que fuimos de pícnic a una pequeña playa a la que solo se podía acceder a través de un túnel excavado en la roca, y descubrí un bloc de dibujo en su mochila.

No quería mostrármelo. Le daba muchísima vergüenza. Pero tras un sinfín de ruegos y pucheros, logré que se rindiera. Me lo entregó, como si fuese su corazón el que estaba depositando en mis manos. Luego se sentó a mi lado con las mejillas rojas y fingió observar a los cormoranes que se zambullían muy cerca de la orilla.

Lo abrí despacio y comencé a pasar las páginas.

No sé cuánto tiempo estuve contemplando sus dibujos, en los que había paisajes, animales, rostros que no conocía y escenas fantásticas que solo podían haber nacido en su imaginación. Era incapaz de apartar los ojos de aquellos trazos, que casi parecían fotografías por lo perfectos y realistas que eran.

Boquiabierta, miré a Rubén, que evitaba a toda costa devolverme la mirada.

—¿Todos los has dibujado tú? —le pregunté.

Asintió.

—Son increíbles. ¡Alucinantes! —Se mordió el labio, donde tenía un pellejito—. ¿Cuándo empezaste a dibujar?

Alcanzó su cuaderno y escribió:

*—Lo he hecho desde siempre.*

—¿Y has dado clases?

*—No, nunca.*

—¿Dices que nadie te ha enseñado a dibujar así? —Agarró de nuevo el boli. Miró la hoja, pensativo. Al final negó con la cabeza y dejó escapar un suspiro, sin escribir nada. Yo quería hacerle más preguntas, pero por mi culpa pasaba demasiado tiempo pegado a ese cuaderno. Así que lo dejé estar—. Entonces eres aún más alucinante.

Él se encogió de hombros como si nada, pero pude ver que su cara se ponía mucho más roja. Sonreí. Nunca lo había visto tan tímido. Ni tan mono. Me incliné hasta apoyar la cabeza en su hombro y me quedé mirando el mar plomizo, tan oscuro como las nubes que cubrían el cielo y presagiaban lluvia. Pensé en lo maravilloso que sería que él pudiera hablar. Así habría podido explicarme cómo se sentía mientras dibujaba, si se emocionaba cuando veía sus dibujos terminados. Cuáles eran sus favoritos. De dónde sacaba las ideas. Si pensaba dedicarse profesionalmente a ilustrar en el futuro.

Me sentí mal por tener esos pensamientos. Por desear lo

que no podía ser, en lugar de estar feliz por el simple hecho de que estuviera a mi lado y asumir que había partes de él que no iba a alcanzar nunca.

—Tienes mucho talento —susurré. Noté que contenía el aire—. No lo digo por decir, creo que eres realmente bueno. Un genio.

Nos quedamos allí, quietos. Uno junto al otro. Hasta que el frío de enero que nos calaba los huesos nos obligó a regresar. El sol casi se había puesto cuando salimos del túnel y empezamos a bajar por el sendero en dirección al pueblo. Había muy poca luz y no vi una raíz que sobresalía entre la hojarasca. Mi pie se enganchó y me habría caído de bruces si Rubén no me hubiera frenado con su propio cuerpo.

—Gracias.

Él asintió.

Nos aguantamos la mirada durante unos segundos. Luego me tomó de la mano y no me soltó en ningún momento, mientras caminábamos uno al lado del otro. Durante aquella caminata, algo diferente comenzó a latir dentro de mi pecho. Una emoción rara que me aceleraba la respiración y me secaba la boca.

Días después, era bastante tarde y estaba a punto de irme a dormir cuando recibí un mensaje de Rubén pidiéndome que saliera un momento por la puerta trasera del jardín. Me sorprendió, porque no solía escribirme entre semana, solo los sábados y domingos, que era cuando sus padres le dejaban tener el teléfono.

Preocupada por si había pasado algo, no dudé y me puse a toda prisa una sudadera y las zapatillas. Bajé las escaleras sin hacer ruido. Al paso cogí las llaves que colgaban de la pared de la cocina. Cuando salí al jardín, me recibió un frío húmedo que me hizo temblar. Corrí hasta el muro, abrí la puerta y crucé al otro lado.

Rubén me esperaba en la esquina, bajo uno de los faroles, con la vista perdida en el horizonte y el pelo rubio revuelto por la brisa que soplaba. Sentí un vuelco en el estómago y el corazón se me aceleró cuando se giró hacia mí y nuestros ojos se encontraron.

—¿Qué haces aquí tan tarde? ¿Ha pasado algo? —le pregunté en voz baja.

Rubén levantó la mano para tranquilizarme y sacudió la cabeza.

—¿Entonces?

Me observó con los labios apretados. Estaba nervioso e inspiraba cada pocos segundos como si le costara respirar. Empecé a preocuparme de verdad.

—Rubén —lo insté en un susurro.

Se mordió el labio y sacó del interior de su abrigo un sobre grande y blanco. Me lo entregó con el brazo estirado.

—¿Es para mí? —Asintió. Sonreí sorprendida—. ¿Qué es?

Hice el ademán de abrirlo, pero él sujetó mi mano para que me detuviera. Luego señaló la casa y entendí que quería que esperara a abrirlo una vez que regresara dentro.

—Vale —accedí.

Sus dedos aún estaban sobre los míos y podía sentir su calor fluyendo de su piel a la mía.

Tragó saliva y dio un paso atrás. Después otro. Y otro más.

Me dedicó una tímida sonrisa. Yo se la devolví con el corazón en la garganta y el pecho vibrando de emoción. Me perdí en el color dorado de sus ojos y el negro de sus pupilas. Tan bonitos. Tan amables. Tan diferentes a como me miraban antes.

—Buenas noches —susurré.

Rubén esperó a que cruzara el muro y cerrara la puerta. En el silencio de la noche oí cómo sus pasos se alejaban.

Abracé el sobre contra mi pecho y regresé a mi dormitorio. De dos sacudidas me quité las zapatillas, luego me deshice de la sudadera y encendí la lamparita de noche. Sentada en la cama, abrí el sobre. Dentro había tres hojas de papel, gruesas como cartulinas. Las saqué con las puntas de los dedos y me quedé petrificada al ver mi rostro dibujado en cada una de ellas. Recorrí con la vista cada trazo, reconociéndome a duras penas, porque la persona que me devolvía la mirada se parecía a mí, pero era mucho más guapa.

El mundo se detuvo.

¿Era así como él me veía?

Una lágrima de felicidad se me escapó sin avisar.

Y en ese mismo instante me di cuenta de que estaba enamorada de Rubén. Como solo una chica de catorce años puede estarlo. Con el corazón, el estómago y los huesos. Con cada célula de mi cuerpo. Con locura.

Las semanas pasaron y la primavera se instaló en la isla, pintando colores en todos los rincones. Sin embargo, la llegada de la nueva estación, pese a ser mi preferida, solo hizo que me sintiera más frustrada. Por más que lo intentaba, no lograba reunir el valor para confesarle a Rubén mis sentimientos. Me daba miedo que él no sintiera lo mismo por mí. Aunque su forma de tratarme y mirarme me decía que ese enamoramiento era mutuo.

Y lo era, tan intenso como el mío.

El primer día de las vacaciones de Semana Santa, planeamos una excursión al interior de la isla, a las montañas. Llenamos nuestras mochilas con bocadillos y refrescos y nos pusimos en marcha. Llevábamos un par de horas caminando cuando el sonido del agua nos distrajo de nuestros pensamientos. Nos desviamos del sendero en esa dirección, serpenteando entre los pinos y encinas.

Al cabo de unos minutos, nos dimos de bruces con una

pared rocosa cubierta de musgo, por la que caía una cascada de unos quince metros que terminaba en una poza bastante profunda. Envuelta en una neblina húmeda, los rayos de sol dibujaban un precioso arcoíris. Me acerqué a la orilla, repleta de hierba y flores, sobre las que revoloteaban algunas mariposas, e inspiré hondo hasta llenar mis pulmones con todos los olores que flotaban en el aire.

Era un lugar precioso y decidimos quedarnos allí.

Después de comer, nos tumbamos al sol sobre una roca plana.

Cerré los ojos y me concentré en el sonido de las hojas de los árboles y el agua. En los rayos de sol que se filtraban a través de mis párpados como puntitos luminosos. Me sentía tan bien. Tan tranquila y feliz que pensé que podría quedarme allí para siempre y no echar nunca nada de menos. La paz de aquel lugar y Rubén a mi lado eran todo lo que necesitaba.

Estaba distraída con mis fantasías cuando el brazo de Rubén rozó mi brazo. Contuve la respiración al notar su dedo meñique sobre el mío. Luego, su mano cubrió mi mano. La apretó con suavidad y un cosquilleo se extendió por mi estómago. Giré la cabeza hacia él y abrí los ojos. Me encontré con su mirada en mi rostro, tímida y brillante. Interrogante.

Tragó saliva en un gesto casi imperceptible, al que yo respondí con un suspiro tembloroso.

Se colocó de lado y yo lo imité.

Nos contemplamos y la vi en sus ojos, una chispa de decisión abriéndose paso. Tomando fuerza.

Un instante suspendido en el tiempo que hizo que mi corazón se acelerara y mis labios se entreabrieran. La mirada de Rubén se posó en ese punto de mi cara.

Y entonces ocurrió sin que nada pudiera evitarlo. Nos acercamos el uno al otro. Su nariz rozó la mía y cerré los ojos mientras contenía el aliento. Sus labios presionaron los míos con un beso torpe e inexperto, que sabía a azúcar e inocencia. A primer amor.

Nunca había sentido algo así por nadie.

El corazón tan caliente que me quemaba las costillas.

El principio de algo maravilloso que comenzaba a crecer.

Cuando no estaba con él, sentía que el mundo iba a acabarse. Era el centro de mi universo. Un solo mensaje suyo me hacía estallar de felicidad. Porque no hay nada más loco que un corazón adolescente que está aprendiendo a amar, que solo vive en el ahora y trata de entender qué le ocurre al cuerpo que habita. Las sensaciones que no logra definir y se cuelan bajo la piel, alterándolo.

Tampoco hay nada más frágil que un corazón adolescente que pierde a su primer amor cuando acaba de encontrarlo. Ni alma capaz de soportar esa tragedia.

Semanas más tarde, Rubén me escribió un mensaje mientras estaba en el instituto, lo que no era habitual. Me pedía que nos viéramos al día siguiente, había algo que quería decirme. Me asusté. Desde hacía un tiempo, sus padres discutían a menudo y su madre había amenazado con dejar la isla y llevarse a los gemelos consigo. Rubén pensaba que no eran más que las palabras de una persona enfadada y no la creía capaz de separar a la familia.

Pero ¿y si se equivocaba?

Esa noche apenas conseguí dormir. La idea de que Rubén pudiese marcharse me angustiaba.

Puntual, me dirigí al viejo faro abandonado, donde habíamos quedado. Era un lugar apartado y poco frecuentado, al que íbamos a menudo para ver el atardecer.

Y besarnos hasta no sentir los labios.

Entré en la torre y ascendí por la escalera de caracol hasta el balcón que rodeaba la sala de la linterna. Me senté en el suelo, con las piernas colgando entre los barrotes, y esperé. Lo hice durante horas, pero Rubén no apareció. Tampoco respondió a mis mensajes ni contestó mis llamadas. Me preocupé, porque él nunca me hacía esperar ni me ignoraba.

A la puesta del sol, no me quedó más remedio que aceptar que Rubén no iba a presentarse. Intencionado o no, me había dado plantón. Regresé a casa con una extraña sensación en el estómago. Una inquietud que no dejaba de crecer. Entré por el jardín y vi que la luz de la cocina estaba encendida y a mi abuela cocinando a través de la ventana. Por el olor que flotaba en el aire, esa noche cenaríamos pescado al horno.

—¿Cuándo ha ocurrido? —oí que preguntaba mi abuela.

—Esta misma tarde, lo han encontrado hace menos de dos horas —respondió la voz de mi hermana.

—¿Y no han podido hacer nada por él?

—No, yaya, el pescador que lo ha sacado del agua dice que ya no respiraba y que su cuerpo debía de llevar sumergido un buen rato.

—¡Qué enorme desgracia! Su familia debe de estar destrozada.

Mi cuerpo se heló de golpe con un mal presentimiento.

Empujé la puerta y busqué a mi hermana con la mirada. La encontré sentada a la mesa, haciendo los deberes.

—¿Quién se ha ahogado? —pregunté nerviosa.

Ella me miró y arrugó los labios con un gesto de pesar.

—El hermano de Román, el chico que va a tu clase. Ha ocurrido en el espigón de San Vicente. Parece que cayó al agua y uno de sus pies quedó atrapado en las rocas.

El pecho se me encogió y mis latidos se descontrolaron.

—No... —Se me quebró la voz—. No es verdad...

—¿Por qué iba a mentirte? Lo sabe todo el pueblo, y el primo de Carlota es el conductor de la ambulancia que se ha llevado el cuerpo al hospital.

—¿Al hospital?

—Para hacerle la autopsia.

Un dolor agudo me atravesó el pecho. Esto no era real, él estaba bien. Desvié los ojos hacia mi abuela y ella me dedicó una sonrisa apenada. Comencé a temblar.

No era verdad... No podía serlo. Se trataba de un error. A Rubén no le había pasado nada.

Mi abuelo entró en la cocina con un par de libros bajo el brazo. Los dejó sobre la mesa, con las llaves del coche.

—Han encontrado a uno de los nietos de Eloy Vinent ahogado en el espigón —anunció muy afectado.

—Laura acaba de contármelo —replicó mi abuela.

—Un chico tan joven, con toda la vida por delante. ¡Qué tragedia para esa familia! —se lamentó él.

Mis ojos se llenaron de lágrimas y se me hizo difícil respirar. La cabeza me daba vueltas, nublada por algo que no comprendía. Un sentimiento amargo y doloroso que se aferraba a mis huesos y los entumecía.

—¿Por qué estás llorando? Ni siquiera lo conocías —me dijo Laura.

Despacio, giré mi rostro hacia ella y me encontré con su mirada fría e inquisitiva. Siempre actuaba como si nada fuera de su microcosmos fuese importante. Sentí que me ardía la garganta y no pude controlarme.

—Lo conocía. ¡Lo conocía mejor que nadie! —le grité.

Salí de la cocina dando un portazo y eché a correr hacia la escalera con la vista nublada por culpa de las lágrimas. Necesitaba respirar, pero no encontraba el aire. Entré en mi habitación y cerré la puerta. El dolor que sentía en el pecho me estaba consumiendo. Me dije que todo aquello no era más que una terrible pesadilla y solo debía despertar, pero sabía que no era así.

Rubén ya no estaba, y dolía. Me quemaba. El sufrimiento

era tan grande que quería arrancarme el corazón del pecho. Por mi mente pasaron un sinfín de recuerdos. Imágenes de él. Sus ojos. Su sonrisa. La forma en que dibujaba palabras en la palma de mi mano con las puntas de sus dedos, dejándome sin aliento.

Me arrodillé junto a la cama, mientras mi alma se fracturaba con la certeza de que no había forma de unir los pedazos. Era un infierno lo que estaba viviendo en ese momento y solo podía llorar desconsolada. Me sentía tan impotente por no poder hacer nada. Por no poder arreglar nada.

Me tapé el rostro con las manos y ahogué en ellas un grito desesperado, mientras me preguntaba qué le habría llevado al espigón. Cómo pudo caer al agua y no salir. Era un buen nadador.

Mi abuela vino a buscarme para cenar, pero me negué con la excusa de que me dolía el estómago. Estaba hecha un desastre, rota y desolada, y no tenía ningún deseo de dar explicaciones. Tampoco quería, porque dudaba que pudieran entenderlo. Rubén continuaría siendo mi secreto. De ese modo nadie podría dañar ni ensuciar lo que vivimos. Todo lo que fuimos.

Saqué los dibujos del cajón de la mesita y los abracé contra mi pecho, era lo único que tenía de él. No sé cuánto tiempo pasé hecha un ovillo en el suelo. A ratos llorando sin ningún consuelo. Otros, tan cansada y vacía que solo respiraba porque mis pulmones eran incapaces de detenerse.

Oí un crujido. Abrí los ojos medio adormilada y vi una silueta entrando en mi habitación. Se acercó sin hacer ruido y se sentó en la cama. Al ver que era mi madre, mi primera reacción fue asustarme y encogerme contra el cabecero. En la última semana había sufrido varios brotes y en mi brazo aún podían verse las marcas de sus uñas.

—¿Mamá?

—Aquí estoy.

—¿Pasa algo?

—Todo está bien, solo quiero verte y abrazarte —respondió, y no noté nada extraño.

Las sábanas emitieron un suave frufrú cuando se deslizó hasta colocarse a mi lado. Sus manos suaves me tomaron por los hombros y tiraron de mí al interior de un abrazo que necesitaba más que nada.

Inspiré su perfume y mis ojos se volvieron a llenar de lágrimas.

—¡Mamá! —sollocé.

—Mi niña —susurró ella mientras me apretaba contra su pecho. Los latidos de su corazón me reconfortaron—. La abuela me ha dicho que no te encuentras bien.

Asentí.

—También me ha contado que la noticia sobre ese chico que se ha ahogado te ha afectado mucho.

—Sí. —Un sollozo escapó de mis labios.

—¿Era alguien importante para ti?

—Muchísimo.

—¿Quieres hablarme de él?

Contuve la respiración durante unos segundos. Después me vi a mí misma asintiendo de nuevo. Y así, sin saber muy bien por qué, comencé a hablarle de Rubén. Se lo conté todo. Desde el día que lo vi por primera vez hasta el instante en el que mi corazón se descompuso al perderlo. Ella me escuchó en silencio, con sus dedos acariciando mi pelo y mi rostro. Besando mi frente de vez en cuando.

Lloré sobre su corazón y ella sostuvo el mío, como solo una madre lo haría. Porque esa noche solo estaba ella en mi habitación, con la mente clara y en el mundo real.

—Lo siento mucho, mi niña. No sabes lo que me duele verte así —susurró con los labios en mi pelo—. Este sufrimiento no desaparecerá de la noche a la mañana, pero te prometo que en algún momento cesará y tu corazón sanará. Un día mirarás atrás y sonreirás al pensar en él. Valorarás lo afortunada que fuiste al poder conocerlo y que formara parte de tu vida. Mientras llega ese día, intenta ser fuerte y seguir adelante. Él querría eso, ¿no crees?

Me incorporé para mirarla a los ojos y vi que tenía lágrimas en las mejillas. Se las limpié y ella hizo lo mismo con las mías. Me ofreció una sonrisa triste que me hizo sentir débil. También comprendida.

—No sé si podré —respondí sin apenas voz.

Mi madre me tomó las manos y se las llevó a los labios para besarme los nudillos.

—Entonces, yo te ayudaré. ¿Te parece bien?

Sacudí la cabeza una vez más, mientras otro torrente de lágrimas surcaba mis mejillas. Me hundí en su pecho y lloré hasta quedarme sin fuerzas.

El funeral de Rubén tuvo lugar en la más absoluta intimidad por deseo de la familia. Ese mismo día, sus padres y su hermano se marcharon de Vila Mareva con sus cenizas y la vida prosiguió como si nunca hubieran vivido allí. No quedó nada. Ni siquiera una tumba simbólica que pudiera visitar.

Salvo por la ausencia de Rubén, todo continuó como siempre había sido.

Mis días volvieron a ser igual de tristes y anodinos que antes de conocerlo.

Marina no perdía ninguna ocasión para tratar de quebrarme.

Mi hermana seguía fingiendo que no se enteraba de nada.

Mi padre y mis abuelos preferían cerrar los ojos ante los problemas de mi madre.

Y yo volví a estar sola.

Cada noche me iba a la cama con un vacío enorme en el pecho que no lograba llenar con nada. Un dolor que no se disipaba. Me acurrucaba bajo las sábanas y soñaba con quedarme allí para siempre. En mi habitación me permitía ser débil. Llorar hasta secarme. Y echarlo de menos, aunque su recuerdo me lastimara.

Apagué la luz y me metí en la cama. Había pasado un mes desde que Rubén había muerto. Un mes en el que el sueño me rehuía. Me abracé a la almohada y contemplé la luna a través de la ventana, con la esperanza de que la tisana que me había preparado mi abuela surtiera algún efecto y pudiera dormir.

Apreté los labios conteniendo las ganas de llorar. No sabía cómo avanzar y mi corazón ya no soportaba tanta tristeza, porque parecía que nada había cambiado, que todo seguía igual. Pero, en realidad, el mundo era distinto ahora.

Yo ya no era la misma.

—Lucía, despierta... Vamos, mi niña, espabila.

Abrí los ojos y parpadeé varias veces, con la mente aturdida y pesada por las hierbas que tomaba para calmarme. Forcé la vista y distinguí el rostro de mi madre en la penumbra.

—¿Mamá?

—Tienes que levantarte.

—¿Qué... qué ocurre?

—Necesito que vengas conmigo —insistió mientras apartaba las sábanas y tiraba de mi brazo para que me sentara.

Sin darme tiempo a reaccionar, comenzó a vestirme como si yo fuera una muñeca. Después me agarró de la mano con fuerza y me sacó de la habitación. Me condujo hacia la escalera. Todo estaba a oscuras y reinaba el silencio. Me froté los ojos, más despierta a cada segundo que pasaba, y cuando logré pensar con lucidez ya estábamos cruzando el patio.

—¡Mamá! —exclamé preocupada.

No era normal que me hubiera arrastrado fuera de la cama en plena madrugada, a no ser que estuviera teniendo un brote psicótico. El corazón empezó a palpitarme muy deprisa. Moví la muñeca, intentando que aflojara sus dedos sobre mí.

—Mamá, ¿adónde vamos?

—Te prometí que te ayudaría, ¿lo recuerdas?

Dije que sí para que no se pusiera nerviosa, pero no tenía ni idea.

—¿Y debe ser ahora? Es muy tarde.

Me dedicó una sonrisa brillante, que no encajaba con su extraña y dilatada mirada.

—El portal solo se abre cuando hay luna llena y en un momento muy concreto. No habrá otra oportunidad hasta dentro de mucho.

Cruzamos al otro lado del muro.

Cuando la puerta se cerró a mi espalda con un ruido metálico, alcé la vista hacia las ventanas de la casa. Siempre que estaba a solas con mi madre en ese estado, me sentía indefensa. Sin embargo, ya era lo suficientemente mayor como para ayudarla y cuidarla por mí misma. Porque, como decía mi abuela, era nuestra responsabilidad protegerla.

Apreté su mano y traté de mantener la calma. Por cómo se comportaba, no parecía un brote agresivo. Eso era bueno. Solo debía mostrarme serena y seguirle la corriente para que estuviera tranquila, hasta que se le pasara y volviera a ser ella misma.

—Nos estamos alejando demasiado —le dije al ver el acantilado a solo unos metros.

—Sssh... No hables, nadie debe oírnos.

—¿Por qué? —musité.

—Si alguien nos descubre, no nos ayudarán. Solo nosotras dos, esas son las reglas.

—¿Quiénes nos ayudarán?

—Pronto las verás por ti misma. Hace mucho que nos esperan.

—¿Quiénes? —insistí temerosa. Ella me miró y una risita infantil brotó de su garganta—. Mamá, solo dime adónde vamos —le rogué.

Agarró mi otra mano y me hizo dar vueltas como si estuviéramos jugando.

—Mi niña, ¿adónde crees? Al lugar donde habitan las sirenas.

# 1

Nora me miró y fue horrible, porque lo que vi en sus ojos no era preocupación o duda, sino decepción y rechazo. Ella era la directora de la agencia de talentos en la que llevaba dos años trabajando. Me contrataron como asistente de representante, pero solo estuve unas pocas semanas en ese puesto. En nuestra cartera había músicos, actores, modelos e *influencers*, y acabé haciendo de todo para ellos.

De lunes a domingo me convertí en secretaria, recadera, chófer, guardaespaldas, niñera, confidente y no sé cuántas cosas más. Un trabajo que me dejó sin apenas vida personal, pero que me encantaba. Me hacía sentir necesaria, imprescindible y, en cierto modo, también querida.

Sin embargo, nada de eso importaba ahora.

Ninguna de esas personas estaba allí para apoyarme.

—¿Y bien? —exhaló Nora en tono avieso.

El mundo se me vino encima y me sentí más desprotegida que nunca en mi vida. Me tragué el nudo que tenía en la garganta e inspiré hondo. No pensaba llorar frente a ella.

—¿De verdad crees que he sido yo? —le pregunté.

—La información se filtró desde tu correo y tu ordenador.

—Pudo hacerlo cualquiera, media agencia tiene acceso a él y lo sabes.

Nora me observó sin parpadear. Le sostuve la mirada sin achantarme lo más mínimo. Me acusaban de forma injusta por algo que no había hecho y no iba a permitir que me intimidara para hacerme parecer culpable.

—Entonces, ¿quién fue? —inquirió.

—¿Cómo voy a saberlo?

Sacudió la cabeza y resopló por la nariz con impaciencia.

—Lucía, no puedo hacer nada. Alguien ha estado vendiendo información personal de nuestros clientes y las pruebas te señalan a ti.

—Pero ¡yo no he sido!

—¿Puedes demostrarlo?

La desesperación y la impotencia que sentía comenzaban a hacer mella en mí.

—¿Y qué hay de la presunción de inocencia? ¿No crees que primero deberías investigar a fondo este asunto antes de despedirme? ¡Por Dios, Nora, me conoces! Me he dejado la piel por esta agencia —le reproché.

No me estaba dando la más mínima oportunidad, a pesar de que había dudas razonables sobre mi culpabilidad. Era como si necesitara un chivo expiatorio lo antes posible, sin importar quién fuese, y me había tocado a mí.

—Admito que cabe la posibilidad de que otra persona haya tenido acceso a tus contraseñas, pero no hay modo de averiguarlo y no puedo dejarlo pasar. Nuestros clientes están preocupados y debo demostrarles con resultados que pueden confiar en nosotros.

—¿Aunque para conseguirlo estés arruinando la vida de alguien inocente? —la cuestioné.

—Lo siento mucho, Lucía, pero no tengo más remedio. Si aceptas el despido con las condiciones que te ofrezco, no emprenderé ningún otro tipo de acciones que te expongan más.

—¿Te parece poco acusarme de un delito?

Nora se quitó las gafas y con un paño frotó los cristales de forma enérgica, como si pretendiera desgastarlos. La miré fijamente y en sus ojos castaños solo vi la determinación de alguien que no pensaba ceder ni un poquito a mi favor. Iba a lanzarme a los lobos y, si le importaba, lo disimulaba bastante bien.

—Lucía, aunque no lo creas, estoy tratando de ayudarte.

Mi cuerpo se hundió en la silla sin fuerzas.

Todo el peso de esa reunión, más la presión sobre mí desde que se descubrió la filtración, unidos a mi frustración y mi tristeza por lo que consideraba un abuso injusto, se apoderaron de mi ánimo. Quería gritar y llorar al mismo tiempo.

No tenía ninguna salida.

—Si lo acepto, será como reconocer que he sido yo y ninguna otra agencia querrá contratarme. Es un mundo pequeño, sería el fin para mí.

—Si no asumes la responsabilidad, la dirección tomará acciones legales y, créeme, el resultado será el mismo y con peores condiciones.

Ya no se trataba de un aviso, sino de una amenaza. Todo mi ser quería lanzarse sobre ella. Apreté los puños, intentando que ese sentimiento fatal de rabia no me arrastrara al desastre.

Comprendí que había perdido y no tenía sentido alargar más lo inevitable. Miré la rescisión de mi contrato, junto con el despido, que Nora había puesto sobre la mesa. Agarré el bolígrafo y las náuseas me sobrevinieron de inmediato.

—Está bien. Solo espero que algún día la verdad salga a la luz y pueda ver cómo te arrepientes por todo lo que me estás haciendo ahora —dije mientras iba firmando cada una de las páginas señaladas.

Abandoné la oficina de Nora sin despedirme y me fui a mi mesa, haciendo lo imposible para sobreponerme, intentando contener lo que sentía. Algo difícil cuando todas las miradas estaban sobre mí y los cuchicheos se colaban en mis oídos como susurros sibilinos.

Alguien había dejado una caja vacía de cartón sobre mi silla. Guardé todas mis cosas dentro y puse las llaves de la agencia en la mesa. Luego me encaminé a la salida con la vista al frente. Ninguno de mis compañeros se dignó a despedirse de mí y me alegré de que no lo hicieran. Entre ellos se encontraba el traidor que me había puesto en esa situación. Cualquiera podía ser el judas que besó mi mejilla después de venderme.

Y pensar que había considerado a todas esas personas mis amigas.

Que había confiado en ellas.

Nos llamábamos familia, ¡qué ironía!

Cerré la puerta a mi espalda y me tomé unos segundos para respirar. Con la caja entre mis brazos, bajé la escalera y salí a la calle. La agencia se encontraba en el primer piso de un edificio antiguo, junto a la plaza de las Salesas. Miré arriba y contemplé la ventana a la que me había asomado cada día durante dos años. En ese momento no fui capaz de hacer nada contra la rabia que me quemaba el pecho y mis ojos se llenaron de lágrimas.

La inercia y mi mente embotada hicieron que me dirigiera sin pensar a casa de Óscar, mi novio. Bueno, exnovio en realidad, porque hacía apenas un par de meses que habíamos roto, después de un año viviendo juntos.

Aunque los dos habíamos encontrado el piso y pagábamos el alquiler a medias, el contrato estaba a su nombre, así que me tocó a mí marcharme. Ni siquiera intenté discutirlo.

Por suerte, Silvia, mi mejor amiga desde la universidad,

me acogió en su pequeño apartamento hasta que yo pudiera tener un lugar propio donde vivir. Algo que cada día parecía más lejano por culpa de los alquileres desorbitados.

Cuando me di cuenta de adónde iba, frené mis pasos y me apoyé en una farola.

La vida que tanto esfuerzo me había costado lograr se estaba desmoronando sin que pudiera hacer nada. Una certeza cuyo peso me aplastó. En apenas dos meses había roto con un buen chico, perdido una casa estupenda y me habían echado de un trabajo que me encantaba. Sin olvidar que mi profesionalidad estaba en entredicho y solo era cuestión de tiempo que mi reputación se fuera a la mierda.

Solté un suspiro y cambié de dirección.

Cuando llegué a casa, encontré a Silvia recostada en el sofá con su ordenador portátil en el regazo. Dejé sobre la mesa la comida que había comprado en el restaurante japonés de la esquina y colgué mi chaqueta en el respaldo de una silla. Al percatarse de mi presencia, Silvia se quitó los auriculares y puso a un lado el portátil.

—¿Cómo ha ido? —me preguntó expectante.

—Me han despedido.

—Joder, no puedo creer que te hayan echado —farfulló irritada.

Encogí un hombro.

—Ya... Yo tampoco.

—No has hecho nada malo, pero te están tratando como a una delincuente. Deberías demandarlos.

Hice un gesto negativo, mientras sacaba la comida de la bolsa y quitaba las tapas a los envases.

—Solo perdería el tiempo y mucho dinero. Mejor dejo las cosas como están.

—¿Lo dices en serio? ¿No vas a defenderte?

—No, ¿para qué? —repliqué de camino a la cocina. Silvia

me siguió—. Han filtrado direcciones, números de teléfono, fotos y hasta datos financieros de una decena de clientes, y todo se envió desde mi correo electrónico. Las pruebas me incriminan.

Cogí un mantel limpio, platos y palillos. Silvia suspiró mientras sacaba servilletas de un cajón y una botella de vino blanco de la nevera.

—Y si todo es tan evidente, ¿por qué no te han denunciado?

—¿Porque les doy pena? ¿Por evitar un escándalo? ¡Qué más da!

Silvia me observó como si le costara seguir mis pensamientos. Al final sacudió la cabeza, rindiéndose a mi obstinación. Pusimos la mesa en silencio y nos sentamos a comer. Mientras ella llenaba un cuenco con salsa de soja, yo serví la comida en los platos.

Me llevé un *onigiri* a la boca y cerré los párpados al notar el sabor dulce de las ciruelas en la lengua. Por suerte, mi apetito continuaba intacto y podía ahogar mis penas en comida deliciosa y vino.

—¿De verdad vas a conformarte? —soltó de repente Silvia.

Tardé un momento en reunir la paciencia suficiente como para abrir los ojos y mirar a mi amiga. Me fijé en su rostro redondo y bronceado, y en los rizos negros que lo enmarcaban. En el desasosiego que no podía disimular. Sabía que estaba más que preocupada por mí. No había dejado de mostrarme su apoyo incondicional desde que le conté el problema al que me enfrentaba. Con palabras de ánimo, abrazos y tabletas de chocolate. También era consciente de que su carácter, mucho más atrevido y combativo que el mío, hacía que le costara entenderme.

Éramos tan distintas.

Asentí con una pequeña sonrisa.

—Si no lo hago, me enfrentaré a un problema mucho mayor. Y no sé si tengo la energía suficiente para afrontar todo lo que podría pasar si toman medidas legales contra mí.

Bufó, mis argumentos no la convencían del todo.

—Lucía...

—No.

—Pero...

—Por favor —le rogué para que no insistiera.

Silvia levantó las piernas y las cruzó sobre la silla. Con la frente arrugada, apuró el vino de su copa de un trago. Durante unos segundos, solo miró fuera, a través de la ventana.

—Está bien, si lo tienes claro, no insistiré más —dijo al fin.

Inspiré aliviada y continué comiendo. No era una cobardica, pero sabía qué batallas podía ganar y cuáles no. Aprendí muy pronto a rehuir los conflictos y a aceptar que las cosas, a veces, son como son y tratar de cambiarlas solo nos causa más problemas. Conformarse no era un defecto, solo una forma de minimizar los daños.

—¿Y qué vas a hacer ahora? —me preguntó Silvia.

—Encontrar un trabajo y un lugar para vivir.

—No tengas prisa, ¿vale? Sabes que puedes quedarte aquí todo el tiempo que necesites.

Se puso en pie y me abrazó por la espalda.

Le sonreí agradecida.

Que nuestros caminos se cruzaran era una de las mejores cosas que me habían pasado en la vida. No solo se había convertido en mi mejor amiga, también era la única persona que siempre estaba a mi lado y lo sabía todo sobre mí. Del mismo modo que yo lo conocía todo de ella. Juntas habíamos enfrentado y superado vivencias muy difíciles, como la depresión en la que Silvia se sumió durante meses, y que forjaron un vínculo inquebrantable entre nosotras.

Esa misma tarde, a través de un correo electrónico masivo, la agencia emitió un comunicado interno a todos los empleados y su cartera de representados, en el que se disculpaba por la filtración de datos y explicaba las medidas que la dirección había tomado al respecto. En el comunicado no se mencionaba mi nombre. Se referían a mí como el sujeto A. Pero solo era cuestión de tiempo que mi supuesta implicación saliera a la luz.

Con solo imaginar lo que la gente diría y pensaría de mí, me daban ganas de marcharme lejos y desaparecer. Quizá fuese lo mejor. Dejarlo todo atrás y comenzar de nuevo en cualquier otra parte. Fantaseé con esa idea hasta quedarme dormida. Sin embargo, la noche estuvo llena de pesadillas angustiosas y lágrimas que no podía detener.

Pasé tres días encerrada en mi habitación, a ratos llorando y otros, autocompadeciéndome. Escuchando música triste y viendo vídeos de osos panda en TikTok. Evitando a toda costa cualquier interacción humana, incluida Silvia.

Por suerte, ella me conocía lo bastante como para dejarme mi espacio y no presionarme.

Al despertarme el cuarto día, me dije a mí misma que no podía permitir que lo ocurrido me aplastase de esa forma, o acabaría perdiendo la poca salud mental que me quedaba.

Salí de la cama y encendí mi teléfono. Tenía un sinfín de notificaciones de mensajes, correos electrónicos y llamadas. Eché un vistazo rápido a los mensajes y vi nombres de compañeros y algunos de los famosos con los que había trabajado con más cercanía. No fui capaz de abrir ninguno.

No obstante, lo que más aceleró mi corazón fue ver el número de mi abuela tres veces entre las llamadas perdidas. Que me hubiera llamado era un milagro. Hacía mucho tiempo que solo nos comunicábamos por escrito y no muy a menudo. En gran parte, por mi culpa. Era yo la que la evitaba, aunque no sabía muy bien el porqué. No había una razón importante y específica, solo un cúmulo de momentos molestos que había ido acumulando, de sentimientos que me frenaban a la hora de acercarme y me alejaban no solo de ella, sino de toda mi familia.

Me dije que debía devolverle la llamada, por si había pasado algo de lo que debiera preocuparme, pero volví a dejar el teléfono en la mesita y salí de la habitación.

Descalza, me dirigí a la cocina. Necesitaba una taza de café y algo que comer para que mi estómago dejara de rugir. La habitación de Silvia tenía la puerta abierta y me asomé por si seguía allí y quería que desayunáramos juntas.

En ese instante, su risa cruzó el pasillo.

—Oye, saca esa mano de mis pantalones —protestó en tono divertido.

—¿Qué mano? ¿No será esta? —dijo la voz de Javi, su novio.

Me detuve en medio del pasillo y contuve la respiración.

—Lo digo en serio, para.

—Yo también lo digo en serio, me encanta tu culo.

—Javi...

—Vamos, te gusta hacerlo en la cocina tanto como a mí.

—Lucía podría entrar en cualquier momento —replicó ella.

Me llegó un gruñido amortiguado y luego un suspiro exagerado. Di un paso atrás, con cuidado de no hacer ruido. Y otro más, de vuelta a mi habitación.

—Ya lleva aquí dos meses, ¿cuándo piensa marcharse? Porque empiezo a estar harto de esta situación.

—¿Por qué te quejas tanto? Cuando tú vienes, ella no sale de su cuarto para darnos intimidad.

—Pero sé que está ahí y me corta el rollo.

Pese a que hablaban en voz baja, el silencio en la casa era tal que podía oírlos de forma clara.

—No pienso echarla porque tú no puedas ir en bolas —masculló ella.

—No digo que la eches, solo digo que me gustaría volver a como estábamos antes.

—Es mi mejor amiga y necesita un lugar donde quedarse. Además, me ayuda con los gastos. Cosa que tú no haces.

—Silvia, eso no es justo...

—Creía que te caía bien.

—Ni bien ni mal, lo que me molesta es tener que compartirte con ella.

Entré en mi dormitorio y cerré la puerta con un suspiro profundo.

La conversación que acababa de oír me había dejado congelada. A Javi le incomodaba que viviera allí y no me había dado cuenta. Me senté en la cama y me masajeé las mejillas, intentando reprimir el ardor que sentía en ellas. Estaba avergonzada. Jamás habría imaginado que él se sintiera de ese modo. Nunca me lo había demostrado, ni siquiera insinuado.

Me dejé caer de espaldas y contemplé el techo. Tenía que largarme de allí cuanto antes y sin causar problemas en la relación de mi amiga, para lo que iba a necesitar una buena excusa. Mientras pensaba en soluciones inmediatas, me entró un mensaje en el móvil.

**Óscar:** ¿Podemos vernos? Necesito hablar contigo en persona.

# 2

Quedé con Óscar a mediodía en el Retiro, en un bar de tapas al que solíamos ir cuando aún estábamos juntos. Era un local acogedor y luminoso, con grandes cristaleras y el tejado semiabierto. Me sorprendió que me propusiera comer allí, en lugar de organizar un encuentro rápido en cualquier otro lugar con menos recuerdos. Después de todo, era él el que estaba enfadado y resentido conmigo por haberle dejado tras tres años de relación, aparentemente perfecta.

Nada más lejos de la realidad.

Conocí a Óscar durante mi cuarto año en la universidad. Yo estaba estudiando Publicidad y Relaciones Públicas, y él hacía un máster en Ingeniería Informática. No teníamos nada en común. Éramos polos opuestos. Salvo por un detalle sin importancia: a ambos nos encantaba la tarta de chocolate con helado de mandarina.

Una última porción en la cafetería provocó que nuestros caminos chocaran.

Una batalla verbal para ver quién se la quedaba hizo que nos fijáramos el uno en el otro.

Una decisión salomónica nos unió de la forma más dulce.

Al principio, solo como amigos. Unos que bromeaban

con salir juntos si al cabo de tres años ninguno había encontrado a su pareja ideal. El tiempo pasó, nuestra amistad se estrechó y nos convertimos en una constante en la vida del otro. Hasta que una noche de verano, mientras bebíamos y nos lamentábamos del desastre que era nuestra vida amorosa, nos besamos y acabamos durmiendo juntos.

Y así, sin más, cumplimos la promesa que nos habíamos hecho tiempo atrás.

Llevábamos unos dos años saliendo cuando Óscar me propuso que viviéramos juntos. En aquel entonces, yo estaba harta del piso de estudiantes que compartía con otras chicas desde que llegué a Madrid, y no me detuve a pensar si era el momento de que diéramos un paso tan importante.

Si realmente estábamos en esa página de nuestra historia.

No lo estábamos.

Es curioso, pero en lugar de unirnos, la convivencia nos fue separando poco a poco. Sin problemas ni discusiones. Sin que ocurriera nada trascendente. Solo nos fuimos marchitando.

Una noche, mientras Óscar veía una serie en el sofá y yo ojeaba en mi teléfono las redes sociales, me lo quedé mirando y una extraña sensación se apoderó de mí. Como si estuviera observando a un completo desconocido. Ese pensamiento me provocó un profundo vacío y me hizo darme cuenta de la inercia en la que estábamos viviendo. Óscar y yo compartíamos la casa y la cama, pero ya no compartíamos la vida.

¿Cuántas horas llevábamos allí sentados?

¿Cuántas veces nos habíamos mirado o tocado en ese espacio de tiempo?

Ninguna.

En aquella casa ahora éramos tres: la indiferencia, Óscar y yo.

Nos habíamos distanciado tanto que no encontrábamos las ganas de acercarnos.

Ya no conversábamos, simplemente hablábamos.

En la cama solo dormíamos, con un espacio entre nosotros que no dejaba de aumentar.

Contemplé su rostro y las líneas de su cuerpo, anhelando sentir esa chispa que antes me encendía, la pasión que me hacía lanzarme a sus brazos y quitarle la ropa con impaciencia.

No la encontré.

Ya no existía.

Y ocurrió lo inevitable.

De repente, algo que era precioso se transforma en lo más mundano y no sabes qué hacer para recuperarlo. Me aferré a lo que Óscar y yo habíamos sido, con la esperanza de volver a ser. Sin embargo, me di por vencida antes de intentarlo.

¿Quién podía culparme cuando él tampoco mostraba ningún interés?

Así que hice lo que siempre solía hacer, huir al darme cuenta de que se acercaba el final. No podía quedarme cuando sabía que solo nos íbamos a hacer daño.

Y me fui sin apenas hacer ruido, pensando que así dolería menos.

Óscar no lo vio del mismo modo.

Me acusó de abandonarlo sin molestarme siquiera en intentarlo y sus palabras furiosas me cerraron la puerta en las narices.

Habían pasado dos meses desde entonces.

Lo encontré en la barra. Enfundado en un traje de estilo informal color crema, leía el periódico con aire distraído. Mientras me acercaba, me percaté de que la melena oscura que solía llevar hasta los hombros había desaparecido y ahora lucía un corte degradado que le daba un aire más serio y adulto.

Estaba completamente diferente.

Me paré a su lado con un nudo en el estómago. Sus ojos marrones me devolvieron la mirada y nos quedamos congelados. No sabía qué decir, ni cómo saludarlo, y a él parecía ocurrirle lo mismo. Tragué saliva y cambié de pie el peso de mi cuerpo. No podía ser tan difícil saludar a alguien con quien habías compartido parte de tu vida.

—¡Hola! —dijimos a la vez.

Sonreímos, nerviosos, y con bastante torpeza nos besamos en las mejillas.

Tras intercambiar un par de cumplidos sobre nuestra apariencia, y comentar el calor veraniego que hacía para estar solo a finales de abril, pedimos un par de cervezas y nos dirigimos a una mesa en la terraza.

La mirada de Óscar se movía inquieta de un lado a otro, como si no pudiera o quisiera fijarla en mí. Carraspeé para llamar su atención. Me miró de reojo y yo intenté relajar el ambiente con una sonrisa.

—¡Qué incómodo, ¿verdad?! —dije con la voz entrecortada.

Óscar me devolvió la sonrisa y asintió.

—Un poco. —Cerró los ojos un momento y al abrirlos se le escapó una risita—. ¡Joder, es superincómodo! —Yo también me reí—. ¿Cuánto hace que nos conocemos? ¿Seis años?

—Sí, más o menos.

—Y en todo ese tiempo hemos sido amigos, novios... casi familia.

—Sí.

—Pero aquí estamos, sin saber qué decir.

—Bueno, una forma de solucionarlo es ir al grano y que me cuentes por qué necesitas hablar conmigo.

Él apartó la vista de su copa para mirarme de nuevo. Después exhaló con fuerza y pude ver cómo la tensión abandonaba poco a poco sus hombros.

—Tan fácil como eso, ¿por qué no se me habrá ocurrido a mí? —bromeó.

—Siempre has sido más lento que yo.

Me dedicó una sonrisa relajada.

—Eso no voy a discutirlo.

—Porque tengo razón.

—¿Tú, razón? Sería una novedad para la que no estoy preparado —replicó divertido.

Nos reímos al mismo tiempo. Había demasiadas cosas que habíamos roto y perdido, pero el cariño que nos teníamos no era una de ellas.

—Me voy de Madrid —anunció de golpe.

Arqueé las cejas, sorprendida.

—¿Te vas? ¿Por qué?

—Me han ofrecido un trabajo en Salamanca, en una empresa de aplicaciones móviles y servicios web. Pagan bien y la vida allí es más barata, es una buena oportunidad para mí.

—Pero ¿es lo que quieres hacer? Siempre has dicho que no te veías viviendo en otra ciudad que no fuese Madrid.

Puso cara de fastidio y vació su copa en dos tragos largos.

—Porque nunca he salido de aquí, Lucía. No conozco otra cosa.

—Dicen que Salamanca es preciosa —convine.

—Sí, eso dicen. —Hizo una pausa y respiró hondo mientras tamborileaba con las puntas de los dedos sobre el mantel—. Tengo que dejar el piso y he pensado que querrías quedártelo tú. Te gustaba mucho más que a mí. Además, el casero me ha dicho que no necesita fianza y mantendrá las mismas condiciones en el nuevo contrato, si eres tú la que lo alquila. ¿Te interesa?

Sonreí, pero no fue un gesto alegre. Todo lo contrario. Óscar tenía razón, ese piso siempre me había gustado más a mí que a él, y dejarlo atrás me molestó mucho. Aunque era pequeño y solo contaba con un dormitorio, tenía otras cosas que lo hacían perfecto. Como una terraza en la que daba el sol todo el día y unas paredes gruesas que mantenían a raya el frío en invierno y el calor en verano. Techos altos, suelos de madera y una cocina totalmente reformada.

La idea de volver a vivir allí me encantaba; lástima que ya no fuese posible.

—Te lo agradezco, pero ahora no podría permitírmelo. —Me estremecí al decirlo. Óscar frunció el ceño al mirarme con más atención y se inclinó hacia delante—. Me han echado del trabajo y sin indemnización. No sé lo que tardaré en encontrar otra cosa, por lo que debo controlar mis gastos.

Se quedó boquiabierto.

—¿Te han echado? ¡¿Por qué?!

Me encogí de hombros con desgana, como si no importara. Pero Óscar me conocía lo suficiente para saber que fingía y en realidad estaba hundida.

—Lucía... —me instó.

Me froté los ojos antes de que se me escaparan las lágrimas que apenas podía contener.

Me sonrió. Había dulzura en el gesto. Y cariño. Y lealtad.

—Desde la agencia se han filtrado datos de algunos de los famosos que Nora representa. Lo han hecho con mi correo electrónico y me culpan a mí.

—¿A ti? ¡¿En serio?! —exclamó indignado, antes de añadir—: ¿Quién es tan imbécil para creer que tú has podido hacer algo así?

—¿Todos? —bromeé.

A Óscar no le hizo gracia. Sacudió la cabeza, con la mandíbula tensa y fuego en los ojos. En cierto modo, me consoló verlo tan enfadado.

—Te han cargado con el muerto —masculló.

—Sí.

—Debe de haber algún modo de demostrar que no fuiste tú —dijo pensativo.

La preocupación y su necesidad de ayudarme eran tan evidentes en su rostro que sentí el deseo de alargar el brazo y acariciarle la mejilla. Pero no lo hice, ya no éramos un «nosotros» y hay gestos que desdibujan las líneas que trazamos.

—¿Sabes si hay cámaras en la agencia? Porque sería muy fácil ver quién usaba tu ordenador a la hora que se enviaron los correos electrónicos.

—Solo las que instaló la empresa de seguridad en la puerta principal, no hay otras, y registran el vestíbulo —respondí. En mi cabeza, mis pensamientos estaban completamente revueltos—. Ya he pensado en todas las posibilidades, Óscar. No tengo modo de demostrar mi inocencia y, si agito las cosas, tendré las de perder. Es imposible que gane.

—Siento que estés pasando por esto, Lucía. Sé mejor que nadie lo mucho que te gusta tu trabajo y cuánto te esforzabas. No mereces que te traten así.

Se me hizo un nudo en la garganta.

—Gracias.

—¿Por qué?

—Por no dudar de mí.

—Te conozco, Lucía.

—Y también por lo que acabas de decir, por haberme llamado, por despedirte... por... por todo.

Óscar lanzó un suspiro reflexivo y me miró fijamente. Entonces, sus labios dibujaron una pequeña sonrisa.

—¿Sabes? Tú tenías razón —dijo despacio.

—¿Sobre qué? —No sabía a qué se refería exactamente.

—Sobre nosotros. No había nada que salvar, pero no quise reconocerlo porque me gustaba la vida que teníamos y no quería perderla. Fui egoísta al intentar que continuáramos con una relación que agonizaba y no te hacía feliz. Y al no admitir la verdad, no solo perdí a mi novia, también a mi mejor amiga.

—Óscar, no me has perdido. Yo siempre seré tu amiga, si tú quieres.

Él carraspeó, le costaba lidiar con la situación.

No era el único.

Cuando rompimos, y por la forma en la que lo hicimos, yo perdí toda esperanza de volver a tenerlo en mi vida. Y me dolía, porque fuimos amigos antes que pareja, y a mi amigo no había dejado de echarlo de menos ni un segundo.

Sin embargo, allí estábamos, cerrando heridas.

Fundiéndonos en un abrazo de despedida, que en realidad era un hasta pronto.

# 3

Una de las sensaciones más horribles que existen es verte obligado a permanecer en un lugar donde sabes que tu presencia disgusta, porque no tienes más opciones, y fingir que todo va bien. Así me sentía en casa de Silvia, desde que había descubierto lo que Javi pensaba en realidad sobre mí, y que cada sonrisa y palabra amable que salía de sus labios no era más que una fachada hipócrita.

La necesidad de encontrar otro sitio en el que vivir se convirtió en mi prioridad, junto con lograr un nuevo trabajo. Una cosa no era posible sin la otra.

Envié decenas de currículos, me presenté a todas las entrevistas para las que me seleccionaron y busqué en cada portal de empleo que conocía, con la esperanza de que en alguna parte hubiera algo para mí. Pese a todos mis esfuerzos, no hallé nada que se ajustara a mis expectativas más razonables. Ni siquiera a las más básicas.

Y comencé a desanimarme.

Con qué facilidad mueren las ilusiones cuando lo que nos impulsa hacia delante desaparece y el futuro se vuelve sombrío.

# 4

Era la primera vez que tenía la casa para mí sola todo un fin de semana.

Salté de la cama y fui directa a la cocina, mientras me frotaba los ojos intentando desprenderme del sueño que todavía se aferraba a mi consciencia. Abrí las contraventanas y el sol inundó el espacio. Sus rayos trazaron haces de luz en los que flotaban partículas diminutas de polvo. Alargué la mano y atravesé uno de ellos, dispersando las motas. Al retirarla, otras fluctuaron hasta llenar el hueco.

Ojalá todo lo que se deshace pudiera recomponerse con la misma facilidad.

Miré a mi alrededor con desencanto, no estaba acostumbrada a tanto silencio. Encendí la radio y busqué una emisora con programación musical, que dejé sonando de fondo. Después encendí la cafetera de goteo y metí dos rebanadas de pan en la tostadora.

Mi teléfono comenzó a sonar en la habitación. Corrí a buscarlo, con el corazón a mil por el sobresalto y la ciega esperanza de que pudiera ser una de las muchas empresas a las que había enviado mi currículo. Cuando miré la pantalla, mis latidos se transformaron en golpes furiosos al descubrir el número de mi abuela.

No descolgué.

Me senté en la cama con el teléfono en la mano y un vacío enorme en el pecho, que se fue llenando de culpabilidad. Con el paso de los años y la distancia, la relación con mi familia había ido cambiando hasta complicarse demasiado.

Me marché de Vila Mareva a Madrid con apenas dieciocho años para ir a la universidad, y solo regresaba a la isla durante las vacaciones. Cuando acabé la carrera y me puse a trabajar, sentí que me liberaba un poco más de ese peso que me aplastaba desde que era una niña.

El trabajo se convirtió en mi excusa para visitarlos cada vez menos.

Para alejarme de un pueblo en el que no encontré mi lugar.

Mi vida allí nunca fue fácil. Demasiados recuerdos dolorosos, a los que me costaba enfrentarme. Estaba atascada en las arenas movedizas del pasado. En las marcas que la enfermedad de mi madre dejó en mi alma. En el egoísmo de mi padre, que se excusó en su propio dolor para huir y abandonarnos. En el rechazo y la indolencia de mi hermana. En la utopía familiar que mi abuela creó, porque no podía aceptar la realidad sobre su única hija.

Alejarme de todos ellos fue mi única salida para encontrar una vida en la que no tuviera que esconderme, guardar silencio ni bajar la cabeza.

Llevaba tres años sin pisar la isla. Durante ese tiempo, fue mi familia la que me visitó en alguna ocasión. Odiaba las llamadas telefónicas, porque nunca sabía qué decir ni de qué hablar. Así que siempre las evitaba y mantenía el contacto con ellos a través de mensajes y audios. Cada vez más cortos, más espaciados.

Me había alejado tanto que ya no sabía cómo volver a acercarme.

Tampoco estaba segura de querer hacerlo.

Poco después, mi abuela llamó de nuevo y su insistencia comenzó a inquietarme sobremanera, porque podía comunicarse conmigo de otras formas y no lo hacía.

Aun así, fui incapaz de responder. Era como si algo dentro de mí me inmovilizara. Me atorara la garganta y no pudiera escupirlo.

Pasé el día sin hacer absolutamente nada, salvo ver la televisión tirada en el sofá y pedir comida a domicilio, que ni siquiera me molestaba en servir en un plato. A última hora de la tarde, el aburrimiento pudo conmigo. Dejé la vista suspendida unos segundos en el cielo violeta que podía verse a través de la ventana.

La abrí de par en par y salí al balcón. El aire ya era frío a esas horas, pero resultaba agradable y despejó mis sentidos. También acentuó ese malestar que me golpeaba las heridas no cicatrizadas en cuanto bajaba la guardia. Melancolía, lo llaman. Para mí era como un aguijón que se clavaba en mi epidermis. Un pinchazo doloroso que, cuanto más rascas, más escuece.

Mi teléfono sonó de nuevo.

Eché un vistazo a la pantalla y torcí el gesto.

—Hola, papá —respondí.

—Hola, Lucía. Me alegra oírte. ¿Cómo estás?

—Genial, como siempre —mentí. Nunca me había sentido cómoda con él para hablarle de mí y mis días, ya fuesen buenos o malos—. ¿Tú qué tal?

—Tengo una semana de vacaciones, y Natalie y los niños quieren ir a Olney y pasar unos días en el campo.

—Allí es donde viven los padres de Natalie, ¿no?

—Así es. Estamos a punto de salir, pero antes quería

saber cómo te iban las cosas. Hace tiempo que no hablamos.

Noté una ligera presión en el pecho e inspiré para aflojarla. No funcionó.

—Todo va bien, no tienes que preocuparte.

—Me alegra oír eso —dijo contento—. Aunque siempre me preocuparé por ti, porque eres mi niña.

Me mordí la lengua para no decirle lo que de verdad pensaba sobre su actitud de padre abnegado. A esas alturas, no ganaba nada con ello. Y lo más irónico de todo era que él estaba convencido de ser esa clase de padre.

—Por cierto, el próximo mes iré a Madrid a renovar algunos documentos. ¿Tendrás tiempo para vernos?

—Claro, avísame —contesté.

—Perfecto. Te llamaré cuando sepa el día exacto.

—Vale.

—Adiós, hija.

Colgué el teléfono.

Nuestras conversaciones nunca eran muy largas, pero aquella había batido el récord de la más breve. Al menos, ya no eran tan forzadas y difíciles como antes, cuando nos obligábamos a mantener el contacto para no sentirnos culpables. En parte, se debía a que él había cambiado mucho desde que se enamoró de Natalie, una abogada británica a la que conoció durante una escala en París. El flechazo fue mutuo, y mi padre se mudó casi de inmediato a Londres para vivir con ella y sus dos hijos pequeños.

Ahora era un marido ejemplar, que adoraba a su esposa, y un padre dedicado y presente en la vida de esos niños como nunca lo estuvo en la nuestra.

Me apoyé en la barandilla y respiré la fragante brisa primaveral. Olía a geranios y narcisos, a tierra húmeda, y consigo traía las notas de una melodía que desconocía. Busqué su origen y lo encontré en el edifico de enfrente. Una mujer regaba las macetas de su balcón. En el piso de arriba, una pareja bailaba al ritmo de la música en su salón. Un par de ventanas a la derecha, un gato se lamía el pelaje tras el cristal, sin perder un ápice de su elegancia.

No sé por qué, esas escenas me cerraron la garganta con una emoción inesperada y sin ningún sentido. Imagino que, cuando estamos tristes, percibimos todo lo que nos rodea a través de un filtro taciturno.

Permanecí allí, viendo el sol crepuscular desaparecer tras los tejados y una luna llena dibujándose en el cielo azul violáceo. Cuando el frío se me hizo molesto, regresé adentro y fui a la cocina para prepararme algo de cenar. En la nevera quedaban las sobras de una lasaña de verduras. La puse a calentar en el microondas. Mientras, descorché una botella de vino *frizzante*.

Lo llevé todo a la mesa del salón.

Nada más sentarme en el sofá, sonó un ping y mi teléfono se iluminó con una notificación que anunciaba un mensaje de audio de mi abuela. Me quedé mirando la pantalla hasta que se apagó.

Después, silencio. Latidos acelerados. Culpa amarga. Resignación.

Ya no me quedaban excusas para ignorarla, ni tampoco valor para hacerlo.

Desbloqueé el teléfono y entré en la aplicación.

Contuve la respiración mientras pulsaba sobre el audio.

La voz de mi abuela sonó a través del auricular. Suave y un poco aguda.

—Hola, Lucía. ¿Cómo estás? Espero que bien. Imagino que estos días debes de estar muy ocupada y por esa razón no me has devuelto las llamadas. Bueno, no pasa nada. Pero trata de comer y descansar lo suficiente. Tienes que cuidarte.

Verás, si he insistido mucho estos días es porque debo contarte algo. Hace unas semanas, empecé a no sentirme muy bien. Fui al médico, me hicieron pruebas y los resultados no han sido buenos.

Hizo una pausa y sentí que el mundo entero también se paraba.

Noté una punzada al escucharla hablar de nuevo:

—Me han encontrado un tejido extraño en la base del cráneo. Todo apunta a que es un tumor y tendrán que operarme. Aún no sé cuándo será, porque antes deben hacerme más pruebas y quieren ver cómo respondo al tratamiento inicial. Tampoco sé a qué hospital me derivarán para la intervención. Solo quería que lo supieras por mí.

Parpadeé, tratando de digerir lo que acababa de oír. Cuando las palabras calaron en mi cerebro, un pensamiento espantoso me golpeó:

«Mi abuela está enferma y puede morir. Igual que lo hizo ella».

Me llevé la mano al pecho, me dolía el corazón de un modo horrible.

—Aquí te echamos mucho de menos y nos encantaría verte. No imaginas cuánto. Podrías aprovechar el próximo fin de semana y hacer una escapada. Disfrutar un poco del sol, del mar, y cargar las pilas al aire libre. El jardín está precioso en esta época, deberías ver cómo ha crecido la buganvilla que plantamos. Y hornearé la empanada que tanto te gusta. —Lanzó un suspiro—. Oye, estoy pensando... ¿Por qué no invitas a Óscar a venir contigo? Lleváis tres años saliendo y aún no he tenido la oportunidad de conocer al hombre que le robó el corazón a mi nieta. Además, Laura te necesita ahora más que nunca, aunque jamás lo admitirá. ¡Ya sabes cómo es! Sergio le ha pedido el divorcio y lo está pasando francamente mal. Se ha mudado con nosotros, la casa es de él y quiere venderla cuanto antes. También ha dejado su trabajo en la clínica y no sabe si podrá recuperar su plaza en el conservatorio. Está sufriendo y conmigo apenas habla. Quizá se abra contigo. —Soltó una risita incómoda, al tiempo que se le entrecortaba el aliento. Continuó con la voz llena de emoción—: Sé que parece que trato de convencerte a toda costa y es verdad. Lucía...

Hizo otra pausa y yo dejé de respirar. El miedo a otro golpe me estrujaba el pecho como si fuese una garra afilada. Ella estaba enferma, el matrimonio de mi hermana se había roto. ¿Qué más podía ir mal?

Su voz prosiguió:

—Hemos tenido nuestras desavenencias, pero así son las familias, imperfectas. El amor no evita que nos hagamos daño, ni que nos alejemos tanto como para no saber volver. Pero el amor también nos une en los momentos difíciles. Estos últimos días he pensado mucho en lo fugaces que somos realmente las personas, pero vivimos como si tuviéramos todo el tiempo del mundo y no es así. De un día para otro, lo que damos por sentado puede terminar y no hay orgullo ni rencor que nos proteja después del arrepentimiento. En fin, si tienes tiempo, llámame para que podamos hablar. Me gustaría mucho oírte. Te quiero... Todos te queremos.

El audio terminó y yo permanecía inmóvil en el sofá. Me costaba respirar y mis ojos no paraban de soltar lágrimas. Algo se estaba rompiendo dentro de mí, podía sentirlo con total claridad. Como cuando un dique se resquebraja y el agua comienza a fluir a través de las grietas, con tanta presión que la piedra empieza a ceder y acaba reventando.

Ya había experimentado la desesperación que se siente cuando la muerte te arrebata a un ser querido. El dolor que se aferra a los huesos. La conmoción que te paraliza. La culpabilidad que te destroza por dentro al pensar en todas esas cosas que pudiste haber hecho y que ya no podrás. Las palabras que no dijiste. Los pensamientos que te guardaste. Los abrazos que rechazaste. El perdón que no pediste y que nunca ofreciste.

El problema es que el tiempo atenúa el dolor y la culpa, y aligera los remordimientos. Y poco a poco olvidamos cómo nos sentimos en ese instante en el que fuimos conscientes de la pérdida del ser que amábamos. Cuando asimilamos que se ha ido para siempre.

Había vivido esa experiencia en dos ocasiones y no podía permitirme pasar por una tercera. Sí, llevaba tanto tiempo enfadada con mi familia que no recordaba haberme sentido de otra manera. Me había alejado de ellos y forzaba esa distancia aferrándome a mi orgullo, convenciéndome de que no los necesitaba. Culpándolos por el acoso escolar del que no me habían protegido. Por la soledad en la que siempre había vivido. Por todas esas cosas que hacían que me sintiera diferente a los demás. Menos que los demás.

Sin embargo, no tenía derecho a castigarlos con tanta indiferencia, porque nunca les pedí ayuda. Jamás les conté lo que me preocupaba ni cómo me sentía, el infierno que vivía cada día. Nunca me quejé. Tampoco me rebelé contra mi abuela por no protegerme de mi madre, ni me enfrenté a mi hermana por ignorarme y mirar a otro lado cuando me hacían la vida imposible. Nunca reuní el valor para decirle a mi padre que lo necesitaba.

No pude despedirme de Rubén, tampoco de mi madre.

Si hubiera sabido que iba a perderlos tan pronto y sin previo aviso, habría intentado hacer algunas cosas de forma distinta. Pero mi abuela seguía aquí y a mí me asustaban los remordimientos.

Hice a un lado mis dudas y mis sentimientos encontrados y, sin pensar en nada más, compré un billete de tren a

Valencia para la mañana siguiente. Una vez allí, tomaría el ferri que me llevaría de regreso a la isla donde nací y crecí, al pueblo que guardaba lo mejor y lo peor de mí.

Cuando tuve todo el equipaje listo, me senté en la cama y le escribí un mensaje a mi abuela.

**Lucía:** Iré lo antes posible.

**Yaya:** Por favor, avísame para que pueda ir a recogerte.

**Yaya:** Gracias.

# 5

Apoyada en la barandilla del ferri, contemplé un banco de peces que nadaba muy cerca del casco. El agua turquesa era tan clara y transparente que podías verlos impulsarse como pequeñas flechas plateadas en una misma dirección. A mi espalda, unos niños comenzaron a gritar. Un grupo de delfines habían aparecido en la proa y saltaban entre la espuma y las olas que el casco creaba al romper la superficie del mar.

Crucé la cubierta de un lado a otro y me asomé por la borda para verlos.

Uno de los niños chocó conmigo. El golpe empujó mi cuerpo hacia delante y, por un instante, mis pulmones dejaron de funcionar. Todo se volvió negro. Me aferré a la barandilla con mucha fuerza y parpadeé para deshacerme de la sensación de vértigo. Del miedo.

Mi relación con el mar era difícil y extraña.

Al levantar la vista, divisé la isla y el corazón me dio un vuelco.

Me dije a mí misma que estaba haciendo lo correcto y volví a enumerar las razones por las que haber dejado Madrid no era una locura tan descabellada. No tenía trabajo, ni casa ni novio. Nada me ataba a sus calles de asfalto y edificios de hormigón, acero y cristal.

Conforme nos íbamos acercando a la costa, el puerto se volvió más nítido. Las embarcaciones tomaron forma frente al muelle, donde los pescadores descargaban el pescado fresco, que luego venderían en la lonja. Desde allí, el pueblo se abría como un abanico. Las torres de las iglesias y la catedral destacaban en altura sobre los tejados, recortadas en un cielo azul envuelto en una ligera neblina.

Recorrí con la mirada la línea de la costa, las largas playas de arena y las ensenadas en forma de media luna que ocultaban calas paradisíacas. Al fondo, la sombra oscura del rompeolas en el que Rubén perdió la vida se adentraba en el mar. Un poco más allá, la cúpula del viejo faro donde me quedé esperándolo destellaba bajo los rayos del sol.

Su recuerdo siempre estaría ligado a esos lugares. Sin embargo, después de catorce años, su rostro se había desdibujado tanto que ya no lograba verlo con claridad. Apenas era una sombra borrosa en mi mente. El dolor había desaparecido de mi interior y, cuando pensaba en él, sentía un calor agradable y sonreía con cariño, porque había tenido la suerte de conocerlo y de que formara parte de mi vida. Lo mejor que me había pasado nunca. Mi tesoro. Mi secreto. Que nadie podría jamás empañar.

Por megafonía anunciaron la entrada a puerto y la maniobra de atraque.

Poco después, el ferri se detuvo y por fin pude desembarcar.

Con una maleta en cada mano, me dirigí a la única parada de taxis que había en todo el pueblo. Se encontraba al final de la calle que unía el puerto turístico con el paseo marítimo. Cuando llegué, la cola de pasajeros que esperaban para conseguir un coche era infinita.

Hacía calor y no había ninguna sombra bajo la que protegerse del sol.

Se me escapó un suspiro extenuado y, con él, una gota de sudor resbaló por mi espalda.

Vila Mareva era un lugar que visitaban muchos turistas, pero no dejaba de ser un pueblo pequeño, con un servicio de transporte acorde a su tamaño y número de habitantes, y que se veía reducido a mínimos los domingos.

Me apoyé en el poste de una señal de tráfico y sopesé mis opciones; y no eran muchas, la verdad. Esperar un taxi que podría tardar una eternidad, llamar a casa para que vinieran a buscarme o ir caminando con mis bailarinas nuevas y dos maletas llenas, cuesta arriba casi todo el trayecto y con una humedad infernal que ya me empapaba la ropa.

Opté por la que me parecía menos fastidiosa: caminar.

Con manos sudorosas, agarré mis maletas y tiré de ellas hacia la avenida principal.

A medida que mis pasos me adentraban más y más en el corazón del pueblo e iba reconociendo los edificios, las tiendas y restaurantes, rostros y voces, empecé a sentir un peso molesto en el estómago. No porque dudara o me arrepintiera de estar allí, de esa decisión estaba segura. Me preocupaba si mi mente, mi corazón y mi conciencia eran lo bastante fuertes como para gestionar la marejada de sentimientos que ya comenzaban a temblar bajo mis costillas.

Me detuve un momento bajo el toldo de una cafetería para recuperar el aliento. Inspiré un par de veces y le eché un vistazo a mis talones doloridos. Iba a terminar con ampollas por culpa de los zapatos. Mientras consideraba si me los quitaba y continuaba descalza, alguien chocó conmigo.

Me giré y me encontré con una caja repleta de botes de miel a la altura de los ojos.

—Perdona, no te he visto —dijo una voz masculina.

Alcé la vista y reconocí a alguien al que le guardaba un gran cariño, el antiguo conserje de mi instituto. Me lo quedé mirando con una sonrisa.

—¿Diego?

Él me devolvió la mirada. Frunció el ceño, confundido. Recorrió mi cara y vi que se detenía en mis ojos. De pronto, una chispa de reconocimiento iluminó su semblante.

—¿Lucía? —Asentí con la barbilla—. ¡Lucía Serra, eres tú! ¿Cuánto... cuánto tiempo ha pasado? —Sacudió la cabeza y su sonrisa se hizo más amplia—. Pero ¡mírate! Has cambiado mucho, casi no te reconozco.

—Espero que para bien —me reí, contenta por su reacción.

—Por supuesto que sí. —Se fijó en mi equipaje—. ¿Llegas o te marchas?

—Acabo de llegar. Voy de camino a casa.

—¡¿Andando?! —exclamó con los ojos como platos.

—No está tan lejos.

Me miró ceñudo y dejó escapar un suspiro.

—Vamos, te acercaré. He aparcado la camioneta un poco más arriba.

—Diego, no es necesario que te molestes, yo puedo...

No me dejó terminar.

—No es ninguna molestia y me pilla de paso. ¡Así que vamos!

Echó a andar y yo lo seguí sin dejar de sonreír. Diego era un buen hombre, y siempre le estaría agradecida por cuidarme como lo hizo cuando estaba en el instituto. Durante esos cuatro años, fue el único adulto que se dio cuenta del martirio que esas chicas me hacían pasar cada día y, a su manera, trató de ayudarme cuando yo se lo permitía.

Habían pasado doce años desde entonces y su aspecto era el mismo. Su pelo se había vuelto más blanco y tenía algunas arrugas donde antes no las había, pero continuaba transmitiendo la misma bondad y calidez que recordaba.

Me guio hasta una camioneta Toyota de color gris.

Colocó los tarros de cristal en la parte trasera y luego hizo lo mismo con mis maletas. Segundos después, arrancaba el motor y nos poníamos en marcha. Me sequé con la mano el sudor de la nuca y me lamí los labios. Tenía sed. Y calor. Bajo mis pantalones el plástico del asiento abrasaba.

—Abre la ventanilla si tienes calor, el aire acondicionado de este trasto dejó de funcionar el año pasado y ya no fabrican las piezas de repuesto —dijo Diego.

Le di unas cuantas vueltas a la manivela y cerré los ojos al notar la brisa en el rostro. Olía a sal marina, palomitas y algodón de azúcar. Familias con niños llenaban las aceras y, al pasar junto a la plaza de la Constitución, esos detalles que parecían fuera de lugar cobraron sentido. Habían montado una pequeña feria infantil con atracciones y un espectáculo de títeres.

Cuando éramos pequeñas, Laura y yo nos volvíamos locas con esas cosas. Supongo que como todos los niños, pero para mí eran momentos especiales, porque los compartía con ella. Hasta que un día ella se dio cuenta de que ya no le apetecía pasar tiempo conmigo.

Diego me miró con una sonrisa y yo le respondí con otra.

Avanzamos por el laberinto de callejuelas y poco a poco dejamos atrás el centro.

—¿Y todos esos tarros? —le pregunté para entablar conversación, y también porque sentía curiosidad.

Diego echó un vistazo a la caja a través del cristal trasero y sonrió de oreja a oreja.

—Soy apicultor, ahora elaboro miel.

—¿En serio?

—Es algo que había querido hacer desde siempre. Así que,

nada más jubilarme, compré media docena de colmenas y me lo tomé como un *hobby*. Ahora tengo unas sesenta y proveo de miel y jalea a varias tiendas y restaurantes.

—Eso es genial, Diego.

—Salvo cuando las abejas te pican —bromeó y rompió a reír.

Continuamos hablando de cosas sin importancia, y traté de responder a sus preguntas sobre cómo era mi vida ahora y las cosas que había hecho, sin entrar en muchos detalles.

La camioneta renqueó un poco al subir el último tramo de calle. Diego aceleró y el asfalto dio paso a un camino de grava, que crujía bajo el peso de los neumáticos. La casa de mi familia apareció al frente, con sus paredes de piedra rojiza de casi doscientos años y las contraventanas de madera, pintadas de azul brillante. Rodeada por un muro, desde fuera solo se podían ver el segundo piso y las copas de los árboles.

Me despedí de Diego con un abrazo y esperé a que se marchara antes de entrar. Necesitaba un momento para calmar los nervios que me arañaban la tripa. Inspiré y exhalé lentamente varias veces. No sirvió de nada. Mi corazón latía tan rápido que no había modo humano de calmarlo.

Empujé la verja metálica y entré arrastrando las maletas.

Todo estaba igual, como si el tiempo no hubiera avanzado en los tres últimos años. Observé la buganvilla, que se enredaba en las esquinas hasta el tejado, para caer en cascada como una cortina fucsia sobre la fachada. Las jardineras con citronela en las ventanas y los dos gatos asilvestrados que solían colarse en la propiedad para dormitar a la sombra de los arbustos.

Los miré y ellos me devolvieron la mirada sin ningún interés.

Me obligué a poner un pie detrás de otro en el camino de baldosas hasta la entrada.

Llamé al timbre y esperé.

No tenía ni idea de qué tipo de bienvenida iba a recibir. Había puesto demasiada distancia entre ellos y yo.

Se oyeron pasos apresurados. La puerta se abrió y al otro lado apareció mi abuela. Llevaba un delantal manchado de harina y el pelo recogido en una coleta, de la que escapaban mechones blancos. Me miró con los ojos abiertos de par en par.

—¡¿Lucía?!

—Hola, yaya.

—¿De verdad eres tú? —Asentí mientras aguantaba la respiración—. Dijiste que vendrías lo antes posible, pero no que sería tan pronto.

—Quería daros una sorpresa —repuse casi sin voz.

Mi abuela sonrió y salió a mi encuentro con los brazos abiertos. Me estrechó contra su pecho y plantó un beso en mi sien. Aspiré su olor y cerré los ojos. Siempre me gustó cómo olía. A flores, dulces recién horneados y un aroma sutil que solo era de ella. Como el color inusual de sus ojos, de un azul tan profundo que daban la impresión de ser violetas.

—Y lo has hecho, la mejor sorpresa del mundo —comentó emocionada. Me abrazó más fuerte y noté el picor de las lágrimas en los ojos y en la nariz—. Te he echado mucho de menos —susurró contra mi pelo. Después dio un paso atrás para mirarme de nuevo y enmarcó mi rostro con sus manos—. Pero deberías haberme avisado al llegar y habría ido a buscarte al puerto.

—La próxima vez —repliqué con una sonrisa.

—¡Qué feliz me hace que estés aquí!

Tomó una de mis maletas y me rodeó la cintura con un brazo mientras entrábamos en la casa.

—Francesc, Laura... ¡Mirad quién ha venido!

—¿Sira? —respondió mi abuelo desde el piso de arriba.

—Baja, rápido.

—¿Qué ocurre?

—¡Corre! ¡No vas a creer lo que nos ha traído la marea!

Se oyeron ruidos y mi abuelo no tardó en aparecer trotando escaleras abajo, con la camisa abierta y una diadema con la que mantenía su cabello anillado lejos del rostro.

—Un día de estos vas a conseguir que me dé un ata...

Frenó sus pasos al verme y se me quedó mirando como si yo fuese un fantasma.

Inspiró hondo y sus facciones se dulcificaron.

—Por Júpiter, estás aquí.

Mi abuelo era un hombre serio y reservado en apariencia. Aunque, en realidad, era más bien ingenioso y distraído. Un alma creativa que había dedicado toda su vida a la historia y la literatura. Primero como profesor y más tarde como escritor, cuando su primer libro publicado llegó a ser un éxito de crítica y ventas. Una historia sobre la vida de un prisionero de guerra norteño, que acabó convertido en auriga durante la dinastía Flavia. Esa primera historia dio paso a una larga saga, cuyas regalías les permitían a él y a mi abuela vivir cómodamente.

—¿Cómo estás, yayo?

Su risa ronca vibró en mis oídos. Se acercó y me besó en las mejillas.

—Feliz, ahora que te veo.

A mi lado, mi abuela me apretó la mano. Ambos me miraban emocionados y yo no tenía ni idea de qué decir o cómo comportarme. Porque desde que ella me había abierto la puerta, mi cuerpo no lograba relajarse y mi mente solo podía pensar que estaba enferma. En su interior palpitaba una bomba que podría arrebatármela de un día para otro.

De repente, nada antes de ese momento tenía sentido. Nada era más importante.

Ni el pasado, ni los resentimientos acumulados. Tampoco mi corazón lleno de muescas, una por cada vez que me hicieron sentir invisible hasta desdibujarme por completo.

Nunca dudé de que me quisieran, pero no fueron la familia que yo necesitaba.

—¿A qué vienen esos gritos?

Me di la vuelta y encontré a mi hermana parada en el pasillo, vestida con un pantalón blanco y jersey de hilo marrón. Su larga melena ahora apenas le rozaba los hombros y había recuperado su color natural. No recordaba que hubiera llevado el cabello tan corto antes. Ni tampoco haberla visto sin maquillaje desde que cumplió los dieciséis. Ni tan delgada.

Cuando mi abuela mencionó que Laura lo estaba pasando muy mal con el divorcio, no imaginé hasta qué extremo. Me sentí mal por ella. Pese a nuestras diferencias, era mi hermana y no quería que sufriera.

Nos miramos la una a la otra sin hablar. Congeladas. Mil cosas inundaron mi mente mientras me forzaba a hacer o decir algo que acabara con la incomodidad.

—Hola —la saludé en un susurro.

—Hola.

—¿Cómo estás?

—Bien. ¿Y tú? —me preguntó a su vez.

—Bien, como siempre.

Cruzó los brazos sobre el pecho e inclinó la cabeza para mirarme de arriba abajo.

—Veo que has venido.

—Debería haberlo hecho mucho antes —dije con sinceridad.

—Cada uno tiene sus prioridades y tú siempre estás tan ocupada —puso un énfasis exagerado en las últimas dos palabras.

—Ahora no lo estoy. Pero, dadas las circunstancias, habría venido incluso si lo estuviera —le aseguré con la necesidad de justificarme.

—¿Y piensas quedarte mucho tiempo?

Apreté los dientes al notar el tonito impertinente con el que deslizaba las palabras. Ahí estaba la hermana que yo recordaba. Solo había tardado un minuto en sacar a relucir su molesto sarcasmo para meterse conmigo.

Un millón de discusiones y recuerdos parecidos me asaltaron, y no me costó ponerme a su nivel. Era como un reflejo aprendido. Una reacción instintiva. Contraataqué.

—¿Por qué? ¿Te molesta que pueda quedarme?

—No, qué va.

—Pues parece lo contrario.

Soltó una risita mordaz y sacudió la cabeza.

—Me es indiferente. Solo pregunto, porque vienes con un montón de equipaje, cuando lo normal era una bolsita de mano con lo justo para un fin de semana. Siempre has tenido prisa por marcharte.

—Laura... —Mi abuelo le llamó la atención.

—Eso no es cierto —repliqué a la defensiva.

—Llevas tanto tiempo sin aparecer que puede fallarme la memoria.

—¡Laura! —la regañó él de nuevo.

—¿Qué? No la critico, solo digo que no recuerdo cuándo fue la última vez que vino. ¿Cuántos años han pasado? ¿Tres... cuatro?

—Menos tiempo del que tú llevas sin visitarme a mí —solté con un bufido.

—¿Visitarte para dormir en un hotel? No, gracias.

—En mi piso no había espacio.

—Si tú lo dices...

—¡Vaya, no me había dado cuenta de lo tarde que es! —intervino mi abuela con voz aguda. Después se dirigió a mi abuelo—: Francesc, deberíamos organizar ya la cena, ¿verdad?

—Sí, sería lo mejor. Pondré la mesa en la terraza, fuera estaremos bien.

—¡Qué buena idea! —exclamó ella. Luego me miró algo avergonzada—. Lucía, ¿por qué no aprovechas para deshacer las maletas? Tu cuarto sigue igual que siempre.

Asentí mientras los latidos acelerados de mi corazón aún me golpeaban las costillas.

Me dedicó una sonrisa y se encaminó a la cocina. Por el rabillo del ojo vi que agarraba a mi hermana por la muñeca y se la llevaba consigo. Las oí susurrar, entre armarios que se abrían y el tintineo de los platos. No podía entender lo que decían, aunque por el tono habría jurado que discutían.

Sentí curiosidad y el impulso de acercarme y escuchar a escondidas. Sin embargo, el agotamiento pesaba en cada nervio de mi cuerpo y no tenía ningún deseo de oír a mi hermana criticándome.

Mi habitación se encontraba al fondo del pasillo, frente a la que había sido de mis padres.

La puerta chirrió un poco al empujarla y un fuerte olor a citronela me golpeó la nariz. En lugar de encender la luz, me moví a tientas en la penumbra hasta la ventana. Descorrí las cortinas. Abrí las dos hojas de cristal y después las contraventanas de madera.

Unas vistas increíbles aparecieron frente a mis ojos.

Un paisaje casi de acuarela.

Desde donde se ubicaba mi habitación, podía verse el borde del acantilado y el mar salpicado de crestas de espuma extendiéndose hasta el infinito. Un par de pesqueros faenaban cerca de las boyas. Sobre ellos, bandadas de gaviotas y cormoranes trataban de robarles la pesca de las redes.

Inspiré hondo. El aire sabía a sal y se me pegaba a los

pulmones. Pero, por alguna razón, lo sentía limpio, ligero y suave. Mis labios se estiraron con una sonrisa. No importaba si por cada recuerdo bueno había veinte malos que lo ensombrecían. Ni que todos mis traumas se hubieran forjado a lágrimas y soledad bajo ese cielo.

Era el pueblo más bonito del mundo y yo había nacido en él.

Era mi hogar.

Puede que nunca lo hubiera sentido del todo como tal. Aun así, podía esforzarme porque lo fuese un poco más y disfrutar del tiempo que iba a pasar allí.

A fin de cuentas, ya no era la niña ni la adolescente de entonces. Ahora era una mujer adulta, con experiencia en la vida y un único pensamiento en la cabeza desde que había llegado: pasar página, de una vez por todas. Estaba cansada. Agotada. Harta de sentirme culpable y herida. De verme como una eterna víctima y tenerme lástima a mí misma. De nadar en círculos en medio del pasado y al mismo tiempo fingir que ese pasado no había ocurrido mientras seguía adelante.

Porque de nada sirve esconder lo que nos molesta ni sepultar lo que nos duele. Tampoco ignorar las heridas del corazón ni la memoria del alma, con la esperanza de que el tiempo lo cure todo, como si pudiera obrar milagros.

Y solo había necesitado un golpe de realidad para darme cuenta y reaccionar. Para poner los pies en la tierra y recordar que la muerte es lo único que no podemos cambiar ni evitar. No espera a que estés lista ni a que sepas valorar lo que vas a perder. Le importa una mierda lo que pase después.

No quería seguir siendo esa persona que se pasa la vida esperando a que llegue un momento mejor, cuando ya sabía por propia experiencia que el que vivo puede ser el último.

Quería ser esa Lucía que, muchos años atrás, cuando solo era una niña, pude entrever y empezar a conocer. La que no esperaba a que las cosas sucedieran por sí solas, sino que las buscaba y las propiciaba. La Lucía que se enamoró de un chico tan raro como ella y comenzó a gustarse, porque él siempre encontraba el modo de hacerla sentir especial.

Esa chica debía de estar aún allí, en alguna parte. No podía haber desaparecido del todo. Por tanto, si la buscaba con determinación, quizá pudiera dar con ella y ayudarla a salir de su escondite. A ser valiente y no tener miedo a la incertidumbre. A defenderse del egoísmo, la estupidez y la maldad de la gente.

Quería ser esa Lucía.

E iba a encontrarla.

# 6

A la mañana siguiente, me desperté cuando la claridad del día empezó a abrirse paso entre las cortinas. Con los ojos cerrados, me estiré bajo las sábanas y hundí el rostro en la almohada con la intención de volver a dormirme. Lo intenté, pero el ladrido insistente y lejano de un perro no me dejaba conciliar el sueño de nuevo.

Me incorporé hasta sentarme, con la almohada abrazada al pecho. Me aparté el pelo de la cara y durante unos minutos solo respiré. Era raro no despertar con los sonidos estridentes de una gran ciudad de fondo. Estaba acostumbrada al ruido, a los sobresaltos. A salir corriendo y dormir deprisa. Esa sensación de alarma arraigada en mi estómago chocaba con la calma que me rodeaba y me sentía incómoda.

Paseé la vista por mi antigua habitación y me fijé en lo limpia que estaba. Incluso las sábanas olían a recién lavadas. Se me encogió el estómago al pensar que la habían mantenido impoluta todo ese tiempo y sin saber si yo regresaría.

Cerré los ojos con fuerza. Al abrirlos, la presión en el pecho era menos asfixiante.

Salté de la cama como un resorte, saqué algunas prendas de la maleta y fui a darme una ducha.

Mientras me secaba el pelo, rememoré la cena de la noche anterior. Mentiría si dijera que fue incómoda, y también si afirmara que estuvo bien. En cualquier caso, no fue tan difícil como esperaba que lo fuera.

Laura apenas abrió la boca, ni siquiera para comer, y se mostró distante la mayor parte del tiempo. Al contrario que mis abuelos, cuyos esfuerzos se centraron en lograr que me sintiera a gusto. Apenas me preguntaron sobre cómo me iban las cosas en Madrid, mi trabajo en la agencia o mi relación con Óscar. Se mostraron prudentes y comedidos, y en silencio les estuve muy agradecida.

Pensaba contarles la verdad sobre la situación que estaba atravesando, pero necesitaba tiempo. Aunque pretendía dejar el pasado atrás y recuperar mi relación con ellos, era más fácil desearlo que dar el paso. Abrirme y compartir mis problemas y complicaciones nunca me había resultado fácil. Ni siquiera con mi mejor amiga.

Escuché con interés sobre el nuevo libro en el que mi abuelo trabajaba desde hacía unos meses. Se le veía muy emocionado con el proyecto. Le brillaban los ojos y sus labios no perdían la sonrisa, mientras me narraba el argumento y lo compleja que sería la acción bélica, por los distintos puntos de vista.

Mi abuela repartía su tiempo entre un sinfín de actividades: clases de yoga, de taichí, clubes de lectura y distintos talleres, que la ayudaban a distraerse y mantenerse ocupada. También a relacionarse con la gente del pueblo, algo por lo que nunca se preocupó cuando mi madre vivía. En ese tiempo fuimos una familia bastante reservada, que mantenía las distancias y se aislaba en una burbuja, sobreprotegida. Si bien ese hermetismo nunca nos ayudó a pasar desapercibidos. Al contrario, en un pueblo pequeño en el que nunca ocurre nada, lo desconocido se acaba convirtiendo en un misterio que resolver para los curiosos.

La observé mientras me contaba entre risas cómo estuvo a punto de dislocarse la cadera en una clase de zumba. Recorrí su rostro como si lo viera por primera vez, fijándome en los detalles. El paso del tiempo había dejado huellas en ella, pero su belleza continuaba inalterable. También esa serenidad amable y paciente que siempre transmitía. Era capaz de mantener la compostura en situaciones en las que otros se habrían derrumbado o explotado.

Casi toda mi vida creí que su actitud se debía a una falta de preocupación. No daba la importancia suficiente a los problemas que teníamos, aunque esos problemas estuvieran destruyendo poco a poco nuestra familia.

Después, cuando crecí y la edad adulta me colocó frente al mundo, empecé a pensar que esa indiferencia quizá no fuese más que miedo, y su forma de afrontarlo era fingir que no pasaba nada y mirar a otro lado. Tal vez, el único modo que encontró para ser fuerte y mantenernos unidos fue aparentar que lo era y que en todo momento sabía lo que hacía.

A veces nos concentramos tanto en lo que la gente parece que no vemos cómo son ni todo lo que son realmente.

En el transcurso de la cena, en varias ocasiones traté de que me hablara de su enfermedad. Quería saber cómo se sentía, qué opinaban sus médicos y si yo podía hacer algo para ayudarla. Con una sonrisa despreocupada, esquivó todos mis intentos con evasivas triviales sobre el momento y el lugar. Y yo lo dejé correr, porque de nada sirven las sonrisas cuando los ojos son incapaces de mentir. Los suyos miraban a través de un velo triste que no podía disimular la tormenta que los nublaba al observarnos, como si pretendiera retener en su memoria cada segundo de ese tiempo juntos.

La casa olía a café y algo dulce recién horneado.

Entré en la cocina y vi a mi abuela inclinada sobre la

mesa, con un cuenco en una mano y en la otra una brocha, con la que untaba huevo batido en unos bollos de hojaldre.

—Buenos días —saludé.

Ella levantó la vista y me sonrió.

—¿Has descansado?

—La verdad es que sí —respondí.

Había dormido del tirón, lo que para mí era un logro después de las semanas tan estresantes que había tenido.

—Queda café en la cafetera y acabo de sacar del horno unos pastelitos rellenos de confitura.

—¿De fresa? —pregunté esperanzada.

Mi abuela arrugó la nariz con un gesto entrañable y lanzó una mirada a la encimera. Mis ojos siguieron esa dirección y descubrí una bandeja cubierta con un paño de cocina. Rodeé la mesa y me acerqué con paso rápido. Al levantar el paño, el olor dulce de las fresas mezclado con el del hojaldre caliente se coló en mi nariz y despertó mi apetito.

Tomé uno y me lo metí en la boca entero. Gemí sin pudor. Lo mastiqué despacio saboreando el almíbar, tan denso que parecía miel por su consistencia. Comí otro con los ojos cerrados y una sonrisa de azúcar glas en los labios. Me encantaban esos pastelitos desde que podía recordar, eran mis favoritos.

Mi abuela sirvió dos tazas de café.

—¿Aún lo tomas solo por las mañanas?

—Sí —contesté.

—Ten cuidado, la taza está caliente —dijo al colocarla sobre la mesa, junto con el azucarero.

Endulcé el café con dos cucharadas de azúcar y bebí un sorbo.

La puerta que daba al jardín estaba abierta. Con la taza acunada en mis manos, me abrí paso a través de la cortinilla de cuentas de bambú y salí al porche. Al verme, uno de los gatos salió disparado de debajo de la mesa y se escondió tras las peonías.

—Buenos días a ti también —le dije.

Me apoyé en la columna y respiré el aire húmedo que flotaba en el ambiente. La noche anterior no había podido apreciarlo y me sorprendió lo exuberante que se veía el jardín. Un oasis de árboles, arbustos, hierbas ornamentales y plantas de flor y trepadoras, que habían cubierto por completo la pérgola de madera y gran parte del muro que delimitaba la propiedad.

Una ráfaga de viento agitó las hojas y el sonido de los carillones se extendió con un efecto mágico. Había decenas de ellos colgando de los árboles, de diversos materiales como cristales, conchas y metales. Mi madre los colocó allí muchos años atrás, convencida de que esos instrumentos ahuyentaban las malas energías y nos protegían.

Por un momento, mi mente regresó al pasado y un recuerdo se abrió camino como un haz de luz a través de una ventana entreabierta.

Era un día de verano y lloviznaba, los rayos de sol se colaban a través de las nubes y pintaban arcoíris frente a nuestros ojos. Mamá corría descalza entre los árboles, con el vestido empapado y el pelo pegado a la espalda. Reía y hacía piruetas en el aire, mientras Laura y yo la seguíamos agitando nuestros brazos, con unas pequeñas alas de mariposa confeccionadas con tul y lentejuelas, colgadas de nuestros hombros menudos. No tendríamos más de seis y siete años, y en aquel entonces nuestra madre aún era un hada que brillaba y sus abrazos nos tranquilizaban.

Con dedos temblorosos, me llevé la taza a los labios y bebí otro sorbo.

Me di la vuelta y observé a mi abuela, que metía otra bandeja con pasteles en el horno.

—¿Dónde están los demás? —quise saber.

—Tu abuelo está en su estudio, escribiendo. Y Laura ha ido a hacer unas compras.

—No esperaba encontrarla tan mal.

—Se está divorciando, no es una experiencia agradable —dijo mientras abría el lavavajillas y comenzaba a llenarlo.

Negué con la cabeza, confundida. No entendía nada de nada. Laura y Sergio eran la pareja perfecta. O eso decía todo el mundo. Se conocieron durante unas vacaciones de verano, cuando coincidieron en la boda de unos amigos que tenían en común. Fue amor a primera vista, un flechazo que unió sus corazones y que culminó pocos meses después con su propio casamiento.

—Solo llevaban cuatro años juntos y se adoraban el uno al otro, ¿qué les ha pasado?

—Esa pregunta debería responderla tu hermana.

Hice una mueca.

—Ya... como si lo fuese a hacer. ¡Me odia!

—No te odia, Lucía.

—Pues lo disimula muy bien —mascullé y tomé el último pastelito que quedaba en mi plato. Lo engullí de un solo bocado—. ¿Ha sido por cuernos?

Mi abuela levantó la cabeza y me miró sorprendida.

—¡No se han separado por una infidelidad!

—¿Entonces? —insistí, me costaba creer que no supiera nada.

Ella dejó a un lado el paño con el que estaba secando unos vasos y apoyó la cadera en la encimera. Suspiró a la vez que se recogía el pelo tras las orejas.

—No conozco todos los detalles, ya sabes que Laura nunca ha sido muy comunicativa. Lo único que puedo decirte es que fue Sergio quien propuso la separación, y lo hizo de un día para otro. Le dijo a tu hermana que se había dado cuenta de que no estaba preparado para asumir las responsabilidades que conlleva un matrimonio y hacer más sacrificios.

Pestañeé sin dar crédito a lo que escuchaba.

—¡¿Más sacrificios?! Pero si Laura se encargaba de todo en esa relación. Hasta dejó de dar clases en el conservatorio para trabajar en su clínica, y gratis. Menudo imbécil, sigo sin entender qué vio ella en él. ¡Si le da mil vueltas! —resoplé exasperada y entrecerré los ojos con malicia antes de añadir—: Ojalá pille sarna y se quede calvo. Eso sí que le dolería.

Mi abuela levantó una ceja y sonrió.

—Me alegra ver que aún defiendes a tu hermana.

—No es lo que hago —repliqué.

Ella puso los ojos en blanco y continuó secando más vasos.

La observé de soslayo.

Tenía razón en cuanto a defender a mi hermana. Yo misma me había sorprendido por lo instintiva que había sido mi reacción, y no sabía si eso me convertía en una tonta o en un ser humano sin más. Porque si algo tenía claro era que Laura no se merecía ni mi preocupación ni mi afecto.

Y con todo, allí estaba yo, indignada porque un idiota hacía sufrir a mi hermana por su incapacidad para comprometerse, después de haberle jurado amor eterno. Conversando con mi abuela, como si el tiempo nunca hubiera pasado y jamás nos hubiéramos distanciado.

—¿Tienes planes para hoy? —me preguntó de repente.

Hice a un lado mis pensamientos y me encogí de hombros. No tenía nada en mente.

—No, la verdad. ¿Necesitas que te ayude en algo?

Ella negó con la cabeza.

—Tengo cita en la peluquería, me iré en cuanto saque los pastelitos del horno. ¿Te apetece venir conmigo?

Arrugué la nariz. La primera y única vez que acompañé a mi abuela a su peluquería, salí de allí con un flequillo horrible y mi melena un palmo más corta, y ni siquiera supe cómo sucedió.

—Creo que iré a dar un paseo, hace un día estupendo —le dije con una sonrisa.

Me encaminé al vestíbulo.

—Lucía...

Me detuve y la miré por encima del hombro.

—¿Sí?

—Me alegro de que estés aquí.

Tenía una mirada cálida y al mismo tiempo muy triste en los ojos. Sentí un peso tan grande en el pecho que pensé que me iba a explotar. Un sentimiento parecido a la culpabilidad, aunque no entendía muy bien la razón. No tenía por qué sentirme así, pero lo hacía.

—Yo también —respondí.

# 7

Caminé sin rumbo por las calles empedradas del casco antiguo, donde el tiempo parecía haberse detenido. Nada había cambiado y, en cierto modo, me reconfortaba que fuese así. Una parte de mí necesitaba la familiaridad del hogar donde había crecido y encontrar una conexión que me permitiese permanecer allí y sentirme a gusto. Porque no tenía un piso ni un trabajo a los que regresar, lo poco que quedaba de mi familia se descomponía y me necesitaba, y no tenía más opción que quedarme con ellos de forma indefinida.

Por suerte, Vila Mareva era un pueblecito encantador, lleno de contrastes donde la playa y la montaña convivían en perfecta armonía. Tejido por un entramado de callejuelas, de casas encaladas y de piedra ocre, ventanas coloridas y fachadas repletas de flores. Plazas flanqueadas por casas señoriales, palacios e iglesias. Restaurantes modernos y tabernas tradicionales que pasaban de generación en generación.

A las afueras, masías y villas con aires toscanos e inmensos jardines se escondían entre campos de limoneros y olivos. Otras se alzaban sobre los acantilados, desde los que se podía ver toda la costa, bañada por un mar turquesa, y las sombras de algunos barcos hundidos, que atraían cada año a un sinfín de amantes del buceo.

Solo un idiota no encontraría la felicidad en un lugar tan hermoso.

O alguien como yo, cuyos recuerdos no le dejaban levantar la vista del suelo.

Sin embargo, estaba dispuesta a abandonar todo lo malo atrás. A deshacerme de las excusas que había puesto durante años para justificarme por cada error que cometía y por los que siempre culpaba a los demás.

Distraída con mil pensamientos, mis pasos me llevaron hasta la plaza de la Constitución, donde solían celebrarse las fiestas patronales, verbenas y varios mercadillos. Aunque aún era temprano y el sol no estaba muy alto, el calor comenzaba a notarse. En busca de sombra y aire fresco, me adentré en los soportales del antiguo convento, reconvertido en centro cultural y en el que ahora se organizaban exposiciones y otros eventos.

—Lucía —me llamó una voz.

Me giré y busqué con la mirada. Al otro lado de la plaza, en la terraza de un café, vi a Diego agitando el brazo a modo de saludo y pidiéndome que me acercara. Estaba sentado con alguien más a una de las mesas y, al aproximarme, pude ver que se trataba de un chico mucho más joven, con el que guardaba un gran parecido.

Un camarero acababa de servirles dos cafés y un par de tostadas.

—¡Hola! —saludé.

—¡Qué coincidencia encontrarte!

—¿Sí?

—Pensaba acercarme a tu casa más tarde —dijo mientras metía la mano en el bolsillo de su camisa y sacaba el estuche blanco de unos auriculares—. Se te debieron de caer ayer.

Alcé las cejas al reconocerlo.

—Gracias. Ni siquiera había notado que me faltaban.

—La misma chica despistada —suspiró.

—¿Aún recuerdas cómo era? —me reí.

—Por supuesto, y no parece que hayas cambiado mucho —comentó divertido, y luego añadió un poco más serio—: Pero eso es algo bueno.

Me sonrojé.

Noté que el chico que acompañaba a Diego no dejaba de mirarme y sonreír. Incapaz de ignorarlo por más tiempo, bajé la cabeza y le dediqué una pequeña sonrisa. Diego pegó un respingo, como si acabara de caer en algo.

—Lucía, este es mi hijo Jon.

—¡Hola! —lo saludé.

—Encantado de conocerte, Lucía —dijo él, poniéndose de pie.

Era mucho más alto que yo y se inclinó para darme un beso en la mejilla. Solo uno. Por lo que, cuando hice el ademán de besarle en la otra mejilla por un mero hábito, nuestras cabezas chocaron de forma torpe y muy cómica.

Los dos rompimos a reír.

—Perdona. Después de tantos años fuera, he perdido la costumbre —se disculpó ligeramente ruborizado.

Era igual a Diego, solo que un poco más alto. Tenía los mismos ojos marrones y la piel dorada de su padre. La misma sonrisa.

—No pasa nada. He sido yo la que te ha atacado —bromeé.

—Jon es mi hijo mayor, ha estado cuatro años trabajando en Japón, en una empresa de telecomunicaciones. Solo hace un par de semanas que llegó a la isla —me contó Diego.

—¿En serio? —me interesé. Jon asintió con una enorme sonrisa—. ¿Y en qué parte de Japón?

—En Tokio.

Abrí mucho los ojos, impresionada. Mi viaje soñado era recorrer Corea del Sur y Japón. Me encantaba todo lo relacionado con el anime, los mangas, el cine y la música de esas culturas. También la comida.

—¿De verdad? ¡Es alucinante!

—Lo fue los tres primeros años. Después dejó de ser tan divertido —replicó sin perder la sonrisa.

—¿Por qué?

—Empecé a echar mucho de menos España, Vila Mareva y a mi familia, sobre todo. En cuanto terminó mi contrato, hice las maletas y volví.

Entendía su sentimiento y le dediqué una sonrisa aún mayor. Me resultaba adorable que la razón de su regreso fuese lo mucho que añoraba a su familia. Decía mucho de él como persona y me confirmó lo que ya sospechaba, también se parecía a su padre en el carácter.

—¿Y qué piensas hacer ahora? —pregunté, y me arrepentí de inmediato. Me estaba entrometiendo en sus cosas.

Jon se encogió de hombros y sus labios se curvaron en una expresión tan amable como divertida.

—He llegado a un acuerdo con la compañía y durante un año voy a teletrabajar desde aquí —respondió.

—Deberías pedir un aumento de sueldo. Da la impresión de que harían cualquier cosa para mantenerte en nómina.

—¿Tú crees? Puede que lo haga —replicó entre risas. Su pecho se infló mientras me miraba, y añadió—: ¿Tomas un café con nosotros?

Diego señaló una de las sillas, invitándome a sentarme.

Durante un momento, me sentí tentada. Me encantaba conversar con el padre, y el hijo era agradable y simpático, caía bien sin esfuerzo. Sin embargo, decliné su invitación. Había comido tantos pastelitos que en mi estómago no cabía ni un sorbo de agua.

—Os lo agradezco, pero... mejor otro día.

Jon levantó las cejas de un modo que me hizo sonreír.

—Te tomo la palabra, ¿de acuerdo?

—Por supuesto, queda pendiente un café.

—No pienso olvidarlo —me aseguró con un guiño travieso.

—Vale.

—¿Es una promesa?

Noté que se me calentaban las mejillas y rompí a reír. Era un granuja encantador, en un buen sentido.

—Lo es.

Me despedí de ellos y continué paseando sin saber muy bien adónde me dirigía. Solo sabía que me sentía inquieta y necesitaba moverme. Como si algo dentro de mí quisiera estar en cualquier parte que no fuera en la que estaba en ese momento. Tenía esa sensación desde que había llegado. Una incomodidad en el estómago que no me dejaba relajarme e imaginaba cuál era la razón.

Hay una gran diferencia entre querer y poder.

Yo quería quedarme en Vila Mareva, pasar página y convertirlo en un hogar al que regresar. En el que permanecer.

A pesar de ello, no podía.

Demasiado tiempo lejos.

Demasiado tiempo convenciéndome de que odiaba cada cosa relacionada con mi vida allí.

Cuando quise darme cuenta, había dejado atrás las calles concurridas, el tráfico y el ruido, y estaba en los límites del pueblo, frente al muro del cementerio.

Contuve el aliento y di un paso atrás sin pensar, como si una fuerza invisible me alejara.

Mi primer impulso fue dar media vuelta y marcharme, pero no lo hice.

Hasta ahora, huir no me había servido de nada. Los problemas permanecen y, si no los solucionas, se enquistan. Yo estaba harta de cargar con el peso de los míos y si el precio para librarme de ellos era enfrentarlos, lo pagaría.

Haría cualquier cosa para deshacerme de la culpa y el rencor. Del arrepentimiento.

Vivir con toda esa carga solo me había quitado cosas buenas y magnificado las malas.

Ahora solo quería encontrar la paz suficiente para recuperar todo lo importante que dejé en el camino y descubrir lo que nunca antes había sentido.

Con las piernas temblorosas y el corazón en un puño, me dirigí a la entrada.

Empujé la verja entreabierta, que no hizo ningún ruido.

El cementerio, rodeado por una densa arboleda, estaba dividido en dos partes, una más antigua en la que solo había sepulturas en la tierra y panteones; y otra más nueva, con nichos edificados en hileras superpuestas. La tumba de mi madre estaba en la zona vieja, en una calle amplia, con bancos de piedra cada pocos metros.

Caminé sin prisa, oyendo solo mis pasos, el piar de los pájaros y los latidos de mi corazón.

Me crucé con un empleado, que empujaba una carretilla llena de herramientas de jardinería, y me saludó con un gesto al que correspondí con una pequeña sonrisa.

Un poco más arriba, una mujer llenaba un cubo con agua en uno de los grifos. Otra quitaba unas flores secas de un nicho y las cambiaba por un ramo fresco.

Había visitado aquel lugar solo una vez, muchos años atrás.

Aun así, recordaba dónde se encontraba su tumba.

La vi a lo lejos, en un rincón a la sombra, y mis pasos se ralentizaron. Inspiré hondo y me aferré a la escasa voluntad que me quedaba para no detenerme y retroceder.

Paso a paso. Latido a latido. Recorrí los metros que me separaban de ella.

Pensaba que el miedo me dominaría al pararme frente a su lápida, pero no fue así.

Más entera y tranquila de lo que cabía imaginar, contemplé las palabras grabadas sobre la losa:

VALERIA MIRÓ VIDAL
POR SIEMPRE VIVIRÁS EN NUESTROS CORAZONES.
TE AMAMOS.

Me agaché y limpié con los dedos la arena que se había acumulado en los surcos de la inscripción.

—Hola, mamá —dije en voz baja.

Abrazada a mis rodillas, permanecí inmóvil durante mucho tiempo.

Solo respirando.

Recordando.

Mi madre murió de un derrame cerebral cuando yo acababa de cumplir los diecisiete, dos años después de que la hubieran ingresado en una clínica psiquiátrica por una orden judicial. Al principio se pensó que la causa podría haber sido la medicación que tomaba, pero pronto se confirmó que el origen fue un tumor en su cerebro que no se detectó a tiempo.

El día del funeral, la iglesia se llenó de gente. Personas a las que casi no conocíamos, con las que no nos relacionábamos, acudieron como si de un evento se tratara. Supongo que se debía a los rumores y la curiosidad que suscitábamos, y el sepelio se convirtió en el momento perfecto que les permitía cotillear.

La familia al completo nos sentamos en la primera fila. Yo ocupé un sitio entre mi padre y mi abuelo, que sostuvo mi mano sin apenas fuerzas. Sentí una gran pena por él, había perdido a su niña, el ser que más quería en el mundo, y aun así intentaba consolarnos a los demás.

El funeral de mi madre me hizo pedazos.

La culpa me consumía, porque yo fui la razón por la que la alejaron de nosotros y la encerraron en ese hospital. Porque dejarla en ese lugar fue como abandonarla a su suerte, cuando nos necesitaba hasta para respirar. Porque me negué a verla después de lo que pasó y se fue sin que pudiera perdonarla. Sin crear ningún recuerdo de consuelo.

No fui capaz de derramar una sola lágrima. Cada vez que alguien me abrazaba y me decía que lo sentía, mi corazón se estremecía con un dolor insoportable que me bloqueaba.

Tras la ceremonia, nos dirigimos al cementerio. Por suerte, hasta allí no nos acompañó tanta gente. Aunque ojalá no hubiera ido nadie. Cada vez que alguien lamentaba nuestra pérdida y nuestro dolor, yo sentía ganas de vomitar. No soportaba que me hablaran, ni que me tocaran. Y agradecerles su compañía no tenía ningún sentido para mí.

Me limpié del rostro una lágrima solitaria.

Habían pasado once años y la herida continuaba abierta bajo la tirita.

Con el paso del tiempo, fui comprendiendo que algunas de las cosas que sucedieron y por las que me ahogaba en remordimientos nunca fueron culpa mía. Fui la víctima de un desastre que nadie pudo evitar, y menos aún yo. No tenía la madurez ni los medios. No era más que una niña rota y asustada que debía comportarse como una adulta sin saber cómo.

Otras cosas aún me pesaban.

Puse la mano sobre la losa fría y llené mis pulmones de aire.

—Mamá. —La voz se me atragantó—. Siento no haber venido en todos estos años, pero te prometo que a partir de ahora te visitaré más a menudo. Voy a quedarme un tiempo, todo el que pueda. Aquí me necesitan, sobre todo la abuela. Está muy enferma y no tengo ni idea de cómo afrontarlo, pero no te preocupes por ella. Voy a cuidarla. También al abuelo, y a Laura, si me deja. Te lo prometo.

Me puse en pie y rocé el borde de la lápida con los dedos.

—Quiero que sepas que ya no estoy enfadada contigo. —Apreté los párpados, le estaba mintiendo a ella y a mí misma. Rectifiqué—: Bueno, puede que aún lo esté un poco, pero dame tiempo. Estoy trabajando en ello. Sé que nunca quisiste hacerme daño, al contrario. Me querías demasiado y solo intentabas protegerme. Estabas enferma, y fue injusto por mi parte culparte como lo hice. Lo siento mucho.

Contemplé una última vez las palabras grabadas en la piedra e inicié el camino de vuelta, con el corazón más ligero y una sensación cálida en el estómago. Mientras mis pies se movían con vida propia y los rayos de sol que se colaban entre los árboles me calentaban la piel, me vino a la mente el recuerdo de algo que leí:

«Cada día es una oportunidad para enmendar los errores y ser mejores. Para dejar atrás aquello que nos hirió. No hay modo de volver al pasado, ya se ha ido, por lo que permitir que sus sombras oscurezcan nuestro presente y futuro nos convierte en idiotas».

Yo era increíblemente idiota, ojalá pudiera enmendarlo más pronto que tarde.

Al paso, fui leyendo los nombres que aparecían en otras lápidas. No era algo que hiciera por curiosidad o interés. Más bien se trataba de una manía, como contar en mi mente los números de las puertas cuando caminaba por una calle o leer las matrículas de los coches.

De pronto, un columbario de granito blanco en el suelo, coronado con la estatua de un ángel, llamó mi atención. Me paré en seco y parpadeé confundida, porque no era posible. Me aproximé y leí la inscripción grabada en la placa:

RUBÉN VINENT COSTA
TU LUZ BRILLA PARA SIEMPRE.

Se me encogió el estómago y el pecho me hormigueó con una emoción melancólica y el despertar de un recuerdo. En él, ya no podía distinguir su rostro, ni el color exacto de su pelo o sus ojos.

—Creía que tu familia te llevó a otra parte —pensé en voz alta.

—Y así fue, pero lo trajimos de regreso hace unos años —dijo una voz masculina a mi lado.

Me dio tal susto que se me escapó un grito. Me llevé la mano al pecho, donde mi corazón latía de forma dolorosa, y giré la cabeza. Me encontré con un hombre mayor, más o menos de la edad de mi abuelo. Tenía el pelo gris, rizado en las puntas, y una nariz prominente sobre la que descansaban unas gafas de montura metálica. Sus ojos grises me sonrieron con una disculpa.

—Siento haberte asustado.

—No pasa nada.

—¿Conocías a mi nieto? —me preguntó.

Contuve el aliento al comprender que se trataba del abuelo de Rubén. Lo había visto algunas veces, muchos años atrás, pero ahora su aspecto era muy distinto. Si no me hubiera hablado, jamás lo habría reconocido.

—Éramos amigos —respondí.

Alzó las cejas, sorprendido.

—¿De verdad? Siempre pensé que Rubén no tenía ningún amigo. Por su condición y carácter. Era un niño especial.

—Lo sé. Yo tampoco tenía amigos entonces —repliqué

un poco avergonzada—. Era algo diferente a los demás. Los dos lo éramos.

Él sonrió y sus ojos brillaron al contemplar el columbario.

—Ya veo.

—Las personas pueden conectar de muchas formas, ¿no cree?

—¡Por supuesto! Esa es la magia de las relaciones interpersonales, su diversidad. Conectamos con otras personas a muchos niveles y de muchas formas. A través del afecto, la empatía, la espiritualidad... —Su voz se fue apagando hasta convertirse en una profunda respiración—. ¿Puedo preguntarte cuántos años tienes?

Asentí.

—Veintiocho, cumpliré veintinueve a finales de verano.

—La misma edad que Rubén tendría ahora. —Permaneció unos segundos en silencio, luego añadió—: Me alegra saber que pudo conocer a alguien como tú.

Me sonrojé y bajé la cabeza. Rubén había sido mucho más que mi amigo. Fue mi primer amor y una parte de mi corazón siempre le pertenecería.

—Me llamo Eloy —dijo de repente, y vi que me ofrecía su mano a modo de saludo.

Se la estreché y sus dedos envolvieron los míos con suavidad en un leve apretón.

—Lo sé. Yo soy Lucía, Lucía Serra Miró.

—¿Tienes alguna relación con Francesc Miró, el escritor? —se interesó, estudiando mi rostro con más atención.

—Es mi abuelo. ¿Usted lo conoce?

—¿Quién no se conoce en Vila Mareva? —Me reí al ver su expresión y la mueca burlona que hizo con los labios—. Coincidimos a veces, tenemos varios amigos en común. Por cierto, ¿cómo está?

—Escribe otro libro, así que apenas sale de su estudio. Cuando se embarca en un nuevo proyecto, solo vive para él.

—No es malo ser tan dedicado, así es como se consigue la excelencia. Sin embargo, toda esa diligencia y entrega hacen que ignores otras partes importantes de la vida. —Me miró y yo alcé la vista para encontrarme con sus ojos—. Mi esposa se quejaba de que consagraba todo mi tiempo a los viñedos y a la elaboración de nuestros vinos, y tenía razón. Me perdí muchas cosas.

—¿Su esposa...?

—Falleció —respondió mientras señalaba una tumba de mármol blanco tras el columbario de Rubén.

En la lápida pude ver la foto enmarcada de una mujer de cabello rubio y ojos claros. Era muy guapa y su sonrisa despertó en mí una especie de *déjà vu*.

—Lo siento mucho.

—Perder a las personas que amamos forma parte de la vida, es inevitable.

—Pero no hace que duela menos —repliqué.

Que algo sea inevitable no le quita lo malo. No lo suaviza ni te ayuda a sobrellevarlo. No son más que palabras que nos decimos a modo de consuelo, pero que en el fondo no alivian el dolor ni la tristeza. Eso solo puede hacerlo el tiempo, y no siempre lo consigue. El eco permanece y, cuando menos lo esperas, resuena.

Eloy me observó con una calidez que me recordó a mi propio abuelo. Después alzó la vista al cielo y suspiró como si estuviera muy cansado.

—Es hora de que me vaya. Empieza a hacer calor y a mi edad cuesta soportarlo.

—Le acompaño hasta la entrada —me ofrecí.

Adapté mis pasos a los suyos y caminamos uno al lado del otro en silencio hasta cruzar la verja. Había una media docena de coches estacionados en un aparcamiento improvisado bajo los árboles. De pronto, Eloy dio un pequeño traspié y alzó su mano como si buscara algo a lo que sujetarse. Reaccioné sin pensar y lo agarré por el brazo con ambas manos.

Palideció frente a mis ojos.

Creí que iba a desmayarse.

—¿Se encuentra bien?

Asintió mientras se humedecía los labios y se apoyaba en mi hombro con el cuerpo tembloroso.

—Solo me he mareado un poco. Se me pasará enseguida —respondió.

—¿Suele marearse a menudo?

—Más de lo que me gustaría. Mi médico dice que sufro de vértigo periférico y que el culpable es mi oído interno.

Lo observé con atención, mientras él inhalaba y exhalaba como si los pulmones le pesaran una tonelada. No tenía buen aspecto y tampoco daba signos de recuperarse.

—¿Ha venido andando? —me interesé.

—En coche. ¿Por qué lo preguntas?

# 8

No me costó convencer a Eloy de que me dejara llevarlo a su casa.

Además de amable y educado, también era un hombre sensato.

Me entregó las llaves del coche, un utilitario blanco que se veía bastante nuevo, y se acomodó en el lado del copiloto, mientras yo ajustaba los espejos y el asiento. Hacía años que no conducía, en Madrid no lo necesitaba, pero es como montar en bici. La básico para moverse nunca se olvida.

La villa de los Vinent estaba a tres kilómetros del pueblo, hacia el interior de la isla. La carretera serpenteaba entre tramos de arboleda, campos de cultivo salpicados de amapolas y huertos de árboles frutales que embriagaban el aire.

Con ambas manos en el volante, contemplé el paisaje con una sonrisa nostálgica. Había olvidado lo bonito que era. Las distintas tonalidades de la tierra y cómo allí el sol transformaba el cielo en un mar verdoso.

Miré a Eloy de reojo y vi que el color regresaba poco a poco a su rostro. Tenía mejor aspecto y me alegré de que se sintiera mejor. Había bajado la ventanilla y silbaba por lo bajo una melodía que se perdía en el viento. Si una semana antes alguien me hubiera dicho que aquel encuentro sucedería, me habría burlado. Pero así es la vida, está llena de giros e imprevistos, y te sacudirá cada vez que des algo por sentado o pienses que es imposible.

Al llegar a un segundo cruce, Eloy me indicó que girara a la derecha, donde una señal anunciaba que estábamos entrando en una propiedad privada.

En ese tramo, la carretera era completamente recta y pude pisar un poco más el acelerador. Pronto apareció frente a nosotros una casa enorme de piedra, tras una verja de hierro con dos portones batientes que estaban abiertos.

Al cruzarla, el asfalto dio paso a una entrada adoquinada del tamaño de una pequeña plaza, en cuyo centro crecía un olivo gigantesco, de ramas frondosas y el tronco lleno de nudos. Debía de tener al menos cien años.

Aparqué en una zona de sombra y bajé del coche.

Miré a mi alrededor con mucha curiosidad. La propiedad estaba rodeada de árboles y arbustos, perfectamente podados. Todo era verde y olía a césped húmedo.

Eloy me indicó con un gesto que lo siguiera.

—Ven a tomar una bebida fría. Después llamaremos un taxi para que te recoja.

—Gracias.

Lo seguí hasta lo que supuse que sería la entrada principal de la casa. Una puerta doble de madera rematada en un arco. Una de las hojas tenía un postigo. Eloy sacó una llave de su bolsillo y lo abrió. Pasamos a un patio de piedra, en torno al cual la vivienda había sido hábilmente diseñada. Se podía acceder al interior a través de varias puertas de cristal.

Eloy se encaminó a la que estaba situada en una pequeña terraza, cubierta por un jazmín, y me invitó a entrar con una leve reverencia, que me hizo sonreír.

«Guau», fue lo único que pude pensar cuando vi la amplia cocina con comedor.

Eloy me señaló la nevera.

—Sírvete tú misma, yo subiré un momento arriba. Si ves que tardo, puedes distraerte viendo la casa.

—¿De verdad puedo? —pregunté inocente, solo para asegurarme.

Únicamente había visto casas como aquella en las revistas y me moría por cotillearla.

—Como si fuese tuya —respondió él.

No pude evitar sonreír de oreja a oreja, y desperté en él una suave risa.

En cuanto se marchó, me serví un vaso de agua fría y lo bebí sin respirar.

Después me lancé a hacer mi propio *tour*.

Comencé por el vestíbulo, donde se encontraba la escalera que conducía a la primera planta. Por lógica, allí debían de estar los dormitorios, lo que la convertía en la parte más privada. En consecuencia, decidí no subir y respetar esa zona.

Nunca he sido buena haciendo cálculos, por lo que fui incapaz de deducir cuántos metros cuadrados podría tener aquella casa. Todas las habitaciones eran enormes.

Además de la cocina, había un salón con chimenea, un comedor, un estudio, un lavadero y un aseo. También descubrí un miniapartamento que parecía destinado a invitados, con acceso desde el interior de la casa y una entrada exterior independiente. Era un espacio diáfano, con la cocina integrada en el salón, un baño y un dormitorio. Sencillo y muy luminoso. Como una casita de muñecas.

Enseguida me di cuenta de que Eloy no usaba aquella estancia, sino otra persona. Entre sus paredes olía diferente al resto de la casa, a algo amaderado mezclado con vainilla y una nota picante. La ropa que colgaba de un perchero en la pared era demasiado grande y de un estilo que no encajaba con él. La decoración también era distinta a la de la vivienda principal.

Como si de un pálpito se tratara, sentí que estaba invadiendo un lugar al que no me habían invitado y me marché a toda prisa.

Si el interior de la casa era bonito, el exterior me dejó alucinada. Había varias terrazas y un porche amueblado con una zona de estar y otra para comer. Una barbacoa y una piscina con mucho espacio para tomar el sol. El jardín era un oasis de tranquilidad, con flores, árboles que daban sombra y un huerto con frutales.

A lo lejos, un campo de viñedos se extendía más allá de lo que mi vista podía abarcar.

Al darme la vuelta para regresar adentro, vi que en el lateral había un anexo a la vivienda. Pensé que sería un trastero o una especie de cobertizo para guardar las herramientas del jardín. Pero al acercarme me sorprendió lo descuidado que se encontraba. Las ventanas estaban tan sucias que apenas se podía intuir lo que había dentro.

Pegué la nariz al cristal y vi varios bultos, de distintos tamaños y formas, cubiertos por sábanas.

Moví la manilla de la puerta, pero no cedió.

Entré de nuevo en la casa y di vueltas por el salón. No quería preocuparme, pero Eloy empezaba a tardar. Me senté en el sofá, estiré los brazos a lo largo del respaldo y eché la cabeza hacia atrás. Contemplé del revés los cuadros que colgaban de la pared a mi espalda.

Parpadeé, allí había otra habitación. Y no entendía cómo la había pasado por alto, porque era la biblioteca más bonita que pudiera haber imaginado.

Empujé la puerta entreabierta y me quedé maravillada con las librerías que cubrían las paredes, desde el suelo hasta el techo. Incluso tenía una de esas escaleras deslizantes que se movían sobre rieles. Me adentré conteniendo la respiración. Mis zapatillas chirriaban sobre el suelo de madera.

A simple vista, parecía que hubiera cientos y cientos de libros, repartidos entre los que llenaban los estantes y los que se amontonaban en el suelo. Rocé con las puntas de los dedos los lomos de un par de tomos. La encuadernación era muy antigua, tanto que la tela con la que habían forrado las tapas se deshacía en las esquinas.

—¡Aquí estás!

Me giré y vi a Eloy con un vaso de limonada en cada mano. Me ofreció uno y lo tomé encantada. Olía a limón recién exprimido y menta. Con el dedo empujé entre el hielo picado una de las hojas verdes y bebí un sorbo.

—Gracias, está buenísima. —Me dedicó una sonrisa y se apoyó en el escritorio, frente a la ventana—. ¿Todos estos libros son suyos?

—Eran de mi esposa. Se pasó toda la vida coleccionándolos. Le encantaba visitar librerías de segunda mano, mercadillos de antigüedades, rastros y escarbar hasta encontrar los ejemplares más antiguos y raros que puedas imaginar. Siempre que viajábamos regresaba con una maleta llena.

—Debe de haber verdaderas joyas aquí, algunos parece que tienen siglos.

—Probablemente sí. Marta siempre quiso catalogarlos y con el tiempo donarlos, pero entre unas cosas y otras no llegó a hacerlo. Cuando enfermó, ya no pudo y me pidió que yo me encargara tras su muerte. El problema es que durante años no encontré el valor para desprenderme de ellos y, cuando por fin me decidí, tuve la sensación de que los expertos a los que llamé trataban de timarme con algunos ejemplares —me explicó.

—¿En serio? —Él asintió con una expresión a medio camino entre la decepción y la resignación—. ¿Y qué piensa hacer?

—Marta tenía un conocido en Budapest con la misma afición. Me puse en contacto con él y me explicó un método para catalogarlos yo mismo. También me dijo que podía enviarle los registros una vez terminados y él los revisaría para ver si hay algo interesante. Incluso se ofreció a aconsejarme sobre las donaciones.

—¿Y confía en ese hombre?

—No tengo motivos para dudar de él —respondió con bastante seguridad. Hizo una profunda inspiración antes de añadir—: El problema es que catalogar todo esto requiere mucho tiempo y trabajo y yo apenas puedo con la carga de los viñedos y la bodega. Me he convertido en un viejo y no sé en qué momento sucedió.

Había algo en Eloy que despertaba mi empatía y un sentimiento de cariño. Era mayor, de eso no había duda, pero a mí no me daba la impresión de que fuera la clase de viejo a la que parecía referirse con ese conformismo que, evidentemente, le costaba aceptar.

—Yo podría echarle una mano, si usted quiere.

—¿Lo dices en serio?

No sé qué me sorprendió más, si su rapidez al considerar mi propuesta o el tono esperanzado con el que me hizo esa pregunta.

—Muy en serio. No tengo nada mejor que hacer.

—De acuerdo —aceptó sin dudar—. Hablemos del sueldo.

Me reí.

—No pienso cobrarle por esto.

—Me sentiría mal si no te diera una remuneración.

—Puede pagarme con mucha limonada y vino.

Me observó atónito durante unos segundos. Cuando se dio cuenta de que no bromeaba, rompió a reír con ganas.

Suspiró de forma exagerada, como si estuviera aceptando con desgana una profunda derrota, y en ese preciso instante supe que le caía bien.

—De acuerdo, limonada, vino y puedes usar la casa a tu antojo el tiempo que pases aquí.

Le ofrecí mi mano para sellar el acuerdo.

—¿Trato hecho?

—Trato hecho —aseveró mientras sacudía mi brazo con un fuerte apretón, y se echó a reír de nuevo—. Ven, te explicaré cómo registrar los libros.

Se agachó junto al escritorio y levantó del suelo una caja de cartón. La colocó sobre la mesa y quitó la tapa. A continuación, sacó un taco de papeles y los dejó caer con un golpe seco.

—En realidad, es una tarea sencilla, pero algo pesada. ¿Ves estas fichas? —Asentí mientras estudiaba las hojas, impresas con una plantilla. Algunas ya habían sido anotadas—. Solo tienes que rellenarlas con los datos que pide: título del libro, nombre del autor, editorial si la hay, año de publicación... Puedes ayudarte con internet. El último paso es fotografiar el libro y pegar la imagen en la ficha. Suelo usar esa cámara Polaroid y pegamento en barra.

«¿Lo decía en serio? ¿Pegamento en barra?». Tuve que apretar los labios para no estallar en carcajadas.

—¿Sabe que puede hacer todo esto en un ordenador? Existen programas específicos, y es más práctico utilizar una cámara digital. Se importan las fotos, se arrastran y hecho. Sería bastante más sencillo y rápido.

—Los ordenadores se rompen y los archivos se borran. Estoy acostumbrado a que ocurra y este trabajo es muy importante para mí —repuso tras una inspiración entrecortada.

—Se pueden hacer copias en la nube o en un disco externo. En un USB. En todos si le inspira más confianza. Y en el peor de los casos, solo tendría que volver a empezar. Sin contar con que podría enviárselo todo al amigo de su esposa en un correo electrónico —le expliqué, no porque no quisiera hacerlo a mano, sino porque intuía el motivo de su ansiedad.

Ladeó la cabeza y me miró con una pequeña sonrisa.

—No estoy siendo muy racional, ¿verdad?

Me encogí de hombros, quitándole importancia.

—No mucho, pero entiendo la razón. ¿Y sabe qué? Si aún no está preparado, no tiene por qué donarlos. También tiene derecho a arrepentirse en cualquier momento.

Bajó la cabeza y su sonrisa se hizo un poco más amplia. Un gesto que no pudo ocultar el dolor que ese hombre sentía por la pérdida de su esposa y que una parte de él pensara que deshacerse de sus cosas era una traición a su memoria. Entendía ese sentimiento, porque once años después de que se fuera, la habitación de mi madre continuaba como el día que la dejó para ingresar en la clínica.

—Hazlo como te resulte más cómodo y práctico —me dijo.

—¿Está seguro?

—Lo estoy.

—Ya verá, será pan comido.

Cogí la Polaroid de la mesa y le eché un vistazo. Era un modelo sencillo.

Miré a través del visor a la vez que giraba la lente para enfocar. De repente, la imagen se volvió nítida al otro lado y me topé con un rostro ceñudo, que me observaba muy serio.

Era lo último que esperaba encontrar y me asusté tanto que tropecé con la silla y a punto estuve de caerme de culo.

—¡Joder! —mascullé.

Eloy me miró sorprendido y luego se giró hacia la puerta. Su expresión triste se transformó en puro afecto.

—¡Román!

«¡¿Román?!», grité en mi cabeza.

Dios, cómo había cambiado. No se parecía en nada al chico que recordaba y, al mismo tiempo, si lo miraba detenidamente, podía reconocerlo en los detalles. Su pelo, de un rubio casi platino cuando era un adolescente, se había oscurecido. Lo llevaba corto y apuntaba en todas direcciones. Ojos color miel, nariz recta y labios gruesos, que encajaban con exquisitez en un rostro que la mayoría definiría como perfecto.

Vestido con unas bermudas marrones y una camisa beis, con las mangas enrolladas hasta los codos, su físico tampoco pasaba desapercibido.

Habría vendido mi alma al diablo para incluirlo en la cartera de la agencia de haberlo descubierto en la calle, como había hecho con otros.

Y no era una exageración, casi todos los famosos con los que había trabajado destacaban por su apariencia y vivían de ella. No es por presumir, pero sabía reconocer la belleza cuando la veía, y mi instinto de cazatalentos no solía fallar.

—¿Por qué estás aquí? —le preguntó Eloy.

—¿Porque vivo aquí? —replicó él con sus ojos fijos en mí.

—Dijiste que pasarías el día fuera.

—Cambié de planes. ¿Qué está pasando?

Alcé las cejas. Puede que su aspecto apenas me recordara al chico que conocía, pero su carácter continuaba siendo igual de frío y cortante. Cero encantos.

—Te presento a Lucía, va a ayudarme a catalogar la colección de tu abuela —dijo Eloy. A continuación, se dirigió a mí—: Él es Román, mi nieto.

—Ya nos conocemos.

—No lo creo —saltó él.

—Íbamos juntos al instituto, estuvimos en la misma clase casi todo un curso.

—¿Y?

—¡Nos veíamos todos los días! —exclamé.

Él hizo una mueca burlona.

—No nos conocemos —remarcó con petulancia.

Eloy puso los ojos en blanco e inspiró, como si estuviera haciendo acopio de paciencia. En aquel momento lo admiré como a nadie. Yo apenas podía contener las ganas de atizarle a su nieto con la Polaroid, que aún sostenía en la mano.

¡Cómo me picaban los dedos!, pero me daba pena romperla.

—Puedes ponerle remedio a tu falta de memoria mientras la llevas a casa —convino Eloy.

Román y yo saltamos a la vez.

—¡¿Qué?!

—He dicho que la acompañes a su casa.

—¿Por qué tengo que acompañarla? —protestó Román.

Por si acaso, dejé la cámara sobre la mesa. ¡Qué hombre más irritante!

—No hace falta —les aseguré.

—Estaba visitando el cementerio, cuando me he sentido mal. Lucía también se encontraba allí y me ha ayudado. Luego ha tenido la amabilidad de traerme a casa en mi coche. Ahora necesita que la lleves de vuelta.

—Puedo pedir un taxi —insistí.

Román irrumpió en la biblioteca y se acercó a su abuelo con preocupación.

—¿Te encuentras mal? ¿Qué te ocurre?

—Solo me he mareado un poco.

—De verdad, no necesito que nadie me lleve —bufé, pero ni caso.

—Debería verte el médico. Espera aquí, voy a llamarlo —resolvió Román.

—Román, estoy bien, no tienes de qué preocuparte.

Ambos me ignoraban como si fuese invisible.

—Llamaré un taxi —anuncié al aire mientras sacaba mi teléfono del bolsillo.

Eloy detuvo mi brazo con su mano alrededor de mi muñeca. Me sonrió y negó con un gesto. Después regañó a su nieto con una simple mirada cargada de significado, que hizo que este bajara la cabeza y tensara los hombros.

Deseé tener su superpoder.

—Iré a por el coche —masculló Román, y salió de la biblioteca sin mirarme una sola vez.

Contuve el aliento mientras sentía el calor que inundaba mis mejillas. Apreté los puños y luego los relajé estirando los dedos. Los mismos que había imaginado alrededor de su cuello, estrujándolo. Muy fuerte.

—No le hagas caso —me dijo Eloy.

—¿Siempre es tan agradable?

Él soltó una carcajada.

—Casi siempre —respondió divertido. Sin embargo, la sonrisa desapareció poco a poco de su rostro—. Bajo toda esa hostilidad hay un buen chico, te lo aseguro. Cuando mi esposa falleció, Román lo dejó todo y vino a vivir conmigo, le preocupaba que pudiera hundirme estando solo. Tiene un buen corazón.

—No pongo en duda su corazón, es su actitud la que da ganas de atizarle. Y no es por nada, pero ya era así de borde en el instituto.

Asintió, como si no le estuviera revelando nada nuevo y siempre hubiese sido muy consciente de la conducta de su nieto.

—Créeme, esa antipatía es solo un acto reflejo y atravesar sus defensas es más sencillo de lo que parece. Solo es un arma para protegerse.

Arrugué el rostro.

—¿Por qué?

—Porque no encontró otro modo de soportar a esta familia. —Tuve la sensación de que hablaba más consigo mismo que conmigo. Inspiró hondo y sus labios se curvaron de nuevo en una sonrisa agridulce al mirarme—. Su abuela decía que es como un cachorro gruñón que se muere por que le den cariño, y no se equivocaba. Ella lo conocía mejor que nadie.

Me partía el alma la añoranza que transmitía cada vez que mencionaba a su esposa.

—¿Qué clase de cachorro?

Eloy se encogió de hombros y rio por lo bajo.

—Ella nunca lo especificó, pero yo diría que está entre un fox terrier y un pequinés.

—Mi antiguo vecino tenía un pequinés y era insoportablemente arisco —repuse, tratando de no reírme.

—¡Ahí lo tienes! —exclamó él—. Por suerte, su aspecto se asemeja más a un golden retriever y compensa un poco lo hosco, ¿no crees?

—¡Estoy esperando! —gritó Román a pleno pulmón desde la entrada.

Eloy arrugó el gesto y se llevó la mano al oído.

No pude contener la risa.

—No compensa para nada.

—¿Cuándo podrás empezar? —me preguntó mientras me acompañaba a la puerta.

—¿Qué le parece mañana?

—Me parece perfecto.

—Entonces, hasta mañana.

¡Piiii! ¡Piiii! ¡Piiii!

El sonido agudo del claxon me taladró los tímpanos. Cerré los ojos un segundo, comenzaba a verlo todo rojo. Nunca me había considerado una persona violenta, pero en ese momento tuve serias dudas sobre esa parte oscura de mí.

Salí de la casa, crucé el patio y atravesé el postigo abierto a la carrera.

Román me esperaba dentro de un *jeep* gris azulado, con el motor encendido.

Lo rodeé por la parte trasera para evitar sus ojos y subí sin decir una palabra. Sentí su vista sobre mí, mientras colocaba mi bolso a un lado y conseguía abrocharme el cinturón al tercer intento.

Con toda mi atención puesta en el parabrisas, esperé.

Un segundo, dos, tres...

Solo se oían el ruido del motor y los latidos de mi corazón retumbando dentro de mi pecho.

Román se había propuesto medir mi paciencia, pero no tenía ni idea de a quién se estaba enfrentando. Mi mente era un músculo estoico, entrenado a fuerza de taichí y yoga.

Cuatro, cinco, seis...

—¿No tenías prisa? —le espeté.

Nuestras miradas se encontraron un instante, casi podía ver los rayos crepitando entre nosotros. La batalla final entre Harry y Voldemort jamás tuvo tanta tensión. Román pisó el acelerador y nos pusimos en marcha. Por suerte, el viaje apenas duraba unos minutos. Giré la cabeza hacia la ventanilla y no aparté los ojos del cristal. Evitar todo tipo de contacto es la clave para no llamar una atención indeseada. «No la mires a los ojos, no hagas ningún ruido, retrocede poco a poco», es lo que siempre dicen en las películas cuando aparece una bestia salvaje.

También contuve la respiración, por si acaso.

Intentaba no pensar en ello, pero no podía evitar compararlo con su hermano.

Rubén siempre fue un chico amable y cariñoso, adorablemente tímido. Cuando sonreía, su rostro se llenaba de luz y a través de sus ojos podías saber qué sentía en cada momento.

Román era grosero y malhumorado. Impertinente y descarado. Y solo tenía dos expresiones: cabreado e indiferente. Todo lo que veía en él eran sombras y estaba convencida de que era incapaz de sonreír. Sonreír de verdad, porque las muecas sarcásticas no cuentan.

En lo importante, no se parecían en nada.

Sin embargo, en el físico nacieron idénticos.

Lo miré de reojo con mucho disimulo.

De seguir vivo, Rubén habría tenido un aspecto similar al de su hermano.

Y en ese sentido, solo había una verdad. Román se había convertido en un hombre muy guapo y con un gran atractivo. Si no lo conociera y un día me lo cruzara por la calle, me habría fijado en él.

—No me importa la excusa que pongas, pero mañana le dirás a mi abuelo que no puedes hacer el trabajo.

Su voz sonó tan plana y calmada que me provocó un escalofrío.

—¿Y por qué te haría caso?

—Porque son los libros de mi abuela y tú no pintas nada.

—Ahora son de tu abuelo y él opina otra cosa —repliqué sin amedrentarme.

—¿Es por dinero? Te pagaré el doble de lo que él te haya ofrecido.

—Oye, eso ha sonado bastante ofensivo —le advertí—. Y para tu información, no lo hago por dinero.

Apartó la vista para mirarme a los ojos.

—Entonces, ¿por qué lo haces?

—Tengo mis razones y sé que discutirlas contigo será una pérdida de tiempo. No pienso molestarme —respondí con desdén.

Hizo un sonido de burla y se repantigó en el asiento con el codo apoyado en la puerta.

Nos adentramos en las calles del pueblo sumidos en un incómodo silencio. Sentía que me faltaba el aire, así que bajé un poco el cristal, dispuesta a defenderme si se le ocurría quejarse.

Un intenso aroma a pescado a la brasa entró en el coche y en mi estómago no quedaba ni el recuerdo de los pastelitos. Tenía hambre y casi era hora de comer. Comencé a fantasear con la cantidad de platos ricos que mi abuela podría haber preparado.

Entonces, Román volvió a la carga.

—¿Al menos sabes cómo catalogar esos libros?

—¿Y tú?

—Ya veo que no. Si algún libro se estropea o desaparece, espero por tu...

Un fuerte sentimiento de orgullo explotó de golpe dentro de mí y no lo dejé terminar.

—No sé qué clase de persona piensas que soy y no me importa, pero no se te ocurra ofenderme insinuando algo tan feo como robar.

—Solo digo...

—No me interesa lo que tengas que decir. ¿Y sabes qué? Tienes toda la razón, no nos conocemos y que me parta un rayo si alguna vez se me pasa por la cabeza acercarme a ti, aunque te estés atragantando y tu vida dependa de ello. Por tu bien, espero que no vuelvas a hablarme jamás.

Se detuvo frente a un paso de cebra, donde aguardaba una mujer con un bebé para cruzar.

—¿Es una amenaza? —me preguntó con sorna.

Sin pensarlo dos veces, solté el cinturón, abrí la puerta y bajé a toda prisa.

Sus ojos ardían y los míos lo fulminaron.

—Tómatelo como quieras.

Cerré con fuerza. A continuación, avancé por la acera y doblé en la primera esquina que encontré. Me alejé rápidamente, con un nudo en la garganta que apenas me dejaba respirar. Me sentía muy avergonzada, también despechada. ¿Qué demonios le pasaba a ese tío? ¿Era así de malo por naturaleza o acaso le faltaba un tornillo? Porque estaba para que lo encerraran.

De inmediato recordé a mi madre y ese pensamiento me hizo sentir muy mal.

La vida me había enseñado que tras una persona puede haber todo un mundo que desconocemos. Su comportamiento, aunque no lo entendamos, podría tener una razón. La realidad no siempre se muestra y lo que parece, a veces, simplemente no es.

Me detuve en una calle estrecha y apoyé la espalda en la fachada de una casa. Noté la piedra fría a través de la ropa, y mi piel se erizó. Bajo ella, la adrenalina me hormigueaba. Demasiado cansada y temblorosa para continuar, dejé que mi cuerpo resbalara hasta el suelo. Me senté con las rodillas pegadas al pecho y cerré los ojos.

Mientras controlaba mi respiración, pensé en todo lo que Eloy había comentado sobre su nieto.

¿De verdad no era más que un niño enfadado que ocultaba su corazón? No podía saberlo.

Y tampoco estaba segura de querer enfrentarme a él cada día para averiguarlo.

Nadie, jamás, había logrado irritarme tanto hasta el punto de hacerme perder los nervios en cuestión de segundos. Incluso cuando toda la agencia me señaló como sospechosa de filtrar los datos, mantuve la compostura y evité conflictos que no me habrían llevado a nada.

Siempre he creído que una retirada a tiempo es una victoria muy digna.

Sin embargo, Román había hecho que mi paciencia cortocircuitara a la velocidad del rayo con su comportamiento arrogante y su soberbia. Con él había perdido las formas y mi lengua no había tenido freno. Nada bueno podía salir de otro encuentro.

Quizá lo más sensato fuese alejarme de él y no involucrarme con su familia.

Sin lugar a dudas, era la mejor decisión.

Aunque lo sentía por Eloy. Era un buen hombre, que me había conquistado con su amabilidad y había depositado toda su confianza en mí sin conocerme.

Me levanté del suelo, mucho más calmada, y con la firme idea de no regresar a esa casa.

Pensé en cómo abordarlo. Lo mejor sería dejar pasar unas horas, inventar una excusa creíble y enviarle un mensaje. No, un mensaje no. Lo correcto era llamarlo y hablar con él.

De pronto, caí en la cuenta de algo tan importante como ridículo. No habíamos intercambiado ningún contacto. Ni número de teléfono ni correo, nada.

Era un problema.

Pero con solución.

Y lo resolvería más tarde.

# 9

A la mañana siguiente, fui la primera en despertarme.

Me di una ducha y saqué de la maleta un vaquero y una camisa rosa, bajo la que me puse un top de tirantes que guardaba en el armario desde hacía años. Descalza para no hacer ruido, bajé a la cocina mientras me recogía el pelo en una coleta.

Abrí la puerta y las ventanas, para que entrara el aire fresco de la mañana, y uno de los gatos no tardó nada en asomar la nariz y maullar, pidiendo comida.

—Ahora no huyes, eh.

Cogí el pienso que mi abuela tenía en la despensa y salí al porche para llenarle el cuenco. Después rebusqué en los armarios hasta encontrar la cafetera italiana, iba a necesitar mucho más que un poco de café soluble para deshacerme del embotamiento y ponerme en marcha.

Había pasado la noche dando vueltas en la cama, durmiendo solo a ratos por culpa de unas pesadillas en las que nadaba y nadaba en un mar oscuro, tratando de alcanzar un punto de luz en la superficie, que cada vez se hacía más pequeño.

Cuando estuvo listo, me serví una taza y salí al jardín. Me

senté al sol, en uno de los sillones de mimbre, y bebí un sorbo. Tenía un sabor fuerte y delicioso. Inspiré con una sensación cálida, agradable y perezosa en el estómago.

Desayunar sin prisa en aquel marco era un privilegio que había olvidado.

Las briznas de césped me hacían cosquillas en los pies y sonreí con el rostro alzado al cielo. El aire olía a hierbas aromáticas y flores, sobre las que sobrevolaban algunas mariposas. El tintineo de los carillones se mezclaba con el piar de los pájaros saltando entre las ramas y los graznidos de las gaviotas que se deslizaban como cometas en el viento. Al otro lado del muro, el bramar de las olas al romper contra la pared del acantilado se extendía bajo tierra como las réplicas de un terremoto.

Conocía la fuerza de ese mar.

Su sabor.

Su oscuridad.

Un frío intenso nacido de la nada me paralizó el cuerpo.

Se me aceleró el corazón y tuve que inspirar varias veces para asegurarme de que era aire lo que entraba en mis pulmones y el dolor que había aparecido de repente, solo el eco de un recuerdo.

Me puse en pie y entré en la cocina.

Tenía hambre y me apetecía comer pan tostado con tomate, pero no encontré ni una cosa ni la otra. Lejos de rendirme y sucumbir a los pastelitos resecos del día anterior, tomé dinero de mi cartera y me dirigí al Horno de Martí, una panadería y pastelería que había junto a la plaza de abastos. Un lugar muy conocido en el pueblo por sus panes artesanos, las cocas de patata y otros dulces típicos de la zona.

La dueña actual era Adela, que había heredado el negocio de su padre. Ella también era una de las mejores amigas de mi abuela y, por lo que me habían contado, estaba a punto de jubilarse.

Mientras caminaba, volví a pensar en Eloy y en el hecho de que aún no había encontrado un modo de comunicarme con él que no pasara por la centralita automatizada que recibía las llamadas en su bodega o una dirección de correo general.

Bueno, ya se me ocurriría una solución.

Me moví a través del laberinto de callejuelas adoquinadas, todavía húmedas por el rocío de la noche. El pueblo comenzaba a despertarse y aquí y allá se iban abriendo puertas y ventanas. Niños que corrían al colegio. Comercios que levantaban sus persianas. La gente se detenía a saludarse y luego continuaba su camino sin prisa.

Tras tantos años viviendo en el caos de una ciudad como Madrid, la sencillez de la vida en Vila Mareva no parecía real. Tenía la impresión de que el mundo se movía más lento y la sensación de urgencia ya no me apretaba el estómago, y me di cuenta de que apenas había mirado el reloj desde que había llegado.

Al empujar la puerta de la panadería, sonaron unas campanillas sobre mi cabeza. Entré con la vista en el suelo para no tropezar con el escalón y, al levantar la mirada, me sorprendí por la cantidad de gente que esperaba frente al mostrador.

Saludé con un tímido «buenos días», y después pregunté quién era el último en la cola, demasiado difusa para saberlo a simple vista. Un hombre levantó la mano y yo asentí con una sonrisa. Me moví entre la gente hasta situarme a su espalda. Saqué mi teléfono del bolsillo y abrí un juego de bloques con el que a veces me distraía. Sin embargo, no llegué a iniciar la partida. La conversación que mantenían las dos señoras que había a mi lado logró captar toda mi atención.

Por lo visto, a una tal Lorena, su marido la engañaba

con una antigua novia y ella los pilló in fraganti en su propia casa. La dueña de la farmacia había empezado a salir con un chico mucho más joven y estaban bastante seguras de que su amiga Anita, a sus sesenta y cinco años, se había operado los pechos por mucho que lo negara.

Cuando llegó mi turno, compré un pan de payés y dos barras de cereales. También media docena de ensaimadas. Tomé la bolsa y al darme la vuelta choqué con un hombre.

Abrí la boca para disculparme, pero las palabras se me atascaron en la garganta al ver su rostro. De repente, no sabía qué hacer, dónde mirar ni qué decir y, mientras el incómodo silencio se alargaba, los recuerdos comenzaron a golpear mis sienes. Imágenes que no soportaba ver. Sensaciones que quería olvidar.

Era la primera vez que lo veía desde aquella noche y no estaba segura de si me había reconocido. Él continuaba exactamente igual, pero en aquel tiempo yo era una niña y mi aspecto había cambiado mucho desde entonces.

Inspiré hondo. Mis palabras se escondían, me rehuían, como si el dolor las encerrara y el miedo a revivir el pasado me forzara a guardar silencio.

¿Cómo se llamaba?, pensé.

No lograba recordarlo.

Quizá nunca quise saberlo.

—Disculpa, estaba en medio —dijo él, apartándose con torpeza.

Hice un leve gesto de asentimiento y salí de la panadería como una acróbata que camina sobre una cuerda intentando no perder el equilibrio.

Cubrí la distancia hasta mi casa en pocos minutos. Entré por la puerta principal y fui directa a la cocina. Dejé la bolsa con el pan en la encimera y me tomé un minuto para respirar.

¿Por qué me daba tanto miedo? No era un fantasma.

Puede que el problema fuese ese, que era completamente humano y real.

Me planteé salir huyendo de nuevo, largarme de allí, pero no quería volver a ser esa clase de persona. La que se esconde, la que pierde y se pierde, y luego se arrepiente cuando ya es tarde.

No tenía apetito y notaba un ligero dolor de cabeza justo detrás de los ojos. Pensé en deshacer por fin la maleta, era una forma de mantenerme ocupada durante un rato. La casa continuaba en silencio y subí la escalera sin hacer ruido. En ese momento, lo último que necesitaba era encontrarme con alguien y fingir que estaba bien.

Porque no lo estaba.

Recorrí el pasillo sin apartar la vista del suelo, pero, como siempre, mis pasos se dirigieron de forma automática a la puerta que siempre permanecía cerrada y que nunca me atrevía a abrir. Me resultaba intimidante, lo cual era absurdo.

Respiré hondo y posé mi mano en la manilla, tragándome los nervios. Cedió con un ligero clic. No había sido tan difícil, aunque mi corazón lo desmentía.

Esperaba ver un espacio a oscuras, con los muebles cubiertos y olor a cerrado. Pero encontré rayos de sol calentando el suelo y flores sobre la mesa. Aroma a limón y ropa limpia. Mis pasos se adentraron ligeros sobre la alfombra, mientras recorría con la mirada cada centímetro de aquel espacio por el que no parecía haber pasado el tiempo.

Con un nudo en la garganta, me pregunté si su ropa también continuaría en el armario. Si aún olería a su perfume. No me atreví a averiguarlo.

Sobre la cómoda había varias fotografías enmarcadas. Imágenes capturadas a lo largo de los años, que recogían escenas familiares. Recuerdos especiales. Cuando aún éramos felices. Tomé una en la que aparecía solo mi madre. La observé de cerca y me sentí como si estuviera contemplando mi reflejo en un espejo. Nos parecíamos tanto que casi podía entender por qué a todos les costaba mirarme después de que ella nos dejara.

Respiré hondo. No quería llorar, porque era el primer paso hacia el derrumbe y me había desmoronado tantas veces que me daba miedo no poder recomponerme en la siguiente y quedarme rota para siempre.

Después de ver a ese hombre de nuevo, sentía que podía pasar en cualquier instante.

Percibí unos pasos a mi espalda y el aroma a caléndulas llenando la habitación. No me giré. Ni siquiera me moví cuando se detuvo a mi lado.

—Era preciosa —dijo mi abuela.

—¿Por qué sigues conservando su habitación? —pregunté.

—Porque me consuela.

Asentí una vez y la miré de reojo. Ella contemplaba la fotografía con una pequeña sonrisa, pintada de melancolía.

—Ayer fui al cementerio a verla —susurré.

—Me alegra oír eso, estoy segura de que te echaba mucho de menos —dijo mi abuela en voz baja, como si hubiera olvidado todas las veces que me presionó para ir.

Que me insistió para que la acompañara.

Que me juzgó porque no fui capaz.

Apreté el marco entre los dedos, sin apartar la vista del rostro de mi madre.

Una gota cayó sobre el cristal, y luego otra. Me había puesto a llorar sin darme cuenta. Me lamí los labios y los apreté formando una línea delgada. Algo viscoso estaba creciendo dentro de mí, se me pegaba al estómago y ascendía hacia mi garganta, amargo. Pugnaba por salir, ahogándome en el camino, y no pude contenerlo.

—Si aún siguiera aquí, no tendría que echarme de menos.

—Perderla fue inevitable.

—No es cierto, pudiste haber hecho mucho más.

—¿Como qué?

Me giré hacia ella, la rabia bullía dentro de mí. Pensamientos que había silenciado. Palabras que había callado. Años y años de tragármelo todo.

—Debiste pedir ayuda en cuanto notaste que algo no iba bien dentro de ella, pero no lo hiciste. Necesitaba médicos y tratamientos. Precisaba la ayuda y los cuidados que nosotros no podíamos darle, y fingiste no darte cuenta. Te convenciste de que podías cuidarla y controlarla tú sola, y la encerraste aquí, contigo, y a nosotras con ella aun sabiendo que era un peligro para todos. Sobre todo, para mí.

Negó con la cabeza, con una resistencia que seguía sin entender.

—Abandonarla en un psiquiátrico para que la drogaran no era la solución, solo una salida fácil. Tu madre necesitaba el amor...

—¡El amor por sí solo no podía curarla! —la interrumpí con la voz quebrada—. Necesitaba un lugar seguro, terapia y pastillas para controlar los brotes, y nosotras, a alguien que nos protegiera cuando los sufría, ¿o acaso has olvidado lo que pasó?

—Intento olvidarlo con todas mis fuerzas, porque hay recuerdos que es mejor dejarlos en el pasado y no removerlos. —Oí la frustración en su voz, pero no sirvió para detener el enfado que ardía en mi interior.

—¿De verdad? Pues yo no lo consigo. No puedo olvidar nada de lo que ocurrió. El pasado sigue aquí —sollocé, llevándome al pecho una mano temblorosa—. Vive dentro de mí y a mi alrededor. Aún tengo pesadillas y odio la oscuridad. ¡Soy un desastre que no sé cómo arreglar!

Su rostro se entristeció por un momento, pero de inmediato adoptó una expresión más seria.

—¿Crees que eres la única que sufrió? Pues déjame decirte que no lo eres. ¡Hablamos de mi hija!

—¡Y de mi madre!

—Cada decisión que tomé fue buscando lo mejor para esta familia —replicó.

Solté un sonido de burla. Con esa excusa, solo se engañaba a sí misma.

—No es cierto, únicamente pensabas en ti. En lo que tú necesitabas. Mirabas hacia otro lado mientras su enfermedad empeoraba, y a mí me pedías que la comprendiera y la perdonara cada vez que se volvía loca y me hacía algo malo. Era tu responsabilidad, tú eras la persona adulta y yo, una cría que solo sentía que estorbaba. —No podía detener las lágrimas y me las froté con rabia, antes de añadir—: Y aquella noche... tú me echaste toda la culpa.

Me miró consternada. Sus ojos no pestañeaban mientras un sinfín de emociones los atravesaban. Vi sorpresa, desconcierto, obstinación y el momento exacto en el que algo dentro de ella comenzó a resquebrajarse.

—Estaba asustada, no sabía lo que decía —gimió.

—Yo también estaba asustada, y me sentí muy sola. Aún me siento así.

Mi abuela se sentó en la cama y se abrazó el estómago. Paseó la vista por las fotos que había en la cómoda y sus pensamientos llenaron el silencio. Cuando habló, su voz no fue más que un susurro.

—¿Todo este tiempo has creído que yo te culpaba? —Asentí, porque no era capaz de hablar—. ¿Por esa razón te alejaste y nos evitabas?

—Ya te lo he dicho, aquí siempre me he sentido un estorbo —murmuré.

Se puso en pie y vino hacia mí. Tomó mis manos entre las suyas y las apretó con suavidad. Me dije a mí misma que estaba enfadada y debía apartarme, resistirme por orgullo, al menos un poco. Sin embargo, me quedé quieta con la mirada perdida en la alfombra. Ceder se había convertido en una costumbre.

—Nunca te culpé, Lucía, al contrario. Cada vez que pensaba en lo que pasó y en las consecuencias que pudo haber tenido, se me rompía el corazón. La única responsable fui yo.

Levanté la barbilla y la miré. Me sonrió con una tristeza que me traspasó la piel. También con amor, real y desesperado, y me di cuenta de que a pesar de todo lo que se había roto entre nosotras, su amor por mí siempre estuvo ahí.

Continuó:

—Tienes razón en todo. Fui egoísta, miré a otro lado y me convencí de que hacía lo correcto y lo tenía todo bajo control. Pero la verdad es que no fue así. Y mi problema es que nunca he sido capaz de admitir que me equivoqué, porque no sé si podría soportar esa carga. De todas formas, me disculpe o no, la vida ya me está haciendo pagar todos los errores que cometí. —Se le quebró la voz.

Sentí que me ahogaba al comprender a qué se refería. Por un momento, el enfado me había hecho olvidar que estaba enferma y me sentí la persona más horrible del mundo por discutir de ese modo con ella.

—Enfermar no es un castigo, abuela, solo mala suerte.

—Siempre he perseguido la felicidad para esta familia, a toda costa, pero esa felicidad no hace más que evitarnos.

Ella se ahogaba con las palabras y yo no era capaz de respirar. ¿Cómo habíamos permitido que nuestra relación se transformara en aquel sinsentido? Inseguridad, distancia, rabia, rencor, falta de comunicación y demasiados malentendidos. Me dije que debíamos parar, mientras una verdad imposible de ignorar se abría paso a la fuerza dentro de mí.

La lucha contra el tiempo es una batalla perdida. El reloj juega en nuestra contra, invencible, pero elegimos vivir con la falsa seguridad de una infinitud que no existe. Lo había aprendido por las malas, pero continuaba cayendo en el mismo error.

No quería que aquellos sentimientos que nos asfixiaban fuesen los únicos que tuviéramos.

Inspiré hondo y mis dedos rodearon los suyos.

—Quizá la solución esté en dejar de perseguirla y permitir que nos encuentre —le dije en voz baja.

—¿Tú crees?

—Podemos intentarlo. No sé, empezar de cero, pasar página... No debería ser tan difícil.

—Tienes razón, deberíamos intentarlo.

Asentí otra vez. En cierto modo, podía ponerme en su piel de madre. Valeria había sido su única hija, después de desear una casa llena de niños y que no fuera posible. Así que concentró todo ese amor y necesidad maternal en ella. Siempre fue lo primero, por encima de todo y de todos. Y ese mismo amor cegó su buen juicio. Pero mi madre ya no vivía. Retroceder en el tiempo era imposible. Y estaba cansada de ir a contracorriente.

Nos fundimos en un abrazo, mientras me prometía a mí misma que haría todo lo posible para que funcionara. No tenía a nadie más en el mundo.

La dejé en la habitación y al salir al pasillo descubrí a mi hermana apoyada en la pared, con los brazos cruzados sobre el pecho. Nuestros ojos se encontraron y supe que había oído toda la conversación. Nos miramos en silencio. No tenía ni idea de lo que estaba pensando ni por qué no decía nada, cuando siempre aprovechaba la más mínima ocasión para tirarme alguna pulla.

Noté que no tenía buen aspecto, como si llevara días sin dormir. Sentí una punzada en el pecho. Me nacía acercarme y preguntarle si estaba bien. Si había algo que yo pudiera hacer para ayudarla. Sin embargo, mi cuerpo no se movía. Abrí la boca, y tampoco emití ningún sonido.

Ella apartó la mirada, me dio la espalda y se dirigió a la escalera arrastrando los pies descalzos. Llevaba el pelo sucio y enredado, y solo vestía una camiseta negra desteñida con varios agujeros. Llené mi pecho a trompicones, más preocupada de lo que quería admitir. El lugar de Laura lo estaba ocupando un fantasma, que vagaba de un lado a otro de la casa y se limitaba a respirar.

Por lo que sabía, llevaba así semanas y no había indicios de que estuviera mejorando. Al contrario, el duelo por la ruptura con Sergio la estaba consumiendo y yo no sabía cómo acercarme a ella. Tampoco si me lo permitiría.

Pasé el resto de la mañana en mi habitación. La conversación con mi abuela me había dejado un vacío extraño. No paraba de pensar en cuántos problemas podríamos haber solucionado mucho antes si solo nos hubiéramos sentado a hablar, en lugar de evitarlos.

Tanto tiempo perdido por nada.

Me pregunté si sería capaz de hacer lo mismo con Laura.

Después de una comida tranquila y solitaria frente al televisor, viendo las noticias, regresé arriba y me tumbé en la cama con los auriculares. Abrí Spotify y seleccioné el último disco de mi artista favorito. Comenzó a sonar *Slow Dance* y cerré los ojos mientras la cantaba para mí y el sueño se apoderaba poco a poco de mi consciencia.

Un ruido me despertó de golpe.

Me senté de un bote en la cama, con el corazón a mil, y parpadeé aturdida.

¿Cuánto tiempo llevaba dormida?

Toc, toc, toc...

Alguien llamaba a la puerta. Me quité los auriculares.

—¿Sí?

Mi abuelo se asomó por una rendija y me sonrió.

—Siento despertarte, pero fuera hay un chico que pregunta por ti.

—¿Un chico? ¿Quién es? —inquirí sorprendida a la par que confusa.

No tenía amigos en la isla ni nadie que supiera que estaba allí. La única persona que conocía mi paradero era Silvia.

—No le he preguntado su nombre y, cuando lo he invitado a entrar, ha dicho que prefería esperarte en la calle —respondió.

—¿Estás seguro de que me busca a mí? Puede que se haya equivocado.

—Muy seguro.

—¿Y qué aspecto tiene?

Mi abuelo se encogió de hombros.

—Tampoco lo sé, he hablado con él a través del videoportero y la cámara no funciona. ¿Quieres que salga y lo averigüe? También puedo decirle que no estás, si así lo prefieres.

Iba a aceptar su sugerencia cuando me acordé de Jon. No había vuelto a pensar en él, ni en el café que teníamos pendiente. ¿Y si se trataba de él? Esa posibilidad tenía más sentido que cualquier otra y su padre conocía nuestra casa.

—No te preocupes, yayo, creo que sé quién es.

Asintió con una sonrisa y me dijo adiós con una mano, antes de marcharse.

Metí los pies en las zapatillas y me dirigí a trompicones

hasta la puerta. Me detuve un momento frente al espejo ovalado que colgaba de la pared. Tenía los ojos un poco hinchados y el pelo revuelto. En mi camiseta descubrí una mancha amarilla, que no podía ser otra cosa más que yema de huevo. ¡Qué desastre! No podía salir con esa pinta.

Me quité la ropa a toda prisa y saqué del armario uno de mis viejos vestidos. Me quedaba un poco justo, pero con una camisa por encima apenas se notaba. Después corrí al baño. Me lavé la cara con agua fría y me cepillé el pelo.

Inspiré hondo y sonreí a mi reflejo, de repente nerviosa.

Mientras bajaba las escaleras y salía al jardín, una sensación de tímida confianza me hizo cosquillas en el estómago. Tal vez mi estancia en la isla sería más agradable con un amigo con el que pasar el tiempo y divertirme. Y la idea de que ese amigo fuese Jon me gustaba cada vez más.

Tomé una respiración profunda y abrí la verja con decisión y una sonrisa en el rostro, que se me borró en cuanto vi quién estaba realmente al otro lado.

# 10

Cerré los ojos un instante y volví a abrirlos para asegurarme de que era Román el que me esperaba con la espalda apoyada en el coche y las piernas cruzadas a la altura de los tobillos. Y sí, lo era sin lugar a dudas. Estaba tan distraído con su teléfono que ni siquiera se percató de mi presencia. Para mí, la suya era como un terremoto y el epicentro se encontraba bajo mis pies.

Lo observé de arriba abajo. Vestía unos vaqueros y una camiseta azul de manga corta que se ajustaba a su torso. Era demasiado alto para mi gusto y ese ceño fruncido, que parecía tallado en su cara, me molestaba sobremanera.

—¿Qué haces tú aquí? —resoplé.

Román levantó la vista de su teléfono y me miró. Sus ojos fluctuaron desde mi rostro hasta los pies y ascendieron sin prisa para detenerse en mis ojos. Levantó una de sus cejas.

—Hola a ti también —se burló.

—¿Puedo saber a qué has venido? —insistí.

Se le oscureció el semblante un momento, como si estuviera pensando en algo desagradable.

Se puso derecho y enfundó el teléfono en el bolsillo trasero de su pantalón. Sus movimientos eran lentos y perezosos, como los de un felino que estira sus músculos.

—Mi abuelo me ha obligado a venir.

—Vaya, lo siento por ti.

—No has aparecido por casa, como acordaste, y piensa que la culpa es mía porque te dije algo que no debía.

—No anda muy desencaminado, ¿no crees? —dije con un parpadeo inocente.

Me miró imperturbable.

—Solo te di mi opinión.

—A mí me sonó más como una orden.

—No es culpa mía que te pusieras a la defensiva —replicó con indiferencia, aunque en su mirada había otra cosa que no supe definir.

—¿Que yo me puse a la defen...? —Frené mis palabras antes de perder los nervios y respiré hondo. No merecía la pena el esfuerzo—. ¿Sabes qué? Paso de esto.

Di media vuelta.

—¿Adónde vas? —me preguntó.

—¿Tú qué crees? Muy lejos de ti.

En un visto y no visto, me cortó el paso interponiéndose en mi camino. Inclinó la cabeza buscando mis ojos. Los suyos eran como un mar de brillante caramelo fundido. Me taladraron. Demasiado cerca.

—Oye, mi abuelo está cabreado conmigo. No puedo regresar sin ti.

—¡Qué pena me das! —me reí sin gracia.

—¿En serio lo dejarás plantado?

Parpadeé atónita. ¿Por qué parecía él el ofendido y yo la mala de la historia?

Era ridículo.

—Sí —respondí sin dudar.

—¿Por qué?

Apreté tanto los dientes que me rechinaron. Alcé la barbilla, enfrentándolo. Era el tío más odioso que había conocido nunca.

—Porque aún no te has disculpado, cretino.

Lo esquivé y crucé la verja. Oí un bufido.

—Lo siento, lo siento mucho y no volverá a pasar. ¿Contenta?

Lo miré por encima del hombro. Sus ojos parecían reírse de mí y eso me cabreó aún más.

—Ni un poquito —mascullé, y luego añadí—: Vuelve cuando puedas ser sincero.

Sin apartar mi mirada de la suya, levanté una mano y le enseñé el dedo corazón. Con la otra, agarré la puerta de hierro y se la cerré en las narices. Lo oí soltar una retahíla de maldiciones, lo que me provocó un inusitado calor de lo más satisfactorio. A continuación, oí un portazo, el sonido de un motor rugiendo a mil revoluciones y el chirrido de unos neumáticos alejándose.

Al entrar en casa, me crucé con mi abuelo en el recibidor.

—¿Todo bien ahí fuera? —me preguntó al verme.

—Sí, nada importante —respondí.

Me sonrió.

—Si me necesitas, estaré un rato en el jardín.

Al moverse, me fijé en la copa de vino que sostenía en la mano y en la novela que cargaba bajo el brazo. No sé si fue por el vino o el libro, pero pensé en Eloy y me sentí mal de inmediato. El encontronazo con Román había hecho que pasara por alto el motivo que lo había llevado hasta mi puerta.

Suspiré derrotada y me froté la frente. No importaba cómo lo pintara, ese hombre no se merecía que lo ignorara por culpa de su nieto. Además, no era el primer idiota con el que trataba. Solo debía pasar de él hasta que molestarme ya no le resultara divertido.

Comprobé la hora. Aún no era demasiado tarde.

Corrí al jardín y busqué a mi abuelo con la mirada. Lo encontré recostado en una hamaca, bajo el limonero.

—¡Yayo, ¿puedes dejarme tu coche?! —le grité desde el porche.

—Claro. Siempre que quieras, yo apenas lo uso. Las llaves están puestas.

—Gracias.

Guardé en mi bolso el teléfono y la cartera, y entré en el garaje. Subí al viejo Volvo, que logré arrancar al tercer intento, y abrí la puerta con el mando a distancia. Agarré el volante con tanta fuerza que me temblaron las manos. Me faltaba práctica.

Encendí la radio. Sonaba *Insoportable*, de El Canto del Loco. Parpadeé divertida. Era como si el mundo supiera adónde me dirigía y hubiera decidido ponerle banda sonora a aquel viaje. Rompí a reír. Subí el volumen y bajé la ventanilla. Cuando llegó el estribillo, lo canté a pleno pulmón mientras movía la cabeza al ritmo de la música.

Un par de canciones más tarde, recorría la carretera que conducía a la villa de los Vinent. Crucé la entrada y vi el *jeep* aparcado junto al olivo. Me detuve al lado. Apagué el motor y, cuando me disponía a bajar, descubrí a Román dentro de su coche. Me estaba observando con fijeza. Tragué saliva e ignoré el vuelco que me dio el corazón.

Salí del coche al mismo tiempo que él. Le sostuve la mirada, a la espera de que dijese algo fuera de lugar para provocarme. No lo hizo, y yo me mantuve inmóvil bajo su fría evaluación. De repente, el portón se abrió y Eloy apareció en el umbral. Al verme, se le iluminó la cara.

—¡Aquí estás! —exclamó.

Le sonreí mientras me acercaba.

—Siento venir tan tarde y sin avisar. Hoy se me complicaron un poco las cosas y no tenía forma de contactarlo.

—Olvidé darte mi número de teléfono.

—No pasa nada, yo tampoco pensé en ello.

Sacudió la cabeza sin perder la sonrisa.

—Al ver que te retrasabas, me he preocupado pensando que ayer, después de marcharte, pudo haber pasado algo que te hiciera cambiar de opinión. —Lanzó una mirada disgustada a su nieto y su pecho se llenó con una profunda inspiración—. Por esa razón le he pedido a Román que fuera a buscarte y arreglara el entuerto que hubiera provocado.

—¿En serio? Pues no nos hemos visto —mentí.

Román giró la cabeza de golpe y me miró. Podía sentir sus ojos recorriendo mi rostro, desconcertado. Yo también lo estaba, porque en lugar de exponerlo, lo estaba cubriendo frente a su abuelo.

Eloy levantó las cejas.

—¿No?

Negué con un gesto.

—He pasado todo el día fuera de casa, acabamos de encontrarnos aquí. —Alcé la vista hacia Román, que estaba un paso detrás de mí. El desprecio había desaparecido de su semblante y ahora me miraba con una arruguita en la frente y dos manchas rojas en las mejillas—. ¿Y qué entuerto has provocado?

Román alzó una comisura de su boca con una expresión desconocida para mí.

—Te dije que no había hecho nada —le indicó a su abuelo.

Eloy sacudió la cabeza y a continuación me ofreció su brazo para que lo acompañara dentro. Sonreí ante su gesto caballeroso y no dudé en aceptarlo. Cruzamos el patio y, al ver que Román no nos seguía, lo busqué por encima de mi hombro. Se había esfumado.

—¿Te apetece un poco de limonada? —me preguntó Eloy.

—Me encantaría.

—Adelántate tú, enseguida voy.

Entré en la biblioteca. Las ventanas estaban abiertas de par en par y las cortinas se movían sinuosas con la brisa que se colaba desde el jardín. Me asomé y respiré el aire fresco, que arrastraba olores a césped húmedo y cloro de piscina.

Me senté en el alféizar y recorrí con la mirada la habitación. Sobre un mueble archivador descubrí varias fotografías enmarcadas. Sentí curiosidad y quise verlas de cerca. Una en particular llamó mi atención. En ella aparecían Rubén y Román, uno al lado del otro con la misma pose. No tendrían más de nueve o diez años. Iban peinados de igual forma y vestidos con la misma ropa. La única diferencia entre ambos era la sonrisa chispeante que uno de ellos lucía.

Sentí un cosquilleo de nostalgia. Conocía esa sonrisa mejor que ninguna otra, porque yo había sido su destinataria en muchas ocasiones. La rocé con el dedo sobre el cristal.

Rubén. Mi dulce Rubén.

Entonces me fijé en el rostro serio de Román, desprovisto de toda emoción. En su mirada inerte, como si no hubiera nadie tras ella. Dejé de respirar, mientras me preguntaba qué le ocurriría en aquel entonces para ser así. Qué le hizo convertirse en el adolescente indiferente que era cuando lo conocí. Qué provocaba que ahora fuese un cretino insoportable.

Eloy entró en la biblioteca, sosteniendo una bandeja con dos vasos de limonada y un plato con galletas. Devolví la fotografía a su sitio y compuse una sonrisa.

Como ya era algo tarde, simplemente merendamos mientras me mostraba el programa que había instalado en el ordenador, para que me resultara más fácil registrar los libros. Luego sugirió dar un paseo por el jardín. Eloy parecía disfrutar de mi compañía y eso me conmovía. A él le gustaba hablar y a mí, escucharle. Me contó cosas interesantes sobre la construcción de la casa y las generaciones de su familia que habían vivido allí antes que él. También me habló de los viñedos y de lo mucho que su padre trabajó en el pasado para levantar las bodegas y comercializar sus vinos.

Tras despedirme de Eloy, fui directamente a casa.

Había sido un día largo, extraño y con muchos sentimientos encontrados. Estaba agotada emocionalmente y, pese a todo, me sentía bien.

Aparqué en la calle y rodeé el muro de la propiedad hasta la puerta trasera. Abrí con la llave y crucé el jardín evitando el agua que disparaban los aspersores. El sol ya se había puesto y las guirnaldas de bombillas que colgaban del porche brillaban como luciérnagas. Las ventanas estaban abiertas y a través de ellas fluía música. Un aroma sutil a especias y marisco embriagaba el aire y despertó mi apetito.

Por un instante sentí que había viajado atrás en el tiempo y me vi niña de nuevo. A mis padres bailando entre caricias. A mi abuelo practicando acordes en su guitarra. A mi abuela lanzando pompas de jabón al aire, mientras Laura y yo las explotábamos muertas de risa.

La mente es un misterio, retenemos momentos del pasado, aunque no los recordemos. Sensaciones que quedan grabadas en nuestros sentidos y afloran cuando menos lo esperas, empapadas de nostalgia.

Un ping deshizo el espejismo.

Saqué el teléfono del bolso y vi un mensaje de Silvia en la pantalla. Quería saber cómo me iban las cosas y si estaba bien. Sonreí. La extrañaba mucho. Le respondí asegurándole que no tenía de qué preocuparse y que la llamaría al día siguiente.

Entré en la cocina y sonreí al encontrarlos a todos allí, preparando la cena.

Mi abuelo asaba en una parrilla eléctrica unas brochetas de gambas y verduras. Junto a él, en la encimera, mi abuela picaba hierbas aromáticas para un aliño. En la pila, Laura fregaba los platos y ni siquiera se molestó en mirarme.

—¡Qué bien huele! —exclamé.

—Hola, tesoro —me saludó mi abuela—. Llegas justo a tiempo, la cena está casi lista.

—Voy a lavarme las manos y preparo la mesa.

Poco después, todos cenábamos al aire libre, bajo un cielo en el que comenzaban a verse las primeras estrellas. Mi abuelo descorchó una botella de vino blanco y lo sirvió en copas de cristal, que nos fue entregando con una ceremonia que me hizo reír.

—¿Dónde has estado toda la tarde? —me preguntó mi abuela.

—En casa de Eloy Vinent —respondí.

Mi abuelo señaló la botella de vino con un gesto de su mano.

—¿Te refieres a este Eloy?

Asentí mientras devoraba una de las brochetas.

—No sabía que lo conocías, y menos aún que lo visitabas en su casa —dijo mi abuela, sorprendida a la par que intrigada.

—Nos conocimos ayer, en el cementerio —expliqué. Sentí las miradas de mi abuelo y mi hermana al mencionar ese lugar, pero fingí no darme cuenta y sonreí. Sí, había tardado una década en reunir el valor para ir hasta allí, pero había dado el paso y era lo importante—. Yo conocía a su nieto, el que se ahogó. Vi su tumba mientras paseaba y me detuve. Eloy apareció en ese momento y nos pusimos a conversar.

Di un sorbo a mi copa porque se me estaba secando la boca, y continué hablando. Les conté los motivos por los que lo acompañé a casa, y cómo esa coincidencia me llevó a ofrecerle mi ayuda con la biblioteca de su esposa. De forma premeditada, evité los detalles sobre Román y solo lo mencioné lo justo y necesario para completar la historia.

—Me parece un gesto precioso que quieras ayudarle. No he tratado mucho a Eloy, siempre nos hemos movido en ambientes muy diferentes, pero sí conocía a Marta, su mujer. Era una persona encantadora, con la que podías hablar de cualquier cosa.

—¿Y piensas hacer todo ese trabajo gratis? —intervino mi hermana.

Era la primera vez que me hablaba casi desde que llegué.

La miré y ella no apartó la vista, cosa que ya era un avance.

—Sí, por qué no —respondí—. Aquí tampoco tengo mucho que hacer y es una forma de pasar el tiempo.

—Debe de ser genial que te sobre el dinero para poder ser tan altruista —replicó con tono punzante.

—No me sobra el dinero, Laura.

—¿Entonces lo haces para que la gente vea lo buena y especial que eres?

—¿Crees que lo hago para aparentar y recibir elogios? —salté ofendida.

—No sé, dímelo tú. Porque cuesta un poco no verlo de ese modo.

—No puedo creer que esa sea la imagen que tienes de mí.

Sacudí la cabeza y me reí sin gracia. No entendía por qué mi hermana me despreciaba tanto. Jamás le hice nada, no le di motivos. Y si tenía una razón, nunca me la dijo, pero debía de ser lo bastante horrible para que ni la distancia ni el tiempo la hubieran aplacado un poco.

—Por favor, no discutáis —nos suplicó la abuela.

Guardé silencio y me llevé la copa a los labios. No quería pelear con Laura, y menos aún que mi abuela se disgustara. No estaba allí para complicar las cosas y hacerlas difíciles. Al contrario, pretendía esforzarme e intentar que lo poco que quedaba de nuestra familia se uniera.

Sin previo aviso, Laura se levantó de la silla y rodeó la mesa para entrar en la casa. La seguí con la mirada y un nudo muy apretado en el estómago. Puede que mi hermana me detestara, pero ella a mí me importaba. Nunca había dejado de hacerlo.

Mi abuela lanzó al aire un suspiro entrecortado, cuando el abuelo tomó su mano por encima de la mesa y se la llevó a los labios con mucha dulzura para consolarla.

Yo esperaba conocer algún día a alguien que sostuviera mi mano de esa manera.

Y ese pensamiento me llevó de nuevo a mi hermana.

—Enseguida vuelvo —anuncié.

Entré en la casa y me dirigí a la escalera. Estaba a punto de subir cuando me fijé en que la puerta principal estaba entreabierta. Salí y vi a mi hermana de espaldas, parada en medio del caminito con los hombros encogidos.

—Laura...

Se enderezó de golpe y se apresuró a frotarse la cara con la manga de su camisa. Después, se giró impasible. La luz del farol que colgaba de la pared le iluminó el rostro con un resplandor amarillento. Me fijé en sus ojos, húmedos y brillantes, y en lo roja que tenía la nariz.

—¿Estás bien? Porque si no lo estás, puedes contármelo y trataré de ayudarte —le dije en voz baja y suave.

—Estoy genial.

—No lo parece.

Hizo una mueca.

—Es que no todas podemos ser tan especiales como tú, Lucía. Ni tener un trabajo maravilloso, ni un novio asombroso, ni una vida perfecta de la que alardear y a la que regresar cuando te aburras de estar aquí —repuso en un tonito mordaz.

Inspiré hondo y me obligué a permanecer tranquila.

—Nunca he alardeado de nada. ¿Y sabes qué? Mi vida

está muy lejos de ser perfecta. Me han echado del trabajo porque creen que he robado y vendido información personal de los clientes y, puede que no lo creas, pero no he hecho tal cosa. —Su rostro cambió del aburrimiento a algo similar al desconcierto. Continué—: Óscar y yo rompimos hace meses, en realidad nunca hemos sido más que amigos. Tuve que dejar el piso que compartíamos y mudarme a casa de mi única amiga, pero su novio no soporta tenerme allí, porque ya no puede pasearse desnudo ni follar sobre la mesa del salón cuando le apetezca. Estoy completamente sola y ahora la abuela está enferma. Es posible que no se recupere y no estoy preparada para perderla. Así que no, no hay nada perfecto en mi vida y el único lugar que me queda es este. Pero si lo que buscas es competir, de acuerdo, tú lo estás pasando mucho peor y lo entiendo. Comprendo que estés hecha una mierda.

Laura bajó la mirada al suelo mientras el silencio se alargaba entre nosotras.

—¿Has terminado? —me preguntó.

—Solo una cosa más —dije—. No sé qué pude hacerte en el pasado, ni por qué empezamos a distanciarnos o cómo hemos llegado a esto, pero eres mi hermana y te quiero, y pase lo que pase siempre podrás contar conmigo.

Laura alzó los ojos para encontrarse con los míos. No pude ver nada en ellos. Estaban vacíos. Echó los hombros hacia atrás y pasó por mi lado de regreso adentro.

Yo me quedé allí, escuchando los latidos de mi corazón, preguntándome por qué a veces todo se hace tan difícil y si llegaría un momento en el que todo iría mejor.

# 11

Lo bueno de tener un trabajo por el que no vas a recibir ninguna remuneración es que puedes gestionar a tu antojo el tiempo que le dedicas. Yo decidí pasar las mañanas en casa y ocuparme de las tareas domésticas, de hacer la compra e incluso cocinar. Y destinar las tardes a cumplir la promesa que le había hecho a Eloy.

Al menos, mientras no tomaba ninguna decisión sobre qué hacer con mi vida, y esa era la última de mis inquietudes.

Tenía algunos ahorros que me permitirían vivir sin preocupaciones económicas un tiempo, y el hecho de que mis abuelos se negaran de forma tajante a aceptar mi dinero también me ayudaba a reducir considerablemente los gastos.

Empezar de cero pensando solo en el presente no me parecía un mal plan.

De hecho, esa idea me aliviaba. Dejarme ser sin más.

Levantarme de la cama para improvisar.

Acostarme por la noche atesorando momentos.

Aprender a respirar. A soltar. A no callar. A que duela sin miedo. A perder el tiempo.

Encontrar mis ganas. Mi suerte. Mis alas.

Vivir en el ahora sin necesidad de que tenga sentido.

# 12

Lo único que me preocupaba del tiempo que debía pasar en la villa era el evidente desagrado que existía entre Román y yo. Contaba con que no sería nada fácil y sí muy incómodo soportar la presencia del otro, y había planificado toda una estrategia defensiva, que consistía básicamente en fingir que el muy idiota era invisible e ignorarlo por completo si trataba de molestarme.

Al final, resultó que no necesitaba ninguna defensa.

Cuando no estaba fuera de casa, Román pasaba todo el tiempo encerrado en el apartamento de invitados y nunca lo veía. A veces, lo oía entrar y salir. Trastear en la cocina. Puertas que se abrían y cerraban. O percibía el rastro del perfume masculino que dejaba a su paso.

Me evitaba como si tuviera una enfermedad contagiosa. Con más empeño aún cuando su abuelo se ausentaba para trabajar en la bodega, que era casi siempre. Así me acostumbré a pasar las tardes, sola en aquella casa enorme, envuelta en una rutina en la que poco a poco me fui relajando y empecé a sentirme más y más a gusto. Hasta olvidar que esa soledad solo era relativa.

—¿Y no es aburrido eso de catalogar libros? —me preguntó Silvia al otro lado del teléfono.

Me estiré en la silla, reprimiendo un bostezo, y parpadeé varias veces para aclarar la visión. Un molesto hormigueo en la pantorrilla derecha me recordó que llevaba demasiado tiempo sentada.

—Solo un poco, pero me gusta —respondí mientras me acercaba a la ventana abierta y me sentaba en el alféizar.

—¿Cuánto tardarás en terminar todo ese trabajo?

—No estoy muy segura. Llevo casi tres semanas y habré registrado un tercio, más o menos. Hay cientos y cientos de libros en diferentes idiomas, y al ritmo que llevo puede que necesite otras cuatro o cinco semanas.

—¿Y has encontrado algo interesante?

—Un par de cosas.

—¿Como qué? Siento curiosidad.

—¿Has leído *Matar un ruiseñor*?

—No, solo he visto la película.

—Pues aquí tienen lo que parece una primera edición original de la novela, autografiada por la autora y, por lo que he averiguado, su valor puede estar en torno a los treinta mil euros.

—¡No jodas! —gritó Silvia.

Casi me deja sorda, y rompí a reír. La oí inspirar con fuerza y soltar el aire despacio. El silencio nos envolvió durante unos instantes.

—¿Eso significa que no volverás a Madrid de momento? —preguntó con cierta tristeza.

—Mi familia me necesita aquí.

—Pero nunca te has llevado bien con ellos.

—Es lo que intento cambiar —repuse con la esperanza de que me entendiera, y añadí—: Además, ¿qué sentido tiene volver? Allí ya no tengo nada.

—Me tienes a mí.

—Lo sé, y te echo mucho de menos. —Sonreí al imaginarla sentada en el suelo del balcón, con el teléfono aplastado contra la oreja y enfurruñada—. ¿Por qué no vienes tú unos días? En casa hay espacio de sobra.

Resopló de forma exagerada.

—Tengo mucho trabajo y no creo que mi jefe esté dispuesto a adelantarme las vacaciones. ¡Es un tirano!

—Más adelante, entonces.

—Sí, te prometo que iré más adelante.

Me despedí de ella con un sabor agridulce. La extrañaba muchísimo. Era mi única amiga, la persona en la que podía confiar y que siempre había estado ahí para mí. De mi lado sin importar el qué, sin juzgarme.

Apoyé la espalda en el marco de la ventana y cerré los ojos. Me encantaba sentarme allí a descansar, sintiendo el calor del sol en la piel, mientras trataba de adivinar a qué pertenecía cada aroma que notaba o los suaves sonidos que habitaban en aquel jardín, cada vez más familiar. El piar de los pájaros, el zumbido de las abejas, la brisa agitando las hojas de los árboles en suaves rachas. El burbujeo del agua de la piscina al pasar por la depuradora. Los latidos de mi corazón, rítmicos y calmados.

Abrí los ojos al oír el ruido de un impacto, como el que hace un cuerpo al zambullirse en el agua. Mi mirada voló hasta la piscina y vi emerger una cabeza junto al borde. Era Román.

Se sacudió el agua del pelo y la luz se reflejó en las gotas. Se hundió de nuevo, para un minuto más tarde romper la superficie en el otro extremo. Lo observé mientras nadaba unos largos. Era muy rápido, y se movía con una gracia y fluidez que contrastaban con el tamaño de su cuerpo. Desde donde me encontraba podía ver cómo se tensaban los músculos de su espalda y de sus brazos. Me enderecé un poco para tener una mejor perspectiva. En ese momento, se dio la vuelta y flotó de espaldas. Su torso brillaba bajo el sol como si estuviera cubierto por decenas de cristalitos.

Me sacudió una sensación olvidada que me hizo contener la respiración. Aparté la vista, sorprendida por mi propia reacción, y me dije a mí misma que no tenía nada de malo encontrar atractivo el cuerpo de un hombre, por muy horrible que fuese su personalidad. Era posible desear el exterior y odiar el interior al mismo tiempo. Una cosa no estaba reñida con la otra.

Después de todo, el sexo y los sentimientos no tenían por qué ir siempre de la mano.

Sí, el sexo con amor era maravilloso, pero la lujuria puramente física podía ser increíblemente satisfactoria. El placer no dejaba de ser placer, y conseguir un orgasmo capaz de volarte la cabeza era más una cuestión de habilidad, movimientos, toques y caricias que de corazón. Enredarse con otro cuerpo era un instinto primitivo que respiraba sin lógica. Una necesidad invariable, pese a los miles de años de evolución que el ser humano había sufrido.

Se me calentaron las mejillas al darme cuenta de la dirección que habían tomado mis pensamientos. Presa de la turbación, aparté la mirada y me pasé una mano por la nuca. Deseo, acababa de sentir deseo por ese tío, e incluso había divagado buscando una forma de justificarlo.

Traté de recordar cuándo fue la última vez que tuve relaciones sexuales. Si no me fallaba la memoria, Óscar y yo lo hicimos el día que celebramos nuestro aniversario.

Habían pasado meses. Muchos meses.

Sin duda alguna, esa era la razón de mi inexplicable interés.

Llené mis pulmones de aire y permití que mi mirada se deslizara de nuevo hacia el agua.

Román ya no flotaba de espaldas, sino que me observaba

desde el borde de la piscina, donde se había apoyado con los brazos. Durante unos instantes, quedé atrapada en sus ojos.

Demasiado serios. Demasiado penetrantes.

«Bum, bum, bum...».

Mis pulsaciones se dispararon y el hormigueo que sentía en la nuca se intensificó.

Me alejé de la ventana y me senté de nuevo en la silla, frente al ordenador. Hora de continuar. La pantalla se iluminó cuando moví el ratón. Abrí una ficha en blanco y tomé el primer libro de la pila que había a mi izquierda. *Hangsaman* de Shirley Jackson. Una edición publicada en 1976. Lo revisé con atención, buscando desperfectos. Luego me dispuse a investigar un poco en internet.

No habían pasado ni cinco minutos cuando apagué el ordenador. Era incapaz de concentrarme y me molestaba sobremanera, porque era muy consciente de la razón. No podía sacarme a Román de la cabeza y lo más irritante era que ni siquiera me gustaba.

Necesitaba salir un rato de aquella habitación. Beber algo. Tomar el aire. Distraerme.

Fui a la cocina y saqué una botella de agua de la nevera. El cristal estaba tan frío y mi piel tan sofocada que no pude evitar presionarlo sobre mis mejillas. Cerré los ojos con un ruidito de satisfacción y sostuve la botella contra mi garganta. Incliné el cuello hacia un lado.

Toda mi piel se erizó.

—Mmmm...

Abrí los ojos para buscar un vaso y, cuando me di la vuelta, Román estaba de pie junto a la isla de la cocina, mirándome fijamente. Solo llevaba una toalla a la cintura. Aparté la vista, y fingí que el paisaje al otro lado de la ventana era de lo más interesante. Desenrosqué el tapón y bebí un sorbito de agua mientras él me diseccionaba sin ninguna vergüenza.

¿Acaso no le habían enseñado que era de mala educación observar de esa forma a la gente?

De pronto, vino hacia mí y yo di un paso atrás por puro instinto. Mis caderas chocaron con la encimera. Quedé arrinconada. El único modo de moverme era apartándolo de mi camino, pero me obligué a permanecer quieta. No tenía ni idea de a qué juego me estaba retando ahora, pero no pensaba perder.

Román me quitó el agua de las manos y bebió un largo trago sin apartar sus ojos de mi cara. Después se inclinó sobre mí y dejó la botella en el mármol con un golpe seco. Tragué saliva, nerviosa. Lo tenía demasiado cerca y, mirara donde mirara, solo veía piel. Incluso respirar era un problema, porque su olor lo impregnaba todo, y no podía decidir si me gustaba o lo detestaba.

Me importunaba a propósito y no lograba entender el porqué. ¿Pensaba burlarse de mí hasta que me rindiera y renunciara? ¿Tanto le fastidiaba tenerme allí? O no se trataba solo de mi presencia en su casa, entre las cosas de su abuela, sino de mí.

Solo de mí.

Me dio la espalda y se encaminó a la terraza.

—¿Por qué me odias? —La pregunta escapó de mis labios antes de que pudiera impedirlo.

Se detuvo, sin darse la vuelta.

—Yo no te odio —respondió con la voz ronca.

—Pues lo parece.

—No es culpa mía lo que a ti te parezcan las cosas.

Eso no podía discutírselo y tampoco había dudado a la hora de responder. De hecho, había sonado muy sincero.

—No te entiendo —dije en voz baja.

—Es fácil, lo que ves es lo que hay.

—A mí me parece que hay mucho más de lo que se ve.

—Y yo ya te he dicho que no es culpa mía.

—Si no me odias, ¿entonces...?

—Entonces, nada —me interrumpió con impaciencia—. Tan simple como eso. Nada.

Se encaminó a la puerta, mientras yo me preguntaba si con ese «nada» se refería a que no tenía ningún problema conmigo o que para él yo era del todo insignificante. Había una gran diferencia.

Arrugué la nariz e hice una mueca. Dudaba de que alguna vez pudiera pillarle el punto.

Era complicado y contradictorio. Un galimatías que no me apetecía resolver, pero, al mismo tiempo, en el que no dejaba de pensar.

—Román... —lo llamé. Para mi sorpresa, se detuvo y me miró por encima del hombro. La indiferencia había desaparecido de su rostro—: Yo tampoco te odio.

—Lo sé.

Fue lo único que dijo antes de desaparecer de mi vista.

Suspiré hondo, más confundida que nunca.

# 13

«Su paquete no ha sido entregado por encontrarse ausente. Puede pasar a retirarlo en la oficina antes de quince días naturales».

No podía creerlo.

Esa misma mañana había recibido un mensaje en el que me avisaban de que mi envío estaba en reparto. No especificaban una hora aproximada de entrega, por lo que no me atreví ni a ir al baño por si el cartero llamaba a la puerta en ese preciso instante.

Pero ya lo dice el dicho: cuando no quieres que algo pase, pasa.

Y pasó. De largo por mi puerta.

Doblé la notificación que habían dejado en el buzón y me la guardé en el bolsillo del pantalón. Después fui en busca del coche para dirigirme a la oficina de correos.

Unos días antes le había pedido a Silvia que me enviara las cosas que dejé en su casa, en especial, toda mi ropa de verano y el calzado. Estaba cansada de llevar siempre las mismas camisetas y pantalones, y comprar prendas nuevas era malgastar el dinero.

Recorrí el pueblo hasta la costa y conduje por el paseo

marítimo en dirección a la zona más turística y comercial de Vila Mareva. Desvié la vista hacia mi izquierda y observé el paisaje a través del cristal de la ventanilla. Aunque solo estábamos a principios de junio, ya había muchos bañistas en la playa y en los chiringuitos no cabía un alfiler.

Vi el letrero de la oficina y giré hacia el aparcamiento que había un poco más adelante, frente a una cafetería recién inaugurada de una franquicia muy conocida que acababa de instalarse en la isla. Bajé del coche y crucé la calle. Cuando entré en la estafeta, la baja temperatura del aire acondicionado me hizo maldecir. Por suerte, no había mucha gente en la cola y solo tuve que esperar unos minutos para realizar todos los trámites y pagar los gastos.

Llevar las cinco cajas al coche me costó mucho más tiempo y esfuerzo.

Cuando logré colocar la última en el asiento trasero, el sudor me escurría por la nuca y me faltaba el aliento. Me apoyé en la puerta. Necesitaba un momento para descansar. Miré al frente y me fijé en la nueva cafetería. Me moría por tomar una bebida fría.

Me palpé el bolsillo para asegurarme de que no había perdido la tarjeta y me dirigí a la entrada. Como en cualquier establecimiento de este tipo, había prácticamente de todo: cafés, tés, *smoothies*, bollería, tartas, crepes, sándwiches...

Me puse en la cola.

Había dos camareras atendiendo, por lo que el servicio fluía con bastante rapidez.

—Siguiente, por favor.

Me adelanté.

—¡Hola! Un café helado con azúcar moreno y un chorrito de leche.

—¿Algo de comer?

—No, solo el café.

—Serán dos euros con ochenta.

Saqué la tarjeta del bolsillo y la camarera me acercó el datáfono.

—Serra, ¿eres tú? —dijo una voz de mujer a mi lado.

Giré la cabeza y, por un instante, no pude reaccionar.

Habían pasado doce años desde la última vez que la vi, pero la habría reconocido de cualquier forma. E incluso después de toda una vida.

Marina.

Me había preguntado muchas veces cómo me sentiría si algún día nuestros caminos volvían a cruzarse. Cómo reaccionaría al tenerla delante de nuevo y ver su rostro. Qué le diría. Estaba a punto de averiguar la respuesta. Dejé de mirarla y pasé la tarjeta.

—¿Quiere copia?

—No, gracias.

—Eres tú, ¿verdad? —repitió Marina sorprendida. Le devolví la mirada—. Sí, lo eres. Vaya, no has cambiado nada en todo este tiempo. ¿Cuánto ha pasado?

—Doce años —respondí.

—Es verdad, te perdí la pista al terminar el instituto. ¿Aún vives aquí?

—Acabo de regresar.

—¿Por vacaciones? —Asentí sin ningún interés—. Yo llevo varios años viviendo en Mataró, pero voy a casarme y me hace ilusión celebrar aquí mi boda. En este pueblo he sido tan feliz. ¿Recuerdas el instituto? —Abrí los ojos sin dar crédito a su pregunta. Una mueca sarcástica tiró de las comisuras de mis labios. Ella continuaba hablando como si fuésemos dos amigas recordando con nostalgia los viejos tiempos—: Aquella época fue genial, sin problemas ni responsabilidades. Tan divertida. Por cierto, ¿irás a la reunión de antiguos alumnos en agosto?

—¿Tú qué crees? —Hice que mi voz sonara burlona.

Al menos, haber crecido y convertirme en una persona adulta me había dado la confianza suficiente para responderle sin acobardarme. Ella no dio señales de notar mi pulla y continuó con la conversación.

—Imagino que sí, quién se la perdería. Será estupendo volver a estar todos juntos y recordar aquellos años.

«¿Recordar?», pensé. ¿Recordar qué, exactamente? ¿Qué parte del sufrimiento que me causaron? Sentí brotar un fuerte resentimiento que iba extendiéndose por cada tramo de mi cuerpo. Nacía en mi corazón, que parecía quejarse como si alguien lo estuviera estrujando, y reptaba bajo mi piel dejando a su paso un molesto escozor.

Mi respiración se aceleró y la prudencia en la que me estaba apoyando comenzó a ceder.

—¿A ti qué te pasa? —salté.

—¿Qué quieres decir?

—¿Cómo puedes plantarte delante de mí y soltar todas estas gilipolleces de tía enrollada, como si no me hubieras amargado la vida durante años?

La vi enrojecer y mirar a nuestro alrededor, como si le preocupara que alguien pudiera estar oyéndonos.

—¿Yo?

—¿Vas a fingir que no lo recuerdas? Los insultos, las burlas, los empujones, los chicles en el pelo o la basura que escondíais en mi mochila —repliqué con mi voz más firme. Arrugué la frente y moví la cabeza—. ¿Cómo me llamabas? ¿Lo recuerdas? Yo sí. Lucía la pirada. Lucía la retrasada. La rarita.

—Vamos, solo eran bromas.

—¿Me veías reírme?

—Oye, todo el mundo las hacía. Nada de aquello iba en serio.

Mis labios, al igual que mis manos, empezaron a temblar, avisándome de lo inevitable. Y no hay nada más real y honesto que una emoción que se libera cuando pierdes el miedo a mostrarte frágil y dolida.

—¿Tampoco cuando me preguntabas por qué no le hacía un favor al mundo y me suicidaba? —le espeté.

Sus ojos brillaron, con una mezcla de indignación y vergüenza.

—Yo jamás...

—Tú y tus bromas me hicisteis pasar un infierno, y aún tienes el valor de hacer como si nada. Me acosabas a todas horas y disfrutabas haciéndolo.

—Por favor, baja la voz —me rogó en un susurro.

—¿Te incomoda la verdad?

—La gente nos está mirando. ¿Podemos hablarlo fuera?

Tenía razón, algunas personas a nuestro alrededor nos observaban con curiosidad. Otras parecían juzgar la situación. Pero yo acababa de enfrentar uno de mis mayores traumas, con un valor que desconocía, y no pensaba bajar la cabeza por lo que pudieran pensar un montón de extraños.

Con más aplomo del que sentía, miré a Marina a los ojos.

—No tengo nada más que decirte.

En ese preciso instante, la camarera llamó mi atención con un ligero carraspeo y colocó mi café sobre el mostrador. Tomé el vaso y me di la vuelta, dando así por terminada la conversación.

Después me abrí camino hasta la salida. Temblaba de arriba abajo y me costaba ver dónde pisaba. El suelo daba vueltas. Mis pies se enredaron con una silla, tropecé y la tapa del vaso salió volando. No pude evitar que se derramara parte del café.

Contemplé el desastre que había organizado en un segundo y sentí unas ganas inmensas de romper a llorar, que apenas logré contener. Dejé el vaso sobre una mesa y cogí un puñado de servilletas de papel de un servilletero. Me arrodillé para secar el suelo.

—Espera, deja que te ayude.

Frente a mí se agachó un chico con otro puñado de servilletas, que colocó sobre el charco de café aguado. Levanté la mirada y me topé con unos ojos oscuros y amables. En su sonrisa, destacaba un pirsin de aro. No era mucho mayor que yo, uno o dos años a lo sumo, y había algo en él que me resultaba familiar. Un recuerdo fugaz pasó por mi mente y me acordé.

Era Hugo, el chico que en el instituto se hizo amigo de Román.

—No sé cómo ha ocurrido —me lamenté—. Dios, lo he puesto todo perdido.

—No te preocupes, puede pasarle a cualquiera.

—Gracias por ayudarme.

—Me ha encantado lo que le has dicho —se rio en voz baja mientras secaba el suelo con movimientos enérgicos.

—¿Qué?

Señaló a Marina con la barbilla y me miró a los ojos. Noté que me sonrojaba de pies a cabeza. Al parecer, nuestro encuentro no le había pasado desapercibido a nadie.

—Se lo merecía, siempre ha sido una persona horrible.

—¿Cómo lo sabes?

—Yo sé muchas cosas, y sobre mucha gente.

Su tono pícaro y misterioso me hizo sonreír.

—¿También sobre mí?

Levantó las cejas un par de veces.

—Por supuesto, de ti más que de nadie. —Entornó los párpados—. ¿Cómo has dicho que te llamabas?

Me reí mientras hacía una pelota con las servilletas sucias.

—Soy Lucía y sé que tú eres...

—Hugo, tenemos que irnos.

Esa voz hizo que me diera un vuelco el corazón. Alcé la vista y allí estaba Román, observándome desde arriba sin ninguna expresión más allá de su habitual indolencia. Parpadeé inquieta varias veces y me puse de pie.

—Hola —lo saludé casi sin voz.

Respondió con un gruñido y miró a otro lado. Pude ver a Hugo escondiendo una sonrisa y a continuación darle un golpecito con el codo en el costado. Ese simple gesto me ratificó algo que no necesitaba ni quería confirmar, y era que Hugo no había mentido al decir que sabía muchas cosas.

Forcé una sonrisa.

—Gracias por ayudarme.

Hugo le quitó importancia con un gesto y se hizo a un lado cuando una chica pasó entre nosotros para llegar a la vitrina de los bocadillos. Aproveché la interrupción y me despedí con un escueto «adiós». Luego salí de allí a toda prisa.

Una vez en la calle, tiré las servilletas a una papelera y me froté las manos pegajosas en el pantalón. Caí en la cuenta de que había olvidado lo que quedaba de mi café, pero de ninguna manera pensaba regresar. Me lamí los labios. Tenía mucha sed.

—¿Hola? —Me volví al oír el saludo y vi a un chico con gorra que me miraba. Me sonrió vacilante y levantó la mano—. Eres Lucía, ¿verdad?

Asentí, aunque no sabía quién era él. La visera le hacía sombra en la cara y no podía ver bien su rostro. Como si hubiera intuido mis pensamientos, se quitó la gorra. Se acercó con un puchero en los labios.

—No te acuerdas de mí.

Le sonreí y sacudí la cabeza. Se equivocaba.

—Eres Jon, el hijo de Diego.

Una sonrisa enorme apareció en su cara.

—¿Qué tal estás?

—Genial, ¿y tú?

—Pues estaba bastante bien, hasta que me ha tocado venir a correos a recoger una carta certificada, porque al parecer no había nadie en casa para firmarla. Lo cual no es cierto. Pero discutir con ellos es como hacerlo con la pared.

Rompí a reír.

—¿He dicho algo divertido?

—Estoy aquí por el mismo motivo.

—¿Una carta?

—Paquetes —respondí.

Arrugó la nariz con un gesto muy mono.

—Vaya, el servicio postal es un asco, pero el destino trabaja con una precisión de la hostia.

—¡¿Qué?! —exclamé, no podía dejar de reír—. ¿El destino?

—Sí. El que ha hecho que tú y yo nos encontremos en este preciso momento, justo cuando me dirigía a un chiringuito muy cerca de aquí, en el que preparan unas tapas buenísimas. ¿Te apetece venir conmigo?

Inclinó la cabeza a un lado, expectante.

—No sé, tengo mil cosas que hacer y...

—¿Intentas darme largas? —Se llevó la mano al pecho de forma teatral. Apreté los labios para dejar de sonreír, pero no lo conseguí—. Porque te recuerdo que me hiciste una promesa, y con mi padre de testigo. Si me dices que no, me chivaré, y le romperá el corazón que rechaces a su hijo favorito.

Se me escapó una carcajada. Di un paso hacia él y le apunté con un dedo acusador.

—¿Me estás chantajeando?

Atrapó mi dedo con su mano y le dio un tironcito, meciendo mi brazo de un lado a otro. Fue un gesto infantil, que me resultó de lo más tierno.

—Sí, descaradamente.

Me encogí de hombros y exageré un suspiro de derrota.

—Está bien, pero pagas tú.

—¡Eh, Jon! —gritó alguien a mi espalda.

Jon levantó la mirada por encima de mí y sonrió.

Me giré para ver de quién se trataba. Hugo y Román venían hacia nosotros y mi corazón dio un brinco. Me tensé. Forcé una pequeña sonrisa cuando se detuvieron a nuestro lado. Me costaba respirar con normalidad y todo por culpa de Román. Mi cuerpo había desarrollado una respuesta defensiva a su cercanía, como cuando ves una avispa y lo primero que piensas es que va a picarte, por lo que te pones en guardia mientras no pierdes de vista sus revoloteos.

—¿Qué tal, tíos? —los saludó Jon.

—Vendrás a jugar esta tarde, ¿no? —le preguntó Hugo.

—Por supuesto, hacerte perder es lo único que le da sentido a mi vida.

—Ganas un partido y te crees una estrella.

—Soy una estrella y he ganado muchos más partidos que tú. Deberías aprender a contar, manta, que eres un manta —se burló Jon.

Hugo se echó a reír y lo empujó en el hombro.

—Cuando tú aprendas a atarte las zapatillas, *pringao.*

Era evidente que entre ellos había mucha complicidad y se divertían molestándose el uno al otro. Román, por el contrario, no había dicho ni una palabra. Lo miré de reojo, y por primera vez vi algo parecido a una sonrisa en su cara. Parpadeé, por si se trataba de un fallo en mi mente. No, seguía allí, una leve curva en sus labios que se inclinaba hacia la derecha y marcaba unas arruguitas, que no podía dejar de mirar.

Me recorrió un escalofrío cuando nuestros ojos se encontraron.

Miré de inmediato hacia otro lado.

Tras despedirse, Hugo y Román se alejaron en dirección contraria a la playa.

—¿Hace mucho que os conocéis? —le pregunté a Jon.

—Conozco a Hugo desde siempre, somos vecinos.

—Y muy amigos, por lo que he podido ver.

Sonrió mientras se pasaba una mano por el pelo y se colocaba otra vez la gorra.

—Sí, es uno de mis mejores amigos.

—¿Y Román?

Jon me miró con curiosidad y me preguntó:

—¿Lo conoces?

—Del instituto, como a Hugo.

—A Román no lo conozco tanto —comentó. Señaló la playa y el chiringuito que se distinguía a lo lejos, y en sus ojos apareció una pregunta. Asentí, de acuerdo con ir hasta allí. Él continuó hablando mientras caminábamos—: Sé que lleva algunos años viviendo en el pueblo y he oído hablar bastante de él, pero Hugo no me lo presentó hasta el mes pasado. Cuando regresé. Todo el mundo dice que es un buen tío y, no sé, a mí también me lo parece.

—Ya veo...

—¿Y lo es?

—¿Qué? —pregunté sin estar muy segura de a qué se refería.

—¿Crees que es un buen tío? Has dicho que lo conocías.

Me encogí de hombros y miré hacia atrás sin proponérmelo. Mis ojos recorrieron el aparcamiento de un extremo al otro. La mirada de Jon siguió la misma dirección. Luego la fijó en mí.

—No tengo una opinión sobre él —mentí, porque sí la tenía. Más o menos. Todavía era bastante incierta—. Solo estábamos en la misma clase, nada más. Ni siquiera recuerdo que habláramos alguna vez.

—¿Eso quiere decir que ahora tampoco habláis?

—¡No! Bueno, sí —rectifiqué. Porque maldecirnos el uno al otro también era una forma de comunicarse—. Lo que quiero decir es que hablamos, pero muy poco. Poquísimo, en realidad. Casi nada. Preferimos evitarnos.

Apreté los párpados un instante. No debí decir eso último.

Jon me dirigió una mirada perspicaz.

—Esto se pone cada vez más interesante.

—¿Sabes qué? Cambiemos de tema —sugerí.

—Ni hablar, quiero saberlo. ¿Por qué os evitáis?

Lo fulminé con la mirada, pero solo conseguí que se echara a reír. Agarró el bajo de mi camiseta y se puso a darme tironcitos, como lo haría un niño pequeño que quiere llamar la atención.

Suspiré y mis ojos se perdieron a lo lejos en el mar.

Jon no dejaba de ser un extraño y hablarle de mis problemas personales no me seducía, pero no tenía a nadie más y llevaba semanas ocultando mis sentimientos. Estaba cansada de hablar conmigo misma y no resolver nada.

—No lo sé —repliqué—. Y lo digo en serio, no lo sé. Puede que solo empezáramos con mal pie y ahora ninguno quiere ceder. —Me froté el cuello y suspiré pesadamente—. La verdad es que esta situación la comenzó él. Fue hostil conmigo desde el principio y yo me defendía con la misma actitud. Después nos fuimos evitando. Ahora dice que no me odia y que no pasa nada, pero es más amable con una piedra que conmigo. ¿Por qué se lleva bien con todo el mundo y yo soy la excepción?

La risa de Jon se había ido apagando poco a poco y me miraba en silencio.

—Le has dado muchas vueltas, ¿eh?

—Es que me frustra no entenderlo —admití.

—¿Tan importante es para ti obtener una respuesta?

—No sé si realmente me importa o si solo es orgullo.

Jon me observó con curiosidad. Yo miraba al horizonte.

Bajo nuestros pies, la pasarela de madera que conducía al chiringuito crujía sobre la arena tostada.

—¿Eres una persona orgullosa? —me preguntó.

—En realidad no. Soy más bien del género cobarde y sumiso, pero no me ha ido nada bien estos años con esa actitud. —Le devolví la mirada y sonreí—. Intento cambiar y hacer las cosas de otro modo.

Asintió un par de veces.

—Es bueno querer cambiar lo que no nos gusta de nosotros mismos, pero no podemos esperar que los demás hagan lo mismo solo por sentirnos mejor.

Parpadeé confundida.

—No te sigo.

Jon se humedeció los labios, resecos por el calor.

-Lo que trato de decir es que, a veces, es muy difícil interpretar las acciones de los demás. Sus intenciones. Presuponer sobre otra persona y las cosas que hace, cuando no la conocemos de verdad, puede llevarnos a malentenderla. Sobre todo, si lo hacemos por nuestro propio interés. No sé cuál es el problema de Román contigo, o si lo tiene. Pero, siendo honesto, no creo que le caigas mal.

Arrugué la frente y me detuve. Jon también frenó sus pasos y se giró para mirarme.

Conforme nos acercábamos a la orilla, la brisa soplaba con más fuerza, y tuve que sujetarme el pelo con las manos para que no me azotara el rostro.

—¿Qué te hace pensar eso? —le pregunté.

Se quitó la gorra y me la puso. Me sonrió con complicidad.

—Cuando detestas a una persona, no la miras como él te miraba hace un momento.

—¡¿Y cómo me miraba?!

Jon echó a andar con paso rápido y sin esperarme. Yo estaba tan conmocionada por sus palabras que no podía moverme.

—Vamos, necesito una cerveza —me alentó.

Salí tras él, dando trompicones. Era imposible que lo alcanzara.

Alcé la voz.

—¿Cómo me miraba?

Jon me ignoró.

—¿No vas a responderme?

—No.

—¿Por qué no?

—Porque no he quedado contigo para hablar de otro tío.

Se me escapó una risa nerviosa al pensar en todas las connotaciones que sugerían su respuesta. Salí corriendo tras él.

—Solo para que conste, no hemos quedado. ¡Esto no es una cita!

# 14

—¡Buenos días! —saludé al entrar en la panadería.

Cristina, la dependienta, me saludó con una sonrisa desde el otro lado del mostrador.

—Hoy has madrugado.

—Me gusta salir cuando aún hace fresquito —le expliqué.

—No es normal el calor de estos días, ¿verdad? —me preguntó mientras desaparecía tras la cortina que separaba la tienda de la cocina.

—A estas alturas, quien no crea en el cambio climático es que vive en otro planeta —alcé la voz para que me oyera.

—Tienes toda la razón. Esta misma mañana han anunciado que se acerca un frente de tormentas. Es la época, pero mi padre dice que ahora son mucho más destructivas de lo que eran hace años. Son torrenciales y descargan mucho granizo, un peligro para las vides, justo ahora que ya han brotado. Está bastante preocupado.

Cristina regresó con una bandeja de horno llena de pequeñas caracolas de manzana y pasas recién hechas. Con mucho cuidado, las fue colocando con unas pinzas en una cesta, dentro de la vitrina.

—¿Tu padre es viticultor? —me interesé.

—Sí, trabaja desde hace años en la finca de los Vinent. ¿Los conoces?

—Un poco.

—Pues son varias las familias del pueblo que trabajan para ellos, sobre todo en época de vendimia —me contó.

—Espero que ese frente nunca llegue.

Cristina asintió con una sonrisa esperanzada.

—Yo también. ¿Te pongo lo de siempre? —me preguntó.

—Sí. Y también media docena de caracolas. Huelen de maravilla.

Cuando llegué a casa, mi abuelo estaba en el porche. Sentado a la mesa, intentaba abrir, haciendo palanca con un destornillador, lo que parecía la fuente de alimentación de un ordenador portátil.

—¿Qué haces? —quise saber mientras sacaba de la bolsa de papel una caracola y le daba un bocado.

—Ha dejado de funcionar y trato de averiguar qué le pasa.

Me acerqué para mirar más de cerca. En ese instante, la carcasa cedió con un crujido fatal y un ligero tufillo a cables quemados flotó en el ambiente. Levanté las cejas y agité la mano frente a mi nariz.

—Está muerto —constaté.

—Del todo.

—¿Quieres que vaya a comprar uno?

—No lo encontrarás en ninguna tienda. Es un modelo tan antiguo que tendré que pedirlo a la empresa que los fabrica —respondió. Se fijó en la bolsa que sostenía—. ¿Llevan manzana o crema?

—Manzana.

Me sonrió encantado y estiró el brazo, pidiéndome una. Puse en la palma de su mano la más grande y me senté a su lado. Una a una nos fuimos comiendo las caracolas en un cómodo silencio. Nuestros inquilinos gatunos aparecieron sobre el muro y saltaron al jardín. Desaparecieron entre las flores. El de pelaje más atigrado se acercó maullando al cabo de unos segundos y se frotó contra mis piernas. ¡Empezaba a gustarle!

Miré por encima de mi hombro, hacia la ventana.

—¿Dónde están las chicas? —pregunté.

—En el hospital. —Su voz enmudeció de golpe, como si hubiera dicho algo que no debía—. No regresarán hasta la tarde.

Su respuesta me borró la sonrisa. Una sensación incómoda se me enredó en las costillas, traté de ignorarla y no prestarle atención a la voz que la acompañaba y me susurraba al oído que me habían excluido, otra vez.

Después de seis semanas, aún había momentos en los que no me sentía del todo parte de la familia. Ellos tres rotaban juntos en el mismo eje y yo era el satélite que giraba a su alrededor. En cierto modo, lo entendía. Mientras yo me distanciaba, ellos habían compartido cada día. Pero no me dolía menos por eso.

Mi abuelo ladeó la cabeza y me miró.

—¿Y esa cara?

—Me habría gustado acompañarla, pero ni siquiera sabía que tenía una cita hoy. No me dice nada —murmuré.

—Ya la conoces, nunca cuenta con nadie y siempre hace las cosas a su manera. Y aunque a veces no las haga bien y se equivoque, y se equivoca mucho, créeme, no hay un ápice de maldad en ella. —Noté su mano sobre la mía y lo miré—. Te quiere mucho, Lucía.

—Pero siempre elige a Laura, como hoy. Siempre son ellas, y luego yo.

—¿De verdad lo crees?

Hice un leve gesto de asentimiento.

—Pero no pasa nada, lo entiendo. Ellas siempre han estado juntas y yo... Yo simplemente no estaba.

Mi abuelo bajó la mirada un momento. Abrió la boca, como si fuese a decir algo, pero lo único que brotó de su garganta fue un suspiro pesado. Se inclinó y me besó en la sien con tanta dulzura que me sentí mal por comportarme de un modo tan infantil.

—¿Y si aprovechando que estamos solos tú y yo hacemos algo juntos?

—¿Como qué?

—No sé, podríamos salir a comer. Conozco un par de restaurantes con una carta excelente.

Sonreí, porque sabía que intentaba distraerme. Que buscaba la forma de borrar la sombra de la conversación que acabábamos de mantener. Que durante un rato fuésemos nosotros y nadie más. Se me encogió el corazón y tuve que esforzarme por no llorar. Mis emociones iban y venían como la marea. Se agitaban como la superficie del mar un día de viento.

Intensas. Contradictorias. Revueltas. Ilógicas.

Era como si todos los sentimientos que siempre mantuve protegidos y calmados se estuviesen desbordando a la vez y no pudiera hacer nada para detenerlos.

Todo me afectaba en exceso.

Y me desgastaba.

—¿Y si cocino algo muy rico y comemos aquí? —le propuse; no tenía ánimo para comer rodeada de gente.

—¿Lo prefieres?

—Hoy sí.

—Descorcharé un vino digno de la ocasión.

Solté una risa breve que me sacudió el estómago.

Él regresó arriba para seguir escribiendo y yo me quedé un rato más en el porche. Intenté no torturarme demasiado dándole vueltas a las cosas. Darles voz a mis pensamientos, compartir mis inseguridades, era algo nuevo para mí.

Busqué en internet una receta sencilla para la comida y apunté los ingredientes en una nota. Después hice algunas tareas en casa y a media mañana salí a comprar. Me dirigí caminando a la plaza de abastos. Allí los productos eran más frescos y baratos, y de mejor calidad. Compré hortalizas, fruta, quesos y todo lo necesario para hacer hummus casero.

De regreso, encontré nuestra calle cortada. Un camión de reparto se había quedado atascado en la subida y no había modo de sacarlo. Ni de que yo pasara. Volví sobre mis pasos hasta la plazoleta, en busca de una ruta alternativa. La más corta atravesaba un espacio recreativo y polideportivo al aire libre, con un parque para niños y pistas gratuitas de fútbol y baloncesto. También de pádel y tenis, pero estas se alquilaban por horas.

No me entusiasmaba cruzar esa zona. Siempre había algún grupo de adolescentes, abducidos por sus hormonas, que se divertían sacando los colores a cualquiera que pasara.

Me colgué las bolsas del hombro y subí la empinada escalinata. Al llegar arriba, me detuve para recobrar el aliento. Aspiré el aire cálido y eché una ojeada a mi alrededor. En el parque había una pareja con dos bebés y, en una de las mesas de pícnic, dos ciclistas descansaban mientras tomaban una bebida. La pista de baloncesto también estaba ocupada.

Continué mi camino con paso ligero y la mirada al frente.

Entonces, una voz gritó mi nombre. Miré hacia la pista y vi a un chico de lo más familiar que corría hacia mí dando saltitos. Su sonrisa era inconfundible, incluso en la distancia. Jon.

Llegó resollando y con la ropa de deporte que vestía empapada de sudor. Se pasó la mano por el pelo húmedo y sacó la lengua como un perrito.

—¡Hola!

—Hola —contesté.

A su espalda, vi a Hugo agitando los brazos a modo de saludo. Le respondí de la misma manera y mis ojos no pudieron evitar deslizarse por la cancha en busca de alguien más. Lo descubrí bajo la canasta, con las manos en las caderas y la cabeza gacha. Mi corazón hizo un movimiento extraño y se aceleró de repente. Ignoré ese aleteo y miré a Jon.

—¿Vas a casa? —se interesó.

—Ajá.

—¿Todo bien?

—Sí. ¿Y tú qué, ya has aprendido a atarte las zapatillas? —me burlé.

Se echó a reír sin apartar la vista de mi rostro.

—Para tu información, voy ganando, y con mucha ventaja.

—¡Vaya! ¡Menuda estrella!

Entrecerró los ojos, divertido.

—Tú tienes un problema conmigo, ¿verdad? —Me encogí de hombros y apreté los labios, fingiendo indiferencia. Él suspiró—. ¡Qué lástima! Porque tenía una propuesta para ti, pero imagino que la rechazarás.

Despertó mi curiosidad.

—¿Qué propuesta?

—¿Tienes algo que hacer el próximo lunes por la tarde?

Puse los ojos en blanco y me reí. Le apunté con el dedo y luego lo agité frente a su cara.

—Si me estás proponiendo una cita romántica, olvídalo.

—No es romántica.

—Hasta que te tomas las dos primeras cervezas. Después eres una apisonadora intentando ligar —le recordé.

Se puso rojo y yo me reí con más ganas. Jon me caía bien. Era un buen chico, con muchas virtudes. Sin embargo, tras haber quedado un par de veces, supe que nunca seríamos algo más que amigos. No encajábamos en ese sentido. Él lo sabía. Yo lo sabía. Pero nos divertía tomarnos el pelo.

—Me disculpé por eso.

—No lo suficiente.

Me observó con las manos en la cintura.

—La cita no es conmigo —dijo. Pestañeé, intrigada. Él esbozó una sonrisita—. Bueno, lo es de forma indirecta, pero no...

Se me hacía tarde, tenía calor y no estaba de humor para seguirle el juego.

Eché a andar.

—¡Espera! —Me detuvo por la muñeca, y se disculpó arrepentido—. Lo *sieeeento*. Mi padre ha terminado de montar la tienda y quiere organizar una pequeña fiesta de inauguración. Será informal, para la familia y los amigos. Picaremos algo y tomaremos un vino. A él le haría mucha ilusión que estuvieras. ¿Qué dices, te apetece?

Asentí, feliz por la noticia de la apertura y por la invitación. No me perdería la inauguración por nada del mundo.

—Claro, allí estaré.

—Entonces, hasta el lunes. A no ser que quieras que nos veamos...

—¡Argh!

Lo empujé con la mano para alejarlo, y cuando se dio la vuelta levanté el pie con intención de darle una patada en el trasero. Fallé por poco.

Jon echó a correr hacia la pista muerto de risa y yo lo seguí con la mirada.

Y de nuevo, sin pretenderlo, me descubrí buscando a quien no debía.

No lo encontré, se había marchado.
Una sensación extraña burbujeó en mi estómago.
¿Alivio? ¿Decepción?
No lo sabía.
Solo tenía claro que, respecto a Román, era incoherente.

# 15

Podía sentir el calor de los adoquines a través de la suela de mis zapatillas. Estaba convencida de que, si me quedaba allí parada durante un rato, probablemente se derretirían. No me atrevía a imaginar cómo se sentirían cuando llegase julio y la temperatura superase los treinta y tantos grados de manera constante.

Empujé el postigo y entré en el patio interior de la casa.

Me recibió el olor dulce de las azucenas y el sonido cristalino del agua que manaba de la fuente, encastrada en la pared. Llené mis pulmones con el aire fresquito y húmedo que se condensaba entre los muros de piedra. Aquel espacio era un pequeño oasis en el que podría quedarme a vivir sin problema hasta que el otoño regresara.

Al entrar en la cocina, oí las voces de Eloy y Román. Demasiado altas e irritadas como para estar teniendo una conversación normal, pero no lo bastante agresivas para pensar que discutían de malos modos.

Me detuve junto a la isla, sin saber si debía quedarme allí y esperar o ir hasta la biblioteca, a riesgo de interrumpir algo que no me concernía. Ambas opciones me parecían incómodas.

—Lo único que digo ¡es que ya está bien! —apuntó Eloy sin muestras de paciencia—. Viniste para cambiar, pero ni siquiera lo has intentado.

—Vine para estar contigo y sí he cambiado... en algunas cosas.

—No puedes seguir viviendo en esta continua expiación, Román. Llevas tres años encerrado aquí, no tienes amigos...

—Tengo amigos —lo interrumpió Román.

—No has salido con nadie en todo este tiempo. ¿De verdad no hay una sola persona que te guste un poco?

—Que no te hable de mi intimidad no significa que no la tenga.

—No me refiero a eso.

—Sé a qué te refieres y no, no hay nadie. No me interesa —respondió exasperado—. ¿Hay alguna ley que obligue a tener pareja? ¿No soy normal por no tenerla?

Eloy dejó escapar un suspiro de derrota.

—De acuerdo. ¿Y qué hay de tu trabajo?

—¿Qué pasa con mi trabajo? —saltó Román.

Me dieron ganas de ir hasta allí y gritarle que no le hablara de ese modo a su abuelo.

Eloy lo hizo por mí.

—¡Que no te gusta! —saltó, de nuevo alterado—. ¿Por qué pierdes el tiempo con eso, cuando podrías estar...?

Román no lo dejó terminar.

—Es fácil y me da para vivir, por qué necesitaría más.

—Porque eres demasiado joven para vivir como si la vida no tuviera nada para ti.

El dolor en la voz de Eloy casi podía palparse. Me llevé la mano al pecho, donde mi corazón galopaba sin freno.

Oí el arrastre de un mueble, como si lo hubieran empujado.

—¿Por qué seguimos hablando de esto una y otra vez?

—explotó Román con la voz temblando—. No... no te entiendo. Qué quieres exactamente de mí, ¿eh? ¿Qué quieres? ¿Qué es lo que esperas que haga?

Se estaba rompiendo, la máscara se le estaba cayendo, y yo me ahogaba preguntándome qué le hacía sufrir tanto. La respuesta de Eloy me abrumó por completo.

—¡Que vivas en lugar de sobrevivir! Quiero que vuelvas. Quiero a mi nieto de vuelta. Ya casi no recuerdo cómo eras.

—Ha pasado demasiado tiempo, el chico que era ya no existe.

—Entonces sé el adulto en el que se habría convertido.

Román guardó silencio. Solo se oían sus pasos, firmes y enérgicos, acercándose.

Giré sobre mí misma, sin saber qué hacer o dónde meterme.

—¿Cuándo dejarás de odiarte? Tú no tuviste la culpa —dijo Eloy.

—Puede que no, pero ellos siempre pensarán que la tuve.

—No les debes nada, Román.

Gimoteé agobiada, iba a pillarme.

Román entró en la cocina y nuestros ojos se encontraron. La expresión dolida de su rostro se transformó en sorpresa. Luego, en confusión. Otra que no supe interpretar. Al final, solo quedó aspereza.

—¿Qué haces ahí parada? —gruñó.

—Acabo de llegar —mentí.

Le echó un vistazo al reloj de la pared y sus ojos regresaron a mí.

—Pues llegas tarde —mascculló.

Pasó de largo y sus pasos se perdieron en el patio.

No fui capaz de replicarle, ni siquiera de enfadarme por cómo me había hablado. Lo busqué a través de la ventana. Se había detenido frente al portón, con la cabeza baja y los hombros hundidos. Se pasó ambas manos por el pelo y luego se frotó la cara con demasiada agresividad. Sus hombros comenzaron a temblar y yo aparté mis ojos húmedos de ese momento, que era solo suyo.

Sentí lástima por él, congoja y una triste empatía. Sonreí sin ninguna alegría al recordar cómo lo veía su abuela. Sin embargo, yo tenía otra percepción sobre él. Me recordaba al gato que se colaba en nuestro jardín, observándolo todo desde lejos, siempre alerta y silencioso, demasiado desconfiado. Si te acercabas a él, corrías el riesgo de llevarte un zarpazo. No obstante, el tiempo me había enseñado que, si le daba espacio y era amable, si me mostraba inmune a su recelo y sus bufidos, acababa acercándose por sí solo.

Quizá también funcionase con Román.

Quizá podría intentar atravesar esa barrera y mostrarle que es posible cambiar y mejorar. Yo aprendía un poquito más cada día. Y sabía lo que era vivir escondida bajo miles de capas.

Oí un ruido y me di la vuelta.

Eloy entró en la cocina. Al verme, su rostro mostró un atisbo de alegría.

—Ya estás aquí.

Asentí con una sonrisa y dejé mi bolso sobre la isla.

Él se acercó a la pila y llenó un vaso con agua del grifo, que bebió sin apenas respirar. Eloy siempre bebía agua mineral, que guardaba fría en la nevera, por el sabor.

—¿Va todo bien? —le pregunté con cautela.

—Nos has oído —convino sin más.

—Lo siento, no era mi intención.

Se dio la vuelta y se apoyó en la encimera. Cansado, se quitó las gafas y con el bajo de su camisa frotó ambos cristales.

—No te disculpes, soy yo el que siente que hayas tenido

que presenciarlo —dijo en voz baja. Y sin que yo le preguntara nada, continuó hablando—: Sé que a veces no es fácil tratar con él, pero estas últimas semanas se comporta peor que nunca, y no sé por qué. Quizá sea por la cercanía del aniversario, son fechas complicadas para él. Aunque los más recientes los afrontó bastante tranquilo.

—¿Aniversario?

—De la muerte de Rubén. Es en unos días —respondió.

—Cierto —dije al recordar. Tragué saliva—. Aquel día me contó que habían traído sus cenizas de vuelta.

Asintió y su mirada suave adquirió un brillo más acerado.

—Una parte. Cuando sus padres se separaron, hará ya casi cuatro años, además de las propiedades y el dinero, también dividieron las cenizas de mi nieto a partes iguales —repuso con cierta ironía en la voz—. Y mi hijo trajo la suya aquí, donde descansa nuestra familia.

Así que sus padres se habían separado, eso afectaría a cualquiera.

—¿Puedo hacerle una pregunta? —Aceptó con un gesto—. ¿Cómo es la relación de Román con sus padres?

Eloy apartó la mirada, parecía meditar la respuesta.

—Complicada. Siempre lo ha sido —contestó al cabo. Tomó aliento y una pequeña sonrisa tiró de sus labios al mirarme otra vez—. Voy a subir un rato a mi habitación.

Esperé a que se marchara y después tomé de la nevera un café frío. Desde que un día mencioné de pasada que me gustaba, siempre había algunos en un estante de la puerta.

Siguiendo el ritual diario, le quité la tapa de aluminio al café y coloqué la de plástico. Dando sorbitos, entré en la biblioteca. Encendí el ordenador y reuní otra pila de libros, que llevé hasta la mesa. Me desplomé en la silla, busqué una *playlist* animada en Spotify y me puse los auriculares. Acto seguido continué con la tarea donde la había dejado el día anterior.

Al ritmo que llevaba, podría terminar en un par de semanas.

De vez en cuando, mi mirada vagaba hasta detenerse en el conjunto de fotografías sobre el archivador. Las había contemplado tantas veces que habría podido describirlas al detalle con los ojos cerrados. Sentí una pequeña punzada de remordimiento al darme cuenta de que mi atención se centraba cada vez más en el rostro impasible de Román, cuando el recuerdo del otro hermano estaba ahí.

A media tarde, salí a estirar las piernas un rato. Tarareando *All the Fucking Time* de Loote, me dirigí a la cocina con intención de tomar otro café. Suerte que no se hacían controles de cafeína, solo con mi aliento habría hecho explotar el medidor.

Al ritmo de la música, fui dando pasitos hasta la nevera.

Casi me da un ataque al descubrir a Román sentado a la mesa, concentrado en la pantalla de una *tablet*. Por un momento me quedé pasmada, dudando entre salir corriendo o lanzarme bajo la mesa. Cualquier opción me habría perseguido hasta la muerte.

—Hola —acerté a decir mientras me quitaba los auriculares.

Levantó la mirada un instante y luego continuó con lo que estaba haciendo. Tenía el ceño fruncido y la mandíbula tensa. Ese era su estado natural. Como si existir fuese un tormento para él.

«Solo es un gato. Solo es un gato. Espacio y amabilidad», repetí en mi mente.

Intenté entablar conversación.

—¿Tu abuelo sigue arriba? Antes me ha parecido que no se encontraba muy bien.

Ni una palabra.

—¿Qué tal el partido de ayer? Os vi jugando.

Mutismo.

Me incliné hacia un lado, tratando de ver su oído. Quizá llevaba algo puesto y no me oía.

—Seguro que ganó Jon —me reí para mí.

Eso sí que lo escuchó a la perfección.

Alzó la cabeza y clavó sus ojos en los míos con la mandíbula apretada. Aparté la mirada deprisa y me escondí tras la puerta abierta de la nevera. El corazón me latía de una forma extraña, como a trompicones, así que me olvidé del café y cogí un refresco en su lugar.

Apoyé la cadera en la encimera. Tiré de la anilla y el clic de la lata al abrirse resonó estridente en el silencio de la habitación. Román cambió de postura y dejó escapar un resoplido impaciente.

De repente, la claridad que entraba por las ventanas desapareció y la estancia quedó a media luz. Miré fuera y vi un manto de nubarrones cubriendo el cielo, empujado desde la costa por un viento que soplaba a rachas.

Dejé la lata en la isla y salí fuera. Nunca había visto unas nubes tan altas y densas, ni con una base tan oscura. Avanzaban como una muralla enorme, que cambiaba continuamente de forma. Percibí un destello a lo lejos y poco después me llegó el rumor de un trueno.

Con la vista en el cielo plomizo, me fui alejando de la casa. El aire cálido revolvía las copas de los árboles y levantaba polvo del suelo. Sobre mi cabeza, los pocos claros azules que quedaban desaparecieron en cuestión de segundos. En el horizonte, donde el mar se unía a la tierra, los estallidos de luz se sucedían sin apenas descanso, acompañados de un bramido profundo.

Me quedé inmóvil en medio del camino que separaba el huerto de los viñedos. No podía apartar la vista de aquel espectáculo de destellos y líneas en zigzag. Qué paradoja que un fenómeno que puede llegar a ser aterrador y destructivo nos resulte tan hermoso e irresistible.

El aire se volvió pesado y un intenso olor a tierra mojada colmó mi olfato.

Noté un golpecito en la cabeza. Miré arriba y una gota enorme aterrizó en mi frente.

Luego otra.

Otra más.

Un rayo se abrió paso entre las nubes, seguido de un estruendo que resonó dentro de mi pecho. El ambiente se llenó de electricidad estática y se me erizó el vello. Se estaba poniendo muy feo. El chasquido de otro relámpago me sobresaltó, dándome un susto de muerte.

Permanecer allí no era seguro. Debía regresar.

—¿Pero a ti qué te pasa? ¿Estás loca o qué?

Me di la vuelta y vi a Román, que se acercaba a grandes zancadas.

Fui hacia él. No oía muy bien lo que decía por culpa del viento y los truenos.

Nos detuvimos uno frente al otro. Y sin darme tiempo a abrir la boca, empezó a regañarme.

—¿Qué haces fuera con este tiempo? ¿Acaso no ves el peligro que corres aquí o es que intentas matarte? —Alzó la voz y noté la frustración y el enfado que desprendía. También el miedo que reflejaban sus ojos. Parpadeé, no entendía nada. Se pasó la mano por la cara, y maldijo—: Joder, ya que estás, podrías subirte a un árbol o haber traído un puto pararrayos. ¡No, mejor no te doy ideas! —Apartó la mirada, resoplando, y volvió a mirarme. Echaba chispas—. Tú... tú... me sacas de quicio. No puedes ir por ahí metiéndote en la vida de la gente y después hacer que se preocupen por ti.

En un arranque, dio media vuelta y se fue alejando bajo

el incesante goteo. Con la misma rapidez, volvió sobre sus pasos y me apuntó con el dedo. Odiaba que hiciera eso, y tuve que contenerme para no morderlo.

—¿Sabes qué? Por mí puedes quedarte aquí y ahogarte, electrocutarte o salir volando. Me da igual —rechinó, pero sus ojos decían todo lo contrario.

Un escalofrío me recorrió la espalda al darme cuenta de que, en realidad, estaba asustado por mí. Sin embargo, eso no justificaba sus formas. Me enrabieté de pies a cabeza.

—¿Por qué me estás gritando? —le chillé.

—¿Que por qué te grito? ¿En serio?

—Sí, en serio. ¿Por qué demonios me gritas? No me gusta, así que para de una vez.

Acercó su cara a la mía.

—Para tú —siseó.

Tuve que mirar a otra parte, porque estaba a punto de darle un bofetón. Me encaminé a la casa, dejándolo atrás.

—Es que no te aguanto —mascullé.

—¿Adónde vas?

—¡A por un puto pararrayos!

—Me pones de los nervios.

—¡Y tú a mí! —le grité por encima del hombro.

Otro estruendo seco y repentino sacudió el ambiente. Comenzó a llover.

Crucé el jardín y llegué al porche con Román pegado a mis talones. Una rabia cada vez más intensa me corría por las venas. Quería irme a casa y perderlo de vista.

Entré en la cocina, donde había dejado el bolso al llegar. Dentro estaban las llaves del coche. Al cogerlo, enganché con la correa un vaso que no debía estar allí y lo empujé sin querer. Se estrelló contra el suelo.

Me agaché deprisa para recoger los cristales.

—¡No los toques! —exclamó Román.

No le hice caso, al contrario. Los agarré con tanta brusquedad que me corté en un dedo.

—¡Ay!

—Déjame ver.

—No hace falta, no es nada —repliqué nerviosa y traté de apartarlo cuando intentó tocarme.

—Lucía, por favor.

Era la primera vez que lo oía pronunciar mi nombre, y lo hizo con una súplica tan suave que me olvidé del enfado, el dolor y que estaba empapada de arriba abajo. Me quedé mirándolo, y a punto estuve de pedirle que lo repitiera solo para asegurarme de que no lo había imaginado.

Él aferró mi brazo y lo levantó para ver la herida. Casi me da algo al ver la sangre que resbalaba por mi mano. Su rostro se contrajo con una mueca. Miró a su alrededor, como si buscara algo.

—Mantenla en alto y no te muevas —me pidió. Abrió un cajón, sacó un paño de cocina y envolvió mi mano con él—. Ven conmigo.

Lo seguí sin rechistar hasta el pequeño apartamento en el que vivía. Una vez dentro, me condujo hasta el baño. Sin mirarme ni una sola vez y con los labios apretados, abrió el grifo del lavabo. Después me quitó el paño y colocó mi mano bajo el chorro de agua fría. La porcelana se tiñó de rojo.

Román se inclinó para ver más de cerca la herida y yo lo miré a él. Nunca habíamos estado tan cerca como ahora y esa proximidad me ponía inexplicablemente nerviosa de un modo muy extraño. Pero es que todo me parecía igual de raro: la situación, el lugar, el momento, el hormigueo en el estómago, las palpitaciones en el pecho, la falta de aire en los pulmones. Demasiadas sensaciones.

Con mucho cuidado, lavó la herida con jabón. No era profunda y cicatrizaría por sí sola en pocos días. Luego sacó una cajita del armario y la abrió. Contenía productos para primeros auxilios. Me secó el corte con una gasa y empapó otra con un antiséptico. La aplicó sobre el corte.

—¿Por qué eres tan borde conmigo? —le pregunté sin pensar.

—Soy borde con todo el mundo.

—¿Por qué?

—Porque no me gusta la gente.

—¿Por qué?

—Porque siempre hacen preguntas estúpidas —respondió mientras tiraba las gasas usadas a la papelera.

Me mordí la sonrisa, porque continuaba contestando sin un ápice de acritud o molestia en su voz. Al contrario, pese a su seriedad, sonaba amable y paciente.

Agarró una tirita y tomó mi mano de nuevo entre las suyas. Le quitó el plástico y la pegó con delicadeza. Su pulgar se deslizaba por mi dedo de arriba abajo, alisando las arrugas.

—¿Y qué pasa con Hugo? —pregunté.

—¿Qué pasa con él?

—Te cae bien. Os hicisteis amigos en el instituto y aún lo sois.

—A él tampoco le gusta la gente.

—Yo sí.

La sonrisa que apareció en sus labios me dejó sin aire. Era la primera vez que lo veía sonreír de verdad, y mi corazón se aceleró por la impresión.

—¿Estás segura de eso?

—Sí, es evidente.

—Evidente —repitió con un atisbo de diversión.

—Suelo caer bien a todo el mundo, esa es la verdad. Tú eres la única persona a la que no le gusto.

Levantó la barbilla y me miró a los ojos. Temí que me diera la razón, pero no lo hizo. Solo me observó y durante esos instantes sentí que algo había cambiado entre nosotros. Como si todo el enfado y la tensión feroz que nos lanzaba al uno contra el otro se hubiera hecho añicos junto con el vaso roto y cualquier resistencia entre nosotros hubiera desaparecido.

Recorrí su rostro. Me fijé en sus ojos de color miel y en el arco de sus cejas. En la punta de su nariz y en la forma de su boca. En el hoyuelo pequeñito que se le marcaba en la barbilla. Él me estudiaba con la misma intensidad y sentí que me acaloraba. Alzó una mano y atrapó entre sus dedos un mechón de mi pelo. Contuve el aliento, con el corazón aleteando como un pajarito. No recordaba haberlo sentido tan vivo y me desconcertó mi propia reacción.

Aunque lo que más me turbaba era el comportamiento de Román.

Puede que a él sí le hubiera golpeado un rayo y no se hubiese dado cuenta. Explicaría su cambio hacia mí.

Dejó escapar un suspiro entrecortado y soltó mi pelo. Bajó la cabeza y su pulgar rozó una última vez mi dedo herido.

—Esto ya está, sobrevivirás.

Sonreí.

—Gracias.

De pronto, todas las luces se apagaron y el hechizo en el que nos habíamos sumido se rompió. Ambos miramos hacia la ventana, por la que apenas entraba una ligera penumbra, rota cada pocos segundos por el destello de los relámpagos. Fuera, la tormenta parecía ganar intensidad. Un aguacero torrencial golpeaba los cristales y el tejado con un ritmo frenético.

—Habrá saltado algún fusible —presagió.

Lo seguí fuera del baño y me quedé junto a la puerta mientras él abría el cuadro eléctrico.

—Los fusibles están bien.

—Debe de ser un corte de luz —dije.

Comprobé la hora en mi teléfono y vi que no tenía cobertura.

Los efectos de la tormenta parecían importantes.

—¡Román! Román, ¿dónde estás? —lo llamó Eloy con urgencia desde algún punto de la casa.

Nos miramos y ambos salimos en su busca.

—No te muevas, ya voy —respondió Román.

Desde lados distintos, todos entramos al mismo tiempo en la cocina.

Román saltó hacia delante para frenar los pasos de su abuelo.

—Ten cuidado, hay un vaso roto en el suelo —le avisó.

—¡No encuentro a Lucía por ninguna parte! ¡La he buscado, pero no está! ¿Y si se ha marchado con este tiempo?

El desasosiego que transmitía su voz me encogió el estómago. Di un paso adelante y la escasa claridad que entraba por la ventana me iluminó.

—Estoy aquí.

—¿Dónde te habías metido?

—Estaba conmigo —contestó Román.

La preocupación de Eloy se transformó en asombro, puro y genuino, como el de un niño que acaba de presenciar un truco de magia.

—¿Discutiendo? —se aventuró a suponer.

Sonreí, porque entendía que para él fuese la opción más probable.

—¡¿Qué?! ¡No! —protestó Román ofendido. Se giró hacia mí—. Dile que no discutíamos.

—No discutíamos, al contrario. He roto un vaso y me he hecho un corte sin importancia, que Román me ha curado —le expliqué mientras le mostraba el dedo—. Ha sido muy amable.

—¿Has oído? He sido muy amable.

Eloy asintió una vez e hizo un gesto vago con la mano.

Un fogonazo brillante iluminó la estancia y nos mostró la violencia con la que diluviaba, seguido de un estruendo que sacudió los cimientos de la casa. El corazón me dio un vuelco, asustado.

—Me preocupan las vides. Si graniza, se perderán los brotes y no habrá cosecha que vendimiar. Será un desastre para nosotros y las familias que dependen de ese trabajo —dijo Eloy en voz baja con la mirada fija en lo que sucedía fuera.

Román se acercó a él y le puso una mano en el hombro.

—Todo va a ir bien, ya lo verás. —En la penumbra vi cómo Eloy le sonreía y le palmeaba el brazo con afecto—. ¿Por qué no vas con Lucía al salón? Yo limpiaré todo esto y buscaré unas velas antes de que anochezca por completo.

Román me miró y entendí de inmediato lo que me estaba pidiendo.

Rodeé la isla y me acerqué a ellos. Enlacé mi brazo con el de Eloy, como había hecho otras tantas veces, y le sonreí.

—Sentémonos un rato, y de paso termina de contarme la historia de ese viaje a Venecia con su esposa. ¿Cómo se llamaba la librería en la que se quedó encerrada?

—Acqua Alta —respondió con una sonrisa—. Ella soñaba con ir desde que descubrió su existencia. Cuando llegamos a la librería, yo solo vi un lugar excéntrico repleto de libros colocados sin ningún orden, sobre los objetos más inverosímiles que puedas imaginar, pero ella descubrió un jardín de papel colmado de magia...

Mientras Eloy y yo conversábamos en el sofá, Román recogió los cristales y fue a asegurarse de que todas las puertas y ventanas estaban bien cerradas. Después regresó con media docena de velas, que fue encendiendo sobre los muebles, y volvió a esfumarse.

Fuera, la tormenta no amainaba y ya era de noche.

Dentro, el aire se enfriaba y la piel desnuda de mis brazos se estremecía.

Román apareció con una bandeja de bocadillos fríos y otras cosas para picar. La colocó en la mesa. Pensé que se sentaría con nosotros, pero algo le hizo cambiar de opinión y volvió sobre sus pasos.

Lo seguí con la mirada y una sensación desconocida.

No tardó en emerger de las sombras con una chaqueta en la mano.

—Ten, póntela.

Lo miré, sorprendida por su gesto, y le sonreí al tomarla. Deslicé los brazos dentro de las mangas y la sensación de frío desapareció de mi cuerpo. No así el hormigueo que no dejaba tranquilo a mi estómago, y que se intensificó al percibir el aroma impregnado en la tela suave. Olía a él y por un segundo cerré los ojos. Definitivamente me gustaba su perfume.

—Gracias.

Los tres comimos a la luz de las velas.

Eloy y yo continuamos conversando sobre cosas sin importancia, mientras Román nos escuchaba en silencio, jugueteando con una servilleta de papel. Desde que nos conocimos, Eloy siempre se mostró muy cauto conmigo y mi vida personal. Jamás me hizo una pregunta directa, aceptaba lo que yo le contaba por propia voluntad y no indagaba. Como si desde un principio hubiera sospechado que esa era una línea que no debía cruzar. Una regla tácita.

Sin embargo, esa noche, él la rompió.

—Háblame sobre ti y cómo es tu vida en Madrid.

Lo miré a los ojos, pero los suyos se desviaron de golpe a la ventana, cuando el sonido constante de la lluvia sobre la casa se transformó en un golpeteo brusco y frenético. Lo que él más temía estaba sucediendo. Su mirada se apagó y sus hombros se hundieron. A su alrededor, el aire se impregnó de tristeza y resignación.

Inspiré hondo y las palabras nacieron de mí sin más, porque en ese momento habría hecho cualquier cosa para distraerlo de los pensamientos nefastos que inundaban su mente. Incluso hablarle de esas cosas que prefería fingir que nunca habían ocurrido, con la esperanza de que desaparecieran de verdad.

—¿Qué quiere saber? —le pregunté con una sonrisa mientras ponía mi mano sobre la suya para llamar su atención.

—Todo.

Sentí que necesitaba agarrarme a algo, así que envolví con mis manos los puños de la chaqueta y la apreté con fuerza. Empecé a hablar y lo hice como si estuviera narrando la historia más trivial nunca vivida. Sin profundizar en grandes detalles, comencé por el principio, con mi llegada a la capital. Le hablé de mis años en la universidad, de cómo era mi vida en ese tiempo. También de Óscar y de todos los pasos que me llevaron a trabajar en la agencia.

A abandonarla después.

—Y no hay mucho más que contar —susurré.

Respiré hondo, más profundo que en toda mi vida, y luego guardé silencio a la espera de que alguien dijera algo. En ese instante, la luz regresó. Los faroles del exterior, que funcionaban con un temporizador, iluminaron las terrazas, parte del jardín y la piscina. También la fina capa blanca que cubría el césped.

Román se estiró hasta alcanzar el interruptor de una lámpara y la encendió.

Parpadeé, como si acabara de despertar de un sueño. Me encontré con la mirada cariñosa de Eloy, que me sonreía.

—Gracias —fue lo único que dijo antes de ponerse en pie y anunciar que se iba a dormir.

Román y yo nos quedamos solos en el salón.

Incapaz de mirarlo en ese momento, me acerqué al ventanal y contemplé el jardín. Me fijé en las bolitas de granizo que aún resistían. Eran muy pequeñas. Con suerte, no habrían causado grandes daños. Al menos, eso deseaba.

Román también se puso en pie.

No me giré cuando oí sus pasos a mi espalda y el cristal me mostró su reflejo a un paso de distancia. Contuve la respiración. Su cercanía me ponía nerviosa de un modo muy distinto a como lo hacía antes y no sabía qué hacer con tantas sensaciones desconocidas.

Nos quedamos así un rato, observando la lluvia. Mientras, mi corazón no dejaba de hacer de las suyas y me torturaba golpeándome las costillas a un ritmo frenético. Casi podía oírlo fuera de mi pecho y temí que él también lo hiciera.

—La tormenta se aleja —dijo en voz baja, y su aliento me hizo cosquillas en el cuello.

Asentí, dándole la razón. La lluvia caía mucho más ligera y hacía rato que el cielo no se iluminaba. Una calma silenciosa se extendía a nuestro alrededor.

Reprimí un bostezo. No tenía ni idea del tiempo que había transcurrido, pero sospechaba que ya era bastante tarde.

—Debería irme a casa.

—No creo que debas. Puede que haya carreteras inundadas y de noche es peligroso.

—¿Y qué esperas que haga, que me quede a pasar la noche? —repuse medio en broma.

—Es lo más sensato —respondió muy serio.

Tragué saliva.

—No puedo quedarme.

—¿Por qué no? Hay espacio de sobra.

El problema no era el espacio, sino yo. Necesitaba poner un poco de distancia entre mis emociones, él y esa casa, en la que me sentía demasiado cómoda. Me urgía detenerme un momento y pensar qué estaba pasando. Qué me pasaba a mí.

—Prefiero volver a casa. No quiero que mi abuela se preocupe.

—Vale, pero deja que yo te lleve —me pidió. Abrí la boca para replicar, pero él se me adelantó—: Tu coche es viejo y tiene los neumáticos desgastados. Conducir con lluvia en ese estado es imprudente.

Mis labios se curvaron en una pequeña sonrisa. Me costaba creer que fuese la misma persona que hasta esa tarde había actuado como si mi mera existencia fuese un suplicio que no podía soportar.

—Vale.

Esperé a Román resguardada bajo el arco del portón.

Cuando detuvo el coche frente a la entrada, corrí bajo la lluvia y subí al asiento del copiloto de un salto. Salimos de la villa y nos incorporamos a la carretera. Había grandes charcos de agua a ambos lados de los arcenes y en algunos puntos llegaba a cubrir todo el asfalto.

Román conducía despacio, con las dos manos en el volante y sin apartar los ojos del parabrisas. Una suave llovizna caía ahora, repiqueteando sobre la carrocería con un ritmo acompasado, casi hipnótico.

—Gracias —dijo de repente Román.

Giré la cabeza y lo miré.

—¿Por qué?

—Por todo lo que haces por mi abuelo.

—Me cae bien y se hace querer. Es un buen hombre.

—Sí lo es.

Sonreí al notar el afecto que reflejaba su voz.

—Tú también haces muchas cosas por él, lo dejaste todo para venir aquí y cuidarlo.

—¿Eso es lo que te ha dicho? —Asentí y fruncí el ceño,

inquisitiva. Román sacudió la cabeza—. No es cierto. Es él quien cuida de mí. O lo intenta.

—Y tú no se lo pones fácil —respondí, recordando la discusión que habían mantenido esa misma tarde.

—Es verdad, no lo hago.

—¿Por qué? Se nota que te adora y que haría lo imposible por ti.

—Porque él quiere cosas para mí a las que yo no aspiro. No las quiero, ni las necesito. Todo está bien como está —repuso con cierta hosquedad.

Me fijé en sus nudillos blancos y en la rigidez de sus brazos sosteniendo el volante. No insistí en esa conversación. Estaba aprendiendo que con Román era mejor ir despacio y respetar sus tiempos. Tampoco quería arriesgarme a hacer o decir algo que lo alejara o provocara que quisiera levantar de nuevo un muro entre nosotros.

Le sonreí y miré al frente, mientras pensaba que él no había reaccionado de ningún modo a mi historia. Se había limitado a escuchar en silencio, haciendo bolitas entre los dedos con las servilletas de papel.

—¿No vas a preguntarme?

Ladeó la cabeza para mirarme. Alzó una ceja, confundido.

—¿Qué?

—Si robé toda esa información.

Me observó fijamente, tanto tiempo que temí que pudiéramos tener un accidente. Aun así, yo tampoco aparté la mirada. Las luces del salpicadero proyectaban sombras y luces en su rostro. No solo era atractivo. Era hermoso. Y estaba segura de que él no sabía hasta qué punto destacaba. No poseía ni un ápice de arrogancia en ese sentido. Al contrario, no parecía en absoluto ser consciente de sí mismo.

Del efecto que tenía en los demás.

En mí.

La piel se me calentó y noté que me estaba ruborizando.

Tragué saliva, a la espera de que dijera algo.

Entonces, él me sorprendió con una gran sonrisa que me dejó sin aire.

—Sé que no lo hiciste.

—¿Cómo puedes estar tan seguro?

—Porque tú no podrías robar ni un caramelo. Lo sé con solo mirarte y la gente que te despidió, también. En ti no hay ninguna maldad, Lucía. Olvídate de ese lugar, no merece la pena. Encontrarás algo mucho mejor.

—¡Algo mucho mejor! —exclamé con sarcasmo.

—Querías ser catadora de chocolates y cuidadora de pandas.

Un estremecimiento me atravesó de arriba abajo y me quedé sin respiración. Yo misma me había olvidado de ese disparate, que durante mucho tiempo vivió en mi cabeza como una posibilidad con la que me gustaba soñar cuando todo iba mal.

—¿Tú cómo sabes eso? —le pregunté.

—Te escuché en una exposición oral que hicimos en clase de Lengua.

Un regocijo extraño me sacudió al oír sus palabras, y que sus ojos aún continuaran reflejando diversión mientras miraba la carretera me hizo sentir como si hubiera ganado un premio.

«Me escuchó», pensé, y sonreí como una idiota.

Román Vinent me escuchaba en clase.

# 16

**Número desconocido:** Soy Román. Estoy fuera.

Era terrible no tener ningún control sobre mis propias reacciones. Solo se trataba de un mensaje. Cuatro palabras escritas. Pero mi corazón resonaba dentro de mi pecho como un tambor. Sentí la necesidad de llamar a Silvia y hablarle de todo lo que me estaba ocurriendo. De contarle que había pasado de detestar a Román a pensar mucho en él. Demasiado. Que mi cuerpo hacía cosas raras y sin sentido cuando lo tenía cerca. Que el instinto me decía que había comenzado a gustarme y, al mismo tiempo, mi mente rechazaba esa posibilidad. Como si fuese algo que no tenía permitido.

Inspiré hondó y le respondí.

**Lucía:** Voy enseguida.

**Número desconocido:** Tómate tu tiempo.

Cogí mi bolso de la cama y revisé una vez más mi aspecto en el espejo.

Llevaba una blusa blanca de algodón sin mangas y un pantalón corto verde. El pelo recogido en una coleta, de la que quedaban sueltos varios mechones rebeldes, y unos pendientes con forma de media luna.

Se me escapó un suspiro.

Había días en los que lograba verme preciosa y otros en los que no aceptaba ni una sola parte de mí. Pensé en ponerme otra cosa. Quizá un vestido. Un pantalón más largo. O soltarme el pelo. Puede que maquillarme me ayudara a tener mejor cara.

Resoplé molesta conmigo misma e hice a un lado mis pensamientos llenos de inseguridades. No era perfecta y nunca lo sería, caótica encajaba mejor conmigo, y me había vuelto experta en boicotearme. En esperar demasiado de mí. Al menos, era consciente de mis complicaciones.

Román me esperaba fuera del *jeep*, con la cadera apoyada con despreocupación en la puerta del copiloto y los brazos cruzados sobre el pecho. Me miró a través de los cristales de sus gafas de sol y las comisuras de su boca se elevaron.

—Hola —saludó.

—Hola.

Me abrió la puerta y esperó a que subiera, antes de cerrarla y rodear el coche.

—Gracias por recogerme.

Él terminó de abrocharse el cinturón y me miró.

—Te dije que lo haría —contestó, y mientras giraba la llave en el contacto, añadió—: Por cierto, esta mañana he revisado tu coche y no he encontrado desperfectos, solo un golpecito en el parabrisas trasero, pero no creo que sea del granizo de anoche.

Bien, un problema menos del que preocuparme. No habría podido permitirme el lujo de repararlo si algo le hubiera pasado.

—¿Ha habido daños en los viñedos? —me interesé.

Román negó con la cabeza.

—Pocos, por suerte. Calculan que solo se ha perdido entre un diez y un quince por ciento de las uvas. Si no hay más contratiempos hasta septiembre, la producción será buena.

—¡Eso es genial! Espero que Eloy esté más tranquilo.

—Él se encuentra bien, no te preocupes.

Nos pusimos en marcha sumidos en un cómodo silencio, con John Mayer sonando de fondo por los altavoces y el aire acondicionado refrescándonos la piel. Con un cosquilleo agradable en la tripa, contemplé el paisaje a través del cristal. La tormenta del día anterior había sido el vaticinio del calor que estaba por venir y que ya empezaba a notarse por la forma en la que el asfalto se desdibujaba como un espejismo.

Después de todo, solo faltaban unos pocos días para que el verano comenzara oficialmente. No era mi estación favorita. Las altas temperaturas y yo no nos llevábamos bien. No me gustaba sudar. Ni la sensación de ahogo al respirar el aire caliente. Tampoco la humedad pegajosa que no te dejaba dormir por la noche.

Resoplé con solo imaginarlo.

—¿Tienes calor? Puedo bajar un poco más la temperatura del aire —dijo Román.

—No, está bien así. Solo pensaba en el verano.

—¿No te gusta?

Me encogí de hombros.

—No está mal. Aunque prefiero la primavera y el otoño. Son épocas en las que el clima es agradable, la naturaleza es mucho más bonita y puedes pasar más tiempo al aire libre. La gente también está de mejor humor y es posible encontrar helados de muchos más sabores y en todas partes.

—También es posible en verano —me hizo notar Román.

—No es lo mismo —lo contradije cargada de razones—.

En verano es imposible disfrutar de un helado, aunque sea el mejor del mundo. Se derrite enseguida y se te escurre entre los dedos. Las manos se te quedan pegajosas. Sin olvidar los goterones en la ropa y las moscas, no puedes deshacerte de ellas. ¿Y tú qué estación prefieres?

Ladeé la cabeza y lo pillé observándome de un modo tan intenso que me sentí un poco cohibida.

Miró de nuevo la carretera.

—Creo que me gusta el invierno.

—Te pega bastante.

—¿Porque soy frío y distante? —repuso con cierta acidez.

—Eso también, pero no. —Me reí y él me miró sorprendido, luego sus labios dibujaron una sonrisa—. A mí el invierno me inspira quietud, silencio, estrellas y noches largas. También calidez, hogar y familia. Y pienso que tú eres todo eso, incluso más, pero prefieres esconderlo. ¡Es una lástima! Me gustas más cuando te dejas ver.

Se sonrojó de una forma tan adorable y tímida que tuve que pellizcarme para no burlarme de él. Le ponían nervioso los cumplidos, como si no estuviera acostumbrado a recibirlos.

—¿Recuerdas que no hace ni veinticuatro horas que querías asesinarme? —bromeó.

—Porque me sacaste de mis casillas.

—No tanto como tú a mí.

—Se te fue la pinza por completo —le recordé.

Sonrió con malicia y sus ojos dorados brillaron cuando inclinó su rostro hacia mí.

—Haces que la gente pierda la cabeza con mucha facilidad.

—¡¿Yo?! —pestañeé inocente.

—Y otras muchas cosas.

No sé si fue el tono profundo de su voz o la nube de mariposas que se me arremolinó en el estómago, pero durante unos segundos mi mente entró en modo avión.

Me recompuse con una inspiración y levanté mi mano para mostrarle mis dedos pulgar e índice pegados.

—Estás a esto de romper nuestra tregua.

Él arrugó la frente, contrariado, pero solo lo fingía.

—¿Tenemos una tregua?

—¿Qué crees que es esto? —le pregunté mientras nos señalaba.

En lugar de responder, alzó una ceja y me dedicó una sonrisa pícara, como si tuviera un secreto que no pensaba compartir conmigo por mucho que yo insistiera. Recorrí su rostro con la mirada y sentí una opresión en el pecho, provocada por un cúmulo de sensaciones que no dejaban de multiplicarse.

Rio sin apartar la vista de la carretera.

Su nueva actitud rompía mis esquemas. Provocaba confusión en mi cerebro y taquicardia a mi corazón. Me dejaba sin respiración al mirarme como lo estaba haciendo en ese instante.

—¿Cuándo vuelves a Madrid? —me preguntó de repente.

—No tengo intención de regresar.

Mi respuesta lo sorprendió, y sospechaba el motivo. La noche anterior di a entender que solo había ido hasta allí buscando un respiro del caos que había dejado en Madrid. Que mi visita no era más que una pausa antes de enfrentarme de nuevo a los problemas.

—En realidad, he venido porque mi abuela está enferma. Anoche no quise mencionarlo delante de Eloy, no era el momento más adecuado para traerle de vuelta ese tipo de recuerdos.

—Te refieres a mi abuela.

—Sí, y él ya estaba bastante preocupado por la tormenta y sus vides como para hacer que también pensara en ella.

—¿Está muy enferma?

Asentí.

—Por eso creo que es aquí donde debo estar, con ella, para ayudarla y acompañarla todo el tiempo que sea posible. —Me hundí en el asiento y tragué saliva a duras penas—. No tengo más familia, ¿sabes? Solo están mis abuelos y mi hermana, que tampoco está pasando por su mejor momento. Bueno, también está mi padre, pero nuestra relación se reduce a una llamada de teléfono al mes, así que no cuenta mucho.

—Entonces, ¿tu plan es volver a establecerte en Vila Mareva por tu familia?

—También por mí —le confesé—. Me he dado cuenta de que llevo años equivocada, haciendo las cosas mal y huyendo en círculos. No quiero seguir culpando a los demás, cuando yo soy la primera que no hace nada para cambiar. Tampoco estoy muy segura de quién soy, nunca me he permitido averiguarlo y creo que ha llegado la hora de que lo descubra. Y sé que debo hacerlo aquí. —Me encogí de hombros y solté el aire con fuerza—. ¿Qué puedo perder? No es que me quede mucho.

Levanté la vista de mis manos y me di cuenta de que ya habíamos llegado a la villa. Román se había detenido bajo el olivo, con el motor en marcha, y me escuchaba en silencio. Lo miré un poco avergonzada. No sabía por qué razón me había abierto de esa forma con él. Ni por qué me resultaba tan fácil hacerlo. Él ya tenía bastante con sus problemas, e intuía que eran muchos, como para escuchar los míos.

Probablemente, para él yo no era más que otra persona que cree que el mundo gira a su alrededor y que un trozo de pasado en común nos convertía en algo más que extraños.

Forcé una pequeña sonrisa, pensando en cómo recuperar la dignidad después de eso.

Su mirada recorrió mi rostro y por un momento creí que no podría soportarla. Había algo en ella que me ponía ansiosa. Un enojo latente tras sus pupilas, pero no sabía si estaba enfadado conmigo o consigo mismo.

Alargó el brazo y tomó uno de mis mechones sueltos entre sus dedos. Muy despacio, lo colocó tras mi oreja. Las puntas de sus dedos me rozaron el lóbulo y luego el pendiente.

Al hablar, lo hizo tan bajo que apenas fue un susurro.

—Si logras descubrirlo, ¿me enseñarás cómo se hace?

Asentí una vez.

—Pero puede que me lleve un tiempo.

Entreabrió los labios con una inspiración y su aliento me acarició el rostro.

—Tranquila, no hay prisa. Yo tampoco tengo adónde volver.

# 17

El sábado, Vila Mareva amaneció envuelto en bruma, bajo una fina capa de nubes de un gris blanquecino que cubría el cielo. El aire estaba impregnado de sal y un ligero rastro de algas en descomposición que se colaba en los pulmones dejando a su paso una sensación viscosa.

A media mañana, comenzó a caer una lluvia suave que se prolongó a lo largo del día. Las gotas eran tan pequeñas que costaba distinguirlas a simple vista, solo la humedad y el leve murmullo que arrastraban confirmaban su presencia.

Al caer la tarde, salí al porche con un vaso de té frío entre las manos y la última novela publicada de mi abuelo bajo el brazo. Aún no la había leído y quería ponerle remedio. Me senté en uno de los sillones de mimbre, arrebujada entre cojines, y empecé a leer sin saber muy bien qué iba a encontrar. Dos capítulos más tarde, estaba completamente sumergida en la historia.

Por el rabillo del ojo percibí un movimiento. Giré la cabeza y vi al gato atigrado corriendo pegado al muro. Llegó hasta mí y, tras sacudirse el agua del pelaje, se tumbó a mi lado sin hacer un solo ruido. Como cada vez que lo veía, pensé en Román y sonreí.

En los últimos días, nuestra relación no había dejado de evolucionar. Aunque si me hubieran preguntado, no habría sido capaz de definir en qué se estaba transformando ni hacia dónde nos conducía, si es que iba a alguna parte.

Su proximidad y su actitud me confundían.

No podía ignorar el hecho de que había dejado de rehuirme. Al contrario, nuestros tropiezos y encuentros fortuitos eran cada vez más frecuentes, y él siempre se esforzaba por mostrarse amable y atento conmigo. Sin embargo, pese a sus pequeñas sonrisas y sus miradas, que parecían perseguir cada uno de mis movimientos; a pesar de los momentos en los que me dejaba sin respiración, cuando sus dedos se escurrían por mi mejilla y me apartaban un mechón de cabello con suavidad, aún podía sentir una pared entre nosotros. Una línea que él dibujaba.

Oí a mi abuela entrar en la cocina.

Desde hacía unos pocos días, la acompañaba una leve tos a la que no dejaba de quitarle importancia, pero que a mí me preocupaba cada vez más. Su salud era delicada y una gripe o un resfriado podían empeorarla si no los trataba a tiempo. De todos modos, no parecía importarle lo más mínimo.

—Estoy bien. Esto se cura con remedios naturales. Te preocupas por nada —me decía cada vez que le sugería que debíamos ir al hospital.

Era tan frustrante tratar con ella cuando no atendía a razones y se obcecaba en llevar la contraria.

La vi nada más entrar en la cocina, preparándose una infusión de jengibre. Sentada a la mesa, disolvía un par de cucharadas de miel en una taza. Me sonrió al verme, pero yo no fui capaz de devolverle el gesto, cuando de inmediato otro episodio de tos le hizo girar el rostro.

—Estoy bien —carraspeó mientras se llevaba la infusión a los labios.

—Si tú lo dices —repliqué sin más, y dejé mi taza vacía en la pila.

Me dirigí a la escalera. No tenía ánimo para volver a sermonearla, cuando sabía que mis palabras no tendrían ningún efecto en ella.

Al entrar en mi habitación, tropecé con una caja de cartón que había llenado con cachivaches que ocupaban demasiado espacio en las estanterías, pero de los que me negaba a deshacerme, como antiguas revistas, pósteres, decenas de CD y peluches. Llevaba allí días y me dije que ya era el momento de buscarle otro sitio, o terminaría por romperme la crisma contra algún mueble.

La cargué hasta el trastero, que se encontraba en la parte trasera del garaje.

Entreabrí la puerta y un soplo de aire viciado se coló por la rendija. A oscuras, dejé la caja a un lado y abrí la ventana. La cálida luz del atardecer iluminó la estancia. Miré a mi alrededor. Aquel lugar necesitaba con urgencia que lo adecentaran y lo incluí en mi lista de tareas. Eché un vistazo a las cajas y bártulos que se amontonaban en el suelo y en las estanterías. Allí había de todo, desde las viejas máquinas de escribir que mi abuelo había reunido con el paso de los años hasta álbumes de fotos, las decoraciones de Navidad, un teclado electrónico que había pertenecido a mi padre, juguetes e incluso los libros y apuntes del colegio.

Iba a marcharme cuando descubrí una caja de plástico en cuya tapa habían escrito con rotulador la palabra «Recuerdos». La saqué con cuidado del estante y la dejé en el suelo. Dentro encontré varios DVD, cables y un reproductor para televisión. No recordaba haberlo visto antes.

Observé los discos con curiosidad y vi que estaban ordenados por fechas y estaciones. Noté la respiración agitada y una sensación rara al imaginar lo que contenían. Los rocé con las puntas de los dedos, al tiempo que un suspiro tembloroso abandonaba mis labios. Un silbido casi imperceptible que no aflojó el nudo que me oprimía la garganta.

Quería verlos y, a la vez, me aterraba lo que podría sentir al hacerlo.

No sé el tiempo que pasé sentada en el suelo, con mi mente y mi voluntad oscilando entre recuerdos amargos y otros muy felices. Cerré los ojos y decidí que lo mejor era devolverla a su sitio. No lo hice, porque así era yo, voluble e impulsiva, y acabé llevándola conmigo al salón, donde se encontraba el televisor. Conecté el reproductor y, tras varios intentos, logré que tanto la imagen como el sonido funcionaran.

Tomé un DVD al azar, lo inserté y lo puse en marcha.

Las primeras imágenes aparecieron en la pantalla y enseguida me di cuenta de que estaba viendo la celebración del séptimo cumpleaños de Laura. Era mi padre el que grababa, podía oír su voz y su risa con más claridad que ninguna otra. Frente a la cámara, el resto de la familia y algunos amigos, que yo ya no recordaba, se reunían alrededor de una mesa en el jardín.

Mi abuela apareció en el encuadre con una tarta de dos pisos adornada con la figurita de una bailarina, que dejó sobre el mantel. Mamá colocó la vela y después estrechó a Laura por la espalda con un brazo. Con el otro, me atrajo a mí a su lado. Me quedé sin aliento. Era tan guapa, y mucho más cuando sonreía. Contó hasta tres y luego instó a Laura a que soplara con fuerza. Mi hermana hinchó los mofletes, parecía una ardilla con los carrillos llenos, y soltó todo el aire de golpe sobre la llama. Cuando se apagó, el jardín se llenó de exclamaciones y aplausos.

En aquel tiempo, aún estábamos todos juntos y éramos felices.

Inspiré hondo, pero el nudo no se aflojó. Se hizo más doloroso.

Sentí que todo a mi alrededor giraba, como un tiovivo que da vueltas muy deprisa.

Echaba de menos el amor que me rodeaba cuando era niña, y cómo calmaba mi espíritu infantil, inquieto y temeroso. Subí las piernas al sofá y me abracé las rodillas. Me picaban los ojos, pero reprimí el deseo de llorar que me estrujaba la garganta.

En la pantalla, las imágenes se sucedían.

El asiento se hundió a mi lado. Giré la cabeza y el corazón me dio un vuelco al ver a mi hermana. No dijo nada, solo se acurrucó en la esquina y miró el televisor sin parpadear. Tragué saliva y continué como si nada. Me daba miedo incluso respirar, por si ese simple movimiento la hacía huir.

En el vídeo, una Laura de siete años abría sus regalos y no dejaba de chillar emocionada. Momentos después, ambas jugábamos con su casa de muñecas recién estrenada. Nos llevábamos tan bien. Siempre una al lado de la otra. Mi mejor amiga. Hasta que dejó de serlo.

Las palabras salieron disparadas de mi boca sin que pudiera frenarlas.

—¿Qué nos pasó? ¿Qué fue lo que ocurrió para que acabáramos así?

Laura ladeó el rostro y me miró, y lo hizo de un modo tan frío y amenazador que me encogí por dentro como lo haría una niña indefensa.

—¿Cómo hemos acabado? —preguntó sarcástica.

—Así —respondí mientras la señalaba a ella y después a mí—. Distanciadas, enfadadas, atacándonos todo el tiempo. ¿Qué te hice para que no puedas soportarme ni un poco? —clamé con la voz entrecortada.

Laura movió lentamente la cabeza. Sentí la cólera y la

frustración que emanaban de ella en oleadas. Vi la tormenta oscura que asomaba a sus ojos y cómo se concentraba en sus manos, que descansaban sobre su estómago, cerradas en sendos puños. Yo era el origen y no entendía por qué.

—¿Estás fingiendo no saberlo?

—Te juro que no lo sé.

El nudo en mi garganta iba creciendo con cada segundo que ella seguía mirándome en silencio. No aparté la mirada, y por esa razón lo vi. Un brillo que iluminó sus ojos. Un atisbo de flaqueza tras todo ese rechazo, que comenzaba a desbordarse. Se me aceleró el corazón.

Laura tomó aire y parpadeó varias veces.

—Ella te veía —musitó de forma casi inaudible.

—¿Qué?

Señaló la pantalla del televisor y miré en esa dirección. En la imagen, mi madre giraba sobre sí misma conmigo entre sus brazos bajo el agua de los aspersores, reía sin parar y me llamaba su pequeña sirena. A unos pocos pasos, Laura nos observaba con la expresión más dolorosa y el anhelo que solo un corazón roto y necesitado puede provocar.

Me giré hacia ella y por primera vez pude leer en los rasgos de su rostro como en un libro abierto; y lo entendí. Entendí de dónde provenía su rabia y que yo era la causa de que nuestra relación estuviera hecha trizas. Aunque la culpa no fuese mía.

—Ella solo te veía a ti, yo era invisible.

—Eso no es cierto.

—¿Estás segura? —dijo en tono afilado—. Porque recuerdo perfectamente lo mucho que me esforzaba para llamar su atención, pero ella solo se fijaba en ti. Yo era como una mascota que acariciaba de vez en cuando y alimentaba con unas migajas de afecto. En cambio, tú eras todo su mundo. Respiraba por ti y te quería como nunca me quiso a mí.

Parpadeé, abrumada por sus palabras. Y porque dolían como una quemadura.

Ahogué un lamento.

—¿Por eso me odias, porque piensas que me quería más que a ti?

—No lo pienso. Así eran las cosas. Te prefería —replicó testaruda.

Luché contra el escozor que sentía en los ojos y las lágrimas que me velaban la vista.

—Laura, lo que mamá sentía por mí no era amor. Eso era obsesión. Estaba enferma, tenía alucinaciones, delirios, no distinguía la realidad y sus brotes psicóticos la convertían en un peligro para nosotros y ella misma. ¿Acaso no recuerdas cómo era vivir con ella conforme empeoraba? Yo no puedo olvidarlo.

Abrió la boca, desarmada, pero le costó un segundo recuperarse y replicarme con soberbia.

—Claro que lo recuerdo.

—No como yo —respondí y un dolor feroz se apoderó de mis palabras—. A ti nunca te ataba ni te encerraba en armarios oscuros para que los monstruos que veía en su cabeza no te llevaran. No te asustaba haciéndote creer que alguien nos espiaba tras las paredes e intentaba envenenarnos. Nunca trató de enseñarte a volar desde un tejado, porque estaba convencida de que éramos espíritus del aire. Nunca te sacó de tu habitación a rastras y... —No podía respirar. El recuerdo me asfixiaba—. Y...

Me puse en pie y me alejé del sofá. Me ardían los pulmones como si estuvieran llenos de agua salada.

—Pero al menos a ti te veía —insistió.

La miré, temblando por la ira que se estaba acumulando en mi garganta. Por todas las cosas que nunca le había dicho y ahora empujaban por salir.

—Sí, a mí me veía y a ti no —dije con voz amarga— y, en lugar de culparla a ella, decidiste que estaba bien pagar conmigo tus problemas. Me hiciste a un lado como si no fuese nada para ti, y te quedaste de brazos cruzados mientras otras personas me insultaban y pegaban a diario. No solo me dejaste sola, Laura, también aprovechabas la más mínima oportunidad para meterte conmigo y hacerme sentir mal. Y no has cambiado, sigues exactamente igual cuando deberías estarme agradecida.

Sus ojos se abrieron como platos.

—¿Agradecida?

Eché los hombros hacia atrás y alcé la barbilla.

—Sí, agradecida, porque gracias a mí, tú no tuviste que pasar por todas las cosas que yo pasé. Dormías sin miedo cada noche, no vivías con una sensación de ansiedad constante, tenías amigos y nadie te escribía en los baños «Ojalá la pirada se suicide». ¿O ahora vas a fingir que no lo sabías?

A esas alturas las lágrimas me rodaban por las mejillas sin que pudiera detenerlas.

Laura apartó la vista con los labios apretados. La fachada con la que fingía que todo le daba igual se desmoronaba ante mis ojos. Había atravesado sus defensas y ni siquiera sabía cómo.

De espaldas a mí, la oí suspirar. Tan perdida como yo.

Me dejé caer en una silla y me cubrí la cara con las manos. Estaba tan cansada de todo que cerrar los ojos y dormir durante cinco años seguidos me parecía una idea estupenda. Quizá, para entonces, algo hubiera cambiado y yo ya no me sentiría como me sentía. Siempre al borde del precipicio, haciendo fuerza con los pies para no caer al vacío. Para frenar un mundo que no dejaba de dar vueltas, mientras la vida avanzaba en línea recta, cada vez más rápido, consumiendo el tiempo.

Inspiré hondo y me sequé las mejillas. Al levantar la vista, descubrí a Laura observándome. Una expresión de profunda culpabilidad y derrota oscurecía su semblante y sentí que se me paraba el corazón en el pecho. Pese a todo, la quería muchísimo y, frente a ese sentimiento, el daño que me había causado solo era un eco sordo.

Suspiró con brusquedad.

—Ya nada de esto importa —susurró al borde del llanto.

—¿Por qué crees eso?

—¿Y qué esperas que crea?

—Que todo puede mejorar y arreglarse. Que nunca es tarde para empezar de nuevo. Puede hacerse, de verdad. Solo tienes que intentarlo. Yo lo hago cada día. Y tú también podrías —le aseguré con toda la esperanza que pude reunir.

El rostro de mi hermana se contrajo con tanta angustia y desolación que me pregunté qué demonios había dentro de su cabeza.

—No puedo.

—¿Por qué? —pregunté.

—Porque la vida es una mierda, ¿no lo ves? No merece la pena esforzarse. No sirve de nada. Te hace creer que la felicidad es posible y después te destruye arrebatándote esas mismas ilusiones.

Me llevé la mano a la frente, impaciente.

—¿Hablas así por Sergio? —No respondió, solo apartó la mirada, teñida de desesperación—. Por favor, Laura, ese hombre no merece que sufras de este modo. No tiene nada sin lo que no puedas vivir. No lo necesitas. Tienes a tu familia. ¡Me tienes a mí!

—¡¿Qué sabrás tú lo que yo necesito?!

—Pues cuéntamelo —le rogué.

Se me quedó mirando. Tomó una bocanada de aire que

hizo temblar su pecho y separó los labios un par de veces, como si fuese a decir algo. Al final, negó con la cabeza.

—Olvídalo.

Se encaminó a la puerta.

—Laura...

—Estoy cansada, me voy a dormir.

Atravesó el umbral como lo haría un fantasma, sin hacer ruido y dejándome en la piel una sensación rara e incómoda. Una presión agonizante en el pecho que no podía explicar. Inconscientemente, me llevé una mano ahí.

# 18

Me levanté de la cama y fui hacia la ventana, sentía que me ahogaba, que me faltaba el aire. Que el corazón iba a explotarme dentro del pecho. Me ardía todo, las fosas nasales, la garganta y los pulmones, y tuve que recordarme que no era real. Que nada privaba a mi cuerpo de oxígeno, que la oscuridad no me engullía y la sal solo eran mis lágrimas.

Me incliné hacia fuera e inspiré el aire húmedo de la noche. El terror de la pesadilla aún circulaba por mi torrente sanguíneo. Cada latido, una descarga de adrenalina.

Inhalé y exhalé hasta que me dejó de temblar el cuerpo.

Me apoyé en el marco de la ventana y miré la hora en el reloj, solo pasaban diez minutos de las dos. Me senté en el alféizar y contemplé las estrellas. La casa estaba en silencio y en el jardín solo se oían los grillos. De fondo, flotando en la brisa, el eco de un pueblo completamente despierto y vivo.

La idea pasó por mi mente un segundo, y no me detuve a pensar si era buena o mala.

Saqué un vestido del armario y me lo puse. Me calcé unas zapatillas y en los bolsillos de una cazadora vaquera guardé mi teléfono, algo de dinero y las llaves. Luego salí de la casa sin hacer ruido.

Me encaminé al pueblo, con la pesadilla aún húmeda en mi piel y la mente llena de pensamientos y emociones encontradas. La conversación con mi hermana se me había incrustado en el estómago como una piedra repleta de aristas. Hasta cierto punto, podía entenderla y comprender sus sentimientos. Sobre todo, esa angustia invisible que debía de haber arrastrado desde tan pequeña y que nunca consideré, porque los celos jamás fueron una opción para mí. ¿Quién habría querido pasar por todo lo que yo pasé?

Era yo la que, de alguna manera, envidiaba lo fácil que había sido todo para ella.

Siempre fue libre para ir y venir a su antojo. Nadie la vigilaba ni acechaba sus pasos. Caía bien, tenía amigos y cumplió su sueño: convertirse en profesora de *ballet*. Era feliz en Vila Mareva y encontró al hombre de sus sueños.

Siempre deseé su seguridad en sí misma y su desenvoltura frente al mundo. Su corazón fuerte y su carácter decidido. La facilidad con la que nada parecía importarle.

Sin embargo, después de todo, la única realidad era que ella también había vivido representando un papel que había acabado por romperla como a mí. En silencio. Con un nudo en la garganta y un peso en los hombros que nunca eligió. Odiándome como yo la había odiado.

Si fuéramos más conscientes de esas cargas que otros soportan, tal vez seríamos más amables, tolerantes y humanos. El problema es que, casi siempre, nos damos cuenta cuando el daño está hecho. Yo quería enmendar el que había causado e intentar reconstruir mi relación con Laura. Aunque no estaba muy segura de si ella lo permitiría.

Sumida en mis pensamientos, llegué al final de la avenida, frente al puerto. En el letrero luminoso de una farmacia, vi que estaban a punto de dar las tres. Miré a mi alrededor por puro instinto. En Madrid jamás se me habría pasado por la cabeza pasear sola por la ciudad de madrugada. Por suerte, Vila Mareva era otro mundo.

Crucé la calle y me adentré en el paseo.

Pese a lo tarde que era, los chiringuitos aún estaban abiertos y la gente bebía y bailaba al ritmo de la música. También algunos puestos de artesanía y abalorios vendían sus productos a los más trasnochadores. Caminé por el simple placer de caminar. La temperatura era perfecta y la brisa que soplaba desde el mar mantenía mi cabello alejado del rostro. Era agradable sentirla sobre la piel.

Me crucé con una pareja que bebía granizado en un vaso gigante.

Se me antojó de inmediato. Un poco más adelante, vi un chiringuito en la arena con varias granizadoras en el mostrador. Bajé la pasarela y me abrí paso entre la gente. El camarero se acercó nada más verme. Apoyó los brazos en el mostrador y me observó con una media sonrisa de lo más sugerente.

Le pedí un vaso de limón.

—¿No quieres personalizarlo un poquito? —me preguntó con un guiño pícaro—. Algo que anime a una preciosidad como tú esta noche.

Sonreí por el cumplido. En el fondo, sí que me apetecía adormecer mi alma en pena.

—¿Qué me sugieres?

—Mi receta secreta.

—Sorpréndeme.

Me dedicó una sonrisa arrebatadora, que me calentó las mejillas. Después sacó una coctelera y varias botellas, que puso frente a mí. Echó un chorrito de cada una, jarabe de azúcar y una cucharadita de miel líquida. Tras agitarlo, lo mezcló con el granizado. A continuación, lo decoró con unas rodajas de lima y unas hojas de menta. Colocó una pajita y empujó el vaso hacia mí.

—¿Cuánto es? —le pregunté.

—Yo invito. —Fruncí el ceño con desconfianza, no estaba interesada en ligar a cambio de una copa gratis. Él se encogió de hombros y empujó el vaso un poco más—. Sin intenciones ocultas. Sé que eres amiga de Hugo y Jon, te vi hace unos días en la cancha.

Me relajé al escuchar sus palabras.

—¿Juegas con ellos?

—Siempre que puedo.

Me miró con curiosidad, pero no hizo ningún comentario más. Como si intuyera que una conversación trivial era lo último que me apetecía.

—Gracias por la bebida.

—De nada.

Agarré el vaso y el primer sorbito me erizó la piel con un estremecimiento. Estaba un poco ácido y llevaba más alcohol del que acostumbraba a tomar, pero me encantaba el sabor.

Regresé al paseo y continué caminando con la pajita entre los labios.

Alcé la vista y me fijé en el cielo. Una estrella fugaz cruzó el firmamento en ese momento y mi primer impulso fue pedir un deseo, que inmediatamente cambié por otro. Y por otro. Y otro. A lo mejor esa era la razón por la que nunca se cumplían.

Miré al frente y mis ojos tropezaron con un *jeep* gris azulado, que aguardaba frente a un semáforo. Parpadeé con perplejidad al descubrir a Román tras el volante. Miraba la carretera con aire taciturno y expresión ausente, como si su mente se encontrara muy lejos de allí. Un montón de mariposas aletearon por todo mi cuerpo e inspiré hondo. Me empezaba a preocupar cómo se me desordenaba el corazón con solo verlo de lejos. Sentía como si no pudiese pasar ni una hora sin pensar en él.

El semáforo cambió de color y el coche comenzó a moverse. Al instante, Román giró la cabeza y miró en mi dirección. El corazón me dio un vuelco. A esa distancia y de noche, era imposible que me hubiera visto. Continuó su marcha sin detenerse, y yo seguí deambulando.

Bebí un largo trago y el alcohol me calentó el estómago. Sonreí, mucho más relajada, y contemplé la superficie oscura del mar, en la que se reflejaba la tenue iluminación del paseo.

Abstraída en las vistas y en mis propios pensamientos, no fui consciente de su presencia hasta que sentí su mano en el hombro y el sonido de su voz.

—Lucía.

Di un respingo y me giré. Exhalé al ver su rostro. Me observaba con una mezcla de preocupación y complacencia, mientras su pecho subía y bajaba para recuperar el aliento. Había llegado hasta mí corriendo y casi me eché a reír. No sé si por el alcohol o porque me emocionaba la idea de que hubiera venido a buscarme.

—¿Qué haces aquí tan tarde?

—Pasear.

—¿Tú sola?

—Ya no.

Sus ojos se iluminaron con una inusitada calidez. Soltó una risita y hundió las manos en los bolsillos de sus pantalones. Nos miramos el uno al otro durante unos instantes y a continuación nuestros pasos se acompasaron mientras nos alejábamos de los chiringuitos y el ruido.

Me llevé la pajita a los labios y bebí. Al notar que él seguía mis movimientos, le ofrecí el vaso. Lo tomó sin dudar y atrapó la pajita entre sus labios. Hizo una mueca al tragar y chasqueó la lengua.

—¿Haces esto con frecuencia?

—¿Te refieres a salir a beber de madrugada? —Asintió y

yo me reí, un poco achispada. Negué con un gesto—. No podía dormir y tenía demasiadas cosas en la cabeza. He pensado que salir me distraería. —Señalé el granizado y él le dio otro sorbito—. Beber no formaba parte del plan, pero un chico muy simpático me ha invitado.

Román frunció el ceño de una forma muy mona.

—¿Aceptas alcohol de desconocidos?

—¿Y tú? —Me burlé, recordando el día que nos vimos por primera vez en su casa, cuando negó conocerme. Debió de leerme el pensamiento, porque inclinó la cabeza un poco avergonzado—. Soy mucho más prudente de lo que crees.

Le quité el vaso. Él apretó los labios y volvió a separarlos con un suspiro. Nos miramos fijamente; el aire se cargó de tensión. Sentí el deseo de tocarlo, de deslizar mis dedos por su rostro y acariciarlo. Un sonido anhelante escapó de mi garganta, que disimulé con un leve carraspeo.

Alcé la vista al cielo.

—¿Por qué no podías dormir? —me preguntó.

—He discutido con mi hermana —le confesé. Como no dijo nada, lo miré. Estaba completamente concentrado en mí. Quizá por esa atención que me mostraba sin ningún pudor, continué—: De pequeñas nos llevábamos bien, pero, en algún punto, Laura comenzó a distanciarse de mí y a tratarme como si yo fuese una molestia. Nunca supe el motivo. Ella no me lo dijo y yo tampoco le pregunté. Hoy me ha confesado que me odiaba porque siempre pensó que mi madre me quería más a mí que a ella.

—¿Y es cierto?

Pestañeé contrariada.

—¡No! —salté—. Mi madre tenía una enfermedad mental muy grave que hacía que distorsionara la realidad y se obsesionara con cosas. Yo era una de esas cosas, por lo que siempre estaba pendiente de mí e ignoraba a mi hermana sin darse cuenta. Yo no sabía que ella se sentía de ese modo, nunca lo imaginé.

Él se encogió de hombros. No me juzgaba.

—No te castigues, no es culpa tuya. La verdad es que no todos los hijos son iguales para sus padres. Y no lo digo como algo horrible ni cuestiono el amor de nadie, pero es así. Siempre hay uno que recibe más de todo.

Tragué saliva para aflojar el nudo que me apretaba la garganta.

—¿Tus padres os trataban de forma distinta a tu hermano y a ti?

—Rubén nació diferente y a ellos les costó aceptarlo. En cierto modo, se culpaban de que fuese así y lo sobreprotegían. Y yo... yo era el recuerdo constante de cómo podría haber sido él y eso les molestaba, aunque debo reconocerles que los primeros años guardaban las apariencias bastante bien.

Su respuesta me hizo apretar los puños.

—¿Y más adelante?

—No tanto. Es imposible fingir para siempre.

Alzó la vista al cielo estrellado y yo lo miré sin pestañear. Me sentí mal por él y me costaba entender a sus padres. Rubén solo era diferente porque no hablaba. Por lo demás, era tan normal como cualquiera, así que me resultaba incomprensible que esas dos personas hubieran influido de una forma tan negativa en sus hijos. Haciendo que uno se sintiera fuera de lugar y aislándolo del mundo, y volcando en el otro sus complejos y frustraciones hasta convertirlo en un hombre que vivía como una sombra, sin esperar nada.

Cada vez entendía más cosas sobre por qué Román era como era. Las piezas iban encajando. Del mismo modo que las lagunas que Rubén dejó tras su marcha empezaban a llenarse. Todo lo que Eloy me había dicho cobraba sentido ahora. Culpa, esa palabra que tantas veces mencionaron durante esa discusión que no debería haber oído, sembró una duda en mi interior. ¿Acaso lo culpaban por la muerte de su hermano? Se me rompía el corazón con solo pensarlo.

Román bajó la cabeza y nuestros ojos se encontraron.

De nuevo sentí la tensión que fluía entre nosotros. Densa, eléctrica. Los límites continuaban difuminándose, y yo ya no podía negar lo mucho que él me atraía. Y por su forma de mirarme, tuve la certeza de que también había algo en mí que le gustaba.

Había olvidado esa sensación, la de enamorarme capa a capa de otra persona. Sin embargo, esta vez era diferente, poseía muchos matices desconocidos. Un anhelo que no reconocía y que me asustaba por su intensidad.

Mientras me observaba, una pequeña sonrisa se desperezó en sus labios. No del todo sincera, era más una defensa. Marcaba un punto y aparte en nuestra conversación. Aunque mi cabeza estaba llena de preguntas, le concedí su espacio.

Nos quedamos allí, mirándonos en medio de un silencio palpitante. Pero no había incomodidad. No me sentía forzada a llenar el vacío con palabras, a pensar en alguna frase aguda que le quitara peso a ese momento.

Entonces, alzó la mano y me apartó el pelo de la cara. Un roce ligero, casi etéreo. Repitió el gesto, y esta vez sus dedos se deslizaron por mi mejilla. Sentí un tirón en la tripa y tuve que contenerme para no inclinar el rostro y acomodarlo en su palma con los ojos cerrados. No quería romper el silencio que nos abrazaba, pero su actitud me estaba volviendo loca.

—¿Por qué haces eso? —susurré.

—¿Qué?

—Tocarme.

—¿Te molesta?

Nuestras miradas seguían enredadas. Vi su garganta moviéndose al tragar.

—Yo no he dicho eso.

—¿Es un no o un sí? —susurró tras una respiración profunda.

Estábamos tan cerca que la punta de mis zapatillas tocaba las suyas.

—No me molesta.

Román lo meditó unos instantes antes de decir:

—No sé por qué, solo lo hago.

Algo dentro de mí esperaba que dijera otra cosa. Algo que pudiese convertirnos en mucho más. Sentí un pellizco de decepción.

—Deberías tener cuidado, puede que a otras personas sí les incomode —intenté sonar indiferente y aparté la mirada.

Él se tensó y noté que cambiaba el ritmo de su respiración. Inclinó la cabeza, buscando mis ojos, y no me quedó más remedio que levantar la barbilla. Tenía una expresión tan grave como honesta.

—No toco a otras personas, solo a ti.

Una oleada de calor se extendió por mi pecho y se concentró en mis mejillas. Tenía su vista clavada en mí. Concentrada en mí como si yo fuese la única persona que existía en el mundo. Y me quedé en blanco. Solo sentía un intenso deseo de besarlo. De probar el sabor de esa boca que soltaba tales palabras sin medir las consecuencias. Lo que provocaban. En mí.

«Solo a ti», repetí en mi mente.

Me humedecí los labios y su atención se concentró en ese punto de mi rostro.

Su mirada se oscureció y sus rasgos se tensaron.

Me di la vuelta y me acerqué a la barandilla del paseo. Me apoyé en ella y contemplé el reflejo de las luces en el agua. La noche se había sumido en un silencio acogedor, roto tan solo por el sonido suave de las olas al romper contra la arena. La humedad que flotaba en el ambiente se pegaba a la piel y cerré los ojos cuando una brisa fresca me agitó el cabello.

Román se acomodó a mi lado y su aroma se mezcló con el de la sal que notaba en la lengua.

Sentí su mirada. Giré la cabeza y lo miré a los ojos.

—¿Y tú qué hacías por aquí? —le pregunté.

—Solo conducir.

—¿A las tres de la madrugada?

Se encogió de hombros y ese pequeño gesto pegó su brazo al mío.

—Me ayuda a relajarme cuando no puedo dormir.

—¿Y te pasa a menudo?

—A veces tengo pesadillas —susurró.

Sus ojos no se apartaron de mí, aunque me di cuenta de que deseaba hacerlo; estaba agobiado, como si se sintiese atrapado. Me conmovió, porque lo estaba intentando. Se esforzaba por acercarse a mí y abrirse, como yo lo hacía con él, y lo apreciaba. Por esa razón no le pregunté qué provocaba sus malos sueños, no había razón para ir deprisa. Sobre todo, cuando yo tampoco podía hablar de mis propias pesadillas.

—Menudo par de insomnes —bromeé.

La manera en que sonrió me hizo contener el aliento.

Agité la pajita dentro del vaso y sorbí. Lo poco que quedaba del granizado casi se había derretido. Se lo ofrecí a Román y no dudó en tomarlo. Lo observé mientras fruncía los labios alrededor de la pajita y bebía. Memoricé su perfil: la mandíbula definida, los pómulos marcados, la forma de su nariz.

—Me pone nervioso que me mires y no saber qué estás pensando.

—Pensaba que ya han pasado dos meses desde que nos vimos la primera vez y hemos discutido, maldecido y hasta hemos intercambiado saliva...

—¡¿Qué?! —escupió.

Apreté los labios para no reírme.

—Beber de la misma pajita cuenta como un intercambio de fluidos. Un beso indirecto, si lo prefieres —dije como si nada para ver cómo reaccionaba. Entornó los párpados e intuí un brillo de diversión bajo sus pestañas—. Lo que intento decir es que hemos hecho todas esas cosas y apenas sé nada sobre ti.

Lanzó el vaso vacío a la papelera que había bajo la barandilla, en la arena, y se giró hacia mí. Suspiró hondo.

—¿Y qué quieres saber?

—¿A qué te dedicas?

—Soy traductor e intérprete de inglés y francés, y me dedico sobre todo a la traducción de libros de ficción y no ficción, como biografías, ensayos, publicaciones sobre salud...

—¿Y te gusta?

—Podría estar mejor pagado, pero me permite trabajar desde cualquier parte y con el horario que yo decida. Eso lo compensa.

—No es lo que te he preguntado —le hice notar, a la vez que recordaba lo que Eloy dijo aquella tarde mientras discutían.

Sus fosas nasales se dilataron con una inspiración.

—No me gusta —admitió.

—¿Y por qué estudiaste algo que no te gusta?

—¿Siempre eres tan curiosa con la vida de otras personas?

—Solo si esa persona me interesa.

Román me miró tan fijamente que el aire a nuestro alrededor parecía volverse más denso. Tragó saliva y apartó la mirada para contemplar el mar.

—Siempre quise estudiar Bellas Artes. Escultura, al igual que mi padre. Me matriculé, pero abandoné la carrera al terminar el segundo año.

—¿Por qué?

—Para ser artista hay que tener talento y yo no era lo bastante bueno. —Hizo una pausa antes de añadir con indiferencia—: Entonces decidí seguir los pasos de mi madre.

Contuve la respiración porque distinguí algo vulnerable en su voz bajo toda esa indolencia que se empeñaba en aparentar. Esperé a que continuara, expectante. Pero él no dijo nada más y yo no quise preguntar. A veces es difícil saber hasta dónde puedes llegar, dónde se encuentra la línea.

Seguíamos, uno al lado del otro. Solo respirando.

Al cabo de unos minutos, nuestras miradas se buscaron. Se encontraron. Cruzamos una pequeña sonrisa, anestesiados por el alcohol. Mi pecho se inundó de calidez, mientras su aliento me envolvía y el mío se atascaba. Me dejé llevar e incliné la cabeza hasta apoyarla en su hombro.

De repente, una estrella fugaz atravesó el firmamento. Cerré los ojos y pedí un deseo, solo uno.

Que ojalá todas mis noches de insomnio fuesen como aquella.

# 19

El domingo me desperté muy tarde, con una sonrisa en la cara y un cosquilleo en el estómago que tenía un nombre: Román. Abrazada a la almohada, no se me iba de la cabeza todo el tiempo que habíamos pasado juntos. Horas y horas. Primero paseando y luego, tumbados en la arena. A ratos conversando sobre cosas sin importancia y otros, sumidos en un cómodo silencio mientras escudriñábamos el cielo en busca de estrellas fugaces.

Hasta que las primeras luces del amanecer nos sorprendieron medio adormilados.

Contemplamos la salida del sol y después nos encaminamos al lugar donde había aparcado el coche. Me llevó a casa, conduciendo tan despacio que llegué a pensar que en algún momento daría marcha atrás. Ese pensamiento me hizo sonreír. Cuando se detuvo junto a la verja, nos quedamos en silencio, quizá porque ninguno sabía muy bien qué decir. Quizá porque las palabras sobraban cuando las miradas lo decían todo.

Nos costaba separarnos. Aunque nos esforzáramos por fingir que no.

—Adiós —susurré antes de bajar.

—Adiós.

Salté de la cama y fui directa a la cocina. Estaba muerta de hambre.

Encontré una nota de mi abuela pegada a la nevera. Ella y mi abuelo habían quedado con unos amigos y pasarían el día fuera. Pensé en Laura y me pregunté cómo estaría después de todas las cosas que nos dijimos. Con la excusa de que estábamos solas y que era casi la hora de la comida, subí a buscarla para preguntarle qué le apetecía. Yo cocinaría para las dos.

Llamé a la puerta de su habitación, pero nadie contestó. La abrí y la encontré vacía. Recorrí la casa y el jardín, llamándola en voz alta. No estaba en ninguna parte.

Me vestí y ordené un poco mi cuarto, haciendo algo de tiempo a la espera de que mi hermana apareciera. Pasó otra hora y el hambre ya era una molestia dolorosa en mi estómago, así que decidí preparar un par de bocadillos calientes y guardarle uno.

Comí en el jardín, alimentando a los gatos con pellizcos de pan. Después tomé un poco de helado y dormité en la hamaca bajo la sombra de los árboles. De pronto, mi teléfono comenzó a sonar. Lo saqué del bolsillo y miré la pantalla, en la que no pude ver nada por culpa del sol que se reflejaba en ella. Descolgué a ciegas y respondí:

—Hola.

—¿Lucía?

La voz de mi padre me despertó por completo. La última vez que hablé con él aún me encontraba en Madrid. Desde entonces, solo nos habíamos saludado a través de mensajes muy escuetos, siempre con el pretexto de su falta de tiempo y sus interminables viajes.

—Hola, papá.

—Hola, ¿cómo estás?

—Genial, ¿y tú?

Lo oí suspirar y el sonido agudo de un claxon se coló en el auricular.

—Cansado, acabo de aterrizar en Madrid y voy de camino al hotel. Mañana tengo varias citas para solicitar algunos documentos que necesito —me explicó.

—Recuerdo que dijiste algo sobre eso, pero creía que ibas a venir el mes pasado.

—El trabajo se complicó —respondió. Se oyó una voz masculina y mi padre mencionó el nombre de una calle. Supuse que hablaba con el taxista. Regresó a nuestra conversación—: Ya que estoy aquí, me encantaría que nos viéramos. ¿Qué te parece si quedamos a comer o cenar mañana? O pasado, como mejor te venga. Hace tanto que no nos vemos que igual no te reconozco —bromeó.

Me levanté de la hamaca y entré en la casa.

—También me gustaría verte, papá. Pero no estoy en Madrid.

—¿Y dónde estás?

—En Vila Mareva. Regresé hace un par de meses, cuando me enteré de que la abuela estaba enferma.

Mi padre se quedó en silencio unos segundos.

—¿Sira está enferma? ¿Qué tiene? —se interesó.

—Lo mismo que mamá, o eso parece.

Hizo otra pausa, en la que lo oí chasquear la lengua y luego suspirar.

—No pinta bien.

—No —convine. Abrí la nevera y saqué una botella de agua fría—. ¿Por qué no vienes hasta aquí? Si coges un vuelo y después el ferri, no tardarías más de tres horas en hacer el viaje.

—No creo que sea buena idea —replicó cada vez más apagado—. Ya sabes que mi relación con Sira y tu hermana es... difícil. —Quise decirle que ese problema tendría solución si él pusiera de su parte. Y una disculpa por haber huido tras la muerte de mamá sería un buen comienzo—. A todo esto, ¿cómo se encuentra Laura?

—Podría estar mejor. Sergio y ella se han separado y no lo lleva muy bien.

—¡¿Se han separado?! ¿Por qué? —exclamó contrariado.

—No sabría decirte, solo que fue él quien tomó la decisión.

—Vaya, no tenía ni idea.

Sacudí la cabeza, hastiada. Odiaba la sensación de impotencia que se apoderaba de mí cuando pensaba en Laura y la situación que estaba atravesando.

—No sé qué hacer para ayudarla, papá. Tendrías que verla, está tan deprimida y se ha descuidado tanto que cuesta reconocerla.

—Se le pasará. Un divorcio no es el fin del mundo.

Cerré los ojos y apreté los labios. «Pasará», esa era la solución de mi padre para todo y a esas alturas ya no debería importarme, pero lo hacía. Por esa razón nunca podríamos ser más de lo que éramos. Jamás cumpliría mis expectativas. Hacía mucho que dejé de esperar que lo hiciera.

—Lucía, acabo de llegar al hotel. Tengo que dejarte.

—Claro, ya hablaremos. Adiós.

Colgué, aliviada porque la conversación hubiera terminado.

Miré el reloj, ya eran las cinco y no había señales de Laura. No quería preocuparme. Y menos aún ponerme paranoica hasta el punto de comenzar a imaginar desastres. En eso era una experta.

Desbloqueé el teléfono y la llamé. Ni siquiera dio tono, y saltó un mensaje de que ese teléfono estaba apagado. Solté una maldición y pasé al siguiente plan: llamar a mi abuela.

—¿Sí?

De fondo se oía música a un volumen alto y un coro de voces.

—¿Yaya?

—Lucía, ¿va todo bien?

—Sí, no pasa nada. Solo quería preguntarte si Laura tenía algún plan para hoy. Cuando me desperté, ya no estaba en casa y aún no ha vuelto —le conté.

—¿Has probado a llamarla?

—Tiene el teléfono apagado —suspiré—. ¿Crees que estará bien o debemos preocuparnos?

—Bueno, no creo que debamos preocuparnos aún. Lo más seguro es que esté paseando o dándose un baño en alguna playa cercana. Es adonde suele ir cuando desaparece de este modo.

—¿Tanto tiempo? Han pasado muchas horas.

Hizo una pausa, como si estuviera meditando algo. Cuando volvió a hablar, el tono de su voz sonó más urgente.

—Llamaré a Carlota, quizá esté con ella.

—Envíame un mensaje si averiguas algo. Yo saldré a buscarla, no puedo quedarme aquí y esperar sin más.

—De acuerdo.

Colgué el teléfono y corrí a mi habitación. Me quité las chanclas con un par de sacudidas y me puse las zapatillas. Me recogí el pelo bajo una gorra y me guardé las llaves y el monedero en los bolsillos. Sin perder un segundo, crucé el jardín y traspasé el muro. Allí me tropecé con el primer problema: ¿izquierda o derecha?

No tenía ni idea de qué lugares le gustaban a mi hermana. Dónde se refugiaba cuando lo necesitaba o quería pasar tiempo a solas. A quién recurría cuando se encontraba mal. En quién confiaba.

No sabía nada de nada sobre ella.

Cerré los ojos e inspiré hondo. Traté de no pensar y dejé que mi instinto me guiara.

Me dirigí al sendero que unía la cima del acantilado con la playa. Con el paso de los años, la gente que vivía en la zona lo había transformado en una escalinata por la que era bastante seguro descender. Sin embargo, yo lo hice temblando y con el corazón en un puño. Todo estaba en mi memoria, la piedra en contacto con mis pies, la arena que me esperaba abajo, el agua... Leí en alguna parte que nada fija tan intensamente un recuerdo como el deseo de olvidarlo. Yo lo tenía grabado a fuego.

Una vez que llegué abajo, me abrí paso entre las rocas y aterricé en la arena.

Esta zona no era turística y si no conocías los accesos, o tenías una embarcación para poder entrar desde el mar, era casi imposible alcanzar esta parte de la costa. Por ese motivo, lo habitual era encontrarse con poca gente, en su mayoría pescadores, surfistas y jóvenes del pueblo que buscaban un lugar apartado en el que divertirse.

Llegué al final de la playa y crucé la punta de tierra y pinos que se adentraba en el agua como un espigón. Al otro lado, la pared escarpada cobijaba una pequeña cala de guijarros.

Entonces la vi, sentada sobre un tronco que había arrastrado la marea. Inmóvil, mirando el mar fijamente. De repente, todo el miedo y la ansiedad que había ido acumulando mientras la buscaba se transformaron en un alivio descomunal. También en un enfado que me estaba costando la vida contener. ¿Cómo se le ocurría desaparecer durante horas sin decirle nada a nadie? Completamente sola, en la nada. No era una niña, sino una persona adulta que debería comportarse de forma sensata.

Inspiré hondo y me obligué a tranquilizarme. No quería que discutiéramos otra vez.

Me acerqué haciendo ruido de forma intencionada, incluso carraspeé como si me hubiera tragado una bola de pelusas, pero no conseguí ninguna reacción. Cuando llegué junto a ella, me quedé sin aliento. Tenía el rostro muy rojo, al igual que los hombros y los brazos. Tenía cada centímetro de piel expuesta quemado por el sol y los labios resecos.

Me senté a su lado.

—Laura —la llamé. No respondió. Ni siquiera me miró—. ¿Cuánto tiempo llevas aquí? Me tenías preocupada.

—No lo sé —susurró con la mirada perdida.

—¿Estás bien?

—Sí —respondió, pero no era más que una palabra hueca.

La observé. Su cuerpo estaba allí, pero su mente se encontraba en otra parte. Me fijé en sus ojeras, en la tez cenicienta que lucía, en su expresión ausente. Y de repente lo vi, el fantasma que se aferraba a sus hombros y la envolvía como una nube de humo. Apreté los párpados, mientras mi corazón latía asustado. ¿Cómo no me había dado cuenta antes, cuando todas las señales estaban ahí? Señales que ya había visto antes en mi mejor amiga. Como la tristeza, la irritabilidad y la frustración. La falta de apetito y su aspecto cada día más descuidado. El escaso interés que demostraba por todo y por todos. La forma en la que se aislaba y buscaba desaparecer.

Laura no solo estaba triste y enfadada por su ruptura. Mi hermana se hundía en una profunda depresión. Sentí un fuerte ahogo y los músculos del estómago se me contrajeron. Me pegué un poco más a ella, aunque no me atreví a tocarla por si me rechazaba. Ni siquiera se dio cuenta, continuaba mirando fijamente hacia delante como si estuviera en un trance.

Aparté la vista de su rostro y contemplé el mar con un sinfín de pensamientos inciertos dando vueltas en mi mente.

Laura necesitaba ayuda profesional y debía conseguírsela lo antes posible. Lo más probable era que rechazara la idea de pleno, pero con el apoyo de mis abuelos podría convencerla.

Aún seguía divagando sobre posibilidades cuando Laura se puso en pie y sacó los pies de las sandalias. Se quitó la camiseta de tirantes y se bajó los pantalones cortos, que quedaron abandonados sobre los guijarros cuando se encaminó al agua sin mediar palabra.

—Laura —la llamé. No me hizo caso y continuó avanzando. Sin mirar atrás ni una sola vez, se adentró en el mar. Me levanté al ver que no se detenía y alcé la voz—: ¡Laura!

En un visto y no visto, se lanzó hacia delante y se sumergió.

Me quedé paralizada. Con el corazón a mil palpitando en mis sienes, esperé a que emergiera. En mi mente comencé a contar. Cuando llegué a quince, di un paso adelante por puro instinto, pero el trauma que me perseguía frenó el siguiente. Desde aquella noche, catorce años atrás, no había sido capaz de volver a nadar en el mar. Lo había intentado en infinidad de ocasiones, pero cuando las olas me golpeaban a la altura de las caderas era incapaz de controlar el pánico y me bloqueaba.

Mis ojos recorrieron la superficie salada con ansiedad y luego buscaron a mi alrededor cualquier presencia que pudiera ayudarme, pero allí no había nadie.

Veinticuatro, veinticinco, veintiséis...

Iba a ahogarse.

La mera idea de perder a Laura, y de ese modo, me hizo reaccionar.

Me quité las zapatillas y eché a correr hacia la orilla. Me adentré en el agua mientras me repetía sin cesar que no debía detenerme. Luchando contra la presión del oleaje, seguí avanzando hasta que las puntas de mis pies dejaron de tocar el fondo. Sentí que la corriente me envolvía y tiraba de mí. Me arrastraba hacia dentro.

Tomé una bocanada de aire y moví los brazos para permanecer a flote. Aun así, apenas conseguía mantener la cabeza fuera. Era como si hubiera olvidado cómo se hacía algo tan sencillo. Me hundí una vez, y otra. Al emerger, me pareció ver un cuerpo que flotaba no muy lejos de mí.

Una descarga de adrenalina me atravesó.

—Laura —chillé.

Me lancé hacia delante y brazada a brazada fui acortando la distancia.

—¡Laura!

Giré sobre mí misma, escudriñando la superficie, pero no había nadie. Presa del pánico, me sumergí y miré bajo el agua, pero estaba tan turbia que no lograba distinguir nada. Apreté los párpados con fuerza. El burbujeo en mis oídos, la presión en el pecho y la sal que me escocía en los ojos me estaban desquiciando y sentía que iba a colapsar en cualquier momento.

Me impulsé hacia arriba y tomé una bocanada de aire.

El oleaje dificultaba mis torpes movimientos y empezaba a cansarme.

Escruté toda la vastedad que abarcaba mi vista, mientras un lamento roto y desesperado se abría paso en mi garganta. En ese instante, Laura emergió frente a mí entre resoplidos y toses angustiosas que buscaban aliento. Echó la cabeza hacia atrás y aspiró profundamente varias veces.

La miré sin parpadear, al tiempo que una emoción demasiado punzante se desbordaba en mis ojos. La sal de mis lágrimas se mezcló con la que se me pegaba a las mejillas. Lo que sentía era insoportable. Se me escapó un sollozo, una mezcla de rabia e impotencia que se sumaba al esfuerzo por mantenerme a flote y no pensar en dónde estaba.

—¡Pero ¿a ti qué te pasa?! —le grité angustiada—. ¿Por qué haces todo esto?

Ella me miró y, por primera vez desde que la había encontrado, sentí que me veía. Que era realmente consciente de mi presencia. Parpadeó varias veces.

—Solo quería saber cómo era.

—¿El qué?

—Ahogarse. Quería saber qué sentiste.

Sus palabras se convirtieron en una daga que se me clavó en el alma.

—¿Por qué querrías saber eso?

Su mirada se enredó con la mía y vi que volvía a alejarse. Una nueva duda surgió entre las sombras de mi mente. Una grieta por la que comenzaba a filtrarse un miedo visceral y que tenía un nombre que no era capaz de pronunciar. ¿Y si no era solo depresión? ¿Y si Laura se parecía a nuestra madre mucho más de lo que yo lo había hecho nunca?

Arrugó la frente con una mueca que le hizo apretar los dientes.

—Me duele la cabeza —masculló.

Y, sin más, empezó a nadar hasta la playa.

La seguí sin apenas respirar, intentando que no me paralizara el miedo a que el mar me tragara en un abrir y cerrar de ojos. Tratando de no pensar en lo pequeña e insignificante que era frente a su inmensidad. En la oscuridad que habitaba en su fondo como un monstruo hambriento.

Laura se estaba vistiendo cuando alcancé la orilla.

Como si no hubiera pasado nada, esperó a que me pusiera las zapatillas. Después echó a andar de vuelta a casa en completo silencio, mientras yo me tragaba las palabras que me quemaban la garganta. La seguí, sin apartar la vista de su espalda, como si en ella pudiera aparecer en cualquier momento la solución a todos los problemas del mundo y no quisiera perdérmela por algo tan fútil como un parpadeo.

Qué difícil es ayudar a quien no pide ayuda.

Por eso tenemos que conformarnos con hacerlo lo mejor que podemos, lo mejor que sabemos, aunque a veces eso no sea suficiente porque significa no hacer nada.

# 20

Revisé la ficha una última vez, quería asegurarme de que la había completado de forma correcta. Repasé los datos y que no hubiera faltas de ortografía, y la guardé. Después abrí la aplicación de la cámara para importar todas las fotos que había tomado esa tarde. Cliqué sobre el botón, pero no funcionó. Una notificación en la pantalla me avisaba de que no se podía encontrar el dispositivo que buscaba.

Resoplé frustrada.

No entendía cuál era el problema. Había seguido los mismos pasos de siempre.

Me cercioré de que había tomado las fotos del libro de forma correcta y las había guardado en la memoria de la cámara. Allí estaban: portada, lomo y contraportada.

—¿Por qué no funciona? —me lamenté en voz alta.

—¿Algún problema? —me preguntó Eloy, que se encontraba leyendo el periódico al otro lado de la mesa.

—No consigo importar las fotos, no las encuentro.

Él se puso en pie y vino junto a mí. Echó un vistazo a la pantalla del ordenador y luego a la cámara, que yo aún sostenía con ambas manos. Una risita divertida escapó de sus labios.

Arrugué la frente, no entendía dónde estaba la gracia.

—Prueba a ponerle el cable —me sugirió sin dejar de reír.

Abrí los ojos al comprobar que había olvidado conectar entre sí los dos dispositivos. Bajé la cabeza, muerta de vergüenza, y me hundí en la silla. Estaba distraída y me costaba concentrarme, y la razón era que no podía quitarme a mi hermana de la cabeza.

Eloy se apoyó en la mesa y observó mi rostro unos segundos.

—¿Y si dejamos esto por hoy y tomamos algo frío en el porche? Hoy no hace tanto calor como otros días.

—Así no acabaré nunca —protesté.

—¿Acaso tienes prisa por terminar?

—¿Usted no?

—No.

—Voy a pensar que no quiere que me vaya —bromeé.

—¿Sonaría extraño si dijera que es lo último que deseo?

Me sonrojé al escuchar sus palabras. Levanté la vista y lo miré. Una sonrisa de oreja a oreja se dibujó en mi cara.

—En realidad, es muy bonito que lo piense, y no imagina cuánto significa para mí —respondí con un nudo en la garganta—. ¡Gracias!

—Soy yo quien debe dártelas. No solo me has ayudado, durante este tiempo también has llenado de vida esta casa. Que falta le hacía.

Sentí que me emocionaba hasta las lágrimas y parpadeé para alejarlas.

De repente, una notificación sonó en mi teléfono. Le eché un vistazo y el corazón me dio un vuelco al ver un mensaje de Jon preguntándome dónde me había metido. «¡La inauguración!», pensé. La había olvidado por completo.

Me puse en pie de un bote.

—¡Tengo que irme! —anuncié mientras recogía mis cosas a toda prisa.

—¿Ocurre algo?

—Acabo de recordar que tengo un compromiso. —Le di un abrazo fugaz y eché a correr mientras gritaba—: ¡Hasta mañana!

—Conduce con cuidado. —Su risa me llegó como un suspiro.

Crucé el patio interior a la carrera y, al atravesar el portón, me di de bruces con Román, que entraba en ese momento. Su mano en mi espalda evitó que cayera hacia atrás y me sostuvo con firmeza. Alcé la barbilla. Nuestros ojos se encontraron y su mirada de sorpresa se suavizó de repente con una sonrisa.

Me quedé sin aire.

¿Cuándo había comenzado a gustarme tanto?

—¿Ya te vas?

Su pregunta me centró de nuevo. Asentí con vehemencia.

—¡Tengo una cita!

Me dirigí al coche a toda prisa y sin mirar atrás, porque la idea de quedarme me tentaba demasiado.

—¿Una cita?

—Algo así —respondí.

Lancé el bolso al asiento del copiloto y arranqué el motor. Román seguía en la puerta, mirándome con una expresión indescifrable. Alcé la mano y me despedí con un gesto.

Quince minutos después, aparcaba frente a la plaza de Santa Ana, muy cerca de donde se encontraba la tienda de Diego. Saqué del maletero la abeja gigante de papel maché que unos días antes había comprado en un puesto de artesanía. Nada más verla, supe que era el regalo perfecto para la ocasión.

Me paré un segundo frente al escaparate de una zapatería y miré mi reflejo en el cristal. Hice una mueca de fastidio.

Ojalá hubiera tenido tiempo de pasarme por casa, darme una ducha y vestirme con algo más bonito.

Crucé la plaza y me adentré en una pintoresca callecita con muchas tiendas de suvenires y productos típicos de la zona, frecuentada sobre todo por turistas. A la altura de la antigua farmacia, reconvertida en una floristería, vi dos columnas de globos amarillos y negros flanqueando una puerta. Ese era el lugar.

Cuando entré, anunciada por el tintineo de unas campanillas, me sorprendió lo amplio que era el local y la cantidad de gente que había sido invitada. Incluso un par de periodistas de medios locales estaban cubriendo la apertura.

Mientras me abría paso entre los corrillos buscando a Diego, eché un vistazo. La tienda poseía un ambiente acogedor y agradable, con estanterías de madera y varios expositores con muestras de diversos productos. En las paredes había carteles retroiluminados con imágenes de plantas con flores. La iluminación era cálida y la música, suave. Al adentrarme un poco más, descubrí que no solo iban a vender productos relacionados con las abejas. También tenían jabones, aceites, esencias y velas.

—¡Lucía!

Me giré hacia la voz y vi a Diego saludándome con la mano. Jon estaba con él. Me acerqué con una sonrisa enorme y lo abracé en cuanto llegué a su lado. Sus brazos me envolvieron con afecto durante unos segundos. A su espalda, Jon me guiñó un ojo y musitó un «gracias».

—Me alegro de que hayas venido.

—No me lo habría perdido por nada del mundo.

Diego sonrió y en ese momento sus ojos se posaron en la abeja, tan grande y colorida que era imposible que pasara inadvertida. Alzó las cejas y rompió a reír mientras le toqueteaba las pestañas y las antenas.

—¿Esto es para mí? —me preguntó divertido.

—He pensado que te gustaría.

Asintió y su expresión se ablandó de un modo tan emotivo que me provocó una ternura inesperada. Tuve que contenerme para no abrazarlo. Cada día me costaba más y más controlar mis emociones. Después de toda una vida silenciándolas, ahora que les había abierto la puerta, se escapaban ansiosas y a trompicones.

—¡Gracias, Lucía! Creo que la colgaré en el escaparate donde todo el mundo pueda verla.

Cuando la fiesta terminó, pasadas las doce, Jon insistió en llevarme a casa él mismo. Le aseguré que no era necesario, ya que había ido hasta allí en mi propio coche, pero él me recordó con una mirada severa la copa de cava que había tomado y silenció todas mis protestas sin darme opción a discutir.

Me acomodé en el asiento del copiloto y apoyé la cabeza en la ventanilla, con el ramo de flores secas y la caja de bombones de miel que Diego me había regalado dentro de una bolsa entre mis brazos. Solté un suspiro contenido. Me pesaban tanto los párpados que cerré los ojos por un segundo. Y sin darme cuenta, debí de quedarme dormida.

Jon me sacudió el hombro suavemente.

—Eh, dormilona, ya hemos llegado.

Parpadeé varias veces e inspiré hondo por la nariz.

Miré a mi alrededor y vi que nos encontrábamos frente a mi casa. Me puse derecha al tiempo que me frotaba los ojos.

—Lo siento, anoche no descansé mucho.

—No te disculpes, estabas muy mona roncando como una excavadora. ¡Adorable! —se burló para picarme.

Lo fulminé con la mirada y mi puño salió disparado con vida propia. Lo golpeé en el hombro sin contenerme, pero por la carcajada que soltó, solo le hice cosquillas. Bajé del coche sin despedirme y, tras cerrar la puerta, le mostré mi dedo corazón con una sonrisita sarcástica. Puro teatro.

Nos dijimos adiós con la mano y una sonrisa sincera. Esperé a que se alejara y después crucé la calle hasta la verja de entrada, mientras buscaba las llaves en mi bolso. Un carraspeo llamó mi atención. Levanté la cabeza de golpe y me quedé boquiabierta al ver a Román separándose del muro a unos pocos pasos de distancia de donde me encontraba.

—Hola —dijo en voz baja.

Vino hacia mí, con una mano en el bolsillo del pantalón y la otra en la nuca.

Alcé la barbilla para mirarlo a los ojos. Me quedé así un largo instante, observándolo, porque aún me costaba creer que fuese real y no un producto de mi mente agotada.

—¿Qué haces aquí?

—Te estaba esperando.

—¿Tan tarde? —me preocupé—. ¿Ha pasado algo?

—No, todo está bien. Te dejaste esto en casa y he pensado que podías necesitarlo.

Me mostró el cargador de teléfono que llevaba en la mano. Arrugué la frente.

—No es mío.

—Ah, ¿no?

Negué con la cabeza y observé las sombras que había debajo de sus ojos. Tenía el pelo alborotado, como si se lo hubiera peinado con los dedos muchas veces.

—Lo siento, has venido en balde.

Sus comisuras se elevaron un poco y se encogió de hombros.

—No importa, tampoco tenía nada mejor que hacer —dijo sin apartar sus ojos de los míos.

—Aun así, podrías haber esperado a mañana.

Separó los labios y frunció el ceño. Pese a la penumbra, pude ver en su rostro un gesto de disgusto.

—¿Te molesta que esté aquí?

—No, ¡qué va! Tú nunca me molestarías —respondí con sinceridad.

Su expresión se relajó un poco. Nos miramos y no pude reprimir la sonrisa que tiró de mis labios. Él volvió a frotarse la nuca y me di cuenta de que siempre hacía ese gesto cuando parecía nervioso.

—¿Qué tal tu cita? ¿Lo has pasado bien?

«¿Cita?», pensé. ¿De qué cita hablaba?

Entonces recordé que yo misma había usado esa palabra cuando me crucé con él en su casa. Desde luego, no era la más acertada y podría llevar a equívocos. Cualquiera podría malinterpretarla y pensar que yo...

Se me formó un nudo en el estómago y un pálpito comenzó a latir dentro de mi pecho. Me acaloré. Miré a Román con los ojos muy abiertos y una idea terriblemente loca haciendo estragos en mi mente. Su actitud había sido controlada todo el tiempo, pero ahora irradiaba una energía molesta. Sospechosa. ¿Resentida? ¿Esa era la verdadera razón por la que estaba allí? ¿De su semblante inquisitivo? ¿De su mirada reprendiéndome en silencio?

¡No podía tratarse de algo así!

Se me encendieron las mejillas y respondí con toda la intención:

—Sí, sorprendentemente bien.

—Ya veo.

—Hasta me ha regalado flores y bombones. Me ha parecido un detalle muy bonito.

Una sonrisita irónica curvó su boca.

—Así son todos los tipos encantadores y detallistas.

—Lo dices como si fuese algo malo.

—No tiene nada de malo, si eso es lo que quieres —replicó con desdén.

El corazón se me subió a la garganta. No podía creerlo, ¡estaba celoso!

—Bueno, ¿no es lo que quiere todo el mundo? Alguien majo, que se preocupe por ti y quiera verte feliz.

Vi que tragaba saliva.

—¿Y Jon te gusta, te hace feliz? —me preguntó con la mandíbula tensa y una mirada desafiante.

Casi me eché a reír de lo nerviosa que estaba. No quería ilusionarme y luché con todas mis fuerzas contra aquella sensación. Román bajó la vista un instante y se pasó una mano temblorosa por el pelo, como si la espera a mi respuesta lo estuviera torturando.

—No del modo que estás suponiendo. No he tenido ninguna cita con Jon. Ni siquiera estamos saliendo y no vamos a salir, jamás —puntualicé para que le quedara claro—. Solo somos amigos. —Levantó la cabeza y me miró con detenimiento—. Mi «cita» era con su padre. Hoy inauguraba su negocio de venta de miel y me ha invitado. ¿Te acuerdas de él? Era conserje en nuestro instituto y siempre se preocupó por mí. Sabía que me acosaban y, en la medida que pudo, intentó que mi vida allí fuese un poco más fácil. Jamás podré agradecérselo lo bastante.

Exhalé un suspiro, y continué:

—Jon solo me ha traído a casa porque he bebido alcohol.

Román parpadeó, confundido.

—Entonces, ¿no era una cita?

—No, solo lo he dicho para averiguar por qué te importa —me sinceré.

—Quién dice que me importe.

Dejé escapar una exhalación brusca y silenciosa. Su actitud era muy ambigua y frustrante. Él en sí mismo era una contradicción con patas y me resultaba difícil intentar entenderlo. Por momentos se comportaba como si yo le gustara y verme con otro chico le pusiera celoso, para un segundo después levantar sus defensas y mostrarse indiferente.

Me enfadé.

—Entonces, ya que te da igual, quizá sí acepte salir con Jon ya que me lo ha pedido.

—¿Por qué? Acabas de decir que no te gusta en ese sentido.

Tuve que contenerme para no atizarle con el ramo de flores.

—¿Te das cuenta de lo mucho que me confundes? —exploté—. No sé a qué atenerme contigo, me desconciertas. No dejas de enviarme señales contradictorias. No... no sé qué quieres, Román. Te comportas como si yo te gustara y, cuando doy un paso en esa dirección, haces como si nada y evitas el tema. ¿Por qué?

Nos quedamos mirando durante unos segundos, mientras un pesado silencio cargado de tensión nos envolvía. Arrugó la frente y soltó el aire de golpe.

—Debería irme.

—¡¿Lo ves?! —le grité exasperada—. Lo estás haciendo de nuevo y es cruel. Apareces aquí, de madrugada, con una excusa de mierda para verme y, cuando intento corresponderte, escapas porque te asusta una situación que tú mismo has creado.

Alcé los brazos en un gesto de derrota y el ramo y los bombones cayeron al suelo. La bolsa salió volando. No me importó. Lo que de verdad me afectaba se encontraba frente a mí y no iba a permitirle que jugara con mis sentimientos.

—¡Genial! ¡Adelante! ¡Por mí puedes irte! Paso de ti y tus contradicciones. En dos días terminaré de catalogar esos malditos libros y dejaremos de encontrarnos. Y, visto lo visto, es lo mejor que podría pasar. Porque me gustas y creía que empezaba a haber algo especial entre nosotros. Lo que ahora me hace sentirme muy tonta, porque es evidente que solo me lo estaba imaginando.

Sabía que estaba siendo dramática e irracional, que mi comportamiento se debía al desorden de mis sentimientos. No dejaban de pasar cosas que no sabía cómo afrontar y me sentía desbordada. Me abrumaban los problemas con mi familia y no tenía ningún control sobre las emociones que Román había despertado en mí.

Inspiré de forma entrecortada. El pecho me ardía por la indignación y añadí con un dolor punzante:

—Terminemos cuanto antes con esta historia sin sentido. No tengo fuerzas para más dramas.

Bajé la vista y vi los bombones desparramados por el suelo. El lazo que sujetaba el ramo se había deshecho y la brisa arrastraba los pétalos secos que se habían desprendido. Esa imagen me hizo sentir muy triste.

De repente, esconderme bajo las sábanas de mi cama se convirtió en mi único deseo y en una necesidad. Cerrar los ojos, dejarme llevar por el silencio y la oscuridad, y olvidar. Olvidarlo absolutamente todo, incluso mi nombre.

¿Era mucho pedir?

Entonces noté una suave presión en mi muñeca. Mi mirada resbaló hasta ese punto y vi unos dedos largos envolviendo mi mano. Alcé la cabeza y me topé con el rostro de Román mirándome desde arriba, tan cerca que podía sentir el aire que exhalaban sus pulmones en mi piel.

Parpadeé.

No lo había oído acercarse.

Nos miramos a los ojos, como si no existiera más mundo que el espacio entre su cuerpo y el mío, mientras mi piel absorbía el calor de sus dedos. La expresión de su cara hizo que el pulso me latiera aún más rápido.

—¿Por qué te gusto? —me preguntó con la voz ronca.

—¿Y por qué no?

—Has visto como soy.

Sonreí apenada ante el desespero con el que pronunció esas palabras. Su mirada, suplicando mi comprensión, hizo que me doliera el alma.

—Puede que esa sea la razón. He visto lo malo, te esforzaste mucho por mostrármelo, pero también lo bueno.

—¿Y quieres estar conmigo pese a la persona que he demostrado ser?

—Me gusta cómo eres.

Sus ojos brillaron con tanto dolor y al mismo tiempo con tanto ardor que las rodillas me flaquearon. Un gemido escapó de sus labios entreabiertos.

—Lucía, tú crees que me conoces, pero no es así. Si me quedo, antes o después descubrirás lo peor de mí y sé que te defraudaré. Me rechazarás y no creo que pueda vivir con ese peso.

—¿Eso es lo que te da miedo, decepcionarme?

—¿Te parece poco?

Negué con la cabeza y me acerqué a él. Su mano apretó con más fuerza la mía y yo traté de ignorar el cosquilleo que se extendió por mi piel cuando pegué mi cuerpo al suyo. Alcé un poco más la barbilla.

—Román, ¿aún no entiendes que sigo aquí porque deseo saberlo todo sobre ti? Quiero que me muestres lo bueno y lo malo. Lo importante y lo insignificante. Incluso las partes que más temes que descubra. No creo que nada cambie el hecho de que me gustas mucho. No te rechazaré, te lo prometo.

Sus ojos revolotearon por mi rostro como si buscara la solución a un problema. Abrió la boca para decir algo, pero enseguida la cerró. Parecía que luchaba contra sí mismo. Tan vulnerable. Tan inseguro. Tomó aire con brusquedad y enmarcó mi rostro con su mano. Yo me aferré a su ropa, atrayéndolo hacia mí, cuando era imposible porque no había espacio que nos separara.

—Lo he intentado. De verdad que lo he intentado —susurró con la mirada suspendida en mis labios.

Y entonces me besó.

Cerré los ojos.

Me dejé envolver por sus brazos y sus labios. El corazón me latía furioso, mientras me perdía en su boca suave. Me colgué de su cuello y sus manos se deslizaron bajo mi blusa. Me acariciaron la cintura y viajaron sin prisa por mi espalda. Le mordí el labio y gimió muy bajito. Con los dedos rodeó el arco de mi nuca con firmeza. Un instante después, sentí el contacto de su lengua. Su sabor. Su calor.

Deseé vivir para siempre en aquel cúmulo de sensaciones imposibles. Su aroma llenando mis pulmones. Su mano en mi cadera. Los sonidos que escapaban de su garganta, como si besarme le provocara dolor y placer entremezclados. Su cuerpo duro presionando mi estómago. El nudo de excitación que me hacía querer fundirme con su piel.

Me lamió los labios y movió su boca suavemente por mi mejilla. Acarició mis párpados. Mi sien. El lóbulo de mi oreja. Me abracé a él con un estremecimiento, mientras su aliento dejaba un rastro húmedo a lo largo de mi cuello. Sorbió mi piel y ese gesto me excitó. Contuve el aire. Lo que estaba viviendo no parecía real. Era demasiado intenso. Y nunca me había sentido tan deseada como en aquel momento.

Me miró y yo le sonreí. Desdibujó esa curva con la yema de su pulgar.

Me alcé y posé mis labios sobre los suyos. Ávidos, febriles, sedientos.

No sé cuánto tiempo estuvimos besándonos, regalándonos caricias sobre la piel despierta.

Nunca había creído en las almas gemelas, pero era imposible que nuestros cuerpos tuvieran una afinidad tan profunda desde el primer instante sin estar destinados. Sin haber nacido para encajar con tanta perfección.

Solo entre ellos dos.

Solo nosotros dos.

Mitad y mitad.

Un todo predestinado a ser que encontró el momento preciso para suceder.

# 21

Laura era como un péndulo que no dejaba de oscilar de un extremo a otro.

Un día tenía que lanzarme al mar tras ella por miedo a que muriera ahogada.

Al otro, se iba de compras con mi abuela durante horas como si nunca hubiera tenido un problema.

Y al siguiente, se negaba a salir de la cama.

—A veces, por mucho que queramos poner remedio a las cosas y solucionarlas lo antes posible, solo podemos hacer aquello que está en nuestras manos. Y eso puede significar no hacer nada. Sé que suena frustrante y que no es lo que quieres oír, pero presionar a tu hermana en este momento solo la alejará aún más. Necesita tiempo, y a su familia, nada más —me había dicho mi abuela.

Y tenía razón, era frustrante y no me convencía, pero qué más podía hacer.

Solo esperaba que esta vez no se estuviera equivocando, porque sus palabras sonaban exactamente iguales a las que me había dicho en el pasado sobre mi madre.

Clic.

Giré el libro y enfoqué la contraportada, antes de apretar de nuevo el disparador.

Clic.

Importé las fotos y las añadí a la ficha. Guardé dos copias e incluí una tercera en la carpeta original. La cerré y apoyé los codos en la mesa al tiempo que me frotaba la cara con ambas manos. Contemplé la pila de libros que había sobre el escritorio y volví a contarlos pese a que sabía perfectamente cuántos había.

Seis.

Solo seis más y habría terminado.

No tenía ni idea de cómo me sentía al respecto. Si contenta por haber cumplido con la promesa que le hice a Eloy meses atrás o triste porque estaba segura de que echaría de menos cada minuto que había pasado en esa casa.

Suspiré.

Contenta o triste, en el fondo me sentía bien.

Después de todo, lo que tuvo un principio también tendrá un final.

Y unas cosas acaban para que puedan comenzar otras.

Una vez que lo comprendes y asumes que es natural, los cambios dejan de dar tanto miedo.

Levanté los brazos por encima de la cabeza y estiré la espalda. Eché un vistazo al reloj y vi que eran más de las ocho.

«Suficiente por hoy», me dije a mí misma.

Mientras recogía mis cosas, pensé en Román y mis mejillas enrojecieron de golpe. Me toqué los labios, aún irritados, y se me escapó una risita. No tenía ni idea de cómo definir nuestra relación a partir de ahora, tampoco si era necesario.

Exhalé el aire contenido en mis pulmones.

Me gustaba mucho, muchísimo. Todo él.

Y tenía unas ganas inmensas de volver a verlo.

Aunque, por lo que me había dicho, puede que tuviera que esperar. Hacía días que Román debería haber entregado la traducción de un libro, pero, entre unas cosas y otras, aún no había terminado el trabajo. El editor que lo había contratado estaba un poco molesto, con razón, y Román llevaba todo el día encerrado en su apartamento para finalizarlo.

Limpié la mesa y llevé a la cocina la taza y los dos vasos que había usado esa tarde.

Abrí el lavavajillas y los coloqué dentro. Al levantarme, unos brazos firmes me rodearon desde atrás, atrapándome en una jaula de piel cálida y suave, que olía de maravilla y en la que estaba dispuesta a quedarme de por vida.

Cerré los ojos cuando su aliento me acarició el cuello. Sentí un mordisquito bajo la oreja, y luego otro. Comencé a derretirme. Con el corazón desbocado, me di la vuelta entre sus brazos. Levanté la barbilla y me encontré con sus ojos de color caramelo mirándome. Me fijé en su sonrisa, en los hoyuelos que se marcaban en las comisuras de su boca y en que no llevaba camiseta. Me costó lo mío seguir respirando normalmente y no distraerme con unos pensamientos posesivos que no eran propios de mí.

—Hola —susurró apretándome un poquito más contra él.

Sonreí. Su mirada se posó en mis labios con una intensidad y un ardor que hicieron que toda mi inseguridad se esfumara. En el fondo, una parte de mí había temido que él pudiera arrepentirse del paso que habíamos dado. Llevaba todo el día pensando en esa posibilidad, que al reencontrarnos Román se mostrase de nuevo distante.

Nada más lejos de la realidad.

—¿No deberías estar trabajando?

—He terminado —respondió.

—¿En serio? —me sorprendí. Él asintió y su pecho se llenó con una inspiración—. Pensaba que tardarías mucho más.

Me agarró con ambas manos por la cintura y me alzó hasta sentarme en la encimera. Con un gruñido, se coló entre mis piernas y escondió el rostro en mi cuello. Lo envolví con mis brazos. Sentir su torso desnudo contra mí me estaba robando el aire.

—Solo necesitaba un poco de motivación para no perder el tiempo —respondió. Sus labios se movieron sobre mi piel, una caricia húmeda con la que alcanzó mi barbilla—. Quería verte.

Sentí que me ruborizaba y aspiré una bocanada de aire, temblorosa. Nos miramos a los ojos. Levantó una mano y enmarcó mi mejilla. Muy despacio, se inclinó y sus labios se posaron en los míos. Me besó sin prisa, con dulzura. Su boca era tan cálida y acogedora. Llevé mi mano a su nuca para acercarlo más a mí y nuestras lenguas se encontraron.

Román me recorrió la espalda con las manos, me acarició la nuca y las hundió en mi pelo. Me aferré más a él y nuestro beso se volvió aún más profundo. Empecé a notar un cosquilleo insoportable en la piel y tuve la sensación de estar derritiéndome por dentro. Me abrazó con fuerza y noté que mi cuerpo se despegaba de la encimera. Los latidos de su corazón rebotaban contra mi pecho.

Arriba se oyó una puerta y regresé a la realidad del momento.

—Román —susurré contra sus labios. No parecía escucharme e insistí—: Tu abuelo podría vernos.

Se apartó un poco y me miró. Tenía las pupilas dilatadas y un brillo travieso apareció en sus ojos. Encogió un hombro.

—No pasa nada, voy a decírselo de todas formas.

No esperaba una respuesta tan rotunda y una sensación de calidez indescriptible se apoderó de mi corazón.

—¿Crees que le importará?

—A ti te adora y piensa que yo soy un caso perdido, que estemos saliendo hará que duerma mucho mejor.

—Entonces, ¿estamos saliendo? —insistí.

Pensaba que no necesitaba una confesión ni una declaración, pero me di cuenta de que escucharla me calmaría.

Román arrugó la frente.

—¿No es así?

—El día de la tormenta, te oí discutir con Eloy. Dijiste que no te interesaba una relación y... Bueno... Cuando sales con alguien... Eso significa...

Me silenció con un beso. Cerré los ojos y, al abrirlos, él me observaba como si quisiera memorizar cada detalle de mi rostro.

—Y era verdad, hacía mucho que había perdido el interés. Hasta que apareciste tú, y fui consciente de que no podía ignorarte por más que lo intentaba. Pero en ese momento, ni siquiera me permitía imaginar que pudiera haber algo entre tú y yo. No eras una posibilidad, Lucía, y al mismo tiempo eras la única con la que podría intentarlo, porque solo contigo...

—Sigue —le pedí en un susurro.

—Solo contigo tengo estos sentimientos. —Puso la mano sobre su corazón e inspiró de forma entrecortada—. Me gustas de verdad y, si tú quieres, me encantaría que salieras conmigo.

Sonreí, mientras otra oleada de calor se apoderaba de mis mejillas. Sacudí la cabeza de una forma muy torpe.

Román me hizo alzar la barbilla con una mano. Contuve el aliento al perderme en su mirada y sentí que todo mi mundo comenzaba a girar a su alrededor. Se estaba convirtiendo en el sol de mi pequeña galaxia y era un pensamiento tan hermoso como aterrador.

—¿Eso es un sí? —susurró.

—Sí —respondí, y durante un instante una emoción asustadiza se enredó bajo mi piel, y un nudo de ansiedad me oprimió el estómago—. Pero prométeme que no me romperás el corazón.

Román me miró muy serio y tragó saliva. Después se inclinó y presionó sus labios junto a mi oído como si quisiera dejar una marca.

—Te prometo que intentaré que eso nunca pase —me susurró.

Su aliento caliente me hizo cosquillas y una punzada de deseo me atravesó. Intensa. Inesperada. Como una tormenta de verano.

Entonces, me envolvió con sus brazos y me estrechó contra él. Notaba su corazón latiendo con fuerza. El mío bombeaba sangre y adrenalina como un loco. Y mientras sentía su respiración en mi cuello, me di cuenta de que me estaba enamorando de él como nunca lo había hecho de nadie.

De alguien que nunca imaginé, pero que se había calado hasta mis huesos.

Por el que sentía tanto que me eché a temblar.

Porque aún no lo tenía.

Y ya me asustaba perderlo.

# 22

Al día siguiente, me desperté con el sonido de la lluvia y el olor a tierra mojada.

Me giré en la cama y contemplé la ventana abierta. El viento agitaba las cortinas y arrastraba pequeñas gotas que, poco a poco, habían formado un charco junto a la pared. Aparté la sábana y puse los pies en el suelo. Fui hasta la ventana y cerré los ojos con un suspiro de placer cuando la brisa fresca me alborotó el pelo e hizo desaparecer el sudor que me cubría la piel.

El cielo estaba completamente encapotado y a lo lejos el mar, sereno y tranquilo, reflejaba sus tonos grises. La luz del sol se filtraba con lentitud, envolviendo todo el paisaje con un resplandor perlado. El sonido suave y rítmico de la lluvia tamborileando sobre el tejado se mezclaba con el piar de los pájaros que se resguardaban en los árboles.

El mundo parecía sumido en una hermosa melancolía, como si la propia naturaleza supiera que era un día agridulce, en el que la ilusión de un nuevo comienzo caminaba de la mano de un recuerdo triste.

Un mañana y el ayer.

Román y Rubén.

Pensar en ellos al mismo tiempo me resultaba extraño y no estaba muy segura de cómo me sentía al respecto. ¿Estaba mal albergar sentimientos por Román cuando su hermano había sido mi primer amor? El corazón me decía que no. Sin embargo, el eco de una voz en mi cabeza no me dejaba tranquila. Dibujaba escenarios irreales en los que Román me acusaba de usarlo como sustituto, al descubrir el pasado que me unía a su hermano. En los que Rubén me juzgaba por la misma razón.

Fui hasta el armario, dejando un rastro de huellas húmedas en el suelo.

Rebusqué en el interior hasta encontrar mi caja de los secretos. Así la llamé cuando era niña y la decoré como un cofre destinado a guardar mis tesoros. Incluso le fabriqué una cerradura con dos alcayatas redondas y el candado de una vieja maleta, del que perdí la llave.

Me senté sobre la alfombra y la coloqué en mi regazo. Llevaba más de una década sin abrirla. Levanté la tapa y contuve el aliento. Estaba llena de fotos y pequeños recuerdos, como un collar que había pertenecido a mi madre, una antigua insignia de piloto de mi padre o el diploma que el ratoncito Pérez me había dejado a los seis años por ser la niña con los dientes más limpios.

No pude evitar reírme. Estaba firmado y hasta tenía un sello.

Lo dejé a un lado y saqué el sobre blanco. Dentro estaban los retratos que Rubén hizo para mí. Me costó un par de inspiraciones profundas abrirlo y volver a mirarlos. Recordé la noche que me los dio. Tan guapo, tan tímido. Éramos unos críos que no sabían nada de nada sobre la vida y el amor; aun así, nos quisimos con locura mientras nos imaginábamos creciendo juntos.

Ahora sentía como si todas esas cosas le hubieran pasado a otra persona.

Quizá porque la Lucía que era en este instante no se parecía en nada a la que había sido entonces. Porque el tiempo nos cambia. Dibuja partes nuevas y diluye las antiguas. Borra huellas. Da sentido y también lo quita. No se recupera, solo te ofrece la oportunidad de intentarlo de nuevo y hacerlo mejor.

Tampoco hay secreto que el tiempo no revele.

Y con esa certeza en mi cabeza, hice lo que me dictaba la conciencia.

Bajo el paraguas, mis pies me llevaron hasta el lugar en el que descansaba Rubén. Desde lejos, el columbario de granito blanco destacaba como una estrella en un mar de negros y grises. Me acerqué sin prisa, respirando el olor del mar, que en los días de lluvia se volvía mucho más espeso.

En mitad de un aluvión de recuerdos, me detuve frente al ángel y lo contemplé, consciente de que no muy lejos estaba la tumba de mi madre y que no había cumplido mi promesa de volver a visitarla. No es que la hubiera olvidado ni evitado. Simplemente, mis pasos no me habían conducido de forma consciente hasta allí.

Supongo que no soy de esas personas que encuentran paz y consuelo en un lugar así, sino la constatación de lo efímeros que somos y que al otro lado de esos muros el mundo sigue funcionando con completa normalidad, lo que me causa una profundo vacío y me hace plantearme cuestiones trascendentales sobre una nada en la que prefiero no pensar.

Me agaché, con una mano sosteniendo el paraguas y la otra abrazando mis rodillas.

—Hola, Rubén —dije en voz baja—. Ha pasado tanto tiempo desde que te fuiste... No sé si te estarás preguntando qué hago aquí. Hasta hace un momento, yo me hacía la misma pregunta. He venido para hablar contigo como lo hacíamos antes, ¿recuerdas? Yo parloteaba como una cotorra y tú solo me escuchabas... Han ocurrido muchas cosas que tengo que contarte y... también quiero decirte ese «adiós» que no pude entonces. —Cerré los ojos unos instantes—. No imaginas lo mucho que me dolió perderte, cuánto me costó aceptar que te habías ido para siempre. Fuiste mi mejor amigo, y me salvaste cuando más necesitaba a alguien a mi lado que me comprendiera.

Me quedé en silencio unos segundos y después continué.

Le hablé de lo importante que él fue para mí, de todo lo que había significado y de lo feliz que me había hecho durante el tiempo que estuvimos juntos. Le conté cómo me habían ido las cosas tras su marcha. Cómo mi vida había ido cambiando con el paso de los años, hasta traerme de vuelta a Vila Mareva. De qué forma me estaba esforzando ahora por ser una mejor persona. Por cerrar esos círculos de autocompasión y soledad en los que me había acomodado. Y que no me habían hecho ningún bien.

Le hablé de cómo había conocido a su abuelo en ese mismo lugar y de la amistad tan bonita que estábamos construyendo. De la biblioteca y del trabajo que hacía allí para cumplir el sueño de su abuela. De lo emotivo que había sido para mí recuperarlo en mi memoria a través de las fotografías y todos los recuerdos que había en su casa.

Por último, le hablé de su hermano. Le abrí mi corazón sin ninguna reserva y compartí con él mis emociones: el amor, la ilusión, el miedo que sentía, y esos ecos de culpa y traición que a veces lo afeaban todo. Le rogué que me comprendiera, que entendiera que mis sentimientos por Román habían sido inevitables. Que tratando de desenredarlo había acabado enamorándome de él.

No sé cuánto tiempo estuve allí, charlando con Rubén. Pero cuando me puse en pie, había dejado de llover y el sol se abría paso entre las nubes, que se disipaban convertidas en jirones.

—Siempre te voy a recordar y en mi corazón existe un lugar que solo es tuyo. Espero que te alegres por mí y que, allí donde estés, seas feliz.

Inspiré hondo y alcé la mano en un gesto de despedida.

—Hasta luego, Rubén.

# 23

Estaba a punto de salir hacia la villa de los Vinent cuando recibí un mensaje de Román.

**Román:** No estaremos en casa cuando llegues, pero ya sabes cómo entrar. Nos vemos más tarde. 😉

Sonreí. El corazón me aleteaba como un colibrí y noté que me ardían las mejillas. Un solo mensaje de su parte detonaba en mi interior como un castillo de fuegos artificiales. Sentí la necesidad imperiosa de volver a verlo, pero iba a tener que esperar.

Cogí las llaves del coche y me dirigí al garaje.

Una vez en marcha, encendí la radio y subí el volumen. Sonaba *You Belong With Me* de Taylor Swift y empecé a cantar a pleno pulmón. Me reí al darme cuenta de lo mucho que estaba desafinando. Cantar no era lo mío, pero qué importaba. Bajé las ventanillas y el viento me alborotó el pelo. Me subí las gafas de sol a modo de diadema para apartarlo y que no me molestara, aunque no sirvió de mucho.

—*If you could see that I'm the one who understand you... You belong with me...*

Sentí un hormigueo de felicidad en todo el cuerpo conforme recorría la carretera y divisaba el paisaje que se abría a mi alrededor; pinceladas verdes, amarillas y marrones que iba dejando atrás.

Minutos más tarde, aparcaba en la entrada de la villa. Salí del coche y, en lugar de ir directa al portón, troté hasta el olivo. Miré a mi alrededor y, cuando estuve segura de que nadie me observaba, levanté la piedra falsa que Eloy me había enseñado hacía semanas y saqué el juego de llaves que escondían allí.

El día que me las mostró y me dijo que podía usarlas siempre que las necesitara, casi me eché a llorar.

Una vez dentro, dejé el bolso sobre la isla de la cocina y abrí la nevera. Cogí una botella de agua, un vaso de café frío y me dirigí a la biblioteca. Como hacía bastante calor, en lugar de abrir la ventana, encendí el termostato del aire acondicionado.

Contemplé el montón de libros que había sobre la mesa y suspiré. Registrarlos no me llevaría más de un par de horas y, después, se acabó. Habría terminado. Giré la cabeza y miré la foto de Marta que colgaba de la pared. No había tenido la suerte de conocerla, pero Eloy me había hablado tanto de ella que era como si lo hubiera hecho. Quise creer que en ese momento se sentiría muy feliz al ver que su sueño estaba a punto de cumplirse.

—¡Vamos a celebrarlo! —exclamó Eloy.

Estaba tan emocionado que no pude negarme.

Me senté en el porche, donde me había pedido que lo esperara, y no tardó en aparecer con una botella de champán rosado y un par de copas. Tras descorcharlo, lo sirvió con una exagerada ceremonia que me hizo reír con ganas. Se le veía tan feliz.

—Por ti, mi ángel —dijo mientras alzaba la copa.

—Por Marta —brindé con él.

—Por Marta —repitió sin apenas voz y un brillo acuoso en sus ojos.

Di un sorbito y las burbujas me hicieron cosquillas en la nariz. La bebida estaba muy fría y sabía bien. Bebí otro poco, aun sabiendo que luego no podría conducir. La ocasión lo merecía. Salí del porche y mis pies descalzos se hundieron en el césped del jardín. Observé el cielo, teñido de un violeta oscuro que pronto estaría colmado de estrellas, y suspiré feliz. ¿Cómo algo tan sencillo, en apariencia nada especial, podía ser tan placentero?

Eloy se detuvo a mi lado.

—Espero que de verdad sigas visitando esta casa.

Ladeé la cabeza y le dediqué una sonrisa.

—Le prometí que lo haría y yo siempre cumplo mis promesas.

Me sonrió con afecto y después su mirada se posó en un punto a lo lejos. Nos quedamos en silencio, viendo cómo las últimas luces del día se desvanecían en el horizonte y la luna aparecía en lo alto. La brisa que soplaba era fresca e inspiré hondo. Sentí cómo mis pulmones se llenaban de un aire impregnado de jazmín y hierbabuena.

Y respiré.

Solo respiré.

Quería disfrutar de ese momento.

Sin embargo, mis sentidos estaban en otra parte.

Oí un ruido a mi espalda. El corazón me dio un vuelco y giré la cabeza de golpe, esperando encontrarme con su sonrisa y sus ojos de color caramelo clavados en mí. Con decepción, comprobé que solo se trataba de un pajarito que se había posado sobre una de las macetas que colgaban de las vigas de madera del porche.

—No creo que salga en un rato. Hoy está siendo un día duro para él y necesita su tiempo —me dijo Eloy.

Noté calor en las mejillas al sentirme descubierta. ¿Tan evidente era mi interés en Román que hasta Eloy se había dado cuenta?

—¿Lo dice por el aniversario de... de la partida de Rubén?

—Partida —susurró Eloy con una leve sonrisa—. Me gusta ese modo de expresarlo. —Asintió en respuesta a mi pregunta—. Román nunca va al cementerio, solo lo visita el día que conmemoramos el fallecimiento de su hermano y porque yo se lo pido. Después de tantos años, sigue siendo muy difícil para él. Aun así, siempre intenta acompañarme de buen grado y se lo agradezco.

Así que esa era la razón por la que habían estado fuera toda la tarde.

Nos quedamos en silencio, bebiendo sorbitos de champán. Al cabo de un rato, mi atención se distrajo con la habitación cerrada que había al fondo del jardín. Me tenía intrigada desde el primer día. El motivo de su abandono, lo que escondía en su interior bajo aquellas sábanas, a quién había pertenecido. No sé qué me llevó a lanzarme.

—¿Puedo hacerle una pregunta?

Eloy me miró y dijo que sí con la cabeza.

—¿Qué hay en esa habitación?

Él siguió la dirección de mis ojos y pude ver cómo contenía el aliento. Dejó escapar el aire muy despacio. Sonrió, aunque su mirada se había ensombrecido por algo desconocido.

—No sabría decirte qué hay dentro, pero es un estudio de escultura que construí para mi hijo cuando tomó la decisión de estudiar Artes Creativas. Quería que tuviera un lugar aquí, en el que pudiera seguir trabajando durante el tiempo que pasaba en Vila Mareva. Cuando Rubén murió, él dejó de venir y quedó abandonado hasta que Román lo hizo suyo.

Suspiró de nuevo y su expresión seria se suavizó un poco. Continuó hablando:

—Se pasaba los veranos encerrado entre esas paredes. Piedra, madera, metal, yeso, cera... Le daba forma a cualquier cosa, aunque lo que más le gustaba era trabajar con arcilla. Tenía tan claro que ese era su camino que se matriculó en Bellas Artes. No debería haber renunciado —se lamentó.

—Román me contó un poco sobre esa parte de su vida.

Eloy abrió mucho los ojos y arrugó la frente. Parecía realmente sorprendido.

—¿En serio? ¿Y qué te contó?

—Que abandonó porque no era lo bastante bueno.

Eloy apartó la mirada y apretó los labios. Sacudió la cabeza, como si algo lo molestara y al mismo tiempo lo discutiera consigo mismo. Hizo un ruidito con la garganta, una risita sarcástica impregnada de amargura.

—Eso te dijo, ¿eh? —resopló, y yo asentí—. No es verdad, fue por todo lo contrario.

—¿Qué quiere decir?

—Román nació con un don, Lucía. Era capaz de hacer que un trozo de barro cobrara vida y te hiciera sentir mil emociones. ¿Sabes lo difícil que es eso? Pues él lo conseguía con la misma facilidad que respiraba.

Arrugué la frente, confundida. No entendía por qué Román me había mentido, desmereciendo su talento, y, por lo que su abuelo sugería, era un verdadero artista.

—Entonces, ¿por qué abandonó?

—Ocurrió algo que nunca debió pasar, pero no me corresponde a mí contártelo. Y conociendo a mi nieto, tampoco creo que él lo haga por el momento —aseveró, adelantándose a mi pregunta—. Si eres paciente, acabará confiando en ti. Con suerte, también volverá a creer en sí mismo.

En ese instante, sonó su teléfono. Le echó un vistazo a la pantalla y frunció el ceño.

—Lo siento, debo atender esta llamada.

A continuación, se marchó y yo me quedé allí, en medio del jardín, con una copa vacía en la mano y mi mente girando en un torbellino de pensamientos. De preguntas sin respuesta, que aún no me sentía con la confianza suficiente para plantear. Tampoco quería forzar el aún frágil vínculo que Román y yo estábamos creando.

No parecía que Eloy fuese a regresar pronto, así que recogí la copas y la botella de champán, ya caliente, y las llevé a la cocina. Después entré en el aseo. Me humedecí la cara, un poco colorada por el alcohol, y me observé en el espejo mientras me secaba las manos.

Al salir, me topé de frente con Román. Me estaba esperando.

Una sonrisa traviesa se dibujó en su cara al verme. Sin darme tiempo a reaccionar, me tomó de la mano y me llevó consigo a través del pasillo.

—¿Ni siquiera vas a saludarme?

Me miró por encima del hombro y me guiñó un ojo sin decir nada.

Mi pecho se agitó como si estuviera lleno de burbujas que me hacían cosquillas al explotar.

Él empujó la puerta que comunicaba la casa con sus habitaciones. Nada más entrar, se dio la vuelta y la cerró con una mano.

—¿Qué estás ha...?

Mis palabras se apagaron entre sus labios. Su lengua se enredó con la mía, mientras su cuerpo me aplastaba contra la pared y sus brazos me envolvían por completo. Llevé mi mano a su nuca para acercarlo más a mí. Él reaccionó con un gemido y me besó de un modo tan apasionado que cada célula de mi cuerpo reaccionó temblando.

Me costaba respirar y, aun así, ávida por sentirlo mucho más cerca, le rodeé el cuello con los brazos y mis caderas salieron al encuentro de las suyas. Atrapé su labio inferior entre los dientes. Coló las manos bajo mi ropa y me derretí al notar sus dedos en contacto directo con mi piel, trepando por mis costillas hasta alcanzar la curva de mis senos.

Cualquier atisbo de timidez que pudiera sentir se esfumó en ese momento, ante la loca y urgente necesidad de que continuara tocándome. Enredé las manos en su pelo y gemí. La respiración de Román se tornó más agitada. Sus movimientos, impacientes. Pero continuó acariciándome como si fuese algo muy valioso que pudiera romperse, lo cual me desesperaba, porque yo necesitaba más.

Me atreví a subirle la camiseta y noté el contacto de su piel cálida y suave. Recorrí su espalda y hundí mis dedos en sus hombros. En respuesta, aspiró con brusquedad y recorrió mi cuello con su lengua. Bajó por mi escote.

—Me encantas.

Su voz grave y ronca me provocó un escalofrío. Me dio un mordisquito y respiró sobre mi piel, recuperando el aliento, como si se estuviera conteniendo para no adentrarse en zonas más prohibidas.

Por si aún tenía dudas, presioné mi pelvis contra la suya. Jadeó al instante y me miró. Me mordí el labio y bajé las manos hasta el final de su espalda. Las planté en su trasero sin el más mínimo control sobre mis actos. Su mirada se oscureció y volvió a apoderarse de mis labios.

De pronto, sonaron unos golpecitos en la puerta y nos quedamos inmóviles.

—¿Román?

—Sí, abuelo —respondió contra mi boca.

—¿Has visto mi chaqueta? No la encuentro y en uno de los bolsillos llevo la cartera.

Me miró a los ojos y me acarició la mejilla con un gesto cargado de ternura.

—La he colgado en el armario de la entrada.

—Gracias.

Sus pasos se alejaron.

Román presionó sus labios sobre los míos y sonrió. Después me abrazó con fuerza, como si de repente estuviese ansioso por motivos que no tenían nada que ver con la interrupción, que había frustrado la que podría haber sido nuestra primera vez. Le acaricié la espalda, y pensé en lo mucho que me gustaría desenredar sus pensamientos. Separar los buenos de los malos y deshacerme de los que le hacían daño.

—¿Estás bien? —le pregunté.

—Ahora sí —fue su respuesta.

—¿Y antes no?

—Te echaba de menos.

Le creí, pero no era toda la verdad. Una parte quedó ahogada en el suspiro que escapó de su pecho y rozó el pulso que me latía en el cuello.

Me aparté para mirarlo. Alcé la mano y acuné su mejilla despacio. Luego le acaricié los labios. Me besó las puntas de los dedos y las apretó contra su boca. Sentí que se me atascaba la respiración mientras lo observaba. Era tan difícil de leer bajo todas esas capas que lo cubrían.

Tan real y difuso al mismo tiempo.

Tan frágil y fuerte.

Tan contradictorio.

Me besó la palma de la mano y me sonrió.

—¿Tienes planes para esta noche?

—¿Me estás invitando a salir?

—Eso parece.

Fruncí los labios con un mohín.

—Seguro que puedes hacerlo mucho mejor.

Dos puntitos rojos aparecieron en sus mejillas y dejó escapar una risita.

—Señorita Serra...

—¿Sí?

—¿Me concedería el inmenso honor de disfrutar de su compañía esta noche?

Me encantaba cómo me seguía el juego sin dudar.

Suspiré de forma exagerada, como si el espíritu de una dama victoriana me hubiera poseído, y pestañeé. Separé los labios, pero no pude responder porque me entró un ataque de risa. Lo intenté de nuevo, imposible. No podía detener las carcajadas.

Román me miraba con una sonrisa enorme pintada en los labios y una expresión en su rostro que no supe definir.

Y aun así deseé con todas mis fuerzas que nunca dejara de mirarme de ese modo.

Que sus ojos me persiguieran con esa emoción el resto de mi vida.

Que esa chispa se convirtiera en el faro que iluminara mis días de tormenta.

# 24

—¿Hay algún sitio al que quieras ir? —me preguntó Román cuando subimos a su coche.

—Ninguno en particular. ¡Sorpréndeme!

Sus ojos brillaron divertidos. Subió el volumen de la música y pisó el acelerador.

Dejamos atrás los campos y nos fuimos a la costa. La carretera discurría junto al mar y de noche las vistas eran increíbles con la luna reflejándose en el agua, tan oscura como el cielo estrellado que la cubría. Miré por la ventanilla y suspiré relajada. El momento era perfecto, con él a mi lado, escuchando música, sin saber adónde íbamos, viviendo el ahora.

Me sobrecogía darme cuenta de que Román estaba derribando todos mis muros que creía impenetrables. Que mis defensas se venían abajo con el sonido de su voz, sus miradas y sus caricias.

Que me enloquecía, pero me encantaba.

Que yo tenía el mismo efecto en él y nos estábamos volviendo adictos a cómo nos hacíamos sentir. Menos rotos y más completos. Menos heridos y más felices.

Román tomó mi mano y la sostuvo mientras nos alejábamos de Vila Mareva. Sus ojos se desviaban hacia mí de vez en cuando y notaba su sonrisa cada vez que lo hacía.

Unos minutos más tarde, se dirigió hacia un pueblecito de casas blancas y barcas varadas en la arena. Lo atravesamos y, al llegar a un cruce, tomó un camino de tierra que se adentraba en una arboleda de pinos. Solo se veía el paisaje que abarcaba la luz de los faros.

De repente, los árboles desaparecieron y frente a nosotros surgió una pequeña explanada colgada sobre el mar, rodeada por un murete de piedra, en la que había aparcados unos cuantos vehículos.

Román paró el coche.

—Ya hemos llegado.

Me enderecé en el asiento. No se veía nada salvo oscuridad y el mar al fondo. Lo miré con la frente arrugada.

—¿Me has traído a un picadero?

Román me miró con los ojos muy abiertos, sorprendido. De golpe, rompió a reír a carcajadas. Me quedé mirándolo, mientras él se desternillaba, y todo cuanto me rodeaba perdió importancia. Solo existía el brillo de sus ojos, ese sonido vibrante que parecía salir de su corazón y que me transmitía una sensación de calidez acompañada de un revoloteo en el estómago.

Sin darme tiempo a reaccionar, me rodeó la nuca con una mano y me atrajo para darme un beso. Sus labios presionaron los míos con fuerza.

—Es tan tentador que se me podría haber ocurrido, pero solo quiero invitarte a cenar. Aunque si luego te apetece... —me dijo con un tonito pícaro. Lo empujé para apartarlo y soltó otra risotada—. Vamos, seguro que tienes hambre.

Bajé del coche y me acerqué al muro. Al asomarme, descubrí a nuestros pies una playa, a la que se descendía por una escalera, iluminada con antorchas solares. Abajo se veía lo que parecía una antigua casita de pescadores, reconvertida en taberna. Tenía una amplia terraza, con postes en las esquinas de los que colgaban guirnaldas de luces, y varias mesas.

Román me tomó de la mano y bajamos juntos.

Lo seguí por una pasarela de madera que conducía a la terraza.

Un camarero salió a nuestro encuentro y, tras saludarnos, nos llevó hasta una mesa para dos en la esquina más próxima a la orilla. Nos sentamos y miré a mi alrededor con una sonrisa. Las olas rompían tan cerca que podías notar en la piel las gotitas de espuma que arrastraba la brisa.

Pedimos varios platos para compartir y kombucha de jengibre y limón para beber.

Permanecimos en silencio un ratito, disfrutando del ambiente y la música suave que sonaba de fondo. No tardaron en servirnos la cena y Román no dejó de bromear en ningún momento. Se me llenaba el pecho con una sensación muy dulce al verlo sonreír tan relajado.

—Y ahora que has terminado de catalogar la biblioteca, ¿qué vas a hacer? —me preguntó mientras devorábamos unas tortitas de manzana asada con helado de chocolate.

Lamí la cuchara, pensativa.

—Supongo que tomarme las vacaciones que no he tenido en los tres últimos años —respondí.

—¿Por qué creo que tu antigua jefa te explotaba?

—En realidad, no lo hacía. Era yo la que prefería trabajar.

Román hizo una mueca de espanto.

—¿Por qué?

—Me gustaba mi trabajo y me mantenía tan ocupada que, cuando tenía tiempo libre, no sabía qué hacer.

—¿Y qué pasa con el tío con el que salías?

—¿Qué pasa con él?

—¿No ibais de vacaciones o hacíais cosas juntos?

—Bueno, el trabajo de Óscar también era muy absorbente. Además, él siempre pasaba las vacaciones en el pueblo de sus abuelos, con toda su familia, y no era un plan muy apetecible para mí. —Con la punta de la cuchara tomé otro poco de helado y lo saboreé antes de continuar hablando—: Con sus ingresos tampoco podía hacer mucho más, y no se sentía bien con la idea de que yo cubriera los gastos de un viaje juntos. Y sí, podría haber ido sola o con amigos, pero me sentía fatal con solo pensarlo.

—No me cae bien tu ex —refunfuñó.

—No es un mal tío —me reí.

Él ladeó la cabeza, más serio, y me observó.

—¿Aún sientes algo por él?

—No, nada.

—¡Qué seguridad!

—Pues sí —repliqué y le saqué la lengua con un gesto burlón que le hizo sonreír—. Cuando rompimos y tomé distancia, me di cuenta de que nunca llegamos a enamorarnos. No nos amábamos. Éramos amigos desde hacía bastante y... simplemente... convertimos esa amistad en algo más cómodo para los dos.

Román apoyó los codos en la mesa y entornó los párpados.

—¿Cómodo? ¿Qué significa eso?

Se me escapó una risita y me puse roja.

—No lo sé, no se me ha ocurrido otra palabra.

—¿Y te sientes cómoda conmigo? —Puso un énfasis especial en la pregunta.

Bajé la mirada un momento y tragué saliva.

Cuando estaba con Román, mi pulso siempre latía acelerado y a mis pulmones les costaba llenarse. Mi piel se erizaba cada vez que percibía su mirada y, bajo ella, notaba una corriente eléctrica que calentaba partes de mí que se estremecían con un agradable a la vez que tortuoso cosquilleo con solo sentir el roce de sus labios. Con él me sentía impaciente, despierta, viva. Me hacía sentir yo misma, a lo que aún no me había acostumbrado.

Por lo que no, no me sentía cómoda.

Porque estar con él era como subirse a una montaña rusa de la que no quería bajar.

Lo miré en silencio, mientras una sonrisa traviesa asomaba a mis labios. Hundí la cuchara en el helado y me la llevé a la boca. Lo degusté despacio, disfrutando del sabor y el anhelo con el que Román me observaba en ese instante.

Se repantigó en la silla con las mejillas rojas y respiró como si le faltara el aire.

—¿Y qué harás después de esas merecidas vacaciones? —me preguntó.

—Buscaré un trabajo, aunque imagino que en un pueblo tan pequeño como el nuestro no habrá muchas ofertas y tampoco podré ser muy exigente.

—Sabes que mi abuelo te contrataría sin dudar, ¿no? A las bodegas les vendría bien una publicista que se encargue de la comunicación.

—Quiero conseguir un trabajo por mí misma y no por enchufe —repliqué.

—¿De verdad crees que te daría trabajo como un favor? Has demostrado ser muy competente y responsable, y eres capaz de asumir retos y llevarlos a cabo sin ningún problema. Aprendes rápido y hasta sacrificarías tus vacaciones. ¿Quién no querría contratarte?

Me mordí el labio inferior sin apartar los ojos de él.

—Sabes cómo hacer que una chica se sienta especial.

—Eres especial.

Alargó el brazo por encima de la mesa y tomó mi mano.

Entrelazó sus dedos con los míos y los estrechó con suavidad. Yo no supe qué decir, me desarmaba por completo cuando hacía esos comentarios tan dulces. Cuando me miraba como si no hubiera nada más en el mundo que mereciera su atención. Solo yo.

—¿Te apetece que demos un paseo? —me propuso.

Acepté sin dudar.

Tras pagar la cuenta, caminamos de la mano hasta la orilla. El sonido del mar nos arropó mientras nos alejábamos de la taberna y la oscuridad nos envolvía. La luna brillaba en el cielo, iluminando con su tenue luz nuestros pasos. En el mar, las siluetas de unos pescadores y sus barcas se dibujaban en el horizonte mientras navegaban sobre su estela.

Pensé que era un momento perfecto, como lo son todas las cosas sencillas y bonitas.

Con los dedos aún entrelazados, Román tiró de mi mano para que me sentase en la arena junto a él. No hablamos. No hacía falta. Los únicos sonidos que nos acompañaban eran los del mar y el viento, que se fundían con el burbujeo de la espuma que nos rozaba los pies.

Incliné la cabeza hacia delante y miré su perfil. Se había sumido en sus pensamientos y me permití observarlo. Tan guapo por fuera. Tan complicado por dentro, como un ovillo lleno de nudos, y yo quería desenredarlos todos. Los que podía ver a simple vista y los que me quedaban por encontrar.

Su pecho se llenó con una silenciosa respiración y apretó los labios.

El cielo se reflejaba en sus ojos, también un sentimiento de tristeza que había aparecido de la nada. Y en ese instante volví a ser consciente del día que era, de lo que significaba para él.

—¿Estás pensando en tu hermano? —me atreví a preguntar. Sus hombros se tensaron—. Eloy me ha contado que habéis visitado el cementerio.

Durante unos segundos, se me quedó mirando en silencio. Luego asintió poco a poco.

—Vamos todos los años —musitó.

—Yo también he ido hoy —le confesé.

Esa misma mañana había tomado la decisión de ser sincera con él y hablarle de mi relación con Rubén. No quería que hubiera secretos entre nosotros que, con el tiempo, pudieran convertirse en un problema. Sentía que era lo correcto y, aunque quizá no fuese la mejor ocasión, ¿qué otra podría serlo?

Román ladeó la cabeza y me contempló muy serio. En su mirada había aparecido un brillo distinto que me desconcertó. Por un momento dudé, pero fingir que no había dicho nada ya no era una opción.

Tomé aliento.

—Hay algo que quiero contarte desde hace un tiempo —empecé a decir—. Yo... yo conocí a Rubén. Fue poco después de que os mudarais aquí y comenzara el instituto. Nos hicimos amigos y pasábamos mucho tiempo juntos. Eso hizo que nos acercáramos cada vez más y que entre nosotros naciera...

De repente, Román levantó la mano para que me detuviera. Me miró fijamente y tragó saliva. En sus ojos había aparecido una emoción más oscura y profunda que cualquier otra que yo hubiera podido ver en ellos hasta ahora.

—Por favor, no sigas —me pidió en un susurro.

Se me encogió el estómago, no esperaba esa reacción. Guardé silencio, tal como me había pedido, y me quedé con un montón de preguntas por formular y una sensación rara en el pecho. Dejé escapar el aire que estaba conteniendo, mientras mi mirada se perdía en las olas que rompían muy cerca de mis pies.

—Lo siento —musitó al cabo de un rato.

—No pasa nada.

—Sí que pasa, o no lo habrías mencionado. —Hundió los hombros y se frotó la nuca—. Sea lo que sea lo que quieres contarme, no necesito saberlo. No hace falta y tampoco cambiará nada. Déjalo así, ya quedó atrás.

—Pero...

—Sé que crees que debes explicármelo, porque tiene que ver con mi hermano, pero es mejor que no. Agradezco que quieras ser sincera conmigo sobre esa historia, de verdad. Lo valoro muchísimo, pero ha pasado media vida desde entonces, mi hermano ya no está y prefiero no hablar de él. —Negó con la cabeza y tragó saliva—. ¿Podemos centrarnos solo en el ahora y en nosotros? Solo nosotros.

Noté que me picaban los ojos y la nariz, y tuve que esforzarme para mantener la compostura. Me dieron ganas de abrazarlo al verlo tan vulnerable. De besarlo hasta que la tensión de su rostro se relajara.

—Sí, claro que podemos —le aseguré.

Y en ese mismo momento, le prometí en silencio que no volvería a mencionarle a Rubén. Aunque no entendía de dónde nacía ese rechazo tan visceral hacia una parte tan importante de su vida, ni sus razones para silenciarlo pese a que yo formaba parte. Sin embargo, me dije a mí misma que no necesitaba saberlo, porque lo único que deseaba era que desapareciera de sus ojos aquella expresión tan triste.

Román se tumbó de espaldas, con un brazo bajo la nuca y el otro sobre el estómago. Cerró los ojos. Lo observé sin apenas respirar. Al cabo de unos segundos, me tumbé a su lado y me dediqué a contemplar el cielo. Noté que giraba su cuerpo hacia mí. Se incorporó sobre el codo y me miró desde arriba. Aparté la vista de las estrellas y la posé en sus ojos.

Alargó la mano y me acarició la cara. Recorrió el puente de mi nariz con los dedos, los deslizó por mis labios, separándolos con el pulgar, y continuó hasta mi garganta. Se detuvo sobre mi pulso, que latía descontrolado, y apretó los párpados un instante.

Inspiró y abrió la boca como si fuese a decir algo, pero no lo hizo.

—¿Qué? —le susurré.

—Nada, es que siento que he estropeado la noche.

—No lo has hecho —le aseguré.

—He jodido el ambiente.

—Román...

—No es que no desee hablar de mi hermano porque no lo quisiera, lo... lo quiero —dijo abruptamente—. Es solo que siempre fuimos él y yo, inseparables para todo y para todos. Como si, en lugar de ser solo gemelos, hubiéramos nacido siameses obligados a compartir cada segundo. Como si... como si yo no tuviera derecho a ser alguien más que solo su hermano. A ser yo mismo. Con cosas que solo me pertenezcan a mí. Aún hoy sigue siendo así, siempre está presente, como una sombra pegada a mis talones, recordándome que tengo la vida que él no pudo y lo poco que la merezco.

—¿Cómo puedes pensar eso?

—No soy yo quien lo piensa —dijo más para sí mismo que para mí. Supe por instinto que se refería a sus padres, y las palabras que dijo a continuación me lo confirmaron—: Siempre lo creyeron, incluso mucho antes de que me descarriara y mi hermano muriera, y se encargaron de que lo tuviera muy presente.

Respiré hondo y levanté el brazo para posar la mano en su mejilla. Jamás se me había pasado por la cabeza que Román hubiera podido sentirse así con su hermano, que hubiese crecido sin una identidad propia porque, en cierto modo, los adultos que debían cuidar de él se la habían negado. ¿Y de qué lo responsabilizaban exactamente?

Pensar en la respuesta me condujo a mi propia familia. A mí y mi relación con mi hermana. Y a darme cuenta de que no se puede comprender lo que no tiene ningún sentido. También a recordar que Rubén nunca me habló de Román ni de nadie de su familia. Nunca. Ni yo se lo exigí.

Me sentí mal por haber traído el pasado de vuelta, porque la única razón había sido mi egoísmo. Para sentirme yo bien y silenciar la voz de mi conciencia. Porque lo que teníamos era solo nuestro, nacido en el ahora, en el presente, y yo había tratado de incluir a una tercera persona que no tenía nada que ver. Esa era la verdad.

—Lo lamento mucho.

—Por favor, no me tengas lástima.

—No lo hago. Lo lamento porque ahora lo entiendo y tienes razón.

Curvó ligeramente los labios, pero era más una mueca que una sonrisa.

—Seremos nosotros y solo nosotros. Siempre será así.

Me miró y la esperanza que irradiaban sus ojos me dejó sin respiración unos instantes. Ladeó la cabeza y besó mi mano. Acto seguido, se inclinó muy despacio y me besó en los labios con suavidad. Me supo más a una muestra de gratitud que a un gesto íntimo. Apoyó su frente sobre la mía unos segundos y me besó la nariz. Después se hizo un ovillo, mientras reclinaba la cabeza en mi pecho y se abrazaba a mi cintura.

Incapaz de no tocarlo, hundí mi mano en su pelo. Deslicé los dedos entre sus mechones, una y otra vez. Me estrechó más fuerte, como si a nuestro alrededor solo hubiese vacío y mi cuerpo fuese lo único que impedía que cayese.

Román tenía muchas heridas que yo no lograba ver y que él se empeñaba en ocultar.

Cerré los ojos e imaginé que una a una las hacía desaparecer.

Lo acuné entre mis brazos, e ignoré el nudo que se me había formado en la garganta al darme cuenta de que no estaba acostumbrado a que lo tocasen para consolarlo. Para inspirarle seguridad y aplacar sus miedos. Al tomar conciencia de que el amor y el afecto estaban entre sus carencias y aun así se esforzaba por dármelos.

Yo podía entenderlo mejor que nadie.

Poco a poco, la tensión de sus hombros y la rigidez de sus brazos se fue disipando.

Me atrajo más hacia él, como si no estuviera ya lo bastante cerca. Sentí sus labios en mi escote. Una suave presión y su respiración ardiente. Otro beso, ahora en mi cuello. En la barbilla. Bajo la oreja. En la boca. La abrí para permitir que su lengua encontrara la mía y, cuando se enlazaron, todo mi interior se estremeció.

Le rodeé la espalda con un brazo y con el otro la nuca, y lo presioné hacia mí.

Lentamente coló su mano bajo mi camiseta. Me acarició el estómago y la curva que dibujaba mi pecho. Lo cubrió con la mano y me arrancó un suspiro. Sí, eso me gustaba, y arqueé la espalda al notar sus dientes a través de la ropa. Apreté los párpados, perdiéndome en las sensaciones.

Me robó el aliento con otro beso y deslizó las puntas de los dedos hacia abajo, hasta que la palma de su mano desapareció bajo la cintura de mi pantalón. Mi vientre se contrajo y una explosión de calor se concentró entre mis piernas. Un acto reflejo me hizo sujetarle la muñeca, porque la sensación era demasiado intensa.

Se detuvo y me miró.

—No haré nada que no quieras —susurró preocupado.

Sonreí. Nos quedaba tanto por enseñarnos el uno al otro.

—Sigue —le pedí mientras empujaba su mano para que me tocara.

Y lo hizo. Se abrió paso sin apartar sus ojos de los míos, atento a mis gestos y mis sonidos. Descubriéndome. Aprendiéndome. Encontrando mi ritmo y marcándolo con cada gemido, cada jadeo, cada bocanada de aire que atrapaba en sus labios.

Y continuó hasta que empecé a temblar y acabé derritiéndome entre sus dedos.

Le sostuve la mirada mientras recuperaba el aliento y pequeñas réplicas de placer se movían como la marea dentro de mi cuerpo. Sus labios se curvaron en una sonrisa traviesa, satisfecho de sí mismo.

Levanté la cabeza y besé esa sonrisa que tanto me gustaba.

Rodé sobre mí misma y me coloqué encima de él.

Yo también quería descubrirlo.

Aprenderlo.

Ver cómo se estremecía entre mis manos.

# 25

Después de aquella noche, Román y yo nos hicimos inseparables.

Los días fueron transcurriendo y, entretanto, sumábamos encuentros y momentos.

A veces hablábamos durante horas sobre cualquier tema y otras, dejábamos que un cómodo silencio nos envolviera mientras dormitábamos junto a la piscina, leíamos en el porche o recorríamos la isla buscando atardeceres.

Escondernos en su pequeño apartamento era nuestro pasatiempo preferido, entre sábanas revueltas y largas madrugadas sin dormir. Entre risas y caricias. Enredados. Mirándonos a los ojos, apostando besos mientras jugábamos a no sonreír.

Y casi sin darnos cuenta, agosto se abrió paso en el calendario.

Era viernes por la tarde y hacía demasiado calor para hacer nada, salvo seguir tumbada en el sofá de Román, escuchando música bajo el *split* del aire acondicionado. Él llevaba un buen rato trabajando en la traducción de una novela gráfica que le habían encargado esa misma semana. Le quité el envoltorio a otro chupachups y me lo llevé a la boca.

Luego hice una bolita con el papel y se lo lancé, acertándole en el cuello. Recibí un gruñido ronco en respuesta, que me hizo reír.

Román se giró en la silla y me miró.

—¿Te aburres?

—No, se me ha escapado sin querer.

—Mentirosa.

Apreté los labios para no reírme y me estiré en el sofá.

Su mirada me recorrió de pies a cabeza. Sin mediar palabra, se puso en pie y vino junto a mí. Se agachó sin dejar de mirarme. Estiró el brazo y deslizó el dorso de su mano sobre mi ombligo, despacio, trazando un círculo. A continuación se inclinó y posó sus labios justo en ese lugar. Su lengua me hizo cosquillas en la piel. Suspiré de placer, pero él se detuvo y se limitó a apoyar la frente en mi brazo con un ruidito de resignación.

—Necesito traducir otro par de capítulos y, si sigues tentándome, no podré. Apiádate de mí.

Le masajeé la cabeza con delicadeza y él ronroneó como un gatito. Le había crecido el pelo y empezaba a cubrirle las orejas. Deslicé los dedos por las puntas que se le rizaban en la nuca y continué por su cuello hasta la espalda. Él se dejó hacer y cerró los ojos con una expresión relajada. Pensé que iba a dormirse y me debatí entre permitir que lo hiciera o recordarle que debía seguir trabajando. Lo cual era perverso por mi parte, porque no dejaba de distraerlo.

De repente, se puso en pie de un bote y regresó a la mesa maldiciendo de un modo tan adorable que me arrancó una carcajada.

—Solo dos capítulos, te lo prometo.

Le subí el volumen a los auriculares y cerré los ojos con *Paradise* de Chase Atlantic sonando de fondo. Debí de quedarme dormida, porque cuando los abrí de nuevo, la *playlist* había terminado. Miré el reloj. Había pasado una hora y Román continuaba en su mesa, concentrado. Me desperecé y, sin hacer ruido, me levanté del sofá. Me serví un vaso de té frío.

Me distraje mirando los libros que guardaba en la estantería.

Me detuve en uno en particular, una edición inglesa en tapa dura de *Persuasión* de Jane Austen, con los cantos dorados. Lo abrí y encontré un montón de párrafos marcados. Me entretuve leyéndolos, mientras trataba de entender qué razón podría haberle llevado a marcar esos y no otros.

«Debo aprender a soportar ser más feliz de lo que me merezco».

«Ahora eran como extraños; o más que extraños, porque no podrían llegar a establecer una relación de amistad. Era un alejamiento definitivo».

Una mano apareció frente a mi cara y me quitó el libro. Me di la vuelta con una protesta en los labios y vi a Román.

—¿Qué estás mirando, cotilla? —me dijo en tono divertido.

Le echó un vistazo a la página y su mirada se oscureció un segundo antes de recuperar su brillo alegre.

—No sabía que te gustaba este tipo de literatura.

—Ah, ¿no? ¿Crees que no me pega? —me preguntó en un gesto burlón. Me encogí de hombros para molestarlo—. Pues es mi libro favorito.

—¿En serio?

—Me encargaron la traducción al español de la novela juvenil de una autora galesa. Conforme traducía, me fue gustando más y más y acabé enganchado como jamás pensé que lo haría, lo cual fue bastante bueno, porque disfruté ese trabajo. Cuando terminé, busqué más información por mera curiosidad y averigüé que se trataba de un *retelling* de

*Persuasión*. Entonces compré el libro original y me gustó incluso más. He perdido la cuenta de las veces que lo he leído. ¿Y tú?

—No he leído nada de Jane Austen, pero he visto muchas de las adaptaciones que se han hecho de sus libros. *Orgullo y prejuicio, Sentido y sensibilidad*... *Emma* me gustó mucho. —Le di un golpecito al libro—. ¿De qué va?

Román lo dejó sobre la mesa. Después se acercó a mí, me rodeó la cintura con el brazo y me atrajo hacia él.

—De dos personas que se conocen siendo muy jóvenes y se enamoran, pero que tienen que separarse por culpa de malas decisiones. Sin embargo, unos años más tarde se reencuentran por casualidad y tienen la oportunidad de intentarlo de nuevo. Pero ha pasado mucho tiempo, puede que hayan esperado demasiado y quizá ya sea tarde para ellos.

—¿Y cómo acaba?

—No lo sé.

Fruncí el ceño.

—¿Cómo que no lo sabes? Acabas de decir que lo has leído un montón de veces.

—Nunca llego al final —respondió como si nada.

Parpadeé confundida.

—¿Por qué?

—Porque prefiero no conocerlo.

—¡¿Pero por qué?!

Mi insistencia y la vehemencia en el tono de mi voz le hicieron reír. Se inclinó para darme un beso, y yo me escabullí de su abrazo. No iba a dejar que me distrajera. Sus evasivas ante algo tan trivial habían despertado mi curiosidad y un eco de desconfianza. Sabía que era exagerado por mi parte, y también absurdo porque... ¡estábamos hablando de un libro! Pero ¿por qué no quería conocer el final?

—¡A mí me importa, Román! —exclamé—. Vamos, admite que es raro, y debe de haber una razón. Una que no quieres contarme y es muy sospechoso.

Rompió a reír y comenzó a quitarse la ropa. Primero la camiseta y luego las bermudas. Solo se dejó puesto el bóxer. Lo miré de arriba abajo y se me secó la boca. Poseía un cuerpo increíble, atlético y elegante, que me encantaba recorrer con mis manos. A mis ojos, era perfecto y su mera imagen, más los recuerdos de lo que había hecho con él, me hacían hiperventilar.

Cerré los ojos como mecanismo de defensa.

—¿Qué haces?

—Veo que no vas a dejarlo correr, y ya sabes lo que dicen... —Noté que se acercaba—. Momentos desesperados requieren medidas desesperadas.

De repente, me levantó a peso y me echó sobre su hombro como si no pesara nada. Abrí los ojos y me vi colgando boca abajo.

—¡Román! —grité. Se echó a reír mientras abría la puerta principal y salía al jardín—. Román, bájame.

—No.

—Gritaré como no me bajes.

—Creo que ya te están oyendo en dos kilómetros a la redonda.

—¡Román!

—¿Lucía?

Le di una palmada en el trasero, pero solo conseguí que soltara una carcajada y que me la devolviera. Entonces, me di cuenta de adónde se dirigía cargándome como un fardo. «No será capaz», pensé, y me entró una risa floja. Aceleró el paso y chillé. Sí que lo era.

—¡Román, voy a matarte! ¡No!

Saltó a la piscina y por un segundo sentí que nos quedábamos suspendidos como si el tiempo hubiera hecho una pausa. Luego caímos y me arrastró con él hasta el fondo. Abrí los ojos y entre las burbujas vi su rostro sonriente. Emergimos envueltos en un abrazo. Lo miré, debatiéndome entre besarlo o estrangularlo.

Opté por lo primero. Necesitaba morder esa sonrisa canalla que trataba de reprimir.

Le agarré la cara con ambas manos y presioné mis labios contra los suyos. Cuando reaccionó y abrió la boca para devolverme el beso, me alejé a toda prisa hacia el borde. Tardó un instante en alcanzarme por detrás y abrazarme contra su pecho.

—¿Adónde vas? —Me besó en el hombro y me reí al notar su mano haciéndome cosquillas en la cintura—. Dame otro beso —susurró.

Me giré. Lo miré a los ojos y me colgué de su cuello mientras lo besaba dulce y lentamente. El agua nos balanceaba y sonreí dentro de su boca, un segundo antes de sujetarlo por los hombros y hundirlo con todas mis fuerzas.

Jugamos durante un rato. Persiguiéndonos, haciéndonos ahogadillas. Cuando el cansancio se apoderó de nuestros músculos, simplemente nos dejamos mecer con la mirada perdida en el cielo azul y el sol calentándonos la piel. Ladeé la cabeza y miré a Román. Tenía los ojos cerrados y el rostro cubierto de gotitas que brillaban como pequeños diamantes. Lo estudié en silencio, con una sensación burbujeante en el estómago que me costaba definir.

¿Amor? ¿Felicidad? ¿Ambas?

Fuese lo que fuese, rugía dentro de mí y me desarmaba. Me apretaba fuerte cuando me sentía mal, como un beso en la frente o el refugio de un abrazo. Luz al final del túnel.

Era adrenalina. Latidos. Confiar con los ojos cerrados. Querer darlo todo.

Creer en las oportunidades.

En los imposibles.
En los quizás.
En los finales felices.
En la vida sin miedos.
En nosotros.

# 26

Estábamos a mediados de agosto y en Vila Mareva se celebraban las fiestas patronales. Durante una semana, el pueblo se llenaba de gente de otros lugares, luces y ruido. En la plaza de la catedral solía instalarse la feria, con puestos ambulantes y atracciones para los niños, y un escenario donde cada noche tenía lugar la verbena.

Para los más jóvenes, la zona del paseo marítimo era el lugar donde divertirse.

Era viernes y la primera vez que Román y yo salíamos juntos con otras personas.

Habíamos ido hasta la playa del puerto, donde se encontraban la mayoría de los chiringuitos y el escenario que cada año se montaba para los conciertos. Esa noche actuaba un grupo de rock muy conocido y no cabía un alfiler en la arena.

Me metí en la boca un trozo de hielo que flotaba en mi vaso y dejé que se derritiera sobre mi lengua. Hacía un calor infernal y gotas de sudor resbalaban desde mi nuca hasta la parte baja de mi espalda descubierta. Debían de ser más de las dos de la madrugada y dudaba de que pudiera aguantar otra hora más en medio de aquel océano de cuerpos que no dejaban de moverse y gritar.

Noté un golpecito en el costado y al girar la cabeza me encontré con Jon. Iba mojado de pies a cabeza y de su pelo escurría agua. Desde luego, darse un baño en el mar era el mejor modo de deshacerse un poco del calor pegajoso. Me guiñó un ojo y sonreí sin poder evitarlo. Hacía bastante que no nos veíamos y esa noche apenas nos habíamos saludado.

—¿Y bien? —me preguntó.

Fruncí el ceño, sin entender.

—¿Y bien qué?

Hizo un gesto con la barbilla y lanzó una mirada hacia la esquina de la barra, donde se encontraban Román, Hugo y otro de sus amigos pidiendo una ronda más de consumiciones.

—¿Qué le has hecho?

—¿A qué te refieres? ¡No le he hecho nada!

—Ese no es el tío que yo conozco. El que yo conozco es un bloque de hielo, que no se ríe nunca y al que hay que sacarle las palabras casi a la fuerza. Intimida con solo respirar y tiene la expresividad de una piedra. Doy fe.

Lo miré con los ojos muy abiertos, sorprendida por cómo se había referido a Román, cuando se suponía que eran amigos. Aunque si yo hubiera tenido que describir al chico que conocí cuando llegué a la isla, habría dicho algo muy parecido.

—Oye, ¿no crees que te estás pasando un poco?

—¡Es la pura verdad! —exclamó. Me sonrió con afecto y se encogió de hombros—. Pero contigo es una persona distinta. No deja de mirarte y su cara brilla cuando te observa. Y puede que suene un poco loco, pero hoy ha sido la primera vez que le he oído decir algo más que monosílabos y reírse. ¡Joder, reírse de verdad! Pensaba que no podía.

—¿Que no podía reírse?

Jon asintió con los ojos muy abiertos y una inocencia sincera que no encajaba nada con su imagen de chico travieso.

—¡Sí! Se me pasó por la cabeza que tuviera algún problema médico del que nadie hablaba. Pero ya veo que solo necesitaba la estimulación adecuada, ¿eh?

Alzó las cejas varias veces y me dedicó una sonrisita astuta cargada de intención.

Noté que me ruborizaba. Sus palabras me habían hecho sentir especial y tuve el impulso de buscar a Román con la mirada. Seguía en la barra, conversando con sus amigos mientras esperaban su turno. Su postura era relajada y no había rastro de esa tensión que solía endurecer sus rasgos. La idea de que yo pudiera ser la razón de todos esos cambios me estrujaba el corazón con una emoción electrizante. Nunca me había sentido así, tan orgullosa, cercana y protectora con otra persona.

Tan egoísta, porque quería ser la única para Román.

Que pensara solo en mí.

Que me perteneciera solo a mí.

Que me quisiera como yo empezaba a quererlo.

—Pero es bueno que esté cambiando.

Jon asintió convencido.

—Claro que lo es, Lucía. Todo el mundo merece ser feliz y, por lo poco que me ha contado Hugo sobre él, Román lo merece todavía más. —Me dio un empujoncito con el codo—. Tú también pareces feliz.

—Lo soy —respondí. Pesqué otro trozo de hielo y me lo metí en la boca. Miré con disimulo a la chica morena que observaba a Jon desde que se me había acercado. Su interés era tan obvio—. ¿Y tú cómo estás?

Él se encogió de hombros. En ese momento, el grupo volvió a salir al escenario tras unos minutos de descanso, y todo el mundo se puso a aplaudir y silbar. Durante unos segundos, el ruido fue ensordecedor. Nos miramos muertos de risa.

—No puedo quejarme, las cosas me van bien —me respondió—. Cada día que pasa estoy más contento de haber vuelto. Mi sitio está aquí.

—¿Y no hay nadie intentando robar tu corazoncito?

—Dios, ¡qué cursi! —protestó con una mueca. Nos sacamos la lengua a la vez, burlándonos el uno del otro entre risas—. Aún no he encontrado a nadie con ganas de aguantarme.

—No sé si te has dado cuenta, pero a tu derecha hay una chica muy guapa que no deja de mirarte. Creo que le gustas.

Jon asintió sin caer en la tentación de girarse y su pecho se infló con una profunda inspiración.

—Lo sé, pero está prohibida. No es para mí.

Arrugué la frente, inquisitiva.

—¿Ya la conoces?

—Se llama Eva y sé que le gusto, pero solo tiene veinte años y es la hermana pequeña de Marc. Ni se me pasa por la cabeza pensar en ella de ese modo.

Me lo quedé mirando. Lo que había dicho y cómo lo había dicho; era evidente que a él también le gustaba ella. Y aun así no pensaba hacer nada al respecto porque lo consideraba correcto. Le di un apretón cariñoso en el brazo.

—Eres un buen tío.

Puso los ojos en blanco.

—Buen tío y un gilipollas con principios y conciencia, cosa que me revienta las pelotas. Porque... ¡mírala! Es guapísima. Pero qué le voy a hacer, ser buena gente conlleva su carga.

Me reí con él, y fingí no darme cuenta del brillo de tristeza que, por un momento, asomó a sus ojos. Quizá más adelante, cuando Eva creciera y madurara, pudieran tener una oportunidad.

El grupo comenzó a tocar y seguir conversando se convirtió en un imposible. Tiré el vaso vacío a uno de los muchos cubos que habían colocado sobre la arena para recoger la basura y me sequé las palmas de las manos en el pantalón.

Resoplé molesta. No corría nada de aire entre tanta gente.

De pronto, noté una mano en la parte baja de mi espalda, una presión conocida que me hizo contener la respiración. Alcé la barbilla y me encontré con Román. Se inclinó hasta posar los labios en mi sien.

—¿Te encuentras bien? —me preguntó al oído—. Estás muy pálida.

—Me siento un poco mareada —le confesé.

Frunció el ceño mientras me observaba. Entonces se giró y le dijo algo a Hugo. Su amigo asintió. A continuación, Román me tomó de la mano y se abrió paso entre la gente en dirección a la orilla de la playa.

Logramos salir del tumulto y dando un paseo nos alejamos un poco del ruido y las luces brillantes. Román me ofreció la bebida fría que llevaba en la mano.

—No creo que me siente bien tomar más alcohol.

—Solo es gaseosa con lima.

Agarré el vaso frío y bebí bajo su atenta mirada.

—Gracias.

—¿Te encuentras mejor?

—Sí.

Él también tomó un sorbo. Contemplé su rostro y la forma en la que su garganta se movía al tragar. Se me aceleró el corazón y un calor muy diferente al que sentía en la piel se instaló dentro de mi tripa. Román se había convertido en mi persona favorita y cada día que pasaba me demostraba que lo nuestro no podía tener más razón de ser.

Arqueó las cejas al percatarse de que lo miraba embobada.

—¿Qué?

—Creo que nunca te he visto bebiendo alcohol.

—Suelo evitarlo.

—¿No te gusta?

Evadió mi mirada.

—No es eso —replicó. Algo incómodo asomaba a sus preciosos ojos y eso era lo último que yo quería. Le acaricié la mandíbula con los dedos. Se humedeció los labios y continuó hablando—: No sé si tuvo que ver, pero hace unos años, tras tomarme un par de cervezas, discutí con alguien que también había bebido. Llegamos a las manos y yo acabé con un brazo roto y él, en comisaría. No sé, puede que el final hubiese sido el mismo con o sin cerveza, pero desde entonces no he vuelto a beber.

—¿Quién era la otra persona?

—Mi padre.

Tragué saliva a duras penas. Un montón de preguntas aparecieron en mi mente: ¿cuándo?, ¿cómo?, ¿por qué tu padre?

Román cambió de tema antes de que pudiera decir algo y por su expresión supe que no obtendría nada más.

—¿Damos un paseo?

—Claro.

Deslizó la mano sobre la mía y entrelazó nuestros dedos. Tiró de mí con suavidad. Caminamos muy juntos, en silencio, solo disfrutando de ese momento. Pensé en lo maravilloso que sería poder pausar el tiempo, hacer que la vida se detuviera un instante y mirar a nuestro alrededor sabiendo que es allí donde realmente queríamos estar. Sentir el mundo vibrar porque la persona que amas se encuentra a tu lado y sabes que eres el motivo de sus sonrisas.

Mis labios se curvaron con esa idea, mientras me recogía el pelo con una mano y dejaba que la brisa me refrescara la piel. Avanzamos por la arena y, cuando dejamos atrás el último chiringuito, nos sentamos frente al agua. Sus dedos buscaron de nuevo los míos y comenzaron a dibujar espirales en mi piel. Respiré hondo, empapándome del olor de la sal.

Alcé los ojos. La luna brillaba suspendida en lo alto del cielo como un faro en medio de la oscuridad. Tenía un ligero tono rojizo, que hacía más visibles las sombras de sus cráteres.

Incliné la cabeza y contemplé a Román. Tenía la mirada perdida en las olas que rompían en la orilla, pero era una mirada despreocupada. Contenta, diría. Me incliné y rocé con mis labios su cuello. Él se estremeció en respuesta.

—¿En qué piensas? —quise saber.

—¿Alguna vez has sentido que tu vida pasa indiferente mientras solo observas cómo viven la suya los demás?

No esperaba una pregunta como esa y tuve que tomarme un tiempo para meditarla.

En cierto modo, sí me había sentido de esa forma en algunos momentos, sobre todo durante mi adolescencia. El acoso que sufrí me provocó una profunda herida. Perdí mi autoestima y dejé de encontrarle sentido incluso al simple hecho de respirar. Todos esos sentimientos destructivos, las experiencias negativas a las que me enfrentaba a diario, distorsionaron mi percepción de la realidad creando otra paralela en la que cualquier persona era mucho mejor y poseía sin esfuerzo todas las cosas de las que yo carecía y que tanto necesitaba.

Sí, durante mucho tiempo me sentí como si un cristal me separara del resto del mundo. Al otro lado la vida transcurría y en el mío, nada.

—Sí, más de lo que me gustaría —respondí en un susurro—. ¿Tú?

—Desde que puedo recordar he sentido que no tenía el control.

—¿A qué te refieres?

Hundió las manos en la arena húmeda.

—Al control de mis pensamientos, de mis deseos, de... de cualquier aspecto de mi vida por pequeño que sea. Siempre he sentido que todo ha pasado sin más. Cada parte, cada momento o detalle de mi vida ha sucedido sin que yo pudiera controlarlo. Como si fuese una marioneta cuyos hilos siempre han movido otros y que nunca me he atrevido a cortar. Y es una sensación horrible.

Asentí. Entendía lo que quería decir, porque yo también había sido una marioneta en manos de mi familia mientras mi madre vivió. Todo giraba en torno a ella y su enfermedad, sin importar lo que hubiera que sacrificar. O que yo misma fuese el sacrificio. Aunque ahora estaba en paz con esa parte, las consecuencias no se podían borrar.

Intuía que la realidad de Román había sido la misma en su casa por la situación de su hermano.

Exhalé despacio, con un nudo muy apretado en el estómago.

—¿Aún te sientes de ese modo?

Lo escuché respirar hondo.

—Ya no tanto.

—Supongo que habrá una razón.

Asintió.

—Ahora tengo a alguien al lado con quien sencillamente puedo ser yo, sin más, sin controlarme ni reprimirme, sin esconderme. Con esa persona no soy el chico callado y reservado que el resto del mundo cree conocer.

Una emoción muy intensa hizo latir mi corazón y tuve que parpadear para alejar el escozor de mis ojos. Román era un hombre de pocas palabras, al que le costaba hablar de sí mismo y sus sentimientos con comodidad, pero a veces decía cosas que derretían mi corazón en melaza caliente.

Dejó de juguetear con la arena y el palito que tenía entre los dedos y, al apartar las manos, pude ver que había tallado una tortuga de formas perfectas. Me quedé asombrada y me mordí la sonrisa al recordar lo que Eloy me dijo una vez: Román había nacido con un don, un talento innato para la escultura. No sabía qué le había hecho abandonar ese camino, pero ojalá regresara a él.

Román me observó y yo le devolví la mirada. Alcé las cejas.

—Vaya, esa persona debe de ser alguien especial —dejé caer con un tonito seductor.

—Lo es. Seguro que te encanta cuando te la presente.

Al darme cuenta de lo que había dicho, arrugué la nariz y le di un manotazo en el brazo por burlarse de mí. Román rompió a reír a carcajadas. Levanté la mano para atizarle otra vez, pero él fue más rápido. Se puso en pie y se alejó sin dejar de reír.

Lo perseguí, porque me encantaba jugar con él y verlo tan feliz. Porque era tan fácil pasármelo bien con él. Porque hacer el tonto con la persona que te gusta es maravilloso. Me dejó que lo alcanzara y salté sobre su espalda. Me abracé a su cuello como un koala y le mordí el hombro de forma juguetona.

—Eres malo —le dije mientras le cogía la barbilla y le giraba la cabeza para besarlo en los labios.

Sentí su risa vibrando en mi garganta y apreté mi boca contra la suya con un jadeo. Román se detuvo y me miró tan encantado como perplejo. A su lado, ser yo misma era tan sencillo que me sentía libre de mostrarle lo mucho que podía desearlo con la misma naturalidad que respiraba.

En sus ojos brilló el mismo deseo. Soltó una risa despreocupada y salvaje, y no sé cómo se las arregló para quitarme de su espalda y sujetarme contra su pecho sin que tocara el suelo. Se dirigió al agua.

—Alguien necesita enfriarse.

Apenas fui consciente de lo que decía, porque todos mis sentidos se bloquearon mientras observaba el mar sombrío cada vez más cerca.

«No, no, no, no, no...».

—¡Espera!

El tiempo quedó suspendido y lo que sentí al hundirme entre las olas fue puro horror.

Presa del pánico, luché por volver arriba y sacar la cabeza, pero notaba que la gravedad me arrastraba y que mi cuerpo no se movía. Me hundía. Sus manos tiraban de mí hacia abajo. Sus uñas se me clavaban en la piel. No podía respirar. Y todo estaba tan oscuro.

Intenté gritar, pero la voz se me quedó atascada en la garganta.

«Mamá, suéltame. Mamá, por favor. ¡Mamá, no quiero morir!», gritaba mi cerebro.

Unas garras me comprimían la tráquea. No tenía aire y el pecho me dolía tanto que no podía soportarlo. Sentí que un agujero muy frío y tenebroso me tragaba, que desaparecía lentamente en ese abismo que me esperaba, y oponer más resistencia no servía de nada.

De pronto, una fuerza inesperada tiró de mí hacia arriba. Desaparecieron el ruido y la presión, y mis pulmones se llenaron de aire a la vez que un quejido de dolor escapaba de mis labios.

Abrí los párpados y vi el rostro crispado de Román. Sus labios se movían, pero sus palabras no tenían sentido. Me temblaba todo el cuerpo y no podía oír nada. Dentro de mi mente, el pasado y el presente habían colisionado y se mezclaban. Se confundían.

Sentí la arena caliente bajo mi cuerpo y las manos de Román en la cara.

—Cuánto lo siento. Joder. Lo siento. Lo siento —decía asustado. Me abrazó contra su pecho y noté sus labios en la cabeza—. No quería hacerte daño. No quería asustarte. ¡Dios, perdóname! ¿En qué estaba pensando?

Se apartó para mirarme y el miedo que vi en sus ojos me estrujó el corazón. Tomó de nuevo mi rostro y me besó en las mejillas con desesperación.

—¿Estás bien? ¿Te duele algo? Dios, lo siento tanto. ¡Joder, soy un imbécil!

—No es culpa tuya —dije casi sin voz.

—¿Qué?

—No es culpa tuya —repetí entre sollozos y me cubrí los ojos con las manos—. El mar me aterroriza. En cuanto noto el agua a mi alrededor, entro en pánico.

Román sacudió la cabeza, desconcertado.

—Pero antes te encantaba.

Asentí, dándole la razón. Me sequé las lágrimas con los dedos.

—Me pasó algo que lo cambió.

Él inspiró hondo y se sentó a mi lado. Tomó mi mano entre las suyas y se la llevó a los labios para besarme los nudillos. Dejó escapar una inspiración entrecortada.

—¿Quieres contármelo?

—No puedo.

—¿Por qué? —me preguntó paciente.

—Porque tiene que ver con Rubén y tú...

No sabía cómo terminar esa frase sin que el ambiente se volviese mucho más incómodo. Se tensó por un momento. Luego inclinó la cabeza y me colocó un mechón de pelo detrás de la oreja.

—No importa, quiero saber qué te pasó y entenderlo para ayudarte.

Le sostuve la mirada con los ojos bañados en lágrimas.

Quería contárselo, a él más que a nadie. Sacármelo de dentro, decirlo en voz alta, enfrentarlo y, quizá así, pudiera encontrar el camino para superarlo. La fuerza para buscar ayuda de una vez por todas.

Tragué el nudo que tenía en la garganta.

Abrí la boca, pero no sabía por dónde empezar ni qué decir. Qué callar.

Apreté los ojos y me dije que ser sincera era lo correcto y lo mejor para mí.

Así que comencé desde el principio.

—En aquella época, mi madre tenía más días malos que buenos. Solía sufrir brotes psicóticos con mucha frecuencia y algunos podían ser incluso violentos. Cuando ocurría, daba mucho miedo; pero cuando estaba bien, era maravillosa y la madre más cariñosa del mundo. El día que Rubén se ahogó, ella tenía uno de esos días buenos.

Inspiré hondo para aliviar la opresión que sentía en el pecho y proseguí:

—En aquel tiempo, tu hermano era alguien muy especial para mí y la noticia de su muerte me destrozó. Me encerré en mi habitación y lloré durante horas. No tenía a nadie que me consolara, porque la persona que lo hacía ya no estaba. —Lo atravesó un estremecimiento—. Pero esa noche mi madre lo hizo. Vino a verme, me abrazó, me reconfortó y me prometió que todo pasaría y que me ayudaría a sentirme mejor.

Hice una mueca de amargura al sentir la mano de Román en mi espalda.

—Semanas después, ella apareció una madrugada en mi habitación. Me sacó de la cama y me llevó fuera de la casa. Me explicó que ya había encontrado el modo de ayudarme y que debía acompañarla a un lugar. Empezó a decir cosas extrañas. Hablaba de sirenas que nos estaban esperando solo a nosotras y portales que iban a cerrarse y que debíamos cruzar. Enseguida me di cuenta de que era otro de sus delirios, pero como no se comportaba de un modo agresivo, le seguí la corriente para que no se alterara. Era lo que nos habían aconsejado que se debía hacer con ella en esos casos.

Sorbí por la nariz y me sequé las lágrimas con el dorso de la mano. Román me estrechó contra él con más fuerza. Apoyé la cabeza en su hombro y contemplé la oscuridad. Continué con un doloroso nudo en la garganta:

—La seguí hasta la playa. Las cosas que decía eran cada vez más incoherentes y no tenían ningún sentido. Me esforcé por entender qué realidad estaba viviendo dentro de su cabeza en ese momento y fui atando cabos. Ella creía que el mar estaba lleno de sirenas y que Rubén se encontraba con ellas, así que quería llevarme a mí con él para que no estuviera triste. —Se me quebró la voz—. Su intención era buena.

Román me besó en la sien y después en la mejilla. Me acunó despacio y con ternura, en contraste con su respiración agitada y los latidos de su corazón golpeándole las costillas con tanto ímpetu que podía sentirlos en mi cuerpo.

—Cuando comprendí lo que se proponía, el agua ya me llegaba por la cintura. Intenté volver, pero mi madre me tenía agarrada por la muñeca y tiraba de mí mar adentro. Le grité, le rogué y traté de soltarme por todos los medios. No pude, ella era mucho más fuerte que yo y continuó arrastrándome hasta que dejé de hacer pie. Entonces dijo que debíamos ir abajo y me empujó hacia el fondo. Cada vez que yo iba a sacar la cabeza para respirar, ella volvía a hundirme. Había mucho oleaje y no podía ver nada. Solo agua por todas partes.

Aspiré bruscamente y apreté los párpados.

—Creí que iba a morir. De verdad lo creí. Que las dos lo haríamos. —Sollocé con angustia. Luego cogí aire otra vez, sentía que me faltaba—. Pero tuvimos suerte, un hombre estaba pescando sargos con caña en su barca, no muy lejos, y se fijó en nosotras cuando llegamos a la playa. Le extrañó que estuviéramos allí a esas horas y nos observó, hasta que oyó mis gritos y supo que algo malo pasaba. Él me sacó del agua y me salvó la vida, y después hizo lo mismo con mi madre.

Ladeé la cabeza y miré a Román. Las lágrimas y el dolor que vislumbré en sus ojos me llegaron al fondo del corazón. Levanté la mano y le rocé la mejilla. Él se la llevó a los labios y la besó. Me aclaré la garganta.

—¿Sabes? Aún no he sido capaz de darle las gracias a ese hombre —le confesé.

Él inspiró de forma entrecortada. Me envolvió la cara entre las manos y la llenó de pequeños besos. Me conmovió su dulzura y gemí ahogándome de nuevo en lágrimas.

—Siento mucho que tuvieras que pasar por todo eso. Lo siento de veras —susurró sobre mi piel.

—No te disculpes como si fueses responsable. No lo eres.

Me abrazó contra su pecho como si quisiera protegerme incluso de la suave brisa que nos rodeaba. Se quedó quieto unos instantes, solo respirando.

—Te prometo que nunca más vas a estar sola y que nadie, jamás, te hará daño otra vez.

Sonreí y cerré los ojos mientras escuchaba los latidos de su corazón. Sus palabras me desgarraban y me sanaban, me llenaban de esperanza.

—Ni tú ni nadie puede cumplir una promesa como esa, pero te lo agradezco.

Me besó en la cabeza en respuesta y me mantuvo abrazada. Mi cuerpo se fue relajando con el ritmo de su respiración.

—Estoy cansada.

—Pues duerme, yo te sostengo —susurró.

Mis labios formaron una sonrisa. El sueño se fue apoderando de mí y la tensión de mis músculos desapareció. Los sonidos comenzaron a alejarse. Mis pensamientos no eran más que un leve eco en los oídos, amortiguados por los latidos de mi corazón. Y me dejé arrastrar por él, sin resistencia, sin miedo. A salvo.

—Te quiero. —Fue lo último que oí.

# 27

La cortinilla se abrió de nuevo y Adela apareció cargada con varios panes, que colocó sobre un estante. Al verme, en su rostro de dibujó una gran sonrisa y vino a mi encuentro para darme un abrazo.

—¡Hola! ¡Cuántos días sin verte! —me susurró al estrujarme.

—Siempre que vengo estás en el horno ocupada. ¿No ibas a jubilarte?

—Sí, hace años, pero la casa se me cae encima y sigo sin encontrar a nadie que pueda llevar este negocio como lo hacía mi difunto padre.

—¿Qué hay de tu hijo?

Me reí ante su gesto de pánico.

—Él cree que todo pueden hacerlo las máquinas, pero el pan artesano ha de hacerse con las manos y a la antigua usanza de principio a fin.

Cristina me entregó una bolsa con el pan y los dulces que le había pedido. Puse dos billetes junto a la caja registradora y, cuando hizo el ademán de darme el cambio, le dije que no era necesario. Me dedicó una sonrisa agradecida y desapareció otra vez tras la cortina.

—Seguro que acabarás encontrando un buen panadero —le dije a Adela.

—Eso espero —suspiró. Me pellizcó la mejilla y mientras regresaba tras el mostrador me preguntó—: ¿Cómo está Sira? Ayer no fue al taller de abalorios.

—Imagino que querría descansar, pasó toda la mañana en el hospital para hacerse unas pruebas —respondí.

—¡¿En el hospital?!

—Sí, eso creo.

—¿Y qué pruebas?

—No lo sé.

—¡¿Qué le pasa, está enferma?!

La crispación que temblaba en su voz me golpeó el estómago.

Adela me miró con los ojos muy abiertos, confundida de un modo que me costaba asimilar. Sacudí la cabeza, demasiado enredada. Entonces una luz comenzó a abrirse paso en mi cerebro. Un pálpito. Cerré la mano con fuerza en torno a la bolsa, con la certeza de que acababa de provocar un lío tremendo.

—¿Tú no sabes nada?

—¿Sobre qué?

—Ay, Dios...

—Me estás asustando, Lucía.

Cualquier explicación ya no tenía sentido.

—Lo siento mucho, Adela, pero ahora mismo no sé hasta qué punto he metido la pata. Mejor habla con mi abuela.

Con el rostro desencajado, se cubrió la boca con la mano y movió la cabeza de un lado a otro.

—¿Es grave? —me preguntó en un susurro.

—Por favor, tú solo habla con ella y guárdame el secreto hasta entonces, ¿vale?

—No diré nada, tranquila.

—¿Me lo prometes? —le rogué al borde de las lágrimas, me sentía tan mal.

Adela vino a mi encuentro y me abrazó.

—Por supuesto, no te preocupes. Seré muy discreta.

—Gracias.

Salí de allí y fui directa a casa.

El aire todavía fresco del exterior no cambió el calor que sentía en la cara. Me ardía.

Había cometido un error, uno enorme. Porque eso es lo que sucede cuando hablas de otras personas sin pensar y das por sentadas cosas que no sabes, lo complicas todo. Las palabras que lanzamos al aire en voz alta dejan de ser secretas y, cuando llegan a otros oídos, perdemos el control sobre ellas.

El corazón me latía como un tambor.

Si Adela no estaba al tanto de la enfermedad de mi abuela, podría jurar que nadie más conocía su situación, porque ella habría sido la primera persona a la que Sira hubiese acudido en busca de apoyo. Pero no lo hizo, y es imposible saber por qué las personas toman las decisiones que toman sin estar en su piel.

Ella había decidido guardar silencio y mantener su dolencia en la intimidad de nuestra familia.

Era su derecho.

Su secreto.

Y yo lo había expuesto.

O puede que no, si Adela cumplía su promesa.

Quizá estaba exagerando y siendo dramática en exceso.

Cuando llegué a casa, me topé con Laura en la cocina. Sentada a la mesa, comía galletitas saladas y bebía refresco de limón. No era el mejor desayuno ni el más sano. La miré de reojo. Necesitaba darse una ducha, pero me abstuve de mencionarlo.

—¿Sabes dónde está la yaya? —le pregunté.

—Ha ido un momento a casa de la vecina, no tardará.

—¿Y el yayo?

—Escribiendo en el porche.

—He traído pan y bollería casera. ¿Te apetece? —le pregunté mientras abría el armario y lo iba colocando todo dentro.

—Estoy bien así.

Tragué saliva, era la primera conversación normal y ligera que manteníamos desde mi llegada. La observé coger otra galleta del bote y sumergirla en el vaso un par de segundos. Después la masticó con desgana.

—¿Seguro que no prefieres comer algo más nutritivo? Tostadas, fruta, avena... Puedo prepararte lo que más te apetezca, no me importa.

—Esto es lo único que me alivia las náuseas por las mañanas.

—¿Tienes náuseas?

En ese instante, su teléfono comenzó a sonar. Pude ver el nombre de Carlota en la pantalla. Laura rechazó la llamada de su mejor amiga y continuó comiendo sin responder a mi pregunta.

La abuela entró en la cocina y sonrió al vernos. Dejó un cesto con huevos frescos sobre la mesa, que explicaba su visita a la vecina, y llenó un vaso con agua del grifo. Bebió sin perder la sonrisa.

Qué lástima que yo fuese a borrarla.

—Yaya.

—¿Sí?

—¿Puedo hacerte una pregunta?

—Ajá... Dime.

—Además de nosotros, ¿quién más sabe que estás enferma?

Sus hombros se tensaron. Dejó el vaso a un lado y me miró con cautela.

—¿Por qué eso es importante?

—Hace un rato, en la panadería, Adela me ha preguntado si te encontrabas bien. Estaba preocupada porque ayer no fuiste al taller de abalorios y yo... —Me humedecí los labios y tragué saliva—. Le he dicho que quizá no habías ido porque pasaste la mañana en el hospital y estarías cansada. Yo pensaba que ella estaba al corriente de lo que te pasa, pero se ha sorprendido mucho y ha comenzado a hacerme preguntas.

La abuela apartó la mirada, inhaló hondo y cuando volvió a mirarme noté que en su frente se habían formado un montón de arrugas.

—¿Qué más le has dicho?

—Nada más, solo he mencionado el hospital, pero eso ha bastado para que imagine que algo grave pasa. Me ha prometido que no diría nada y solo hablaría contigo.

Ella se pasó las manos por la cara y suspiró. No sabía si molesta, triste o resignada. Me costaba interpretar sus emociones. Miré a mi hermana, que continuaba comiendo galletitas como si nada le interesara.

—No se lo has contado a nadie, ¿verdad? —insistí.

—Por supuesto que no, ¿qué le importa a la gente lo que pase en esta familia?

—Ella no es solo gente, es tu mejor amiga, yaya.

—¿Y por esa razón debe saberlo todo sobre mí? —preguntó alterada—. Hay cosas que solo nos pertenecen a nosotros. ¿Y de dónde has sacado lo de las pruebas?

Señalé el papel que había pegado a la nevera con un imán, en el que estaba anotada a mano la fecha del día anterior y varios horarios, junto a los que había letras y números, que interpreté como plantas del hospital, números de las consultas y especialidades, como oncología y rayos.

Sacudió la cabeza, sin confirmar ni negar mi suposición.

De repente, parecía desesperada y miraba a su alrededor como si estuviera acorralada y necesitara ayuda. No entendía por qué se comportaba de un modo tan extraño. Qué era lo que trataba de evitar a toda costa.

Se me formó un nudo enorme en la garganta.

—Si hablaras conmigo, no habría metido la pata. Pero la única realidad aquí es que no sé nada de nada. Me enviaste un mensaje hablándome de que estabas enferma, de tratamientos y una posible operación. Lo dejé todo para estar contigo, aunque desde que llegué lo único que has hecho es evitar el tema. No importa lo mucho que pregunte o quiera saber, me ignoras y finges que no pasa nada. Pero sí pasa. Tú no estás bien y yo quiero ayudarte. Quiero acompañarte al hospital y estar a tu lado. Conocer a tus médicos y saber cuál es la situación. ¿No es eso lo normal?

Negó con vehemencia.

—Hablemos de esto en otro momento.

—¿Y por qué no ahora? —exploté frustrada—. Me parece el momento perfecto, ya que ha salido el tema.

—Lucía, por favor —me rogó.

—¿Por qué lo evitas?

—No es eso.

—¿Entonces qué es lo que me estás ocultando? —insistí alzando la voz.

—¿Qué está pasando aquí? —preguntó mi abuelo desde la puerta.

Me giré hacia él, buscando su apoyo.

—¿Por qué sigue fingiendo y no me cuenta nada?

No contestó.

Intercambiaron una mirada elocuente y preocupada que encendió todas mis alarmas, y una duda se instaló en mi mente. Un pensamiento que en otro lugar y sobre otra persona me habría parecido una locura, pero con mi abuela no. La desconfianza era un sentimiento que ella había sembrado en mí y que el tiempo había hecho crecer.

Me recorrió un estremecimiento.

—A no ser... que me hayas estado mintiendo por alguna razón.

Se le descompuso el rostro y dio un paso hacia mí. Retrocedí de inmediato. Había acertado de lleno y sentí que me rompía.

—¿Es eso, me has mentido?

—Lucía —intervino mi abuelo.

—Responde —le exigí a ella—. ¿Me has mentido?

De repente, se oyó un golpe. Me quedé paralizada y giré la cabeza en el momento exacto en que mi hermana agarraba el vaso y lo lanzaba contra la pared. Se hizo añicos y los trozos saltaron en todas direcciones y quedaron desparramados por el suelo.

—Laura...

—¡Sí, te ha mentido! ¡Lo ha hecho! Todos lo hemos hecho. ¿Contenta? —me gritó.

—¿Por qué?

—Porque no es ella la que se muere, sino yo. Yo soy la que tiene un jodido tumor en la cabeza, como lo tenía mamá.

Sus palabras me golpearon como una bola de demolición. La incredulidad y el miedo se unieron en mi estómago, mezclándose como si fuesen ácido. La miré sin parpadear.

—¿Qué has dicho?

Forzó una sonrisa que transformó su cara en una caricatura.

—Glioma de alto grado. Qué irónico, ¿no?

—¿Y por qué no me lo dijiste desde el principio?

—Porque no es asunto tuyo.

Hay muchos tipos de dolor, pero el que estaba experimentando en ese instante era completamente desconocido para mí. Era devastador. Lo sentía en el aire que respiraba, en el estómago, en las venas y en el corazón. Y no sabía frenarlo.

—¿Que no es asunto mío? Por Dios, Laura, eres mi hermana. —Se me rompió la voz—. ¿Cómo puedes hacerme esto?

Ella se estremeció como si la hubiera golpeado. Dio un paso hacia mí y me apuntó con un dedo tembloroso. En sus ojos solo había dolor y rabia.

—Ni se te ocurra hacer que esto gire en torno a ti, yo soy la que está enferma, no tú. Así que guárdate esa indignación, porque la única que tiene derecho a cabrearse soy yo. ¡Yo, joder!

Parpadeé para alejar las lágrimas y traté de calmarme. La miré, más consciente que nunca de los estragos en su cuerpo. De la gorra que no se quitaba desde hacía días y en la que yo no había reparado.

—Solo dime por qué.

Sus ojos se llenaron de lágrimas, pero se los frotó para no dejarlas caer. Incluso en aquel momento su orgullo estaba por encima de todo.

—Porque no quería que me tuvieras lástima, ni que te sintieras moralmente obligada a venir. Y porque no quiero ni necesito que me veas pasar por todo esto. Así que les hice jurar que no te dirían nada o dejaría de tomar la medicación y abandonaría la quimio. —Se encogió de hombros con una fingida indiferencia que me traspasó el alma, y entonces me remató al añadir—: Total, voy a palmarla de todos modos, solo que más rápido. —Dejó escapar una risita sarcástica y miró a mi abuela—. Pero tú no podías quedarte sin hacer nada por una vez, ¿verdad? Tenías que meter la nariz en mis asuntos. Siempre enredando, maquinando y fastidiándolo todo, no aprendes.

—Laura —la reprendió mi abuelo.

—¡¿Qué?!

—No es necesario que le hables de ese modo.

—¿Por qué no me dejáis en paz de una vez? —aulló con desesperación—. ¡Joder, que os den! ¡Que os den a todos! ¡Os odio!

Salió corriendo de la cocina y sus pasos se perdieron escalera arriba. Después se oyó un portazo y otro estruendo, como si algo pesado se hubiera roto al estrellarse contra el suelo.

Decidí seguirla, pero mi abuela me detuvo.

—Deja que se le pase —me rogó.

Se sentó a la mesa y se tapó el rostro con las manos. Mi abuelo se acercó a ella. La besó en la cabeza y luego la abrazó unos segundos antes de sentarse a su lado. Derrotada por la situación y sin fuerzas para discutir más, ocupé otra silla.

—Debiste decírmelo.

—Ya la has oído, estaba dispuesta a dejar el tratamiento. ¿Qué querías que hiciera?

—Cualquier cosa menos mentirme —insistí como un disco rayado.

Ella me miró y en sus ojos vi el cansancio acumulado que arrastraba. Su sonrisa perenne se había ido borrando poco a poco de su cara. Respiró con fuerza.

—Sé que he hecho mal, pero lo que te dije no dejaba de ser una verdad a medias y no se me ocurrió otra cosa para convencerte de que regresaras. Te fuiste hace diez años y en los últimos tres no has querido saber nada de nosotros. Incluso cuando arreglamos la herencia de tu madre, enviaste a un abogado con un poder notarial.

—Tenía trabajo y mi presencia no era necesaria.

—Tampoco viniste cuando me operaron de urgencia. Estuve una semana en la UCI —me recordó mi abuelo.

Noté un sabor amargo en la boca. Aparté la mirada, avergonzada.

—Dijiste que solo era por precaución y que estabas bien.

—«Dijiste» es bastante relativo. En realidad, te lo comuniqué escribiéndote un mensaje, porque no respondías las llamadas.

Era la primera vez que él me echaba algo así en cara y me dolió, pero porque las verdades duelen cuando te hacen sentir culpable con razón.

—Iba a contarte la verdad en cuanto llegaras. Pensaba ir a recogerte y entonces explicarte lo que estaba pasando, antes de que Laura supiera que estabas aquí. Hacer que pareciera que todo se debía a una casualidad, pero te presentaste sin avisar —dijo ella.

—¿Ahora la culpa es mía?

—¡No! Solo digo que las cosas se complicaron.

—¿De verdad esperabas que ocurrieran de otro modo?

—Su intención siempre fue buena —intervino mi abuelo.

—¿Sabes? Lo que más me sorprende es que tú estuvieras de acuerdo con su idea —le dije.

—Él tampoco sabía nada. Se lo conté después de que llegaras.

—¿Y por qué no aclararlo todo en ese momento?

—Porque Laura me descubrió al instante y me aseguró que dejaría la quimioterapia. Nos asustamos y, tras convencerla de que tú no sabías nada, decidimos dejar las cosas como estaban y seguirle la corriente hasta que entrara en razón.

—Como hacíais con mamá —convine con una mueca. Me arrepentí de inmediato, esa no era la actitud con la que solucionar los problemas—. Lo siento.

Nos quedamos en silencio. A nuestro alrededor, todo era

ruido. El tictac del reloj, el zumbido de la nevera, el grifo que volvía a gotear, el tintineo de la cortina que impedía que entraran los insectos desde el jardín...

Mientras, yo seguía pensando.

—Entonces, ¿todas esas veces que ibais juntas al hospital?

—Yo era la que la acompañaba. Al principio se empeñó en ir siempre sola, pero llegó un momento en el que simplemente ya no podía.

Tragué sus palabras y clavé la mirada en la mesa.

—¿Quién más lo sabe?

—Solo Sergio.

—Y Carlota —añadió mi abuelo.

El estómago me dio un vuelco y apreté los puños con una corazonada.

—¿No me digas que Sergio rompió con ella por...? —No pude acabar la frase.

Mi abuela asintió con tristeza.

—Cuando Laura tuvo el diagnóstico, él fue la primera y única persona a la que se lo dijo. A nosotros no quería preocuparnos hasta que las pruebas arrojaran más información sobre su situación, así que no nos contó nada. La abandonó dos semanas después, como si nunca hubiera sido nada para él. Creo que eso fue lo que realmente la destrozó, mucho más que saber que estaba enferma.

—Cerdo —mascullé.

—Le habría dado una paliza, si no hubiera salido huyendo como un cobarde —dijo mi abuelo.

—¿Y ahora qué? —quise saber.

Mi abuela se encogió de hombros mientras colocaba su mano sobre la de mi abuelo.

—Solo nos queda ser pacientes con ella y aguantar sus embates, pero bajo ningún concepto puede abandonar el tratamiento. Es la única manera de reducir el tamaño de esa cosa y que puedan extraerla de una forma menos invasiva y minimizar las secuelas.

—Solo actúa de ese modo porque está muy asustada y necesita desahogarse —comentó él.

Yo también lo creía, pero Laura se veía muy desesperada y no me atrevía a descartar que su mente pudiera estar tan rota como para abandonar la quimio o hacer cualquier otra locura.

—¿Hay alguna cosa más que deba saber? —les pregunté.

—No —respondieron a la vez, y preferí creerles.

Cerré los ojos y me recliné sobre la mesa con los brazos cruzados. Un ligero dolor me palpitaba en las sienes y me embotaba la cabeza.

Sentí una ligera presión en el hombro. La mano de mi abuela.

—Lucía.

—¿Qué?

—¿Piensas irte?

Contuve el aliento unos segundos y abrí los ojos.

—¿Me preguntas si voy a huir de nuevo?

Ella asintió con una mirada atenta y tragó saliva.

Mentiría si dijera que no me sentía atraída por la idea de volver a alejarme de ellos. Toda una vida huyendo de los problemas termina convirtiéndose en un hábito difícil de abandonar. Pero si continuaba apartándome de mis seres queridos cada vez que las cosas se complicaban, ¿qué clase de persona acabaría siendo? Y no podía dejar a mi hermana de ninguna manera.

—No voy a marcharme. Somos un desastre como familia, pero sois lo único que tengo y os quiero. —Me pasé las manos por el pelo y sacudí la cabeza—. Además, me gusta vivir aquí.

—¿El nieto de Eloy Vinent tiene algo que ver con eso? —soltó mi abuelo como si nada.

Me atraganté con mi propia respiración.

—¿Q... qué?

—No es que os hayáis escondido.

Me ruboricé de pies a cabeza, en eso tenía razón. Tampoco había razones para ocultarnos, éramos dos personas adultas y libres que estábamos en una relación.

—Sí... Bueno... Estamos saliendo. ¿Os parece bien? —pregunté dubitativa.

—Todo lo que te haga feliz siempre nos parecerá bien —respondió ella mientras se ponía en pie con una mueca de cansancio. Me fijé en que volvía a dolerle la espalda—. Si no os importa, voy a echarme un rato.

—Yo debo retomar el manuscrito —anunció el abuelo.

Se fueron en direcciones opuestas y yo me quedé allí sentada sin saber qué hacer. Era extraño, me sentía demasiado tranquila para todo lo que acababa de vivir. Si no sonara tan mal, habría dicho fría e insensible. Como si de repente me hubiera quedado vacía de toda emoción.

Desbloqueé mi teléfono y abrí el navegador. Escribí «glioma» y aparecieron demasiados enlaces. Pinché en un par de ellos, leí por encima la información que ofrecían y se me quitaron las ganas de seguir buscando. De repente, me sentía como si hubiera caído en un agujero negro que conducía a otro mundo. Uno de pesadilla.

# 28

Pasé el resto de la mañana ocupándome de las tareas de la casa.

Cuando llegó la hora de comer, Laura continuaba encerrada en su habitación y mi abuela no se encontraba bien para levantarse, por lo que el abuelo y yo tomamos algo ligero en el jardín. Él siguió escribiendo y yo acabé quedándome dormida bajo la sombra de los árboles, con el sonido de sus dedos tecleando y el de las cigarras de fondo, hasta que el calor me llevó de regreso adentro.

Intenté distraerme viendo la tele, pero cuando me percaté de que llevaba media hora cambiando de canal con la mente en blanco, la apagué. Pensé que lo mejor sería salir un rato y que me diera el aire. Cogí las llaves del coche y fui al garaje. Al entrar, mis ojos volvieron a detenerse en la bicicleta que colgaba de un soporte en la pared. Yo misma la había colocado allí después de rescatarla del trastero, donde había estado acumulando polvo a saber desde cuándo.

Era una bici antigua de paseo, verde pastel con el sillín de muelles, portabultos trasero y un faro delantero enorme. Tras limpiarla y engrasarle la cadena, había quedado bastante bien, pero no se me había pasado por la cabeza usarla. Nunca me había entusiasmado pedalear, ni siquiera de niña.

Sin embargo, en ese momento un impulso me llevó a bajarla de la pared.

Al principio me costó un poco pillarle el tranquillo, pero en cuanto me sacudí el miedo y logré avanzar sin dar bandazos, me resultó de lo más divertido.

Me alejé del pueblo siguiendo la antigua carretera, una vía estrecha por la que apenas circulaban coches desde que se construyó la nueva, mucho más amplia y mejor señalizada.

A lo lejos distinguí la silueta del faro.

En la costa de Vila Mareva había tres. Uno a la entrada del puerto. El otro se encontraba sobre una roca tan grande como un islote, medio kilómetro mar adentro, para advertir a las embarcaciones y evitar colisiones, sobre todo de noche. El tercero era el más antiguo de todos y había dejado de usarse medio siglo atrás. Se alzaba en una propiedad privada, cuyos dueños se habían preocupado de su conservación. Aunque por el aspecto que lucía ahora, hacía bastante que no lo visitaban.

Me detuve frente al camino de acceso. La última vez que estuve allí fue el día que Rubén se ahogó, pero no había dejado de soñar con ese lugar desde entonces. Ignoré la señal que prohibía el paso y bordeé la valla con la esperanza de que el hueco por el que solíamos colarnos aún continuara allí; y no me equivocaba.

Dejé la bici en el suelo. A continuación aparté la malla metálica, crucé al otro lado y por la estrecha cresta caminé hasta la torre. Pintada a rayas rojas y blancas, en algunas zonas la pintura se había descolorido y en otras estaba descascarillada. Aun así, conservaba su aspecto imponente.

No sabía qué tenía el faro, pero me sentía atraída por él de un modo irremediable y que escapaba a mi control. La prueba estaba en que mis pasos me seguían conduciendo hasta allí. No sé si como una polilla que se ve atraída por la luz del fuego o como un pajarito que vuela hacia una ventana abierta. Fuese lo que fuese, me ligaba a él.

Me senté en un banquito de piedra frente al acantilado y contemplé el horizonte. Esa tarde el mar estaba tan tranquilo que parecía un espejo plateado en el que se reflejaban las nubes, blancas y algodonosas. Una suave brisa me acarició el rostro, trayendo consigo un fuerte olor a salitre mezclado con el aroma de las siemprevivas, que crecían en la tierra y en las grietas entre las rocas.

Dicen que añorar el pasado es como correr tras el viento. Sin embargo, es lo que hice. Me perdí entre los momentos más felices que recordaba de mi infancia y en todos siempre estaba ella. Mi hermana. Los desempolvé y los ordené en mi mente, los reviví con los ojos cerrados para regresar a ellos sin perderme siempre que los necesitara. Les devolví la nitidez y las sensaciones y me dejé llevar por ellas.

Noté una gota en mi mano, y luego otra. Miré arriba, esperando ver un manto de nubes grises derramando lluvia, pero lo único que encontré fue un cielo teñido de tonos dorados y rojizos, tan brillantes que parecía envuelto en llamas. Percibí un sabor salado en la boca, y otra gota resbaló por mi barbilla, quedó colgando un segundo y después cayó hasta aterrizar entre mis dedos.

No era lluvia, sino mis lágrimas que habían comenzado a fluir sin que me diera cuenta.

Parpadeé como si despertara de un sueño y un sufrimiento repentino se apoderó de mí. Una emoción tan desmedida que era incapaz de controlarla.

Sentí que una garra se hundía en mi pecho y clavaba sus uñas en mi corazón, haciéndolo pedacitos. El pánico se acumuló dentro de mis pulmones y ascendió por mi garganta entre jadeos, antes de estallar en un grito que no parecía mío.

¡Dios, mi hermana se moría! Y ni siquiera sabía de cuánto tiempo disponía si los médicos no lograban salvarla. La estaba perdiendo con cada minuto que pasaba y... ¿qué iba a hacer sin ella? ¿Cómo se sigue adelante cuando te arrebatan una parte de ti tan importante? ¿Con el vacío que deja y el espacio en blanco que nadie más podrá llenar?

Me puse en pie y me acerqué al acantilado en busca de aire.

Me sentía tan indefensa, tan perdida.

Mi alma, deshaciéndose en jirones.

No era lo bastante fuerte para enfrentarme a la verdad y me arrepentía tanto por todo el tiempo que había malgastado odiándola y culpándola. Fingiendo que no era alguien tan fundamental, que no la necesitaba en mi vida. Se había convertido en una desconocida y aun así la quería con cada célula de mi cuerpo.

En medio de aquella tormenta, un timbre no dejaba de sonar. Primero lejano, y luego más y más fuerte. Más cerca. Hasta que me di cuenta de que el ruido provenía de mis bolsillos.

Mi teléfono.

Me sequé las lágrimas con el dorso de la mano y miré la pantalla. Era Román, y vi que tenía un par de llamadas perdidas.

—Hola —respondí.

—Hola. —Su voz dulce al otro lado provocó otro torrente de lágrimas silenciosas.

—Lo siento, no he oído tus otras llamadas.

—No importa, solo quería saber cómo llevas el día.

—Bien, ¿y tú? —Intenté sonar despreocupada.

Román se quedó callado un instante.

—¿Qué te ocurre? —me preguntó en tono urgente.

—Nada.

—¿Estás llorando?

—No.

—Lucía, ¿qué te pasa?

Se me cerró la garganta con un nudo que me hacía daño.

—Es... es que todo es un desastre —sollocé.

Desde el otro lado del teléfono, me llegó una respiración agitada y ruidos. Un portazo.

—¿Dónde estás?

—En el faro.

—No te muevas de ahí, por favor. Voy a buscarte.

Colgué la llamada y regresé al banco de piedra.

Noté que el aire me llegaba a los pulmones, pero no aliviaba la sensación de ansiedad. Ni la tristeza. Era un montón de emociones que no dejaban de girar y enredarse.

El sol se hundía sin prisa en el horizonte y contemplé su descenso con la vista acuosa.

No pasó mucho tiempo hasta que Román apareció corriendo, con la frente perlada de sudor, y se sentó a mi lado en silencio. Una de las cosas que más me gustaban de él era lo paciente que podía llegar a ser, la forma en la que te concedía espacio sin apremiarte.

Incliné la cabeza y la apoyé en su hombro.

—¿Por qué crees que miente la gente? —le pregunté.

Noté que contenía el aliento y que por un momento sus hombros se tensaban. A continuación, su pecho se desinfló con un suspiro.

—Puede haber un millón de razones, y no siempre con intención de manipular o hacer daño a propósito. La gente puede mentir por vergüenza, por miedo, por bondad. Para evitar algo desagradable. Para proteger a alguien o protegerse. Incluso para caer bien.

—Pero el motivo detrás siempre es el mismo, el interés de quien engaña, y no deja de ser una elección consciente.

—Generalmente sí. Pero sea lo que sea lo que consigas, siempre estará rodeado de un sentimiento de culpa por haber engañado, y el desaliento al saber que ya no hay vuelta atrás. Y esos sentimientos, con el tiempo, lo ocupan todo. No compensa —dijo en voz baja mientras tomaba mi mano y entrelazaba nuestros dedos.

—¿Tú perdonarías una mentira?

—Depende de la mentira. —Hizo una pausa, antes de añadir—: Y también de quién me haya mentido. En mayor o menor medida, todos decimos mentiras y guardamos secretos.

—No es lo mismo una mentira que un secreto —repliqué.

—No, pero pueden provocar el mismo daño. ¿Alguna vez has tenido un secreto que no podías contar?

Asentí. Mi relación con Rubén fue mi mayor secreto.

—Lo tuve.

—¿Y cómo hacías para vivir con él?

—Me preguntaba si el mundo sería un lugar mejor o si ayudaría a alguien que lo contara, y la respuesta siempre era no.

—Al final, lo que cuenta es la intención y las consecuencias.

Asentí, de acuerdo con su respuesta.

Cogí aire y dejé que el nudo que me atenazaba la garganta se deshiciera, pero solo logré que se aflojara un poco.

—Mi abuela me dijo que estaba enferma, pero no es cierto. Me engañó para hacerme regresar. Quien está mal es mi hermana. Es Laura la que tiene un glioma y sus razones para querer ocultármelo me parecen tan infantiles... Intento entenderla, de verdad que lo intento, pero me ha hecho daño y ¡estoy muy enfadada!

—¿Tanto como para no perdonarla? —me preguntó.

—Ya la he perdonado —musité. Lo miré a los ojos—. Soy muy tonta, ¿verdad?

Me sonrió con ternura.

—No, eres buena y quieres a tu hermana por encima de cualquier otra cosa. No hay nada de malo o tonto en eso.

—Me siento tan impotente.

—Cuesta mucho aceptar que ocurren cosas malas que no podemos controlar. Es difícil de encajar.

—Sí —susurré. Él me entendía tan bien.

Mis labios se curvaron en una sonrisa.

La mirada de Román se posó en ese punto. Me puso un dedo bajo la barbilla y me dio un beso. Nos quedamos en silencio, contemplando el horizonte, donde una esfera naranja y brillante casi había desaparecido. Parecía una postal.

Apoyé la cabeza en su hombro y cerré los ojos.

Después de la violenta tormenta que había estallado en mi interior, volvía a sentirme de nuevo en calma. Aún triste, ese sentimiento tardaría en desaparecer, pero estaba tranquila. Respiré hondo y el aroma de su cuerpo me llenó los pulmones. Giré la cara y pegué la nariz a la manga de su camiseta. Hice un ruidito de placer al notar el calor de su piel.

Todo en él me reconfortaba.

Su existencia iluminaba la mía.

Suavizaba lo malo y me hacía estar agradecida por todo lo bueno.

Me incliné y le di un besito en el cuello. Y otro bajo la oreja.

—¿Qué haces? —me preguntó risueño a la par que sorprendido.

—Me gusta cómo hueles. —Le acaricié la mandíbula con la nariz y su pecho se elevó con una inspiración profunda—. Y tu piel es más suave que la mía, me da envidia. —Deslicé la mano por su estómago duro y trepé jugando con los dedos hasta posarlos sobre su corazón. Latía muy rápido—. Toda esta parte también me gusta.

Noté que se estremecía y que su respiración se aceleraba. Me miró de reojo.

—A ti solo te interesa mi cuerpo, ¿verdad? —bromeó.

Le agarré la cara y se la sostuve para que me mirara.

—Me encanta tu cuerpo.

—¿Y qué más?

—Y tus besos.

—¿Algo más?

—Tú. Entero. Todo por completo. Hasta tu mal humor. Y las arruguitas que se te forman aquí cuando algo no te gusta —le dije mientras le alisaba el entrecejo con un dedo—. Por eso sé que no te gusta el helado de yogur y que lo comes por mí.

Una sonrisa preciosa curvó sus labios.

Cuando lo veía sonreír de esa forma, sentía que mi alma también reía.

Me hacía creer que, pasara lo que pasara, saldría adelante.

Porque, sin importar los contratiempos, lo haríamos juntos.

Después de todo, la felicidad no es una vida sin problemas, sino la certeza de contar con alguien que te quiera a tu lado mientras los superas.

# 29

Ya era muy tarde cuando Román me acompañó a casa.

Sacó la bici del coche y la puso en el suelo. Luego me dio un beso largo y profundo como despedida, que aflojó todos y cada uno de los huesos de mi cuerpo. Su efecto sobre mi anatomía era el de un incendio que nunca quería apagar.

Rodeé el muro y accedí por el jardín para evitar hacer ruido en la entrada principal.

Apoyé la bici en la pared y me agaché para saludar al gato atigrado, que había salido a mi encuentro nada más empujar la puerta. Lo tomé en brazos y le rasqué tras las orejas mientras imitaba sus ronroneos.

—Te gusto, ¿eh? Yo sé que te gusto, por mucho que finjas ser un gatito gruñón.

Obtuve un maullido por respuesta y lo apretujé contra mi pecho al tiempo que le llenaba la cabecita de besos. Enseguida comenzó a retorcerse, hasta que logró escabullirse de entre mis brazos. Aterrizó en la hierba y me miró una vez, después se alejó paseando. Lo seguí con la mirada hasta que desapareció bajo un arbusto. Al levantar la vista, encontré a Laura sentada en uno de los columpios, totalmente inmóvil.

Se me encogió el corazón.

Me acerqué poco a poco, como si ella fuese un pajarito asustado y me diera miedo que pudiera alzar el vuelo si se percataba de mi presencia. No se movió. Tampoco dijo nada. Ni me miró cuando me senté en el otro columpio.

Contemplé el cielo mientras me mecía con los pies. No había luna, por lo que la negrura allí arriba era absoluta y las estrellas brillaban con mucha más intensidad. Millones y millones de ellas, junto con planetas, satélites, cometas y asteroides. Resultaba sobrecogedor pensar en todo lo que podía haber más allá de nuestro pequeño planeta azul, en lo diminutos que éramos en comparación. Un universo en expansión y, más allá de esa expansión, se creía que podría existir un universo mucho mayor, lleno de energía que cada uno de nosotros vamos llenando cuando morimos formando una conciencia colectiva.

Me gustaba esa teoría mucho más que cualquier otra, porque la idea de desaparecer por completo me parecía demasiado triste y aterradora.

—«Lo siento, pero me he dado cuenta de que no estoy preparado para asumir toda esta responsabilidad. No soy lo bastante fuerte. Me sobrepasa», eso fue lo que me dijo cuando lo pillé en la puerta con las maletas a punto de marcharse. —El corazón me dio un vuelco al escuchar la voz de mi hermana. La miré casi sin respirar—. Si no lo hubiera sorprendido en ese momento, simplemente habría desaparecido dejando una nota sobre la mesa de la cocina en la que, además de pedirme el divorcio, me daba dos semanas para que dejara la casa. Estaba convencido de que el contacto cero era lo mejor para sanar cuanto antes de nuestra ruptura. El muy imbécil tuvo el valor de usar esa palabra: sanar.

—Ojalá no se le levante nunca más en su vida —gruñí.

Me pareció percibir una pequeña sonrisa en sus labios.

—Carlota también se ha ido alejando poco a poco. Verme

triste todo el tiempo la deprime —repuso con un tonito sarcástico.

Me tensé.

Si antes me caía mal, ahora la odiaba con todas mis fuerzas.

—No necesitas a ninguno de los dos, me tienes a mí. Y no pienso ir a ninguna parte, te lo prometo.

—Eso lo dices ahora, pero también te cansarás.

—Nunca pasará.

Sus ojos grandes y vacíos me miraron un instante.

—¿Cómo lo sabes?

—Porque eres mi hermana y te quiero. Pese a habernos distanciado y al daño que nos hemos hecho, aquí estamos. Las dos. Juntas. Así que no me alejarás más y no serás tan borde conmigo, porque voy a ser yo quien cuide de ti desde ya. A partir de ahora yo te acompañaré al hospital. Quiero conocer a tus médicos y saber cómo estás, qué tratamientos podrían funcionar. Todo lo que se puede hacer en tu caso. ¿De acuerdo? —Abrió la boca, pero no la dejé hablar—. No hace falta que contestes. La respuesta es «Sí, Lucía, haré todo lo que me pidas».

Sacudió la cabeza y bajó la vista al suelo.

La miré de reojo. No había salido en estampida ni dando pisotones mientras me maldecía. En realidad, ni siquiera parecía enfadada. Solo cansada y muy triste. Me torturaba su aspecto desvalido. Demacrada, sin fuerzas. Consumiéndose por dentro.

De repente, oí un sollozo, acompañado de un quejido apenas audible. Me giré hacia mi hermana y vi que le temblaban los hombros. Estaba llorando. Incapaz de mantener por más tiempo la distancia, salté del columpio y me arrodillé frente a ella. Vi un reguero de lágrimas deslizarse por sus mejillas.

Le tomé el rostro entre las manos y se las sequé con los pulgares.

—Laura —gemí.

Me miró a los ojos y compuso una mueca de dolor. Sus labios se contrajeron y todo su cuerpo se estremeció cuando un llanto roto brotó de su garganta.

—¿De verdad me voy a morir? —resolló.

—Algún día, como todos, pero vamos a luchar para que ese día tarde mucho en llegar —le respondí.

—Tengo tanto miedo.

Se me cerró la garganta con un nudo mientras la escuchaba.

—Todo va a salir bien, ya lo verás.

—¿Y si no? ¿Qué hago?

—No pienses en eso.

—Pero es que quiero vivir.

Los ojos se me anegaron de lágrimas y me alcé para abrazarla. Laura se aferró a mi cuello con fuerza y me quedé sin aire al notar que solo era piel y huesos. Le froté la espalda de arriba abajo

—Lo sé, lo sé... No llores —le susurré al oído—. Estaré a tu lado.

—¿Por qué a mí? ¿Por qué yo?

—Ojalá lo supiera. Ojalá pudiera... arreglarlo.

Mi corazón se estaba resquebrajando con un dolor atroz. Las cosas no deberían ser de esa manera. No era justo para ella. Acababa de cumplir los treinta, merecía una vida muy larga y plena, cumplir sus sueños y un día poder mirar atrás y sentir que había vivido.

Se apartó para mirarme, jadeando en busca de aire. Tenía los ojos rojos y las lágrimas no dejaban de brotar. Traté de secarlas, pero era imposible. Así que me uní a su llanto.

—Dios, Lucía, no estoy preparada para nada de esto.

No estoy lista. Hay tantas cosas que no he hecho, que no he visto.

Asentí con vehemencia y volví a abrazarla.

—Lo sé, tranquila, las haremos juntas. Iremos donde tú quieras. Pasaremos un año entero viajando, si es lo que quieres.

Ella también asintió, aferrándose a mi promesa. Quizá, si ambas lo queríamos, si ambas lo deseábamos mucho, podríamos hacerlo.

—Lucía...

—Dime.

—No me abandones.

—Nunca, te lo prometo.

Inspiré hondo y alcé la vista al cielo, rogando al mismo universo que la ayudara a ponerse bien. Cerré los ojos y la sostuve mientras lloraba desconsolada. Al abrirlos, descubrí a mi abuela observándonos desde el porche. Con un camisón blanco y el pelo suelto, parecía un fantasma entre las sombras. A pesar de la distancia, pude ver que me sonreía.

Asintió una sola vez, como quien pone el punto final a un trabajo muy largo y por fin puede descansar. Y en ese mismo momento aprendí algo más: que hay cosas que no podemos dejar en manos del futuro esperando que las resuelva, y que somos nosotros mismos los que debemos solucionarlas para que el futuro exista.

# 30

Los días pasaron y yo me dediqué en cuerpo y alma a cuidar de mi hermana.

La acompañaba a todas sus consultas médicas y permanecía con ella mientras le administraban su tratamiento. Una vez en casa, me ocupaba de que descansara y comiera bien, buscaba formas de aliviar los efectos secundarios, que cada vez eran mayores, y cuando sus fuerzas y su ánimo se lo permitían, salíamos a pasear o nos sentábamos en una terraza y observábamos a la gente. Incluso salíamos de compras o íbamos al cine.

Al principio no fue fácil, éramos hermanas, pero apenas nos conocíamos, y tuvimos que hacer un esfuerzo para dejar atrás el pasado, los reproches, los malentendidos y hacer que nuestra relación funcionara. No tardamos mucho en lograrlo, y los gestos y las palabras que al comienzo eran premeditados se convirtieron en una espontaneidad sincera y genuina.

Y sin darnos cuenta, surgieron las risas y los abrazos. Las conversaciones que se alargaban durante horas. Los silencios cuando se acurrucaba junto a mí en mi cama y cerraba los ojos para calmar su mente inquieta. Las lágrimas y la desesperación compartida frente a un futuro incierto. No necesitaba pedirme nada, ni yo ofrecérselo. Nos lo dábamos todo, incluso cuando teníamos un mal día.

Con Román pasaba todo el tiempo que podía.

Desde el primer día él entendió mi situación y nunca me presionó para obtener de mí más de lo que podía darle en aquellos momentos. Aun así, disfrutábamos de cada segundo juntos. Salíamos a cenar, a pasear, veíamos películas o nos tumbábamos en su sofá sin hacer absolutamente nada excepto hablar. O besarnos. O descubrirnos la piel hasta aprendernos de memoria cada lunar o marca. O hacer el amor como si cada vez fuese la primera.

Román era mi refugio y todo lo que me hacía sentir bien. Era mi tirita, mi baño de espuma, el fuego que me calentaba. Era esa parte de mi mundo que nunca cambiaba, con la que podía compartirlo todo. Sin embargo, en ocasiones, una sombra se colaba en mis pensamientos. Un pálpito me atenazaba el corazón cada vez que lo descubría perdido en sus cavilaciones y su semblante se oscurecía. Una vocecita dentro de mi cabeza me decía que algo no iba bien.

Salí de la ducha envuelta en una toalla y me paré frente al espejo. Con la mano limpié la capa de vaho que había cubierto su superficie y contemplé mi reflejo borroso. Necesitaba dormir más y mejor, o las bolsas bajo mis ojos no desaparecerían nunca. Agarré otra toalla, con la que comencé a secarme el pelo dando ligeros apretones. No quería usar el secador, porque hacía demasiado ruido y Román aún dormía. Tras un buen rato deshaciendo nudos entre muecas de dolor y maldiciones, me convencí de que necesitaba un buen corte cuanto antes.

Después de vestirme, salí del baño y regresé al dormitorio, donde había dejado mis sandalias.

Me sorprendió encontrar la cama vacía.

—¿Román? —lo llamé. No obtuve respuesta.

Pensé que habría ido a la cocina de la casa principal, ya que prefería el café de máquina al de cápsulas que tenía en su apartamento. Fui en su busca, pero tampoco lo vi allí. Me serví un vaso de zumo de naranja de la nevera y, al pasar frente a la ventana, descubrí a Román en el patio interior de la entrada, hablando por teléfono.

Me encaminé a la puerta con una sonrisa, pero me detuve antes de cruzarla al escuchar el tono tenso de su voz.

—No tengo nada que decir, ni creo que mi opinión sea importante. ¿Quieres casarte? Adelante. Es tu vida, mamá... La casa es tuya, haz con ella lo que quieras... Bueno, puedes estar tranquila, no pienso reclamarte nada... —Hubo una larga pausa, en la que solo lo oí respirar de forma entrecortada. Cuando volvió a hablar, parecía mucho más nervioso—. ¿Quieres que te lo jure por escrito? Firmaré lo que sea, solo envía los papeles y ya está... No estoy siendo sarcástico... —Me di cuenta de que estaba apretando el vaso tan fuerte que se me estaban durmiendo los dedos. Lo dejé a un lado y continué escuchando con un nudo en el estómago—. Si necesitas la habitación, tómala. Toda tuya... No sé, mete las cosas en cajas y envíamelas... Pues dónalo o tíralo todo a la basura, me importa una mierda... Es que no logro entender qué quieres de mí... ¿Y quién tiene la culpa de que ya no seamos nada? Llevas años evitándome... ¡Yo también soy tu hijo! —Se le quebró la voz y a mí el corazón—. Lo siento, siento mucho no ser yo el que se ahogara aquel día. Habría sido lo mejor para todos.

Luego oí una retahíla de maldiciones y supe que había colgado.

No pude contenerme más y salí fuera. Lo encontré con las manos en las caderas, respirando una bocanada de aire tras otra. Aunque no se movió, supe que me había visto. Cerró los ojos y se apretó el puente de la nariz.

—¿Era tu madre? —le pregunté.

—Sí.

—¿Estás bien?

Ladeó la cabeza y me miró. Hizo una mueca que pretendía ser una sonrisa.

—Claro. Y tú, ¿todo bien?

—Román...

—Oye, estoy bien.

«Qué mentiroso», pensé. Solté un suspiro y fui a su encuentro. Me paré frente a él y lo observé en silencio. Luego me puse de puntillas y lo abracé. Al principio se quedó rígido, pero poco a poco se fue relajando y su cuerpo se aflojó entre mis brazos. Escondió el rostro en el hueco de mi cuello. Su aliento rápido me quemaba la piel y, por cómo temblaba, parecía a punto de desmoronarse.

Hice que me mirara.

—Puedes hablar conmigo.

Pensé que evitaría la conversación, como siempre hacía cuando se trataba de su familia. Sin embargo, para mi sorpresa, se rindió sin oponer resistencia y hundió los hombros. Asintió de forma imperceptible.

—Me ha llamado porque va a casarse en unos meses con un tipo que conoció el año pasado. Han pensado vivir en la que era nuestra casa familiar y ella quiere asegurarse de que no tengo intención de regresar. Cree que sería incómodo para todos.

—Pero tú no tienes intención de volver allí, ¿verdad?

—Preferiría dormir en la calle a poner un pie en esa casa —masculló entre dientes. Se aclaró la garganta—. Después me ha dicho que necesita más espacio y que me lleve mis cosas a otra parte.

—¿Qué cosas?

—Todo lo que dejé atrás cuando vine aquí: ropa, libros, discos, mi viejo ordenador y algunos recuerdos.

—¿Irás?

—¡No! Todo eso lleva allí tres años y, si no lo he necesitado hasta ahora, es que no me sirve.

Dejó escapar un profundo suspiro y se sentó en una de las sillas de hierro que había bajo el techado de cañizo de la terraza. Tiró de mi mano para que me acomodara en su regazo y me abrazó por la cintura. Le rodeé el cuello con mis brazos. Permanecimos en silencio, con el eco de la fuente resonando entre los muros y el zumbido de los insectos que se alimentaban de las flores. Aquel patio era un oasis de tranquilidad.

Román apoyó la cabeza en mi pecho.

—¿Qué os pasó para acabar así? —me atreví a preguntarle.

Tardó tanto en contestar que pensé que no lo haría.

—Siempre ha sido así entre nosotros. Nunca lo admitió abiertamente, pero me culpaba de las deficiencias con las que nació mi hermano. —Imaginé que se refería a su mudez, y aunque expresarlo como deficiencias me parecía muy exagerado, no hice ningún comentario. Él prosiguió—: Nuestro parto se adelantó varias semanas y no fue fácil para ella. Yo me coloqué primero y en un momento dado me atasqué, lo que también retuvo a mi hermano, y tuvo sufrimiento fetal. —Sacudió la cabeza—. No sé si se dice así. El caso es que después le hicieron un montón de pruebas y todas salieron bien, no detectaron secuelas de ningún tipo. Pero con el paso de los meses, mientras crecíamos, se dieron cuenta de que a él todo le costaba un poco más que a mí.

—Es evidente que las causas eran otras, que no tenían nada que ver con el parto —le dije.

—Los médicos nunca lo aseguraron al cien por cien.

—Porque en medicina no hay nada seguro al cien por cien, pero tu hermano era completamente normal, salvo que no hablaba.

Román cerró los ojos y respiró hondo.

—Da igual, eso marcó mi relación con mis padres para siempre. Querían dos hijos perfectos para su familia perfecta y, como no pudo ser, buscaron la forma de sobrellevarlo. A mí me ignoraban y a él lo sobreprotegían. Cuando murió, todo se desmoronó. Al principio se culpaban entre ellos y, cuando dejaron de hablarse, también dejaron de ignorarme.

—¿Te culparon a ti?

—No estaba con él —dijo en tono sombrío.

—¿Y debías?

No respondió, pero una corazonada me dijo que sí.

Tragué saliva y mi mente retrocedió a aquella tarde. Rubén había quedado conmigo en el faro, quería decirme algo importante. Siempre nos veíamos a escondidas, a solas. Nos ausentábamos sin decírselo a nadie y desaparecíamos durante horas. Nunca pensamos en las consecuencias, solo en lo que nos apetecía hacer.

¿Acaso Rubén se había escapado ese día de la vigilancia de su hermano? Se me paró el corazón un segundo al pensar en todas las implicaciones. El peso de una losa me oprimía el pecho. Me guardé para mí todos esos pensamientos.

—Lo siento mucho —susurré.

—Ya no importa. —Me miró con una sonrisa y me palmeó el trasero para que me levantara—. ¿Has desayunado?

—No.

—Pues vamos adentro, me muero de hambre.

Lo seguí a la cocina, con la mirada clavada en su espalda. De repente, mis recuerdos eran hostiles y me hacían sentir culpable. Aunque era consciente de que no hice nada malo entonces, jugué un papel. Todos lo hicimos. Ahora no tenía la voluntad suficiente para mirar a otro lado y fingir que no guardaba un nuevo secreto. Tampoco para contarlo.

El presente era demasiado valioso para mí.

# 31

—¿Te encuentras bien? ¿Necesitas que pare?

Laura se giró en el asiento del copiloto y me fulminó con la mirada.

—Te lo digo en serio, si vuelves a preguntarme una vez más si estoy bien o si necesito algo, saltaré del coche en marcha.

—Lo siento —me disculpé con las mejillas encendidas.

Ella resopló a mi lado.

—¡Es que me estás volviendo loca! —dijo en tono cansado, lo que me hizo mirarla de nuevo, intranquila. Abrí la boca, pero ella agitó el dedo frente a mi cara y volví a cerrarla—. Sé que lo haces porque te preocupas por mí, pero me preguntas cada cinco minutos y es estresante. Necesito que te relajes, por favor.

—Vale.

—Si me encuentro mal, prometo decírtelo, ¿de acuerdo?

—Vale.

Sostuve el volante con ambas manos y mantuve mi atención en la carretera. Íbamos de vuelta a casa tras pasar la mañana en el hospital, que se encontraba a unos veinte kilómetros de Vila Mareva y prestaba servicios a todos los pueblos del norte de la isla. Laura se estaba sometiendo a otro ciclo de quimioterapia y dos veces por semana acudíamos al área de oncología para una nueva sesión. Si todo iba bien, ese ciclo sería el último y luego la operarían. Algo en lo que intentábamos no pensar de momento.

Entramos en el pueblo por la carretera de la costa y fuimos directas a la farmacia. Estacionamos en el aparcamiento del café.

—Espérame aquí, enseguida vuelvo —le dije.

—Necesito estirar las piernas, mejor fuera.

—Vale, pero con el móvil en la mano.

Laura sacudió la cabeza y se echó a reír. Llevaba días sin oír su risa y ese sonido me convenció de que estaba teniendo un buen día, pese a todo. Sacó el gorro de su bolso y se cubrió la cabeza antes de salir. Me aseguré de que se pusiera a la sombra, después me dirigí a la farmacia.

Cuando regresé con una bolsa repleta de cajas, encontré a mi hermana conversando de forma animada con una chica morena, que tendría más o menos su misma edad. Tuve la impresión de que se conocían bastante bien.

—Hola —saludé.

Nada más verme, mi hermana estiró el brazo hacia mí para que me acercara. Me rodeó los hombros y me estrechó contra ella.

—¿Te acuerdas de Ana? —me preguntó con una sonrisa—. Iba conmigo a clases de danza y solía venir a casa para ensayar en el garaje.

La imagen fugaz de una niña con trenzas y ortodoncia merendando en nuestra cocina cruzó por mi mente.

—Creo que sí.

—Han pasado muchos años, es normal que no se acuerde de mí. ¿Cómo estás? —me preguntó.

—Bien. ¿Y tú?

—Le contaba a tu hermana que es la primera vez que visito el pueblo desde que mi familia se mudó, tras acabar el instituto.

—¡Vaya, eso es mucho tiempo!

—Bastante, y la primera persona que me encuentro al salir es ella, Laura Serra. ¡No puedo creerlo! Apenas has cambiado, sigues pareciendo una niña. —Nos miró a ambas y sus ojos se iluminaron de repente—. ¿Y si tomamos algo juntas y nos ponemos al día? ¿Os apetece?

—¿Ahora? —inquirió mi hermana.

—¡Sí! Aquí mismo, en el café.

—Sí, por mí bien. ¿Tú qué dices? —me preguntó Laura.

Después de haber madrugado tanto, tenía unas ganas tremendas de llegar a casa y tumbarme un rato, pero no pude decirle que no a su mirada esperanzada. Hacía mucho tiempo que no veía esa expresión en su rostro.

—Me tomaría un granizado.

Aunque ya estábamos a mediados de septiembre, el calor aún era lo bastante intenso a mediodía como para sentarnos en una terraza al sol, así que buscamos una mesa libre dentro del local. Pedimos granizados de limón y patatas fritas de bolsa, y, cuando Ana y Laura comenzaron a reír a carcajadas mientras recordaban todas sus travesuras, suspiré satisfecha.

Ojalá que Laura pudiera tener muchos más momentos como aquel.

Mi mirada se perdió en las ventanas que se orientaban al mar. La luz estaba cambiando conforme el otoño se acercaba y había menos gente en todas partes. Donde más se notaba la ausencia de turistas era en las playas, a ciertas horas casi desiertas, y en los chiringuitos y comercios de temporada que habían comenzado a bajar la persiana.

Unos rasgos que ya había visto antes me llamaron la

atención. Contuve el aliento al reconocer al pescador en una de las mesas. Ojeaba distraído una revista de pesca y bebía sorbitos de un botellín de cerveza sin alcohol. De vez en cuando se llevaba a la boca una aceituna y la masticaba sin prisa. Lo observé, amparada en la distancia, y me fijé en sus rasgos, en la piel curtida por el sol y en unas manos que habían trabajado demasiado.

Hay pasos que cuesta dar. Se resisten y discuten buscando un camino alternativo para evitar el que deberían haber recorrido hace mucho. Pensar en ello no ayuda y el transcurso del tiempo lo hace cada vez más difícil.

Quizá el truco estaba en ponerse de pie sin darle demasiadas vueltas y avanzar.

Y eso fue lo que hice, motivada por una conciencia que no dejaba de susurrarme que mis latidos y mi aliento se los debía a ese hombre.

—Enseguida vuelvo —le dije a mi hermana.

Me acerqué a su mesa y llamé su atención con un leve carraspeo. Levantó la mirada y me observó con curiosidad.

—Hola. ¿Se acuerda de mí?

En su frente aparecieron algunas arrugas. Era comprensible, en mí quedaba muy poco de la chica de catorce años que él rescató del mar.

—No, creo que no. ¿Me conoces?

—Sí —respondí. Respiré hondo—. ¿Le importa si me siento?

—No, adelante.

Aparté la silla y me acomodé frente a él. Lo miré, tan nerviosa que me hormigueaba todo el cuerpo.

—Me llamo Lucía. Lucía Serra.

—Pedro Martín.

Alargó su brazo por encima de la mesa y me tendió la mano con una sonrisa amable. Se la estreché y tardé un instante más largo de lo normal en soltarla. Tragué saliva, pero no había modo de aflojar el nudo que tenía en la garganta.

—Soy la nieta de Francesc Miró, el escritor, y de Sira Vidal, no sé si los conoce. Mi madre se llamaba Valeria y usted nos rescató a las dos en la playa de Milflores hace catorce años. ¿Se acuerda?

Abrió mucho los ojos y en sus mejillas aparecieron dos puntos rojos. Se cubrió la boca con la mano y vi cómo su pecho se llenaba con una profunda inspiración. Sacudió la cabeza.

—Claro que me acuerdo, cómo iba a olvidarlo. —Recorrió mi rostro y se detuvo en mis ojos. Me sonrió, menos tenso—. ¿Y cómo te van las cosas?

—Bastante bien, con algunos problemas. ¿Pero quién no los tiene? —Asintió, dándome la razón—. ¿Y a usted cómo le va, aún sigue saliendo con la barca a pescar?

—Solo para entretenerme. Hace ya tres años que me jubilé —suspiró.

—Lo dice como si se arrepintiera.

—No, ¡qué va! La mar es dura para vivir de ella. Desgasta la piel y los huesos, y yo comencé a faenar cuando solo era un crío. Le he dedicado toda mi vida. Era hora de descansar y pasar más tiempo con la familia.

—Pero le sigue interesando —convine a la vez que señalaba la revista.

—De otro modo. Antes pescaba para poner pan en la mesa y pagar las facturas. Ahora porque, a fin de cuentas, soy un hombre que no sabe hacer otra cosa, y torpe y mayor para aprender algo nuevo.

—Nunca se es mayor para aprender algo nuevo.

—Mi esposa me llevó a clases de salsa y casi me descalabro. Lo mío es el pasodoble, aprendí para mi boda y ahí sigo.

Sonreí. Era un hombre muy agradable con el que se podía conversar sin esfuerzo. Me quedé en silencio, mientras en mi mente trataba de darle forma a las palabras que necesitaba decir. Entrelacé las manos bajo la mesa y me aclaré la garganta.

—Hay algo que quiero decirle desde hace mucho tiempo, pero no lograba reunir el valor —le confesé. Él alzó las cejas y me sonrió, animándome a proseguir—. Gracias por salvarme la vida aquella noche. Si usted no hubiera estado allí, yo no lo habría conseguido. Me dio una segunda oportunidad y siempre estaré en deuda con usted. De verdad, gracias.

Pedro bajó la mirada, visiblemente emocionado. Se pasó la mano por la frente y yo me sequé una lágrima solitaria que resbalaba por mi mejilla.

—No quiero que te sientas en deuda conmigo, cualquiera en mi lugar habría hecho lo mismo. Me basta con saber que has crecido bien y que tienes toda la vida por delante.

—La tengo, y es una buena vida.

—Me alegro —dijo en voz baja y sus labios volvieron a curvarse. Una sombra cruzó por sus ojos—. ¿Tu madre...?

—Murió un par de años después de aquello. —Él asintió, y pude ver que tenía preguntas que no se atrevía a formular, pero de las que merecía una respuesta—. Sé lo que parecía, y lo que usted declaró a la Guardia Civil, pero esa noche ella no pretendía hacerme daño. No era consciente de sus actos. Estaba enferma y por esa razón no hubo denuncia ni se la acusó de ningún delito, pero un juez sí ordenó su ingreso en un centro. No había nada que garantizara que no lo intentara de nuevo y consideró que yo estaba en riesgo. No tuvo tiempo de recuperarse, mientras estaba ingresada sufrió un derrame.

—Qué cruel e injusto es el mundo a veces.

—Solo a veces —repliqué, y él me sonrió.

Me puse en pie con un suspiro.

—Pedro, cuídese mucho, por favor —le rogué.

—Tú también.

Y sin buscarlo ni pretenderlo, ese día cerré otra herida.

# 32

—¡Espera, espera! —le pedí al tatuador, que estaba a punto de hundir una aguja cargada de tinta en la piel perfecta de mi antebrazo—. Mejor me acuesto, por si acaso.

Me tumbé en la camilla y respiré hondo un par de veces.

—No tienes por qué hacerlo —me dijo Román desde la silla en la que me esperaba.

—Ha sido idea mía.

—¿Y qué? Puedes cambiar de opinión.

—Pero no quiero, y esto apenas va a doler, ¿verdad?

Miré al tatuador, que se llamaba Toni, con mis ojos de cervatillo asustado y vi que intentaba no reírse. Se encogió de hombros.

—Eso depende del umbral de dolor de cada uno —respondió.

—¿Y cuál es el mío?

—Tendrás que decírmelo tú.

—Claro, ni que tuvieras un detector en la frente —susurré, sintiéndome un poco tonta.

Tanto Toni como Román se echaron a reír con ganas. Puse los ojos en blanco.

«Venga, puedes hacerlo», me animé en silencio.

Unos días atrás, viendo un programa sobre tatuajes en el que los protagonistas hablaban de los diseños que decoraban sus cuerpos y el significado que se escondía detrás de cada uno, oí a un chico contar que tatuarse el símbolo de su mayor miedo le había ayudado a superarlo por completo.

En ese momento pensé hacer algo así y, tras meditarlo, le conté a Román mi idea. Le encantó la propuesta y me prometió que me acompañaría.

—¿Quieres que te dé la mano? —me preguntó.

Asentí como si la vida me fuera en ello.

Con una sonrisa de oreja a oreja, Román agarró la silla y la colocó junto a la camilla. Después tomó mi mano entre las suyas y la sostuvo con firmeza.

—Estoy lista —le dije a Toni.

En cuanto la aguja tocó mi piel, casi me encaramo al techo. Era mentira, no estaba lista y nunca lo estaría. Dolía. Dolía mucho.

—Piensa en cosas agradables —me dijo Román al oído.

Abrí un ojo y lo miré.

—No puedo concentrarme en nada.

—Solo serán cinco minutos —dijo Toni para animarme, pero a mí cinco minutos se me antojaban una eternidad.

—Creo que yo también voy a hacerme uno —comentó Román de repente.

—¿En serio? ¡Ay! —Di otro un respingo—. ¿Por qué querrías?

—Me gusta la idea de tatuarnos juntos.

Le dediqué una sonrisa brillante, a mí también me gustaba.

—Puedo hacértelo cuando termine con ella, no hay problema —intervino Toni. Román se lo agradeció con una palmadita en el hombro—. ¿Has pensado en algo o quieres ver el catálogo?

—Un faro.

Arrugué la frente, sorprendida. La idea era encontrar un símbolo que reflejara nuestro mayor miedo y él nunca había mencionado nada sobre un faro. Aunque cabía la posibilidad de que la razón fuese otra muy distinta, como un impulso o un capricho del momento. Lo que también me parecía bien. Como no estábamos solos, no dije nada y simplemente lo dejé flotando.

—Tengo varios modelos para que escojas.

—Si no te importa, me gustaría dibujarlo.

—Claro, tío. Lo que quieras.

Toni por fin terminó mi tatuaje y me mostró el resultado final. Una pequeña sirena azul de líneas simples, con un ligero sombreado en el cabello y en la cola. Había quedado perfecta, tan bonita que me costaba creer que algo así pudiera formar parte de mis pesadillas. Quizá esa imagen fuese el comienzo para olvidarlas.

—¿Te gusta?

—¡Me encanta! No imaginaba que quedaría tan bien.

Luego fue el turno de Román.

Toni le entregó lo necesario para que él creara el diseño. A continuación, lo calcó en su muñeca y el sonido de la máquina se adueñó del silencio.

Una hora después estábamos dentro del coche, dirigiéndonos a su casa. Le habíamos prometido a Eloy que esa noche cenaríamos con él. Paramos para comprar el pastel de carne y hojaldre que tanto le gustaba y terminamos comiendo helado, sentados en el capó del coche frente a una playa mientras observábamos a unos surfistas a lo lejos.

—¿Sabes? El surf sería un buen modo para recuperar la seguridad y perder el miedo al mar. Es un deporte divertido y, gracias al *leash*, la tabla funcionaría como un salvavidas al que estarías sujeta si lo necesitaras. Aunque yo no me separaría de ti en ningún momento —dijo Román.

Ladeé la cabeza y lo miré.

—¿Surfeas?

—Desde que puedo recordar, aunque llevo bastante sin subirme a una tabla. —Me guiñó un ojo—. Pero es como montar en bici, nunca se olvida.

Contemplé el mar y recordé lo mucho que me gustaba nadar entre las olas y bucear con esnórquel. Perseguir pececitos y molestar a los pulpos que se encondían bajo las piedras y en las grietas de las rocas. O simplemente flotar de espaldas con la mirada perdida en el cielo, mientras la corriente me mecía. Echaba de menos todas esas sensaciones y no quería renunciar a ellas para siempre.

Él prosiguió:

—Practicaremos solo de día, hasta que estés preparada para hacerlo de noche. Siempre tendrás el control y marcarás el ritmo, te lo prometo. Tampoco pasa nada si no quieres, solo es una sugerencia, pero podríamos probarlo y quizá encontremos el modo de desbloquear tu mente.

Sonreí. Se notaba que llevaba un tiempo pensando en el tema, en cómo ayudarme con ese miedo. Respiré hondo. Respiré, respiré, respiré... y continué respirando mientras me convencía de que podía hacerlo.

—Quiero intentarlo.

Román se giró de golpe y me miró con los ojos muy abiertos y brillantes.

—¿De verdad?

—Sí. Sé que no dejarás que me pase nada.

—Joder, claro que no. Me enfrentaría al mismísimo rey Tritón para protegerte —replicó con aire teatral. Alzó las cejas un par de veces y yo rompí a reír a carcajadas—. No, en serio, puedes confiar en mí.

Lancé lejos lo que me quedaba del barquillo y una gaviota descendió a los pocos segundos para picotearlo. Román también le lanzó el suyo. La observamos en silencio hasta que lo devoró por completo y alzó de nuevo el vuelo.

—¿Por qué un faro?

La pregunta llevaba dando vueltas en mi cabeza desde que habíamos salido del estudio de Toni. Román dejó que su cuerpo resbalara por el parachoques hasta ponerse de pie de un salto. Me miró y, con las manos en los bolsillos, se encogió de hombros sin apartar sus ojos de los míos.

—Consistía en grabarnos el símbolo de nuestro mayor miedo, ¿no?

—Sí.

—Tú has elegido una sirena porque era lo que tu madre quería mostrarte esa noche, pero lo que de verdad te asusta es el mar y la oscuridad. Ese es tu miedo, el que de verdad puede hacerte daño. Creo que la sirena es la parte buena, la cara de tu moneda, porque te conecta con tu madre y con su intención real aquella noche.

Contuve el aliento, abrumada por completo. Nunca se me había ocurrido verlo de ese modo, pero si pensaba en ello desde esa perspectiva, tenía todo el sentido.

—Sí, es posible.

Román se acercó a mí y tiró de mis piernas hasta colocarse entre ellas. Después tomó un mechón de pelo que revoloteaba sobre mi rostro y lo colocó detrás de mi oreja. Suspiró hondo mientras lo hacía, tranquilo e intranquilo a la vez.

—Mi mayor miedo ahora es volver a ser la persona que era cuando te cruzaste en mi camino. Perderme otra vez en la oscuridad que hay dentro de mi cabeza y limitarme a respirar sin un propósito. No podría vivir así de nuevo. A la deriva.

Contemplé su rostro con una sonrisa. Me encantaba su forma de hablar y lo viscerales que eran sus pensamientos. Entenderlos a través de sus metáforas.

—Y el faro representa la luz que aleja esa oscuridad que temes.

—El faro eres tú, Lucía. Y también la oscuridad. Lo que me aterra es que desaparezcas de mi vida. Ese es mi mayor miedo.

Tragué saliva y noté el rubor ardiendo en mis mejillas. No sabía cómo asimilar sus palabras, ni la inmensidad de su significado. Tomé su mano y deslicé un dedo sobre el apósito que cubría el tatuaje: un faro con la cúpula iluminada y rodeado de sombras.

Yo era su miedo.

La emoción me encogió el estómago.

Quién no ha soñado alguna vez con un amor intenso y profundo, tan bonito como el que se ve en las películas, con escenas sobrecogedoras por su belleza y diálogos cargados de pasión y sensibilidad. Yo lo hacía de niña, y me enamoré por primera vez con la intensidad de quien cree que lo ha encontrado. Conforme fui creciendo, la vida me enseñó que las películas existen por un motivo, y es hacernos soñar para evadirnos de la realidad.

Sin embargo, con Román sentía que ese tipo de amor era posible.

Respeto, confianza y honestidad. Sobre esas bases estábamos construyendo una historia preciosa. El apoyo era mutuo, nos considerábamos iguales. Nuestra intimidad estaba llena de caricias, palabras dulces y miradas cómplices. Me hacía sentir muy deseada y no le avergonzaba confesarme, con el corazón en la mano, que yo era todo su mundo.

Estábamos hechos el uno para el otro, no solo porque nos queríamos, sino porque nos hacíamos sentir. Vivos. Completos. Libres.

# 33

Ya suponía que la relación entre mi padre y mi hermana era desastrosa. Lo que no imaginaba es que llevaran años sin hablarse, como consecuencia de una gran discusión que mantuvieron un par de meses antes de la boda de Laura.

Ahora entendía su ausencia ese día.

Decir que la comunicación no era el fuerte de nuestra familia se quedaba bastante corto.

Y no entendía cómo habíamos ido cayendo en esa inercia de silenciarlo todo, de callarlo todo y evitarnos hasta convertirnos en extraños. De conformarnos con una llamada de pocos minutos cada tres meses en la que no hablábamos de nada y, al colgar, sentir el alivio de que no tendríamos que volver a pasar por eso hasta dentro de otras tantas semanas. De romper lazos, cuando en realidad nos queríamos y nos echábamos en falta. Nos necesitábamos y pensábamos los unos en los otros en cuanto el mundo nos golpeaba y un abrazo era todo cuanto ansiábamos.

Cuando programaron la cirugía de Laura y me di cuenta de que era inminente, no pude evitar pensar en mi padre. Mi conciencia me decía que él merecía saber lo que estaba ocurriendo con su hija mayor, aunque la relación fuese inexistente. Aunque yo misma tenía que recordarme a veces que él existía.

Laura me prohibió que lo llamara y, cada vez que salía el tema, discutíamos.

Sin embargo, no entraba en mis planes rendirme. Había vivido en mi propia piel lo que se siente cuando te ocultan que alguien a quien quieres podría no estar aquí mañana y te niegan la posibilidad de despedirte. Y por mucho que me asustara la idea, la operación a la que iba a someterse mi hermana era complicada y tenía graves riesgos.

—Haz lo que quieras —cedió un par de días antes de su ingreso—. Pero si viene, aunque lo dudo, no pienso hablar con él.

Lo llamé inmediatamente después y se lo conté todo. Conversamos durante más de una hora y por primera vez oí a mi padre llorar y desmoronarse. Se abrió a mí de golpe, como un dique que revienta por la presión. Me habló del amor tan profundo que sintió por mi madre y del dolor que siempre acompañaba a ese amor, cada vez más indiferente para ella. De cómo se aferraba a la distancia con la esperanza de así sufrir menos. De lo mucho que le costaba mirarme, porque era como si la viera a ella.

Me confesó que en el fondo siempre había sido un cobarde y se convenció a sí mismo de que nunca hubo mucho más que pudiera hacer. En su desesperación, también se culpó con la idea de que la historia de mi madre se repetía con Laura como un castigo por sus errores. Aunque a mí me cuesta creer que quien maneje los hilos de nuestras vidas pueda ser tan cruel con una persona para escarmentar a otra.

Cuando me preguntó qué debía hacer, lo tuve claro. Esa decisión solo le correspondía a él. Entonces, me pidió un consejo.

—Papá, todo el mundo se equivoca y mete la pata. Pero lo hecho hecho está, y lo importante es lo que hacemos al darnos cuenta de que nos hemos equivocado. Si escondemos la cabeza o elegimos dar la cara y arreglar las cosas.

Al rato de despedirnos, me envió un mensaje con el itinerario de su viaje.

—Va a venir —les dije a mis abuelos durante el desayuno—. Llegará en el ferri de la noche. He quedado con él en que iría a recogerlo al puerto.

—Que busque un hotel, aquí no hay espacio —replicó mi abuela.

—Ya le he reservado una habitación.

—Si espera que lo reciba con los brazos abiertos después de...

—Yaya... —la corté. Ella me miró desafiante, aunque yo podía ver todo el dolor y la preocupación que intentaba ocultar—. Sé que es difícil, pero debemos detenernos en algún momento y perdonar. No deja de ser nuestro padre y se arrepiente, sé que lo hace. Todos merecemos una oportunidad, ¿no? Yo te la di cuando me la pediste.

Le cambió el gesto.

—Sí, pero no es lo mismo. No puedo perdonarlo así como así.

—No es eso lo que te estoy pidiendo —le aseguré con una sonrisa.

Suspiró hondo y sus hombros se hundieron.

—Entonces, ¿qué?

—No lo alejes de nosotras. No hagas que quiera irse, porque yo necesito que esté aquí, y sé que mi hermana también lo necesita.

—No lo haré, pero no lo quiero en esta casa y tampoco en el hospital, donde yo pueda verlo.

—Eso es lo mismo que pedirle que se vaya.

Ella abrió la boca con una queja, que no llegó a formular porque mi abuelo la frenó tomando su mano.

—Sira, ¿no estás ya cansada? Porque yo sí, y mucho. Siempre quieres que las cosas salgan a tu manera y no cuentas con nadie para tomar decisiones, ni siquiera conmigo. Haces y deshaces a tu antojo, dando por sentado que sabes lo que es mejor para los demás, y eso no está bien. —Se llevó su mano a los labios y besó sus nudillos antes de proseguir—: Debería habértelo dicho hace mucho, pero sabía que no podías evitar ser así y que nunca había malas intenciones detrás de tus actos. Pero la verdad es que te equivocas más veces que aciertas y esas equivocaciones acaban teniendo consecuencias que terminan afectando a los demás.

El rostro de mi abuela se contrajo con un puchero.

—Yo solo quiero que ellas no sufran. Son lo único que tengo y mi deber es cuidarlas y protegerlas.

Él asintió.

—Lo sé, pero míralas. Ya no son unas niñas, son mujeres adultas que toman sus propias decisiones. No nos corresponde a nosotros gobernar sus vidas, sino estar ahí por si nos necesitan y ayudarlas a levantarse si caen. Nada más, ¿lo entiendes?

Ella frunció el ceño y la culpa se le reflejó en el rostro.

—Sí.

—Eduard es su padre, ellas son las que deben resolver sus conflictos con él. Así que nos haremos a un lado y que nuestras nietas decidan. Esta también es su casa y, si quieren que él venga, le abriremos la puerta.

Ella dijo que sí en un susurro y se levantó a fregar los platos. Supe que lo hacía para ocultar las lágrimas que se le habían escapado. Miré a mi abuelo y él sacudió la cabeza. La conocía mejor que nadie y sabía que lo mejor era darle tiempo para que se desahogara.

Subí a mi habitación, pero antes de entrar me asomé a la de Laura. Dormía en su cama hecha un ovillo. Me la quedé mirando y sin darme cuenta acompasé mi respiración a la suya. Sin embargo, mi corazón latía descontrolado desde hacía días y no encontraba el modo de calmarlo.

—Todo va a ir bien —me dije en un susurro. Me lo repetía todo el tiempo, porque era la única forma que había encontrado de mantener el miedo a raya—. Todo va a ir bien.

Me di la vuelta y entorné la puerta.

La débil voz de mi hermana me detuvo.

—Lucía.

—¿Sí?

—No iré a ninguna parte, tengo que quedarme para seguir discutiendo contigo. Las primeras canas que te salgan serán por mi culpa.

Sonreí al tiempo que sacudía la cabeza.

—¿Me lo prometes?

—Te lo prometo.

—¡Allí está, el de la mochila amarilla! ¡Papá, papá! —grité mientras daba saltos con la mano en alto.

Su cara se iluminó al descubrirme al otro lado de la valla.

—¡Lucía!

—Dios, cómo ha cambiado —susurré al verlo más de cerca.

Su pelo castaño se había vuelto gris y era casi blanco en las patillas, al igual que su barba. Nunca antes lo había visto con una. Ahora usaba gafas y había cambiado su estilo formal de vestir por otro mucho más desenfadado y juvenil. Ya no estaba tan delgado, ni parecía tan alto. Pero sí mucho más mayor.

Inspiré hondo. Era él y al mismo tiempo no lo era.

Durante un segundo, mientras lo veía sonreírme con timidez desde la rampa, el resentimiento me envolvió como una manta áspera. Nuestra relación siempre había sido extraña e incómoda, pero la habíamos perpetuado, quizá con la esperanza de que algún día cambiase. Así que me dije que ese era el día, y también le sonreí.

No imaginaba que sería tan difícil.

Por puro instinto, moví mi mano y busqué la de Román. El apretón de sus dedos me ayudó a seguir respirando.

—¡Hola, papá! —lo saludé cuando se detuvo frente a mí.

—Qué mayor estás, y qué guapa —dijo mirándome de arriba abajo.

Nos observamos en silencio, como si ninguno supiera qué hacer o quién debía dar el primer paso. Si un abrazo o un beso. Nos movimos a la vez y chocamos con torpeza. Tras un par de intentos, nos abrazamos.

—¿Ha ido bien el viaje? —le pregunté.

—Sin retrasos, lo que ya es mucho —respondió mientras reparaba en Román.

—Papá, quiero que conozcas a Román. Él y yo estamos saliendo.

—¿Tienes novio?

Román se apresuró a tenderle la mano con una sonrisa.

—Encantado de conocerlo, señor Serra.

Mi padre se ruborizó e hizo un gesto vago con la mano.

—Por favor, no me hables de usted y llámame Eduard. Solo Eduard.

—Claro, Eduard. Déjame que te eche una mano con la maleta.

Román cargó con el equipaje de mi padre y se abrió paso entre la gente hacia el aparcamiento. Mi padre y yo lo seguimos, uno al lado del otro en silencio.

—Parece una buena persona —dijo él, rompiendo el hielo.

—Lo es.

—¿A qué se dedica? Si no te molesta que te pregunte.

—Es traductor.

—¿Y es del pueblo, es isleño?

—Su familia lo es. ¿Te acuerdas de las bodegas Vinent? —Él asintió—. Son de su abuelo.

—Nunca tuvimos la ocasión de relacionarnos, pero la gente siempre hablaba bien de ellos.

Le dediqué una pequeña sonrisa y él me la devolvió. Se notaba que estaba tenso; yo también. Me observó cauto, con la expresión de quien intenta reunir valor para decir algo.

—¿Cómo está Laura?

—Asustada.

Tragué saliva y él apartó la mirada.

—Entonces, ¿ingresa mañana?

—Así es.

—Y la operarán al día siguiente.

—A primera hora —le confirmé.

—¿Sabe que estoy aquí?

—Sí, lo sabe.

De repente, se detuvo. Se pellizcó el puente de la nariz y lanzó un profundo suspiro. Empezó a mover la cabeza de un lado a otro, como si el simple hecho de respirar lo sobrepasara. Le tembló el labio al mirarme y un sinfín de emociones empañaron sus ojos con un velo acuoso.

—No sé cómo hacerlo —me dijo.

—¿El qué?

—No sé cómo acercarme a ella. Ni qué decirle. No tengo la menor idea de cómo afrontar esta situación. Sé... sé que no he sido un buen padre y que podría haberme esforzado más. ¡He perdido tanto tiempo! Y ahora ella está mal y yo... No quiero que le pase nada. —Se le quebró la voz.

Durante un instante, me quedé sin palabras. Le puse la mano en el brazo e inspiré hondo.

—Solo háblale como hiciste conmigo ayer, y dile lo mismo que me acabas de decir a mí. Hazlo desde el corazón y aguanta, porque sé que va ser muy dura con sus respuestas, incluso cruel. Se desquitará contigo y te jurará que nunca le has importado. Te pedirá que te vayas y querrás hacerlo.

Los ojos me escocían y tuve que hacer una pausa para recomponerme.

—Así que tú solo respira, papá. Respira despacio, cuando sientas que duele demasiado, y luego dile que no vas a ninguna parte porque la quieres.

Respiró hondo con sus ojos fijos en los míos. Asintió.

—Eso puedo hacerlo.

—Claro que puedes.

—Respirar despacio.

—Eso es.

# 34

Es curioso, pero vivimos como si el tiempo fuese infinito cuando se trata de perderlo. Puede esperar. Lo haré más tarde. No hay prisa. No se moverá de ahí. Mañana también estará.

En cambio, cuando debemos aprovecharlo, siempre sentimos que nos falta. Que no es suficiente. ¿Ya ha pasado otro día? ¿Cómo ha ocurrido tan rápido? Ni siquiera me he dado cuenta. Ya es demasiado tarde. Si pudiera detenerlo. Por favor, solo un poco más.

Dicen que nunca es tarde, pero a veces sí lo es.

Me comí la última galleta y eché la cabeza hacia atrás. Sin luna, el cielo parecía una pintura negra en la que alguien había espolvoreado millones y millones de pequeños diamantes. Si entrecerrabas los ojos y mirabas fijamente un punto sin parpadear, parecía que estaba nevando.

—Si sigues haciendo eso, acabarás quedándote bizca —me dijo Laura.

—¿De qué hablas? No hago nada.

—Como si no te conociera.

Sonreí y la miré.

—Por si se te ha olvidado, me lo enseñaste tú.

Asintió con una pequeña curva en sus labios y, durante un instante, sus ojos brillaron con nostalgia. Entonces bajó la vista a la taza que sostenía entre las manos e hizo un repullo.

—Es un poco triste.

—¿El qué? —le pregunté.

—Que en mi última noche en casa esté tomando leche caliente con cacao, en lugar de un buen vino. ¿De qué nos sirve que tengas un novio con una bodega?

Me hizo reír.

—No puedes beber alcohol. Y esta no es tu última noche en esta casa —puntualicé en tono de reprimenda—. Habrá muchas más y beberemos tanto vino que acabaremos odiándolo.

Ella no contestó, aunque tampoco hizo falta. Su semblante hablaba por ella y, conforme pasaban las horas, el miedo y desánimo se turnaban para robarle la poca energía que le quedaba. Ladeó la cabeza y yo hice lo mismo. Recostadas en las hamacas, nos miramos sin decir nada. Memoricé cada detalle de su rostro; pese a todo lo que había sufrido en los últimos meses, no había perdido un ápice de su belleza. Continuaba siendo preciosa. Mi vista se nubló cuando las lágrimas empezaron a llenar mis ojos. Las aparté y las limpié con rapidez porque no quería que nada estropeara ese momento con mi hermana.

—¿Sigue ahí? —me preguntó ella de repente.

Me incorporé un poco sobre los codos y eché un vistazo a la ventana de la cocina. A través del cristal vi a mi padre, aún sentado a la mesa con mis abuelos.

—Sí.

Laura bufó y se frotó las mejillas.

—¿Acaso piensa quedarse toda la noche?

—Está aquí. Ha venido. Por ti —le dije en voz baja. Ella

me miró y percibí un atisbo de duda que aproveché—. Escúchalo al menos, no te cuesta nada. Conmigo lo hiciste.

—No es lo mismo —gruñó.

—No, pero se parece —suspiré mientras me ponía en pie—. Tengo que ir al baño. ¿Necesitas algo de dentro?

—No, estoy bien.

Entré en la casa y pasé de largo frente a mis abuelos y mi padre, mascullando «Me hago pis, me hago pis, me hago pis...». Cuando minutos después salí del baño, entré en mi habitación y me puse una sudadera. Había refrescado. Luego cogí una manta del cuarto de Laura y regresé abajo. Encontré a mi padre solo, removiendo con una cuchara y aire ausente un café que debía de estar ya frío.

—¿Y los yayos? —le pregunté.

—Han subido a descansar. —Dejó escapar un suspiro y apartó la taza—. Yo también debería irme.

Lo miré. Había cierta inseguridad y mucha tristeza en su mirada. Le estaba costando gestionar la situación y yo me sentí mal por él porque lo intentaba, y debía reconocerle el esfuerzo. Apreté la manta un instante y se la ofrecí.

—¿Podrías llevarle esto a Laura antes de irte? Hace un poco de frío.

—¿Y tú?

—Me he dejado una cosa arriba. ¿Te importa? —insistí con la esperanza de que esa excusa tonta pudiera ayudar con el primer paso. El resto ya dependía de ellos.

Asintió tembloroso y tomó la manta.

Cuando salió por la puerta, me derrumbé en la silla. Miré el reloj y el estómago se me encogió con un nudo de ansiedad. Solo quedaban diecisiete horas para el ingreso y treinta y dos para la operación. Ojalá pudiera detener el tiempo. Congelarlo. Conseguir el poder para controlarlo.

Pasado. Presente. Futuro.

Cambiaría tantas cosas.

Subí las piernas al asiento y me abracé las rodillas. Me quedé allí, respirando. Con todos mis sentidos alerta y puestos en lo que estaba sucediendo en el jardín. En algún momento debí de quedarme dormida y, cuando abrí los ojos, lo hice sobresaltada.

Me acerqué a la ventana con el corazón latiéndome en el estómago.

Una pequeña sonrisa se dibujó en mis labios al descubrir a Laura y a mi padre aún en el jardín. Sentados el uno al lado del otro.

Ya sin fuerzas, después de un día muy largo, subí a mi habitación y me tumbé en la cama sin quitarme la ropa. Puse la cabeza en la almohada y cerré los ojos. Necesitaba descansar al menos unas horas. Me sentía exhausta y no recordaba cuándo había sido la última vez que había podido dormir una noche completa. Sin preocupaciones. Sin sueños extraños. Sin sentirme alerta.

Una larga exhalación abandonó mi pecho.

El graznido de unas gaviotas sobre el tejado me despertó.

Parpadeé confusa. Miré a mi alrededor, adormilada, y me costó unos segundos pensar con claridad. No veía nada y los vaqueros me apretaban tanto en las caderas que bajo una de las costuras me dolía horrores.

Debería haberme puesto un pijama.

Y lavarme los dientes. Puaj.

Me deslicé fuera de la cama y corrí la cortina. La luz suave del amanecer intentaba alzarse tras el horizonte. Abrí una hoja de la ventana y me apoyé con las manos en el alféizar. Había oleaje y el bramido de las olas se oía con claridad. Dejé escapar un suspiro. Sentía una serenidad rara bajo la piel.

Quizá porque sabía que la parte más dura de la espera de las últimas semanas llegaba ahora y yo debía ser más fuerte que nunca. Por mí, por mi familia y sobre todo por mi hermana.

Me asomé al jardín.

Pensé en Laura y en mi padre. ¿Habrían logrado entenderse, aunque solo fuera un poco? Quería creer que sí. Que era posible tender puentes y crear nuevos lazos. Que, entre el orgullo y el perdón, era preferible olvidar. Porque el rencor erosiona y puede hacerte desaparecer.

Y mientras divagaba, los vi, aún juntos, fuera del muro, contemplando la salida del sol.

El corazón se me calentó con una emoción muy profunda. Me pesaba, pero de un modo agradable porque otra grieta se estaba cerrando. Una que no creía probable. Pero ya lo dijo Mary Poppins: «Todo es posible, incluso lo imposible».

# 35

—La intervención ha ido bien. Hemos extirpado el tumor y limpiado la zona todo lo posible. No esperamos que haya secuelas neurológicas, pero eso es algo que no podremos saber con seguridad hasta más adelante. Laura está ahora mismo en REA, pasará allí veinticuatro horas y luego la trasladaremos a cuidados intensivos para tenerla en observación. Si todo va bien, en un par de días o tres podrá ocupar una habitación.

—Entonces, ¿va a ponerse bien? —preguntó mi abuelo al cirujano que había operado a mi hermana.

—Aún hay que hacerle pruebas y tendrá que continuar con la quimioterapia un poco más, pero las probabilidades de que pueda recuperarse totalmente son altas.

—¡Bien! —susurró mi padre.

—¿Cuándo podremos verla? —quiso saber mi abuela.

—Las visitas están restringidas en reanimación, pero podrán visitarla cuando se encuentre en cuidados intensivos. Hay dos horarios de visita, uno de mañana y otro de tarde, ¿no? —le preguntó al enfermero que lo acompañaba.

—Así es, a las doce y a las siete. Pero solo podrán pasar de uno en uno, y no más de cinco minutos.

—Gracias.

El médico nos dedicó una sonrisa amable.

—¿Más preguntas? —Al ver que guardábamos silencio, cerró la carpeta que tenía en las manos—. Muy bien. Si tienen alguna duda o necesitan hablar conmigo, no duden en llamarme.

—Muchísimas gracias, doctor —le respondió mi padre con un apretón de manos.

—Como no podrán verla hasta mañana, les aconsejo que se vayan a casa a descansar. No tienen que preocuparse por nada. Tenemos sus datos, así que si ocurre cualquier imprevisto nos pondremos en contacto con ustedes de inmediato —nos tranquilizó el enfermero.

A continuación, ambos salieron de la consulta donde nos habían reunido y nos quedamos los cuatro solos. Aunque se estaban esforzando, la tensión entre mis abuelos y mi padre era evidente, y después de tantas horas en medio de esa tirantez yo necesitaba un respiro.

Mientras ellos discutían qué hacer y cómo, salí al pasillo. Me dirigí a las escaleras y bajé una planta. Allí se encontraba la sala de espera para los familiares de los pacientes que estaban siendo intervenidos ese día. Había tanta gente que me paré al entrar y lo busqué con la mirada. Tenía tantas ganas de verlo.

Estaba sentado en el suelo, junto a la máquina del café, leyendo un libro. Como si hubiera notado mi presencia, levantó la barbilla y nuestros ojos tropezaron. Me observó preocupado mientras se ponía de pie y venía hacia mí.

—¿Cómo está? —me preguntó casi con miedo.

El corazón me iba a mil y las lágrimas que me había esforzado por contener durante todo el día se acumularon bajo mis pestañas. Respiré hondo.

—Va a ponerse bien.

—¿Sí?

Asentí con vehemencia y me refugié en sus brazos. Los nervios me hicieron reír.

Román me cogió el rostro entre las manos, me apartó el pelo y me borró las lágrimas a besos.

—Se pondrá bien. Se pondrá bien —repetí sin dejar de reír.

Él me levantó del suelo con un abrazo que hizo que mis costillas se quejaran, pero no me importó. Porque era feliz. Inmensamente feliz. Como nunca antes lo había sido. Tenía todo lo que podía desear. A mi familia, que retal a retal volvía a unirse. A mi hermana, que continuaría a mi lado por mucho tiempo. Y a él, mi mejor amigo, el hombre que controlaba mis latidos y mi cuerpo. Mi mundo entero.

# 36

—Hola, papá. ¿Ya estás en Oslo? —susurré al descolgar el teléfono.

—Sí, cariño, acabamos de aterrizar y ahora estoy saliendo del aeropuerto para ir al hotel. ¿Cómo va todo? ¿Cómo está tu hermana?

Me levanté del sillón y me asomé a la ventana. La habitación del hospital daba al aparcamiento y pasaba allí muchas horas, viendo a la gente llegar y marcharse. Nosotros nos iríamos muy pronto.

—Se ha quedado dormida, ¿quieres que la despierte?

—¡No! Deja que descanse. ¿Ha pasado el neurólogo, ha dicho algo sobre la mano?

—Vino este mediodía y dijo que todo está bien. Irá recuperando la fuerza y el agarre poco a poco, pero tendrá que hacer rehabilitación. ¿Sabes? Hoy ha subido dos tramos de escalera sin ningún problema y la quimio la tomará solo en pastillas. El médico dice que podremos llevarla a casa muy pronto.

—Eso es estupendo, Lucía.

—Sí —me reí contenta.

Se quedó callado un momento. Lo oí tomar aire y soltarlo con fuerza.

—Aún tengo unos días de vacaciones que no cogí en verano y estoy pensando en ir a veros el mes que viene. ¿Qué te parece?

—¿El próximo mes? ¡Claro, papá, sería genial que nos visitaras! —exclamé—. Laura estará en casa y podríamos salir todos juntos.

—Sí, sería estupendo. —Hizo otra pausa—. Verás, hay algo más que quería comentarte.

—Dime.

—A Natalie y a los niños les gustaría acompañarme y así conoceros —me explicó nervioso.

No esperaba que dijera algo así y por un instante me quedé bloqueada. Nunca me había planteado la posibilidad de conocer a esa mujer, ni cómo me sentiría al respecto si surgía la ocasión. Me froté el cuello y mi respiración se volvió superficial.

—¿Quieres decir que vendríais los cuatro juntos, Natalie, los niños y tú?

—Sí, pero solo si vosotras estáis de acuerdo y no os hace sentir incómodas. Yo iré de todas formas, quiero veros —me aseguró.

Me giré y miré a mi hermana. Se había despertado y me observaba desde la cama. Muy despacio, asintió mientras señalaba el teléfono. Arrugué la frente, no estaba muy segura de lo que intentaba decirme.

—Que los traiga —me susurró.

—¿Estás segura? —articulé sin voz.

Ella se encogió de hombros y sonrió, como quitándole importancia.

—A nosotras también nos gustaría conocerlos.

—¡¿De verdad?!

Su entusiasmo me hizo sonreír.

—Sí, papá, será genial.

—Gracias, cariño. Natalie se pondrá muy contenta cuando se lo diga. Ahora tengo que subir al taxi. Os llamo durante el desayuno. Dale un beso a tu hermana.

—Adiós, papá.

Me senté en la cama tras guardar el teléfono. Laura me observó adormilada y estiró el brazo en el que llevaba puesta la vía para tomar mi mano con la suya. La sostuve con cuidado y entrelazamos los dedos.

—¿Eres consciente de que puede salir muy bien o muy mal? —le advertí.

—¿Lo dices por la abuela?

—Va a darle un ataque.

Nos entró la risa.

Me encantaba verla risueña. Tranquila.

—Esa mujer ahora forma parte de su vida y, si él va a quedarse en la nuestra, conocerla es inevitable. Igual nos gusta —dijo en voz baja.

Fruncí el ceño.

—¿Quién eres tú y qué has hecho con mi hermana?

—¡Qué tonta eres!

Dio una palmadita en el colchón, pidiéndome que me tumbara a su lado, y lo hice. Me estiré a lo largo y coloqué el brazo de forma que ella pudiera acurrucarse en mi costado. Después cerró los ojos y exhaló despacio, cansada pero contenta.

Algo había cambiado dentro de Laura desde la operación. Irradiaba una calma reverente, que a veces me desconcertaba. La descubría mirándonos en silencio como si nos viera por primera vez y quisiera grabarnos en su memoria con todos los detalles. Observándolo todo como si acabara de despertar en un mundo completamente nuevo al que trataba de acostumbrarse.

No se quejaba por nada, ni siquiera cuando algo le dolía.

Al contrario, a veces me daba la impresión de que agradecía las incomodidades, como cuando la enfermera le hacía las curas o le cambiaba la vía. Cuando las piernas le fallaban al ponerse en pie y al segundo intento lograba sostenerse.

Creo que nunca esperó tener una segunda oportunidad y ahora quería convencerse de que era real. De que su vida ya no era agua derramándose entre los dedos, sino un río que fluía.

—Lucía.

—¿Sí?

—¿Continuamos con nuestra lista?

Sonreí. Estábamos escribiendo una lista de cosas que queríamos hacer juntas cuando ella se recuperara por completo y pudiese viajar.

—¿Recuerdas qué fue lo último que anotamos? —le pregunté mientras me estiraba para abrir el cajón y sacar el cuaderno.

—Hacer parapente —respondió en un tonito travieso.

—¡Ni en sueños!

# 37

Noviembre comenzó con mal tiempo.

Aparté el edredón y puse los pies en el suelo. Un estremecimiento me recorrió de arriba abajo al notar lo fría que estaba la habitación. De puntillas, me acerqué a la ventana, descorrí la cortina y abrí una de las hojas. Negros nubarrones se cernían sobre el cielo y en el aire se intuía un ligero aroma a lluvia y electricidad.

Me puse unos calcetines y una rebeca sobre el pijama. Luego bajé a la cocina.

Allí encontré a Laura, rodeada de ingredientes y utensilios para repostería. Sobre la encimera, trataba de estirar un trozo de masa con un rodillo. Desde que había vuelto a casa, se había obsesionado con hacer galletas, bizcochos, magdalenas, rosquillas... Con lo que horneaba cada día, podríamos haber montado una pastelería, pero como no era posible, la abuela se dedicaba a regalarlas entre los vecinos, sus amigas, sus compañeros de las clases de taichí, de abalorios y de pintura.

Sí, ahora le había dado por la pintura de paisajes al aire libre.

Y por el ganchillo, desde que Laura usaba gorritos para

la cabeza. Ya tenía una docena, de distintos colores y con diferentes puntos: cadeneta, punto raso, punto alto, fantasía.

Eran tan bonitos que yo también le había pedido algunos para el invierno.

—¿Qué haces? —le pregunté

—Intento hacer una trenza de hojaldre.

—Parece difícil.

—El truco está en no estirar la masa demasiado y doblarla bien.

Cogí una taza del armario y me serví café con un poco de leche. Después le quité la tapa al tarro de las galletas y me comí una de un solo bocado.

—¿Has desayunado? —le pregunté con la boca llena.

—Ajá.

—¿Y te has tomado la medicación?

—Sí, mamá.

Le di una palmada en el trasero a modo de reprimenda.

—Ay, pica.

Le saqué la lengua con una mueca.

Me comí otra galleta. Y otra más mientras mi mente divagaba.

—Debería tomarme en serio lo de buscar trabajo —suspiré al cabo de un rato.

—¿Necesitas dinero? —quiso saber Laura.

—Aún no. Apenas tengo gastos y, con lo que me queda, puedo aguantar otros pocos meses.

Ella me miró por encima del hombro.

—Yo tengo algo ahorrado, por si lo necesitas en algún momento.

—Te lo agradezco, pero no es por eso. Es que quiero trabajar, lo echo de menos —le confesé.

Desde que ella se encontraba mejor y ya no necesitaba ayuda, yo había empezado a darle vueltas al tema. No podía pasarme la vida sin hacer nada, viviendo para siempre con mis abuelos. Necesitaba ocupar mi tiempo y sentirme útil. Tener un propósito más allá de comerme todo lo que iba encontrando. A este paso, me zamparía al gato en un descuido.

—Hay varias páginas en las que cuelgan anuncios.

—Por curiosidad ya he mirado algunos, y no hay muchas ofertas a las que pueda adaptarme.

—También puedes hacer una lista de lugares y enviar tu currículo.

—Es una idea, pero en Vila Mareva solo hay bares, restaurantes y tiendas de recuerdos.

—¡Qué exagerada!

—Y pescaderías.

Laura sacudió la cabeza y dejó escapar un suspiro.

—Si no encuentras nada que te guste, podríamos montar un negocio las dos juntas.

Pensé que bromeaba, pero cuando me miró muy seria, esperando una respuesta, me detuve a considerarlo. No sonaba nada mal. Crear algo juntas, que fuese solo nuestro. Lo peor que podría pasar era que discutiéramos, pero eso ya lo hacíamos todos los días hasta por la pasta de dientes. Yo apretaba el tubo por el centro y ella lo empujaba desde abajo. Diferencias irreconciliables.

—¿Y qué clase de negocio podrían montar una profesora de danza y una relaciones públicas?

Ella dejó de empujar el rodillo y apoyó la cadera en la encimera. Frunció el ceño.

—¿De verdad lo harías? —me sondeó.

—Sí, por supuesto.

Una sonrisa enorme se dibujó en su cara y sus mejillas se tiñeron de rojo. Apreté los labios al darme cuenta de que la simple idea ya la ilusionaba.

—Déjame que piense en ello, ya se me ocurrirá algo.

# 38

Román tiró de mí cuando entramos en su apartamento y me apretó contra la pared tras cerrar la puerta con el pie. Su boca atrapó la mía. Sabía a refresco de mango y lima. Me agarró por la cintura con ambas manos y me empujó contra sus caderas. Gemí. Me encantaba la forma en la que su lengua jugaba con la mía. Buscándome. Lamiéndome. Retirándose un segundo para invadirme de nuevo, arrebatándome el aliento y la cordura.

Nos movimos a tientas por el salón hasta su dormitorio, mientras sus dientes recorrían mi garganta. Abrí los ojos e intenté tranquilizarme, pero no pude. Sentía sus pulsaciones en las palmas de las manos y el calor de su lengua en mi escote mientras uno a uno iba soltando los botones de mi camisa. Segundos después, resbalaba por mis brazos hasta el suelo.

Caímos en la cama.

La habitación se iluminó con un relámpago. Al otro lado, la lluvia comenzó a golpear los cristales. Primero despacio, pero enseguida cobró intensidad.

Román se apartó para quitarse el jersey por la cabeza. Yo me deshice del sujetador y lo lancé lejos. Me miró desde arriba con el torso desnudo. Dios, qué guapo era. Le rodeé el cuello con las manos y lo atraje hacia mí mientras tiritaba. Me cubrió con su cuerpo, una manta suave de piel caliente. Me besó y su respiración se tornó más agitada cuando mis dedos palparon su espalda y se colaron por la cintura de los pantalones hasta su trasero. Sus músculos se contrajeron cuando le mordí el labio.

Lo besé con más ganas. Con anticipación. El deseo se arremolinaba bajo mi ombligo y alcé las caderas. Gimió, y como si no pudiera contenerse más, empezó a quitarme la poca ropa que aún llevaba puesta. Me arqueé, necesitaba que me tocara. Las puntas de sus dedos se deslizaron por mi piel erizada y trazaron líneas por mi cuerpo como si me dibujara. La clavícula, los pechos, el estómago, y bajó todavía más.

Se me escapó un sollozo impaciente.

Solté el botón de sus vaqueros y tiré de ellos hasta dejarlos hechos un revoltijo.

Completamente desnudos, nos convertimos en un manojo de besos, caricias y susurros. Su boca me devoraba como si fuese un helado, y yo me derretía con su respiración caliente entre las piernas. Me empujaba al límite y, cuando estaba a punto de alcanzarlo, se apartaba y dejaba un reguero de besos por mi muslo.

Quería llorar y le tiré del pelo.

Sentí su risa vibrar a través de mi piel mientras ascendía hasta alcanzar mi boca. Incapaz de soportarlo más, impulsé las caderas hacia él y lo rodeé con las piernas. Román apoyó los brazos a ambos lados de mi cabeza y respiró entre dientes.

A duras penas contuvo un gruñido mientras lo acogía en mi interior.

Comenzó a moverse y ya no hubo nada más en mi mente salvo él.

Sus manos.

Sus labios.

Sus gemidos en mi oído.
Nuestros cuerpos mezclándose.
Nuestras almas fusionándose.
Solo Román.
Siempre.
O eso creía.

Cuando me desperté, Román aún dormía. Sin hacer ruido, saqué una muda de ropa que siempre guardaba en su armario y me metí en el baño. Me di una ducha caliente y me sequé el pelo solo con la toalla. Después de vestirme, me dirigí a la cocina. Estaba muerta de hambre.

Mientras recorría el pasillo, oí el tintineo de unos platos y el borboteo de la cafetera.

Eloy también se había levantado.

Frené mis pasos y contuve la respiración.

Por un instante, pensé en darme la vuelta y regresar por donde había venido para que no me viera. No era la primera vez que dormía con Román en su casa. En realidad, ya habían sido muchas. Tampoco era la primera vez que me encontraba con Eloy en esas circunstancias. Él supo desde el primer momento que Román y yo estábamos saliendo, y nos apoyaba. Sin embargo, no dejaba de ser un poco incómodo sentarme a desayunar con él tras haber pasado la noche con su nieto haciendo de todo menos dormir.

Sabía que era una actitud infantil por mi parte. Todos éramos adultos. Pero no había forma de que mi cerebro lo entendiera. Y acababa huyendo como una delincuente que no quiere ser descubierta, cosa que a Román le molestaba mucho.

—¿Quieres café? Acabo de hacerlo.

Apreté los párpados con fuerza y me tragué una maldición. Me había pillado.

—Sí... Café... ¡Me vendría genial uno! —exclamé al entrar—. ¡Buenos días!

—¡Buenos días! —respondió él con una sonrisa—. ¿Román aún duerme?

—Sí, como un tronco.

—Pues él se lo pierde, hoy hay churros para desayunar.

Abrí mucho los ojos. Me encantaban crujientes y con mucho azúcar.

—¿También hay chocolate?

—Soy experto en hacer chocolate caliente. Vamos, siéntate.

En cuanto dejé a un lado la vergüenza y me relajé, las cosas entre Eloy y yo fluyeron como siempre. Nos gustaba pasar tiempo juntos y podíamos hablar de cualquier tema durante horas. Disfrutábamos de la compañía del otro y compartíamos muchas inquietudes, a pesar de nuestra diferencia de edad.

—¿Lo dice en serio? —Estaba alucinada.

—Muy en serio.

—Dios mío, *Harper's*. Incluso yo conozco esa revista. No puedo creer que usted fuese portada de uno de sus números.

—Todo se debió a un cúmulo de casualidades —empezó a contarme—. Por desgracia, mi padre falleció de forma prematura y yo heredé las bodegas cuando aún era muy joven. Acababa de casarme con Marta y ni siquiera había nacido nuestro hijo. Ese mismo verano, la cosecha fue excepcional y me encargué yo mismo de todo el proceso de fermentación y crianza. Tres años más tarde, lanzamos al mercado setenta mil botellas de ese vino. Fue un éxito y ganó dos premios internacionales. Un editor de *Harper's* vino a escribir un artículo y se sorprendió al descubrir mi edad. El empresario vinícola más joven que había conocido. Así acabé en la portada. Creo que aún tengo algún ejemplar guardado.

—¿De verdad?

—¿Te gustaría verla?

—¡Sí!

Subí con él hasta la segunda planta. Allí se encontraba su despacho, al final del pasillo. Nunca había estado dentro y una de las cosas que más me sorprendió fue la cantidad de fotografías familiares que colgaban de las paredes. Un *collage* de marcos de distintos tamaños y materiales que mostraban imágenes de toda una vida. Era impresionante.

Mientras Eloy rebuscaba en una estantería, yo me dediqué a estudiar las fotografías. Las de su mujer ocupaban un lugar especial y eran las más numerosas. También de los gemelos, siempre uno al lado del otro.

Oí un golpe y me di la vuelta.

—¿Está bien, se ha hecho daño?

—Tranquila, solo se ha volcado una caja.

Me fijé en el montón de papeles que habían quedado desparramados por el suelo, tantos que iba a llevar un rato recogerlos y ordenarlos.

—Siga buscando la revista, yo me ocupo de esto.

—¿Estás segura?

Asentí con una sonrisa y me arrodillé en el suelo. Les eché un vistazo por encima y me di cuenta de que allí había de todo: facturas, notas antiguas, tiques de compra, pólizas de seguros que habían caducado hacía décadas. Era increíble que aún conservara todo aquello.

Me puse a ordenarlos en montones por tamaño.

De repente, me topé con un bloc al que le habían arrancado la mitad de las hojas. Sentí curiosidad y lo abrí. En cuanto vi el primer dibujo, mi corazón se detuvo. Yo ya lo había visto antes. Hacía mucho.

Uno a uno fui pasando los folios sin apenas respirar, mientras mi mente se llenaba de recuerdos. Sonreí al descubrir uno que me resultaba especialmente familiar, la cascada donde Rubén y yo nos besamos por primera vez.

Mi rostro apareció en el siguiente y enseguida vi que eran los primeros bocetos de los retratos que me regaló.

—No puedo creerlo —susurré para mí.

Eloy me oyó y se dio la vuelta.

—¿Qué?

Le enseñé el dibujo y sonreí como si le estuviera mostrando un cofre repleto de tesoros.

—Esta de aquí soy yo. Tenía catorce años y mi pelo era horrible. Creo que son los primeros esbozos de unos retratos que Rubén me regaló.

Eloy arrugó la frente y observó el dibujo, pensativo. Después me miró fijamente, como si estuviera intentando resolver un acertijo.

—Eso no es posible —señaló con cautela.

—Claro que sí, me acuerdo perfectamente.

—Lucía, Rubén ni siquiera podía sostener un lápiz.

El corazón comenzó a latirme muy fuerte.

—¿Qué quiere decir?

—Dijiste que erais amigos, deberías saberlo. —Negué con un gesto, no tenía ni idea—. Rubén era autista, tenía TEA severo. No hablaba y tampoco dibujaba, porque tenía dificultades motrices. Le costaba mucho relacionarse con otras personas, por esa razón me sorprendí tanto cuando dijiste que erais amigos. Pero también me alegré.

Me puse en pie. No entendía nada y necesitaba comprenderlo. El Rubén que yo conocía no tenía autismo. Dibujaba, escribía y podía hacer que una piedra rebotara en el agua un montón de veces. Sabía escalar y contaba unos chistes malísimos.

Me volví hacia la pared, temblando. Busqué una fotografía en particular. Mi instinto me decía que ya sabía la respuesta, aunque no quería aceptarla. La descolgué y se la mostré a Eloy. Mi voz se convirtió en un susurro casi inaudible.

—¿Cuál de ellos es Rubén?

Sin dudar, señaló al niño que no sonreía. Sentí que me ahogaba.

Cogí otra y se la enseñé. Otra vez señaló al que tenía el rostro serio y la mirada ausente.

Y lo vi claro, como si alguien me hubiera arrancado una venda de los ojos.

—Lucía...

Alcé la mirada y vi que él también había atado cabos. Estaba pálido y me observaba preocupado.

—Lucía...

Apreté el bloc entre mis dedos y salí disparada. Bajé la escalera, crucé el salón e irrumpí en el apartamento. Encontré a Román sentado a su escritorio, frente al ordenador. Sonrió al verme y ese gesto terminó de romperme. Era él. Siempre había sido él.

Un escalofrío me trepó por la espalda.

—¿Qué te pasa? —me preguntó.

—Eras tú. Siempre fuiste tú desde el primer día.

—¿Quién?

Estiré el brazo y le planté el dibujo en la cara. Palideció.

—¿Cómo te has enterado?

—¡Dios, ni siquiera vas a negarlo! —gemí consternada.

—Puedo explicarlo.

—¡¿Explicarme el qué?! —grité. Sentía que me ahogaba—. ¿Que nunca llegué a conocer a Rubén? ¿Que te hiciste pasar por él durante meses y me engañaste? ¿Que lloré su muerte hasta consumirme cuando ni siquiera lo conocía? ¿Que era a ti a quien estuve echando de menos durante años?

—No era mi intención. Fue un malentendido. Ni siquiera lo planeé, solo pasó. Tú lo diste por sentado y yo me quedé en blanco. Pensaba arreglarlo, pero pasó el tiempo y nunca reunía el valor para contarte la verdad. Aquel día... aquel día yo iba a confesártelo todo.

Un torrente de lágrimas brotó de mis ojos.

—¡Cállate, no quiero oír nada más! Todo lo que dices es horrible.

—Tranquilízate, por favor —me rogó—. Vamos a hablar.

Quiso abrazarme, pero me revolví en sus brazos.

—No tengo nada que hablar contigo. Me mentiste entonces y me has seguido mintiendo hasta ahora.

Intentó acercarse otra vez y lo empujé. No quería que me tocara, solo sentía desprecio y rabia. El dolor me quemaba el pecho. La vergüenza me cegaba.

—No sabía cómo hacerlo. Me daba miedo que no pudieras entenderlo y me dejaras —sollozó con lágrimas en los ojos.

Me reí sin gracia. Me llevé la mano al corazón, notaba como si unos dedos lo estuvieran retorciendo y trataran de arrancarlo a pellizcos.

—Por eso nunca querías hablar de él. Te remordía la conciencia cada vez que lo mencionaba.

Asintió con la respiración agitada.

—Sí, me sentía culpable. Un mierda.

—Esa es la única verdad que has dicho hasta ahora. ¡Eres un mierda! —gruñí con desdén. Inspiré hondo y lo miré a los ojos—. No quiero volver a verte nunca más.

—Lucía, no.

Agarré mi bolso, que colgaba de una silla, y salí de allí con paso rápido.

—Lucía, por favor, no te vayas.

Intentó retenerme. Me cortó el paso y me miró con expresión suplicante. Lo aparté. Necesitaba perderlo de vista. Crucé el patio sin mirar atrás. No podía seguir allí por más tiempo. Tenía que marcharme. Empujé el portón y mis pasos se hundieron en la gravilla.

Román me dio alcancé y rodeó mi muñeca con sus dedos.

—Por favor, por favor...

—Suéltame.

—No te vayas, habla conmigo.

—Suéltame, Román, se acabó. Hemos terminado.

—Podemos arreglarlo —imploró.

—¿Aún no te das cuenta? Es imposible arreglar lo que has hecho. No confío en ti.

Muy despacio, sus dedos se aflojaron y liberaron mi muñeca.

—Prometiste que no me dejarías, pasara lo que pasara —susurró con el rostro desfigurado por el sufrimiento.

Respiré a trompicones.

—Y tú, que no me romperías el corazón.

# 39

Tenía el cuerpo entumecido. Aun así, no notaba el frío. No sentía nada. Salvo tristeza y un vacío inmenso.

Descendí por el sendero hasta la playa, que estaba completamente vacía, excepto por un par de perros que corrían con su dueña. Me quité las zapatillas y las dejé sobre una roca. Caminé con los pies descalzos sobre la arena fría y húmeda, con la brisa del mar enredándome el pelo y los suaves rayos otoñales calentándome la cara.

No tardaría en ponerse el sol.

Respiré hondo una vez. Y otra. Hasta que mi cerebro dejó de ser un desorden de ruido.

Llevaba así cuatro días, desde que había descubierto toda la verdad sobre Román.

Me senté en la arena y me abracé las rodillas. Cada movimiento que hacía requería una energía que no tenía. Nunca me había sentido tan mal. Tan deshecha. Era espantoso hasta el punto de que habría hecho cualquier cosa por salir de mi cuerpo y que solo mi alma ligera huyera a otro lugar.

Después de todo, qué más puede esperar de la vida alguien que ha asumido que no puede ser feliz por más que lo intente. Que todo cuanto construya está condenado a fracasar. Para quien el amor no es más que un tallo seco repleto de espinas. Que pincha. Que hiere. Que duele.

Qué ingenua había sido.

Me había enamorado dos veces. De la misma persona. Y en ambas me había pisoteado el corazón. Si tan solo me hubiera dicho la verdad en algún momento, si se hubiera sincerado conmigo sin sentirse acorralado solo porque me quería, lo habría perdonado sin dudar aunque no lo mereciera.

Porque lo quería como una idiota.

Porque así de enamorada estaba.

Porque sabía que él no era malo, pero...

No.

No todo vale. No todo se puede. El miedo no puede ser la emoción que todo lo justifique. Una carta blanca para evitar las consecuencias.

Me puse en pie y me acerqué a la orilla. Una ola rompió contra mis tobillos y luego otra, dejando tras de sí un rastro de espuma. Burbujas que me cosquilleaban la piel. El movimiento me mareaba y cerré los ojos. Intentaba asimilar lo que había ocurrido, pero era tan difícil.

No paraba de darle vueltas.

Me preguntaba cómo no me había dado cuenta, cuando las pistas habían estado ahí. La forma en la que al principio solo repetía lo que me había echado de menos y a mí me parecía romántico, porque solo habíamos estado separados unas pocas horas. Pero, claro, él hablaba de años. Cómo parecía saber tantas cosas de mi yo adolescente que nunca le había contado. En Vila Mareva había tres faros, pero aquella tarde él supo sin preguntar en cuál debía buscarme.

Esa sonrisa. Su sonrisa. La echaba de menos.

No pude retener las lágrimas que se agolpaban bajo mis párpados.

Un sollozo mudo me sacudió el cuerpo.

Yo sola no podía con esto; esta vez no.

Me veía incapaz de vivir otro día más fingiendo que era fuerte.

—¡Lucía!

Me giré y vi a mi hermana descendiendo por el sendero. Alzó la mano y me saludó. Yo no podía moverme. Vino dando saltitos, con una sonrisa en el rostro que se fue desvaneciendo conforme acortaba la distancia que nos separaba.

—¿Lucía? —Los últimos metros los hizo corriendo—. Lucía, ¿qué te pasa? ¿Por qué lloras?

Negué con la cabeza y me quebré.

—Román... Él ya no... Él y yo... Hemos roto, Laura. Ya no estamos juntos y duele. Duele mucho.

Mi hermana dejó escapar un suspiro y me rodeó con sus brazos. Me acarició la espalda. Me abrazó muy fuerte y me sostuvo mientras yo me partía en dos. Me susurró al oído palabras tranquilizadoras, como si yo fuese una niña pequeña a la que arrullaba. Me abandoné al dolor que me atravesaba y por primera vez me apoyé en otra persona sin ninguna contención.

—No te preocupes por nada. Toda irá bien. Estoy aquí —musitó.

# 40

Una mentira siempre es una mentira, sin importar de qué color sea. Sin importar su fin.

La mentira hiere. La mentira apuñala. La mentira es lo contrario al amor.

Las mentiras levantan prisiones. Derrumban castillos. Destruyen corazones y la confianza.

Y aun así todos mentimos alguna vez. O muchas. Depende.

Una mentira es un acto de soberbia, pero también de miedo.

Es un escudo y una jaula al mismo tiempo.

Mentimos para ocultarnos y para que no nos descubran, y hay una gran diferencia.

Nos mentimos a nosotros mismos y a los demás, y tampoco es lo mismo.

Yo mentía cuando fingía estar bien.

Cuando decía que no quería volver a verlo.

Que nunca lo perdonaría.

Que se había acabado.

Que era mejor así.

Sin él.

Yo...

Mentía.

# 41

Era sábado y mis abuelos habían salido, por lo que Laura y yo nos encontrábamos solas en casa.

La cocina olía a macarrones con queso y albahaca fresca de nuestro jardín, y en el horno reposaba una tarta suflé de limón con la puerta entreabierta para que se enfriara. Con cuidado, metí la mano y le quité un pellizquito al borde más tostado. Me lo lleve a la boca y, cuando el sabor se extendió por mi lengua, no pude evitar gemir. ¡Qué rico!

Fui por otro, pero Laura abortó mi misión azotándome el trasero con un trapo.

—Tengo hambre.

—Pues no haberte pasado una semana sin comer.

—Cuando me deprimo, pierdo el apetito.

—Ojalá a mí me pasara lo mismo. Con la última regla, me zampé una empanada gallega entera —se quejó Silvia desde el teléfono.

Tenía a mi amiga en videollamada. Cada semana, nos conectábamos de ese modo y así pasábamos un rato juntas. Ese día habíamos quedado para comer.

—Volviendo al tema de Román... —empezó a decir mi hermana.

Puse los ojos en blanco y resoplé.

—Si vas a justificarlo otra vez, mejor no digas nada.

—¡No lo estoy justificando! Solo digo que, en ese entonces, el chico apenas tenía catorce años. Era un crío, al igual que tú. ¿O es que piensas que en esa época eras la más lista y madura? —se burló mientras ponía dos platos de pasta en la mesa.

—Pero a esa edad todos sabemos diferenciar lo que está bien y lo que no —repliqué.

Nos sentamos a la mesa de forma que Silvia pudiera vernos a las dos en el encuadre de la cámara. En ese momento, se estaba peleando con la tortilla de un burrito, y parecía que ganaba la tortilla.

—No sabes qué razones tuvo para hacerse pasar por su hermano. Igual no deberías juzgarlo a la ligera sin antes escucharlo —dijo mi amiga.

—¿Acaso soy la única que ve lo grave que fue su comportamiento? —Por las caras que pusieron, era evidente que sí—. De acuerdo, supongamos que tenía sus razones y hasta cierto punto fuesen válidas, pero ¿y ahora? Ha mantenido la farsa durante meses sin pestañear. Tuvo muchas oportunidades para ser sincero y no lo hizo —rebatí y hundí el tenedor en el plato de macarrones como si los estuviera asesinando.

Laura sacudió la cabeza.

—Bueno, si nos basamos en todo lo que nos has contado, ese chico no es la persona más equilibrada ni estable del mundo.

La miré.

—¿Qué estás insinuando?

—Que está bastante jodido. Ya lo estaba a los catorce y ahora parece que lo está mucho más. Su madre es Cruella y su padre... —Ni siquiera se molestó en acabar la frase.

—¿De verdad ese hombre le rompió el brazo? —preguntó Silvia.

—Eso me dijo.

—¿Por qué?

—No me contó por qué —dije en voz baja.

Silvia dejó caer el último bocado de su burrito en el plato y suspiró.

—Pobrecito, no debe de haber sido fácil para él crecer con esas personas.

Inspiré hondo y me llevé a la boca un poco de queso, que mastiqué sin ganas. Se suponía que estaba enfadada, ofendida y dolida. Que Román era el diablo, el hombre que me había roto el corazón y destrozado el alma. Sin embargo, lo que estaba sintiendo en ese momento era ansiedad, tristeza, indignación, compasión y no sé cuántas emociones más que solo me hacían pensar en él y preguntarme cómo estaría.

—La verdad es que no sabemos nada de nada. Quizá el monstruo sea él —apuntó mi hermana, y Silvia manifestó con un gruñido que estaba de acuerdo.

—Oye, no hables así de Román. No... no es ningún monstruo, ¿vale? —salté a la defensiva—. No es que haya cometido un crimen.

—Solo te estaba picando. —La fulminé con la mirada, y ella me sonrió con una disculpa en los ojos—. En realidad, no creo que sea un mal tipo.

—Me mintió —insistí.

—Sí, te mintió, eso ya lo sabemos porque no dejas de repetirlo como un papagayo. Pero lo quieres hasta el punto de llevar una semana vagando por la casa como un alma en pena. No duermes, no comes y estás horrible. Y, no sé, pero hace meses que pareces la reencarnación de santa Teresa de Calcuta, predicando que debemos comunicarnos y hablar de nuestros problemas, perdonarnos los unos a los otros y pasar página. Empezar de cero, seguir adelante, el amor, la familia, blablablá... Pero a él ni siquiera le has dado la oportunidad de explicarse, Lucía.

Dejé el tenedor en la mesa y tragué saliva a duras penas. De repente, quería llorar. Me toqué las mejillas. Dios, me había puesto a llorar encima de los macarrones. No entendía nada. No lograba pensar con claridad. Quizá porque estaba muy sensible y todo me afectaba de un modo desmedido. Quizá porque toda la ira se había desvanecido y sin esa rabia me sentía frágil. Voluble.

Silvia pegó la cara a la pantalla, preocupada.

—Eh, preciosa, ¿qué pasa?

Negué con la cabeza y me sequé las lágrimas con la servilleta. Laura me apartó la melena con cuidado, que caía sobre mis hombros como una cortina ocultándome el rostro. Luego puso su mano en mi pierna y me dio un apretoncito a modo de consuelo.

—No te digo que lo perdones, solo que necesitas una explicación, aunque creas que no, o te pasarás la vida preguntándote por qué lo hizo —me dijo en un susurro.

Era difícil oírlo, pero mi hermana tenía razón. Es una tortura horrible pasarte la vida repitiéndote día tras día la misma pregunta, mientras la respuesta cambia constantemente dentro de tu cabeza rodeada de quizás. No quería vivir de esa manera de nuevo. No quería sentirme como me sentía. No quería una vida a la deriva. Quería un puerto seguro. Quería luz. Un faro.

La miré a los ojos.

—¿Y si quiero perdonarlo? —musité con debilidad.

—¿Qué?

Tragué el nudo que tenía en la garganta.

—¿Y si quiero perdonarlo incluso antes de saber sus

motivos? ¿En qué clase de persona me convierte eso? ¿Dónde queda mi orgullo? ¿Mi dignidad?

—¿Quieres hacerlo?

Encogí los hombros con aire vacilante.

—No lo sé. No estoy segura de nada. Solo sé que no quiero cargar con más arrepentimientos.

—Entonces, no cargues con ellos. Haz lo que te dicte el corazón, porque nadie que te importe va a juzgarte, Lucía.

—Pero ¿y si solo acabo más rota?

Laura me tomó el rostro entre sus manos y me sonrió.

—Entonces te arreglaré, como tú me has arreglado a mí. Encontraré todas tus piezas rotas y las pegaré por más tiempo que me lleve, y quedarás genial.

Me hizo sonreír mientras me sorbía la nariz. Miré la pantalla, y vi a Silvia frotándose los ojos.

—T-también se me da genial pegar cosas rotas —balbuceó.

Rompí a reír y otro reguero de lágrimas se deslizó por mis mejillas.

Era muy afortunada por tenerlas a mi lado.

# 42

Pulsé dos veces seguidas el timbre y esperé con el corazón dentro de un puño muy apretado. Oí pasos y me preparé con una inspiración, por si era él quien abría el portón. La hoja del postigo cedió y al otro lado apareció Eloy. Por un momento, me miró sorprendido y luego sonrió.

—Hola —saludé.

Se hizo a un lado.

—Entra.

Pasé junto a él y noté una fuerte emoción anudándose en mi pecho hasta casi no dejarme respirar. Solo habían pasado nueve días desde que me marché de allí a toda prisa, enfadada y confundida como no lo había estado nunca, pero tenía la sensación de que habían pasado meses.

Cruzamos el patio hasta la entrada principal.

—¿Qué tal estás? —me preguntó.

—Bien —respondí, aunque solo era una palabra vacía—. ¿Y usted?

—Tirando.

Empujó la puerta y con un gesto me invitó a pasar primero.

—¿Quieres tomar algo?

—No, gracias.

Asintió mientras apartaba la mirada y se recolocaba las gafas sobre la nariz. Había ido hasta allí sabiendo que no encontraría una situación fácil y sí bastante incómoda, pero no imaginaba que lo sería tanto. No sabía cómo comportarme de forma natural ni qué decir, y a Eloy parecía ocurrirle lo mismo.

Dejé de contener el aliento y le sonreí con el mismo cariño de siempre. Me entristecía que el ambiente fuese raro entre nosotros. Después de todo, él no tenía la culpa del desastre que había ocasionado su nieto. No era responsable de nada, solo una víctima de nuestras circunstancias.

—He venido a ver a Román, ¿está en casa?

Asintió con una expresión lúgubre.

—¿Puedo verlo? Necesito hablar con él.

—No lo sé, Lucía. La verdad es que no lo sé —suspiró derrotado.

—No entiendo.

—Lleva días sin hablar conmigo y me evita. También ignora a Hugo. Lo he intentado todo, pero no hay manera. Pasa las noches conduciendo por ahí y, cuando vuelve, se mete en ese cuarto y no sale en todo el día. No quiere ver a nadie.

Su gesto se torció en una mueca. Se encaminó al sofá y se dejó caer como si estuviera muy cansado. Lo seguí, preocupada por su aspecto y la melancolía que dejaba a su paso como un rastro. Me agaché a su lado y cubrí su mano con la mía.

—¿Dónde está?

—Fuera, en el estudio.

Me sorprendió su respuesta. Ese lugar era tabú dentro de esa casa.

—¿El que siempre está cerrado?

Asintió.

—No encontraba la llave, así que lo abrió de una patada el mismo día que te fuiste.

—¿Y qué hace ahí?

—Nada. Solo se sienta y mira la pared.

Se me aceleró el corazón y suspiré preocupada.

Eloy me miró a los ojos con un ruego velando los suyos.

—Mi chico no está bien, Lucía. Y no sé qué hacer.

Abrí la boca para tranquilizarlo, pero volví a cerrarla porque no sabía qué decir.

Me puse en pie y salí al jardín. Con más seguridad de la que sentía, me dirigí al estudio. Las ventanas continuaban igual de sucias y no se veía nada a través de ellas. Encontré la puerta entreabierta y la empujé. No hizo ningún ruido.

Me adentré mientras recorría con la mirada todo aquel espacio cubierto por una espesa capa de polvo. Haces de luz se filtraban a través de los cristales y rebotaban en el suelo de cemento. En su interior, pequeñas partículas doradas danzaban en el aire. Vi un par de mesas con baldes y un banco de trabajo lleno de herramientas. Sacos de escayola, bloques de arcilla aún sin abrir, pero que se habían secado y cuarteado por el paso del tiempo. En un rincón, se apilaban tacos de madera de gran tamaño, en los que aún se podía notar un aroma dulce y resinoso. Un taburete, un par de escaleras y un andamiaje completaban el mobiliario.

Observando todo aquello, me sentía como si hubiera entrado en otro mundo. Uno mágico y etéreo pese a la tosquedad del cemento y el metal con el que lo habían construido. Hasta que me fijé en los fragmentos de arcilla y escayola desparramados por el suelo y el hechizo se rompió. El escenario se volvió mucho más siniestro. Vi brazos, piernas, un torso aplastado y resquebrajado del que sobresalían alambres. Un busto sin cabeza semicubierto por una sábana, un caballo alado que aún conservaba la forma, pese a que ya no era más que un puzle de piezas sueltas, alas que parecían de verdad por el realismo con el que habían sido talladas...

Tuve que apartar la vista.

Alguien lo había hecho todo añicos, y supuse que el mazo que había visto al entrar era en parte responsable. Me fijé en las huellas de unos pies sobre el polvo y las seguí. Entonces lo vi, tras una de las mesas, sentado en el suelo con la espalda apoyada en la pared.

Román.

Me observó mientras me acercaba, pero no dijo nada. Ni siquiera cuando me senté a su lado. Tragué saliva. En mi interior sentía una pena inmensa ante tal destrucción. Lo miré y su aspecto me sobrecogió. Estaba más delgado y llevaba días sin afeitarse. Unas sombras oscuras habían aparecido bajo sus ojos tristes.

—¿Lo has hecho tú? —le pregunté sin apenas voz.

—No.

—¿Quién, entonces?

—Fue mi padre.

—¿Por qué?

—Porque no pudo soportar que mi talento fuese mayor que el suyo, y cuando algo lo amenaza, simplemente lo destruye.

Tuve un presentimiento que me llegó envuelto en un recuerdo.

—¿La historia que me contaste sobre él y tu brazo roto...?

Asintió muy despacio y, sin que tuviera que pedírselo, comenzó a contarme lo que pasó. Lo hizo en un tono carente de cualquier emoción y la mirada perdida en sus pies.

—Llevábamos un año sin vernos, cuando apareció aquí por sorpresa. Fue poco después de que yo terminara segundo de Bellas Artes, durante las vacaciones de verano, coincidiendo con el aniversario de la muerte de Rubén. Todo parecía ir bien, cenamos juntos y bebimos vino. Él bastante más que el resto de nosotros. Me preguntó cómo me iba en la universidad, y simplemente le dije que bien. Ya había aprendido a base de estrellarme que era mejor no hablar con él sobre nada que tuviera relación con el arte o esculpir.

»Pero mi abuela, que se sentía orgullosa por la noticia, le contó que la Saatchi Gallery se había puesto en contacto conmigo, tras haber visto un vídeo que la universidad había colgado en internet con los trabajos finales del curso. Querían que participara en una exposición grupal y me plantearon la posibilidad de representarme.

»La razón más importante por la que mi padre hizo que nos mudáramos a Londres siendo tan pequeños fue esa galería. Su sueño era exponer allí, convertirse en uno de sus artistas, pero nunca destacó lo suficiente.

—Y tú sí —susurré.

Asintió y cerró los ojos un instante. Yo no podía dejar de mirarlo a él.

—Quiso ver el trabajo que estaba haciendo aquí y se lo mostré. Desde que cruzó esa puerta no hizo otra cosa más que criticarlo todo y cuestionarme. Según él, no había nada especial en mis obras y no entendía cómo se habían fijado en mí. Era tan evidente que estaba celoso y quería desquitarse. No sé si fue el vino o que yo ya era lo bastante mayor como para no callarme y dejar que continuara machacándome como había hecho desde siempre. Acabamos discutiendo y él se puso muy agresivo. Agarró un mazo y comenzó a romper mis esculturas. Había un busto de mi hermano y, cuando lo vio, se puso como loco.

»Me interpuse, pero ni eso lo detuvo. Me partió el húmero por dos sitios. Se largó esa misma noche, después de decirme que todo había sido culpa mía, como la muerte de mi hermano. Que yo era un cáncer que había destruido sus vidas.

Hundió la cabeza y se pasó las manos por el pelo con brusquedad.

—¿Esa fue la razón por la que dejaste de esculpir y la universidad?

—No pude entrar aquí de nuevo, ni volver a sostener una herramienta. Me excusaba con que el brazo me dolía y no podía hacer nada, pero era mentira. Me quedé muy jodido de aquí. —Se dio golpecitos en la sien con un dedo y me miró por primera vez—. Aún lo estoy.

Me perdí en su mirada y en todo lo que me hacía sentir. Quererlo como lo quería no podía ser sano, para mí al menos, pero ¿qué podía hacer cuando notaba que sus raíces brotaban de mi corazón? ¿Cómo arrancas ese tipo de amor sin desangrarte a través de las heridas?

—Lo siento mucho... —susurré mientras lo asimilaba todo—. Tuvo que ser muy duro.

—¿Qué estás haciendo aquí? —me preguntó de pronto.

Tragué saliva.

—Quería verte.

—¿Por qué?

—Porque necesito entender lo que ha pasado. Necesito entenderte, Román.

Él apretó los labios y echó la cabeza hacia atrás. Expulsó el aire de forma entrecortada.

—Solo dime qué quieres saber.

—Todo, desde el principio. ¿Por qué fingiste ser tu hermano aquella primera vez?

—Porque me gustabas mucho.

El corazón me saltó en el pecho.

—¡¿Qué?!

—Me fijé en ti en cuanto te vi —dijo en voz baja y dulce—. Y no solo porque fueses muy guapa, desde el primer momento sentí una especie de conexión contigo. Siempre estabas sola, como yo. Y también sabía cómo te sentías cuando se metían contigo. La impotencia de no poder hacer nada. Fantaseaba con la idea de hablarte y hacernos amigos, pero era un cobarde y tampoco se me daba bien relacionarme con otras personas.

»Aquel día que te acercaste a mí, me dejaste tan alucinado que no supe reaccionar. Solo podía mirarte y pensar que hablabas mucho más de lo que había imaginado. ¡Joder, muchísimo! Eras tan ocurrente y divertida. No me di cuenta de que me habías confundido con mi hermano hasta que saliste corriendo y mi cerebro se reinició. Quise decírtelo en el instituto, pero entre que me daba vergüenza y que fuera de clase nunca te encontraba, no pude. Tampoco reuní el valor para sincerarme el día que te seguí a la playa, ni los días posteriores, porque me encantaba el tiempo que pasábamos juntos y no quería renunciar a eso. Era tan raro ser tu mejor amigo fuera del instituto y que dentro ni siquiera me miraras, cuando yo no podía quitarte los ojos de encima sin importar dónde.

Sus palabras me hicieron evocar el pasado, solo que ahora ese pasado era muy diferente para mí después de saber que siempre fue él quien estuvo a mi lado. De quien me enamoré. A quien perdí.

Hizo una breve pausa antes de continuar:

—Con el paso del tiempo, se me fue haciendo más y más difícil confesarlo. Me daba miedo dejar de gustarte si descubrías quién era en realidad. Suena retorcido, lo sé. Pero tú eras lo mejor que me había pasado en la vida y no quería perderte. Así que me convencí de que acabaría encontrando el modo de resolverlo y seguí adelante, aun sabiendo que estaba mal. No era más que un niñato que se creía más listo que nadie.

Tragó saliva y comenzó a darle tironcitos al cordón de su bota.

—Llegó un momento en el que vivir con mi propia conciencia se me hizo insoportable, me sentía despreciable y tú merecías a alguien mejor. Fue entonces cuando te pedí que quedáramos en nuestro faro...

—Nuestro faro —musité.

—Siempre lo ha sido —susurró él.

—Te esperé.

—No pude ir.

—¿Qué pasó?

—Salí de casa y me dirigí allí. Estaba a punto de llegar cuando mi madre me llamó por teléfono. No encontraban a Rubén en la casa y la puerta principal estaba abierta. Me di la vuelta y corrí a buscarlo, pero no di con él. Ya era tarde.

Me estremecí al imaginar todo lo que tuvo que sufrir ese día.

Quise abrazarlo, pero me contuve. No sabía si debía. Si podría. Si él lo aceptaría.

—¿Por qué fue al espigón? —pregunté.

—Creo que por los submarinos.

—¿Submarinos?

—Mi hermano no era como los demás, él era diferente. Su mente lo era. No interactuaba con nadie y tampoco se interesaba por nada, solo por los sumergibles. Estaba obsesionado con ellos. Podía pasar días enteros mirando fotos y vídeos. Era lo único que lo hacía reaccionar.

—¿Y crees que se escapó para buscar uno?

Asintió.

—Me dejé la puerta abierta y salió sin que nadie se diera cuenta.

—¿Tú la dejaste abierta?

—Todo apunta a que sí, pero no lo recuerdo. Por más que

vuelvo a ese momento, no encuentro en mi mente el instante en que la cierro. Ese día estaba muy nervioso y salí con prisa. Aun así, siempre fui muy cuidadoso con ese tema, porque Rubén ya nos había dado algún que otro susto cuando vivíamos en Londres. La última vez que pasó allí, mi padre había olvidado echar el pestillo. Por suerte, lo alcancé antes de que llegara al río. Entonces teníamos solo nueve años, y desde ese día siempre me preocupé de comprobar las puertas. Se convirtió en un acto mecánico para mí.

—Eso significa que cualquiera de los que estabais en casa ese día pudo dejarla abierta.

—Sí, es posible.

—Pero tus padres te culparon a ti.

Él cabeceó con indiferencia.

—Ya no importa.

—Claro que importa, Román. Importa mucho y no es justo que cargues tú solo con un peso tan grande, cuando nadie sabe lo que pasó realmente. Incluso cabe la posibilidad de que tu hermano supiera cómo abrir esa puerta, aunque os pareciera imposible.

Él cerró los ojos y llenó sus pulmones de aire. Esperé a que dijera algo más, pero no lo hizo. Se quedó muy quieto, tanto que por un instante pensé que había dejado de respirar.

—Cuando nos reencontramos aquí, ¿por qué me tratabas tan mal al principio? —le pregunté.

—Me asusté. No esperaba volver a verte. Y quería evitar a toda costa que pudieras reconocerme, que te dieras cuenta de que siempre fui yo. Pensaba que mantener el pasado enterrado era lo mejor para los dos y que siendo un imbécil lo conseguiría.

—Cometer el mismo error, una y otra vez, nunca es lo mejor. Cualquier momento es bueno para rectificar y hacer las cosas bien. Debiste sincerarte conmigo —le reproché.

Y se le cruzaron los cables.

—Debiste, debiste, debiste... —saltó mientras se ponía en pie y se alejaba unos pasos. Se giró para mirarme—. ¿Crees que ahora no lo sé? Pues lo sé, mejor que tú y que nadie. Me equivoqué cuando te conocí y sigo haciéndolo, y ¿sabes qué? Que dudo mucho que eso cambie. Soy un puto desastre que no hace nada bien. Solo lastimo a las personas que quiero.

También me levanté. Mi respiración era trémula y los ojos me escocían.

—Eso no es cierto, Román. Mira a tu alrededor, míranos a ti y a mí. Ya está cambiando todo. —Señalé la cerradura astillada de la entrada—. Has abierto esa puerta después de muchos años y ya no hay secretos entre nosotros. Es posible empezar de nuevo.

—¿Para quién? —mascculló.

—Para ti y para mí... Para nosotros. No quiero romper contigo, Román.

Vi cómo mis palabras lo sacudían. Parpadeó varias veces y dejó caer los hombros.

—Ya hemos roto.

—¡Pues lo arreglamos! Porque de eso va el amor, de no rendirse cuando todo va mal. Y yo te quiero. Te quiero muchísimo. —Se me rompió la voz—. ¿Tú a mí no?

Su expresión se tornó desesperada.

—Joder, Lucía, más que a nadie en el mundo. ¡Tú eres mi mundo! Pero sé que no va a funcionar y no pienso hacerte más daño. Dejarme es lo mejor que has hecho nunca.

—No es cierto.

—Confía en mí. Se acabó.

De mi garganta escapó un sollozo que no pude contener.

—¿Por qué?

—Porque estoy atrapado. Sigo atascado en el pasado, con mis padres, con mi hermano y conmigo mismo. No se puede planificar un futuro cuando no vives en el presente y solo huyes de lo que te persigue —dijo con la voz quebrada. Temblaba como una hoja—. No dejo de mirar atrás, lo hago todo el tiempo. Incluso cuando estoy contigo. ¿Cómo esperas que siga adelante?

Las lágrimas corrían por mi cara sin que pudiera hacer nada para evitarlo.

—Entonces, déjame ayudarte a superarlo —le rogué.

—¿Y quién te ayuda a ti?

—¿Qué quieres decir?

Se acercó y ladeó la cabeza para mirarme a los ojos.

—Lo único que haces es preocuparte por los demás, cuidas de todo el mundo y tratas de arreglarlo todo. Tu familia, tus amigos, a mí... ¿Y qué hay de ti? ¿Cuándo es tu turno? Tú también necesitas que te quieran y te cuiden bien. No puedes cargar con esa responsabilidad mientras te ignoras a ti misma. —Esas palabras sacudieron mis cimientos. Los hicieron temblar y me esforcé por respirar con calma—. ¿Cuándo fue la última vez que hiciste algo solo por ti?

—Hoy. Ahora. Venir aquí a buscarte. Lo he hecho solo por mí, porque te necesito —respondí.

Él levantó la mano y me acarició la mejilla. Cerré los ojos.

—Yo también te necesito, y ese el problema. Que tú y yo, con nuestra historia, no podemos necesitarnos, Lucía. Ojalá algún día tengamos la oportunidad de elegirnos, libres.

Parpadeé, se estaba despidiendo. Sacudí la cabeza con vehemencia.

—Román, no puedes rendirte. Yo no pienso hacerlo.

—Por favor, no quiero causarte más daño —me suplicó.

—¿No te das cuenta de que ya me lo estás haciendo?

—Lo siento mucho.

—No digas que lo sientes —exploté y rompí a llorar—. Di que estás equivocado y que yo tengo razón. Que no piensas nada de lo que has dicho, que solo estás deprimido. Que seguiremos juntos y lo arreglaremos. Que... que eres un idiota...

Me abrazó con fuerza y mis palabras se ahogaron en su cuello. Noté sus labios en la sien. Su mejilla húmeda y caliente. Me aferré a su ropa con los puños. Sentía como si alguien me estuviera abriendo el pecho con un bisturí.

Román me tomó el rostro y apoyó su frente en la mía. Luego me besó en ese mismo lugar, poniendo así el punto final a nuestra historia de la forma más dulce y dolorosa que podría haber imaginado.

Contuve un sollozo y asentí.

A veces no queda más remedio que rendirse y aceptar que así no.

Aferrarte a la esperanza de que algún día sí.

Quizá.

Entender que lo mejor que puedes hacer es superarlo y olvidarlo.

Pero ¿cómo se deja ir a quien amas tanto y desde siempre?

No puedes.

# 43

La vida es extraña, y cuando crees que no puede sorprenderte más, ¡pum!, va y te deja con la boca abierta.

Nunca he creído realmente en el karma, la justicia divina y otras creencias similares. Aunque debo confesar que, en mis peores momentos, siempre me consolaba a mí misma imaginando que todas esas personas que me habían hecho daño pagaban de algún modo por sus malas acciones.

Habían pasado tres meses desde que Román y yo rompimos. Tres meses con sus días buenos y sus días malos. A veces me sentía completamente desamparada, incapaz de evitar que las emociones me superaran. Perdía el brillo que me impulsaba hacia delante y me sumía en una tristeza que se quedaba en mi interior suspendida como la bruma.

Otras veces, el sol se abría paso e iluminaba todas mis sombras hasta hacerlas desaparecer.

Después de todo, no era más que una chica que cometía errores e intentaba aprender de ellos. Una chica que trataba de ser fuerte y que comenzaba a entender que la vida, en ocasiones, se reducía a instantes de felicidad o dolor. De aceptación o contrariedad. Una chica que empezaba a comprender que no hay amor más real que el que no tiene sentido, por qué si no podrías querer con todo tu corazón a alguien con mil defectos y aceptarle tal y como es. Echarle de menos y dormirte cada noche contando las cicatrices que ha dejado en tu alma.

Ese día también amaneció con el cielo encapotado y lloviendo a mares.

Hacía una semana que el mal tiempo se había instalado en la isla y no parecía que tuviera prisa por marcharse. Encerradas en casa y sin nada mejor que hacer, Laura y yo pasábamos las horas arropadas bajo una manta en el sofá, viendo películas y series. Nos turnábamos para elegir qué ver y la única condición que nos pusimos fue:

—Nada de romance —dijimos al unísono.

Los motivos eran obvios.

Laura llevaba un buen rato con el mando a distancia en la mano, pasando de una serie a otra, indecisa. De pronto, se detuvo en una carátula en la que se veía a un tipo bastante guapo y musculoso, con cara de enfadado y pinta de empotrarte contra un armario sin ninguna compasión.

—¿Qué opinas, la vemos?

—Sí, la trama parece interesante —respondí, aunque al leer la sinopsis no había pasado de «Jack Reacher, un exagente de la policía militar que es arrestado por un asesinato...».

—Superinteresante —convino ella.

Le dio al *play* y comenzó el primer capítulo. A los cinco minutos, el exagente ya corría sin camiseta.

—¿Cuánto crees que mide? —dijo Laura con los ojos muy abiertos.

—¿Qué parte? —bromeé.

—A lo alto, tonta.

—Uno noventa, al menos.

—¿Y a lo ancho?

—Sirve de cama —repliqué.

Laura hizo un ruidito sugerente.

—Y parece muy cómoda. Tiene dos almohadas, una a cada lado. Me encanta dormir con dos almohadas. —Apreté los labios para no reírme y la miré de reojo—. ¡Oh, madre mía, va a ducharse, va a ducharse! En proporción, ¿cuánto crees que mide su...?

Le lancé un cojín a la cara y no la dejé terminar.

—¡Cállate, pervertida! —me reí.

—No soy una pervertida. Soy una mujer necesitada de afecto, mimos y... ¡un trasero como ese, por favor! —gritó.

Agarré otro cojín para atizarle, pero en ese momento mi móvil sonó en la mesa con una llamada. Me estiré para cogerlo y casi se me cayó de la mano al ver el nombre que aparecía en la pantalla. El corazón me dio un vuelco y empezó a latirme con fuerza y a trompicones. Incluso me costaba respirar. ¿Por qué me llamaba después de tanto tiempo?

Descolgué.

—Hola.

—¿Lucía?

—Sí, soy yo.

—Gracias a Dios que aún conservas el mismo número. Hola, soy Nora, de la agencia. Ya sabes, tu exjefa. ¿Cómo estás? ¿Qué tal te va todo?

Parpadeé, tan alucinada que me pellizqué para asegurarme de que estaba despierta y no dentro de una pesadilla.

—Bien. Todo va bien. ¿Puedo ayudarte en algo, Nora?

—Uy, ¡qué directa! ¿Seguro que eres tú? —Soltó una risita de lo más irritante y luego suspiró—. Te llamo porque hay algo muy importante que debes saber y quiero ser yo personalmente quien te informe. Está relacionado con lo que pasó, ya sabes, con el robo de información.

Se me paró el corazón con un susto de muerte y me puse a la defensiva.

—Accedí al despido, porque tú te comprometiste a enterrar el tema. ¿A qué vienes ahora?

—Lucía, tranquila, no pasa nada malo, al contrario. —Hizo una breve pausa—. Verás, hemos descubierto a la persona que robó los datos. Hace un par de meses volvimos a notar filtraciones. Instalé cámaras y lo pillamos con las manos en la masa.

—¿Quién era?

—Marcos.

Tuve que hacer memoria, el único Marcos que había trabajado para la agencia era un fotógrafo *freelance* que solía cubrir nuestros eventos y generaba contenido visual para la web.

—¿Marcos Hidalgo?

—No. Marcos, mi novio. Bueno, ahora exnovio.

Tuve que digerir esa información.

—¡¿Tu novio?! ¿Tu novio tenía acceso a las contraseñas de los ordenadores y los correos de la agencia?

—A veces me ayudaba con los problemas informáticos. Pero ¿cómo iba a imaginar que sería capaz de algo así?

Me giré hacia mi hermana, que había apagado el televisor y me miraba pasmada. Me puse en pie, el calor que sentía en el cuerpo me subía hacia el rostro.

—Te dije que yo no lo había hecho. Te juré mil veces que yo no tenía nada que ver y no me creíste.

—Lo sé y lo siento, las pruebas te señalaban. ¿Qué esperabas que hiciera?

—¡Creerme, Nora, creerme! —salté ofuscada—. Después de dos años trabajando para ti día y noche, era lo menos que podías hacer.

—Tienes razón, y desempeñabas tu trabajo de una forma impecable. Nuestros clientes te apreciaban y todos te querían a ti para que los acompañaras. Y ya que hablamos de trabajo, otro de los motivos por los que te llamo es ese. Desde que te fuiste...

—Me echaste —puntualicé.

La oí resoplar.

—Desde que no estás, las cosas no funcionan igual. No sé cómo lo hacías para organizarlo todo tú sola y tan bien, pero las personas que han cubierto tu puesto hasta ahora no dan la talla. —Hizo una pausa—. Lo que trato de decirte es... ¿te interesaría volver a trabajar para mí?

—No.

—Ni siquiera has oído las condiciones que te ofrezco.

—Ya no vivo en Madrid, Nora, y no tengo intención de volver. Lo siento.

—¿Y dónde vives?

—En las islas, en el pueblo donde nací. He vuelto con mi familia.

Guardó silencio unos segundos.

—¿Y no te planteas regresar? Un pueblo no es lo mismo que una gran ciudad, no ofrece las mismas oportunidades, sobre todo para mujeres ambiciosas como nosotras.

—Mis ambiciones han cambiado bastante.

—¿Y si teletrabajaras? Sería posible. No te necesito para que acompañes a los artistas, sino para la organización de agendas, gestión de eventos, campañas publicitarias... Trabajo de oficina. Puedes hacerlo desde allí y venir uno o dos días al mes para reunirnos, ¿qué te parece?

Me quedé muda, asimilando lo que Nora acababa de proponerme. Me estaba ofreciendo un trabajo que podría hacer desde casa, y que solucionaba dos de mis problemas más inmediatos: ocupar mi tiempo y la falta de ingresos.

Mi hermana comenzó a mover la cabeza como si tuviera un muelle en el cuello.

«Di que sí», articulaba sin voz.

—¿Hablas en serio?

—Por supuesto. Sería cuestión de adaptarnos a ese formato, no habrá problema.

Todo era muy precipitado, aún trataba de asimilar que esa conversación estuviera sucediendo y no estaba muy segura de querer volver a trabajar con Nora. No sabía si podía confiar en ella de nuevo.

—Necesito pensarlo.

—Por supuesto, tómate tu tiempo.

—Gracias.

—Haremos una cosa, te enviaré un correo con las condiciones y una muestra del contrato para que le eches un vistazo, y te vuelvo a llamar el viernes. ¿Qué me dices?

—De acuerdo, el viernes.

—¡Genial! Hablamos entonces. Cuídate.

Colgó y yo me quedé inmóvil en medio del salón como un pasmarote. No podía estar más abrumada, y al parecer mi corazón tampoco era capaz de gestionar los últimos minutos.

Miré a mi hermana.

—¿Qué acaba de pasar?

—Vas a aceptar, ¿no? —me preguntó con los ojos muy abiertos.

Parpadeé, pensativa.

—No lo sé. ¿Crees que debería?

—¡Sí! —respondió sin dudar—. Necesitas un trabajo y ella te está ofreciendo uno que puedes hacer desde aquí. Si el sueldo es bueno, no lo dudes.

Regresé al sofá y me senté. Todo lo que pasó en aquel entonces regresó a mi mente con demasiada nitidez. Recordé las palabras de Nora mientras me acusaba, todas las veces que intenté explicarle que era inocente y que ella no se molestó en escuchar. Me humilló como nunca nadie lo había hecho.

—Pero lo que ocurrió en aquel momento... —empecé a decir en voz baja, aún tenía mi orgullo—. No te haces una idea de cómo me hizo sentir que me tratara como a una delincuente. Jamás en mi vida había pasado tanta vergüenza ni me había sentido tan indefensa como en aquellas semanas. Además, ni siquiera se ha disculpado de verdad.

Laura me cubrió con la manta y se sentó más cerca. Me miró a los ojos.

—No aceptes si no te sientes cómoda, nadie va a obligarte. Pero, visto lo visto, eres tú quien controla la situación esta vez. Te necesita, eso es evidente. En tu lugar, yo firmaría ese contrato añadiendo mis propias condiciones.

Dicho eso, encendió el televisor y el tipo musculoso apareció de nuevo en la pantalla acaparando toda su atención. No así mi interés. Nora y su oferta daban vueltas en mi cabeza y yo no sabía qué hacer: si dejar a un lado mi orgullo y asegurarme un buen salario, que empezaba a necesitar con urgencia, o mantener mi dignidad intacta y confiar en que acabaría encontrando otro empleo tan bueno.

# 44

Pese a que vivíamos en un pueblo muy pequeño, Román y yo apenas nos habíamos visto media docena de veces en los cinco meses que llevábamos separados. Siempre de lejos, en la distancia, fingiendo que no habíamos reparado en la presencia del otro. Era mucho más fácil que saludarnos como si nada y seguir nuestro camino.

Aquel día en su estudio nos despedimos como amigos y nos deseamos lo mejor para el futuro. Cualquiera que haya vivido una ruptura «en buenos términos» sabe que solo fueron palabras vacías. Es imposible seguir adelante cerca de la persona a la que quieres pero que no puedes tener. Duele y no te deja sanar, porque la esperanza persiste en cada gesto y no dejas de buscarles significados que solo tú estás imaginando, ya que la realidad solo es una: todo acabó. No estamos juntos y no piensa volver.

Sin embargo, aquel día me fue imposible mantener la distancia.

Eran las vacaciones de Semana Santa y mi padre había viajado a Vila Mareva con Natalie y los niños. Esa era la segunda vez que nos visitaban en muy poco tiempo y habíamos salido a comer todos juntos a un restaurante en el centro, en el que preparaban los mejores arroces de toda la zona.

El local no era muy amplio y el comedor se había dividido en dos espacios, uno en la primera planta y el otro, más pequeño, en un sótano reformado que antiguamente había sido una bodega.

Nuestra mesa estaba frente a la escalera, por lo que cada vez que alguien bajaba, mis ojos se desviaban curiosos hasta allí. Así fue como lo vi aparecer. Primero sus piernas enfundadas en unos pantalones anchos, su torso estilizado bajo una sudadera amplia de algodón y un sombrero de pescador cubriéndole la cabeza, del que sobresalían unos mechones rubios que se le rizaban en las puntas. Nunca lo había visto con el cabello tan largo y estaba guapísimo.

Cuando nuestros ojos se encontraron, fue como si el tiempo se detuviese y todo quedase suspendido, las voces, las risas, el ruido de los cubiertos...

Mi cuerpo se olvidó de cómo respirar.

Román estaba allí. A escasos metros de mí.

Mi padre me dijo algo, pero yo era incapaz de pensar con claridad.

Era incapaz de hacer nada en absoluto.

Entonces me fijé en el hombre que lo acompañaba y no pude ignorar el parecido que compartían. Los mismos ojos, el mismo color de pelo, complexión similar... Era su padre, no tenía ninguna duda, y mi cuerpo se rebeló como si me hubiera picado una avispa.

Apartamos la vista a la vez.

Contemplé mi plato, mientras la rabia y la añoranza entablaban una discusión en lo más profundo de mi corazón.

—¿Estás bien? —me preguntó Laura en un susurro—. Podemos irnos, si no te sientes cómoda.

Negué con un gesto y forcé una pequeña sonrisa.

—Estoy bien. Además, vivimos en el mismo pueblo, antes o después tendré que acostumbrarme.

Hice todo lo posible por olvidarme de la presencia de Román y continué comiendo y participando en la conversación. Sin embargo, aún era débil y no lo conseguí. De forma involuntaria, mi subconsciente tomaba el timón y lo buscaba con la mirada. Quería apartarla, pero no podía. Quería ir con él. Abrazarlo. Quería gritarle. Arrancármelo de dentro.

No podía luchar contra mis sentimientos, seguían ahí, intactos. Quizá un poco más oscuros, porque mi corazón no podía evitar culparlo. Me pregunté cuánto tiempo más tendría que pasar para que empezara a sentirme un poco mejor. La respuesta me robó el aliento.

—¡Me esfuerzo, lo estoy intentando! —se alzó una voz.

Mi instinto empujó toda mi atención a su mesa.

Los observé de reojo. La tensión entre ellos era evidente, mientras volvían a conversar en voz baja. Rígidos. Contenidos. La incomodidad de Román podía palparse. Puse atención, pero no lograba oír nada de lo que decían. Aun así, en mi mente alarmista apareció un escenario que me hizo temblar de preocupación.

Proteger lo que quieres es un instinto primario difícil de controlar. Un impulso que puede llevarte a actuar sin cabeza. Sin razón. Y yo solo podía pensar que ese hombre ya le había hecho daño a Román de muchas formas.

La segunda vez que lo oí elevar la voz, me levanté como un resorte.

—Lucía —me llamó mi hermana.

Pero ya era tarde.

Me acerqué a su mesa.

—Hola —saludé.

Román alzó la vista y sus mejillas enrojecieron al verme. Tragó saliva, desconcertado.

—Hola.

—Te he visto entrar y solo quería saludarte. ¿Qué tal estás? —le pregunté.

—Bien, ¿y tú?

Forcé una sonrisa despreocupada.

—Comiendo con mi familia. Mi padre ha venido de visita —le expliqué. Entonces me giré hacia el hombre, que me observaba con curiosidad—. Hola, soy Lucía, una amiga de Román.

Me ofreció su mano y se la estreché. Un estremecimiento me recorrió la espalda al tocar su piel.

—Encantado, soy Roger, su padre.

—Lo sé. He oído hablar de ti.

—Espero que cosas buenas —dijo con una sonrisa.

Apreté los dientes, quería borrarle esa sonrisa. La cabeza me gritaba que no lo hiciera, que no era propio de mí. El corazón me suplicaba otra cosa.

—La verdad es que no, al contrario —repliqué, y él se tensó—. Todo lo que he oído hasta ahora hace que tú no me gustes y no me caigas bien. Sé lo que le hiciste a tu hijo y, si se te ocurre ponerle una mano encima de nuevo, pienso denunciarte.

El hombre me miraba estupefacto.

—¿Disculpa?

—No sabes la suerte que tienes de ser su padre.

Román se puso en pie.

—Por favor, Lucía.

El silencio que se hizo a continuación era tan denso que podría haberse cortado en rebanadas con un cuchillo.

—Lucía —dijo mi padre con cautela a mi espalda. Noté una de sus manos en mi brazo y la otra en mi espalda, tirando de mí con suavidad—. Cariño, van a servirnos el postre.

De repente, consciente del espectáculo que estaba dando, sentí que me fallaban las rodillas. Me atreví a mirar a Román, que me observaba igual de alucinado que los demás. Bajé la vista a mis zapatos sin saber qué hacer o decir. Había perdido por completo el juicio.

—Me alegro de verte, Román —le dijo mi padre.

—Yo también, Eduard.

—¿Vamos, Lucía?

Me dejé llevar por él, pero al alcanzar la escalera ya no pude controlarme más.

—Necesito ir al baño, enseguida vuelvo.

Subí a toda velocidad y me abrí paso entre la gente y las mesas hasta la salida. Una vez fuera, aceleré el paso y me alejé unos metros. No podía respirar. Tomé una bocanada de aire frío, pero mis pulmones se negaban a colaborar.

Me estremecí bajo la fina blusa que llevaba, había dejado abajo mi abrigo.

—Lucía.

Me tensé al reconocer su voz.

«Mierda», pensé. Joder, joder, joder...

Me di la vuelta y allí estaba él, Román, observándome preocupado.

—¿Estás bien?

Me mordí el labio y dejé escapar un suspiro ahogado.

—Lo siento mucho, no he debido hacerlo. Imagino lo enfadado que debes de estar, pero no he podido evitarlo. Ha sido como si algo me poseyera y se apoderara de mi mente. Tú sabes que yo no soy así, mala. —Arrugué la nariz con un mohín—. Bueno, a veces un poco, pero no tanto como ahora. ¡Soy una arpía! —gemí—. Dios, me muero de vergüenza. Lo último que quiero es causarte problemas, y menos ahora que tú y yo no... no somos nada.

—Nada —susurró para sí mismo.

Pasaron unos segundos en los que nos quedamos mirándonos sin más.

Aparté la vista y tragué saliva.

—Lo siento mucho. Me disculparé con tu padre.

—No tienes que hacerlo.

—Me he pasado un montón.

—No quiero que te disculpes.

—¡¿No?! —Él sacudió la cabeza y una pequeña sonrisa se insinuó en sus labios—. ¿No estás enfadado?

—No. Sorprendido, quizá, pero no enfadado.

Por mi garganta escaló un gemido entrecortado.

—¡Qué alivio!

Sus ojos se clavaron en los míos y después me recorrieron de arriba abajo.

—Gracias —dijo con la voz áspera.

—¿Por arruinarte la comida?

—Por preocuparte por mí todavía.

—No creo que deje de hacerlo nunca —le confesé, luego me obligué a sonreír y cambié de tema—. ¿Por qué está aquí?

—Él quiere recuperar la relación conmigo y mi terapeuta cree que para mí puede ser un paso en la dirección correcta que me ayude a superar lo que ocurrió. «Si no puedes olvidarlo, trata de perdonarlo», eso dice.

Parpadeé sorprendida.

—¿Estás yendo a terapia?

—Ya llevo algunos meses.

—¿Y te ayuda?

—Más de lo que creía posible al principio.

Sonreí al ver cómo se ponía rojo.

—Admítelo, Eloy te obligó.

Se le escapó una risita que me hizo contener la respiración.

—Tienes razón, pero me alegro de que lo hiciera.

—¿Cómo está él?

—Bien. Creo que te echa de menos —señaló. Luego se

humedeció los labios—. Sabes que puedes ir a verlo, aunque tú y yo... ya no seamos nada.

«Nada». Escuchar mis mismas palabras de su boca me dolió mil veces más que si me hubieran desgarrado el corazón.

—Sí, por supuesto. Es que no tengo mucho tiempo, ¿sabes? He vuelto a trabajar y me faltan horas.

—¿De verdad? ¿Dónde?

—En mi antigua agencia. —Él arrugó la frente, contrariado—. ¡Bah, es una larga historia!

Contemplé su rostro, había recuperado peso desde la última vez que lo vi y estaba muy guapo. Sentí el deseo de abrazarlo. Me habría bastado con estirar la mano para tocarlo, pero ya no tenía ese privilegio. Di un paso atrás, empezaba a sentirme incómoda. Tenerlo tan cerca, hablar con él como si nada, estaba abriendo algunas heridas y no podía permitírmelo.

—Será mejor que entre o se comerán todos los postres sin mí —bromeé.

Román me dedicó una pequeña sonrisa y me miró a los ojos. Sentí que quería decir algo, y también cómo cambiaba de opinión.

—Yo voy a quedarme un poco más, tengo que hacer una llamada.

—Vale... Entonces, adiós.

—Adiós, cuídate.

Me di la vuelta y me alejé.

Me alejé de él.

De lo poco que quedaba de nosotros.

Y no me detuve, aunque mis pasos me suplicaban regresar.

# 45

—¿Se ha ido? —pregunté sorprendida.

—Sí, hace semanas —respondió Hugo.

Habíamos coincidido haciendo cola en el café.

—¿Adónde?

—Se ha mudado a Londres. Se reunió con esa galería tan importante y van a apoyar su carrera. Vivirá allí un tiempo.

Sonreí, orgullosa de él. Román merecía que el mundo conociera su talento y ahora, por fin, iba a mostrárselo. Ser artista era lo que siempre había querido y soñado, una carrera que los celos y la egolatría de quien debería haberlo apoyado más que nadie casi truncaron.

—Eso significa que ha vuelto a esculpir. Me alegro por él —comenté risueña.

—Comenzó al mismo tiempo que con la terapia.

—De eso hace ya bastante.

—Estamos en junio, ¿no?, pues casi medio año.

La camarera trajo al mismo tiempo nuestras bebidas y las colocó sobre el mostrador.

Hugo tomó los dos vasos y me pasó mi batido. Juntos nos dirigimos a la salida y cruzamos el aparcamiento. Cuando llegamos a la altura de mi coche, él me dio un abrazo a modo de despedida y se alejó en dirección a su tienda de deportes.

De repente, gritó mi nombre:

—¡Lucía!

Me giré y vi que unía las manos por encima de la cabeza, formando un corazón mientras hacía malabares para no derramar el vaso de café. Me hizo reír.

—¿Qué? —respondí de la misma forma exagerada.

—Siempre me pregunta por ti, aunque luego me pide que no te lo diga —declaró con una sonrisa. Estaba hablando de Román, de quién si no, y noté que mi corazón se saltaba un latido—. ¿Y sabes qué es lo último que siempre dice antes de colgar?

—No lo sé —contesté con un nudo en la garganta.

—Asegúrate de que esté bien.

Una oleada de calor se concentró en mis mejillas y mi corazón pasó de cero a cien en un segundo. Aun después de tanto tiempo y la distancia, Román se preocupaba por mí. Sentí alegría, y también tristeza. Una pizca de enojo. No quería pensar en las razones que podría tener para pedirle a su amigo que estuviera pendiente de mí. Por mi propio bien, había tomado la decisión de no pensar, solo fluir.

Todo lo que se retiene se convierte en veneno.

—¿Y por qué no lo haces? —le pregunté.

Aunque Hugo y yo nos veíamos bastante por el pueblo, siempre era de paso y no hablábamos más que unos escasos minutos cada vez. Lo justo para preguntarnos qué tal nos iban las cosas y poco más. Levantó la mano con la que sostenía su vaso de café, aún con la tapa, y lo dejó caer dentro de la papelera que tenía al lado.

—¿Quién dice que no lo hago?

Abrí los ojos al entender el gesto.

Así que solo había usado esa bebida como excusa para acercarse a mí y conversar.

No sabía si reír o llorar, ambas emociones me encogían el estómago.

—Hugo.

—¿Qué?

—Asegúrate de que está bien.

—¡Lo estará! —gritó mientras se daba la vuelta y continuaba caminando.

# 46

Y un día te despiertas y te das cuenta de que lo has conseguido. Te sientes distinta. Feliz. Tranquila. En paz. La ansiedad apenas te visita y, cuando lo hace, casi siempre es por culpa del trabajo o de quien decidió que un día debía tener veinticuatro horas y no treinta, para que nunca te sobre el tiempo.

Lo que antes te angustiaba y te costaba comprender ya no ocupa tu mente porque... ¿para qué agobiarte?

No te importa quedarte sin argumentos con quien no los merece.

Y asumes que eres demasiado dramática y a veces pierdes las formas, pero que no tiene nada de malo. Tampoco si hay días en los que no eres valiente y necesitas comportarte como una niña enfurruñada.

Aceptas que la vida duele y no existe antídoto para el amor. Ni el desamor. Que no puedes arreglarlo todo y, cuando más segura estás de conocerte a ti misma, entras en una crisis existencial que vuelve a transformarte, y le confías tu destino al horóscopo.

Que no eres tonta por dar sin esperar nada a cambio y querer sin condiciones.

Por perseguir metas inalcanzables.

Por dar mil oportunidades.

Mil una.

Que eres imperfecta y muchas cosas no se te dan bien, como desconfiar de quienes ya te han hecho daño, demostrar orgullo y ser paciente.

Admites que a veces te cuesta pedir perdón; y perdonar.

Que tienes mala memoria para lo que te interesa.

Y para lo que no, piensas demasiado.

Que eres una paradoja con patas.

Efímera, pero creyéndote indestructible.

Capaz de amar y odiar al mismo tiempo.

También a él.

Un día te despiertas y te das cuenta de que te quieres como eres.

Que estás completa, aun con agujeros.

Con miedos.

Que te sientes y te vives.

Viva.

# 47

Nunca imaginé que acabaría enamorada de Londres como lo hice.

En mi cabeza vivía la imagen de una ciudad fría, húmeda y triste, donde solo se bebe té. Siempre envuelta en niebla, con mucho tráfico y una comida cuestionable. Nada más lejos de la realidad.

Llevábamos una semana en la ciudad y la única agua que habíamos visto era la del río Támesis, los lagos de los parques y las fuentes conmemorativas, como la de Shaftesbury o la de Trafalgar Square. Nos encantó pasear por Hyde Park y St. James's, ver los grafitis de Leake Street Tunnel y comer en Borough Market. Perdernos en las calles de Camden Town y atiborrarnos de los dónuts azucarados que vendían en St. John's Bakery, situada en Neal's Yard, un pintoresco callejón con casas de ladrillo pintadas de vivos colores.

Uno de los días más divertidos fue cuando visitamos los estudios donde se habían rodado gran parte de las películas de Harry Potter. Laura y yo nunca fuimos grandes fans, pero mi padre adoraba ese mundo mágico y verlo recorrer todos los escenarios, con la ilusión de un niño pequeño, se convirtió en uno de esos momentos que guardaría para siempre conmigo.

Él y su cumpleaños habían sido la razón de ese viaje, y también la excusa para tachar otro de los puntos de la lista que Laura conservaba en su bolsillo como un amuleto.

El último día antes de nuestro regreso a Vila Mareva, papá nos llevó a Kutir, un restaurante indio, que era el favorito de Natalie. Después, los tres juntos fuimos a dar un paseo por los alrededores de King's Road. Llegamos a una plaza junto a la que se alzaba un edificio imponente de estilo georgiano.

—¿Qué es este lugar? —pregunté.

—No estoy seguro, pero creo que originalmente fue construido como un colegio para huérfanos de militares. A principios de 2000 lo rehabilitaron y lo convirtieron en un centro comercial. Dentro hay un montón de tiendas y también se encuentra la Saatchi Gallery, es mundialmente conocida.

El corazón me dio un vuelco y mis ojos volaron hasta el edificio. La primera vez que oí ese nombre fue porque Román lo mencionó. Un lugar que formaba parte de su pasado, y que había dejado allí, escondido, junto con los malos recuerdos. Sin embargo, la vida da muchas vueltas, las circunstancias cambian y ahora volvía a formar parte de su presente.

—¿Ahí no es donde...? —empezó a decir Laura.

—Sí, justo ahí.

—¿Y por qué no entramos? —propuso.

—¿Qué? ¡No! —A veces me arrepentía de contárselo todo.

Ella frunció el ceño, cuestionando mi reacción.

—Ni que te lo fueras a encontrar ahí dentro.

La fulminé con la mirada y seguí caminando. No tenía nada de malo ser precavida y, por lo poco que sabía, Román podría estar viviendo en Londres. Las probabilidades existían, al igual que las casualidades. ¿Para qué tentar al destino?

Habían pasado diez meses desde que nuestras vidas se separaron, cinco desde la última vez que lo vi. Aún lo quería, lo echaba de menos y pensaba demasiado en él. Pero esos sentimientos ya no me desgarraban. Había aprendido a convivir con ellos, a aceptarlos y comprenderlos. Sabía que podía seguir adelante sin él. Lo hacía cada día. Ya no veía el futuro como algo triste y solitario, sino como una aventura. ¿Qué pasará mañana? Nadie lo sabe, y me gustaba que fuese de ese modo.

Todo estaba bien así.

No quería estropearlo poniéndome a prueba.

Y lo habría conseguido si mi hermana no fuese la persona más cabezota del mundo y yo no me rindiese cada vez que hacía un puchero.

Compramos las entradas y nos adentramos en el edificio siguiendo el flujo de la gente.

Lo primero que me llamó la atención fue la sobriedad de cada uno de los espacios que conformaban la galería en sus diferentes plantas. Salas amplias y luminosas, de paredes completamente lisas, sin detalles, techos altos y suelos de madera. Todo en tonos blancos.

Al subir a la segunda planta, nos separamos. Papá quería ver una exposición de fotografías del Londres de los años setenta y Laura desapareció en una de esas experiencias inmersivas de luz, sonido y movimiento. Subí hasta la última planta y entré en la primera sala. Un único cuadro ocupaba toda una pared. Lo observé desde todos los ángulos posibles, pero no logré entenderlo.

Seguí caminando y llegué a otra sala en la que había tres esculturas de gran tamaño.

La primera tenía el aspecto de un coral azul muy oscuro, aunque más bien parecía una jaula rodeada de aristas que encerraba algo dentro. Estaba hecha de vidrio y al acercarme pude ver que lo que escondía dentro era la figura de escayola de una mujer hecha un ovillo.

Se me escapó un suspiro, transmitía tanta angustia.

Pasé a la siguiente y enseguida me di cuenta de que se trataba de una secuencia. En esta, el azul del coral era más claro y brillante, y se encontraba abierto en su superficie. El torso de la mujer sobresalía como si estuviera emergiendo, con las manos aferradas a los bordes para tomar impulso.

No sé por qué, sentí la necesidad de despojarme de la ropa, de respirar a bocanadas.

En la tercera, el coral se había convertido en una superficie turquesa que representaba un mar en calma, en el que la mujer flotaba de espaldas con los ojos cerrados y una sonrisa en los labios. Su piel estaba cubierta de destellos y pequeñas olas parecían abrazarla, como si la envolvieran, como si la sostuvieran. Desprendía un efecto sanador y mucha paz, reflejaba tanto amor que era como si la hubieran tallado a golpe de latido. Con el corazón y no con las manos.

Sentí celos de la musa que la había inspirado.

Que alguien te mirara de ese modo, con tanta devoción, y que hubiera logrado capturar la forma de un sentimiento intangible era pura magia.

La admiré en silencio, conmovida. Me empapé de la imagen y la rodeé fijándome en los detalles más pequeños. Contemplé el rostro de la mujer, mientras se apoderaba de mí una extraña sensación. Una familiaridad. Algo que ya había visto antes y no terminaba de encajar. Un *déjà vu*.

Y entonces lo percibí, vi el parecido.

Era yo.

Con el corazón a mil, busqué la cartela informativa con la descripción. La encontré en la pared, junto a la salida. Mis ojos se deslizaron por las letras, uniéndolas, dándoles sentido:

*Sirena*
R. Vinent

# 48

De vuelta a la isla, los días transcurrieron uno detrás de otro en una aparente rutina.

Mi abuelo entregó su manuscrito a la editorial y, para compensarle a mi abuela el tiempo que no había podido dedicarle, la sorprendió con un viaje a Praga sin fecha de vuelta.

Laura encontró trabajo en una academia de baile, como profesora de *ballet* para niños de cinco a siete años. No era lo mismo que trabajar en el conservatorio, pero ocupaba su tiempo y la estaba ayudando a recuperar la forma física que había perdido. Ya no usaba pañuelos ni gorros, y lucía un corte *pixie* con flequillo que le quedaba genial. Mirándola ahora, me costaba creer que hubiese estado tan enferma que casi la pierdo.

Y yo...

Yo no podía sacarme de la cabeza las esculturas de Román.

Pensaba en ellas a todas horas.

En lo que había sentido al verlas.

En lo que sentía ahora, que tampoco podía dejar de pensar en él.

Quererlo volvía a dolerme, como si una astilla se me hubiera clavado de repente. La notaba, escocía, pero no podía encontrarla bajo la piel. Aun así, rascaba y palpaba, apretaba intentando hacerla salir. Porque no me gustaba respirar con esa incomodidad que me aplastaba los pulmones.

Me dije que mi problema era que pasaba demasiado tiempo sola en casa.

No había ruido que distrajera mis pensamientos.

Cogí una bolsa de gominolas del armario y fui en busca de la bici.

Pedalear me relajaba y solía hacerlo a menudo. Ya apenas cogía el coche.

Sostuve el manillar con una sola mano y rebusqué dentro de la bolsa hasta pescar un osito con sabor a lima ácida. Masticarlos me erizaba la piel y me encantaba esa sensación.

Me alejé del pueblo.

El verano se había retirado y un otoño incipiente comenzaba a dejarse ver en los detalles. El color del mar cambiaba por días, al igual que la luz, un poco más apagada. El calor ya no era tan pesado a mediodía y por la noche apetecía taparse para dormir. Las playas estaban desiertas y los barcos pesqueros volvían a faenar donde antes solo había embarcaciones de recreo.

Cerré los ojos mientras sentía el viento en la cara y pedaleaba más rápido.

Poco a poco, la presión en el pecho se aflojó y la ansiedad remitió.

No tardé mucho en llegar al faro. Subí la cresta y una vez arriba me asomé al acantilado. Contemplé el horizonte mientras comía más ositos. Aparté uno de piña, eran los que le gustaban a Román. Fruncí el ceño al darme cuenta de lo que acababa de hacer. Cambié de opinión y me lo comí.

Suspiré con hastío.

Me dije que no podía seguir así. Tenía que dejar de pensar en Román, en las esculturas, y centrarme en la realidad de la vida que tenía ahora. Nuestra historia había terminado y, aunque tardé meses en aceptarlo, finalmente logré asumirlo y conformarme con que él ya no formaría parte de mi futuro.

«Conformarme», repetí esa palabra en silencio.

Contuve la respiración.

¿Eso había hecho, conformarme?

Regresar a Vila Mareva había cambiado mi mundo por completo. Me había cambiado a mí. Apenas quedaba nada de la Lucía que llegó con su vida triste y vacía guardada en dos maletas, hacía ya año y medio. Había encontrado mi voz, mi fuerza, mi personalidad. Sabía quién era y no me daba miedo luchar por lo que quería. También había aprendido a perder, porque madurar te enseña que no siempre se gana.

Y yo había perdido a Román, punto.

«No», dijo una voz dentro de mi cabeza.

Noté los latidos de mi nervioso corazón en el cuello, golpeándome la garganta.

Una verdad abriéndose camino.

En realidad, no lo había perdido, me había conformado con no tenerlo. No era lo mismo.

Perder implica la ausencia irreversible de algo que se tenía y no se encuentra. Conformarse casi siempre significa aceptar una situación impuesta e insatisfactoria sin intentar cambiarla.

Y yo no había hecho nada por darle la vuelta a una situación que nunca quise ni acordé.

Él dijo se acabó y yo, de acuerdo.

Me sometí, porque era lo que había hecho desde siempre.

Pero ya no más.

Con el corazón desbocado, saqué mi teléfono del bolsillo y me dejé llevar por un impulso que me negaba a refrenar.

¿Qué podía perder?

# 49

Descolgó al segundo tono.

—Hola.

Cerré los ojos al escuchar su voz.

—Hola. Soy yo —dije sin apenas voz.

—Lo sé.

Cogí aire y lo solté de golpe. No sabía por dónde empezar. Tenía un propósito, pero no un plan para alcanzarlo. Quizá me había precipitado.

Sacudí la cabeza, no era el momento de dar rodeos ni dudar.

—Estuve en Londres hace un par de semanas.

—¿Sí?

—Sí. —Me humedecí los labios—. Por una casualidad acabé en la Saatchi Gallery. Y vi tus esculturas.

Se quedó en silencio y noté su tensión al otro lado del teléfono.

Esperé, pero no dijo nada.

—Ella... ¿Soy yo?

—Sabes la respuesta —susurró.

—¿Así es como me ves?

—Así es como eres, Lucía.

Su voz se deslizó por mis oídos como un torrente cálido y dulce.

Respiré profundamente.

—Tengo algo que decirte.

—Te escucho.

Tomé aire y me tragué los nervios. Quería sonar tan firme como me sentía, segura. No había espacio para la duda.

—Quiero que sepas que lo estoy haciendo bien. Me gusta la vida que tengo y cada día me esfuerzo un poco más para ser mejor. Para ser más fuerte. Más feliz. Ya no me da miedo estar sola. Pase lo que pase, sé que saldré adelante por mí misma. Pero también sé que a veces necesitaré ayuda y que no hay nada de malo en pedirla. Eso no me hace dependiente, solo humana. Planeo hacer muchas cosas y cumplir todos los sueños que pueda. Y si no se cumplen, cambiaré de sueños.

Se mantuvo en silencio, solo se oía su respiración, rápida y superficial.

Tomé aliento y continué:

—Ahora sé que puedo vivir sin ti, Román. Que, aunque no estés, el sol seguirá saliendo cada mañana, y yo mantendré la ilusión por las cosas pequeñas. Saldré a pasear, iré al cine y quedaré con amigos. No dejaré de sonreír y también lloraré, porque no puedo evitarlo. Ni quiero. Habrá días en los que esté triste y todo se me antoje difícil, pero sé que después encontraré motivos para reír, porque estoy bien. Estoy conmigo, me tengo, y eso es suficiente.

—No sabes cuánto me alegro de oírlo —dijo muy bajito y percibí su sonrisa.

—Lo que intento decirte es que... —Respiré hondo—. Ya no te necesito, Román. No te necesito.

—Eso es bueno.

Di un par de pasos hacia el acantilado, pero me detuve

cuando una ráfaga de viento me sacudió. Levanté la vista. El sol había comenzado su descenso y el cielo se había convertido en un manto anaranjado en el que ya podían verse un par de estrellas.

—Hay otra cosa que quiero decirte, pero tiene que ser cara a cara.

—Está bien.

—¿Cuándo podría verte?

—¿Te parece bien ahora?

No estaba segura de haberlo entendido.

—¿Qué?

—Ahora y aquí.

Me di la vuelta y allí estaba él, bajo el dintel de la puerta del faro, que se encontraba abierta. Por un momento, pensé que estaba perdiendo la cabeza y mis ganas de verlo me jugaban una mala pasada. Lo miré de arriba abajo mientras se guardaba el teléfono en el bolsillo. El pelo le caía por la frente, desordenado y sin un corte definido, como si solo lo hubiera dejado crecer durante todos estos meses.

—¿Has estado ahí todo el tiempo?

—Arriba, en la cúpula.

—¿Desde cuándo?

—Un par de horas, pero vengo casi todas las tardes a ver el atardecer. Este sitio me trae buenos recuerdos.

Miré arriba y contemplé la galería que rodeaba la vidriera. Era allí donde nos escondíamos cuando solo éramos unos adolescentes. Donde hablábamos durante horas. Donde nos besábamos hasta no sentir los labios.

Noté que se me calentaban las mejillas.

—Pero un tramo de la escalera se rompió hace años y pusieron una cerradura, ¿cómo has...?

—Es muy fácil forzarla y uní los dos tramos de escalera

con una tabla. También arreglé el pasamanos con una cuerda, es seguro subir —dijo como si nada.

—¿Cuándo hiciste todo eso?

—Hace cuatro años, después de instalarme con mi abuelo. Me escondía aquí cuando necesitaba estar solo.

—¿Por qué no me lo dijiste?

Una pequeña sonrisa se insinuó en sus labios y alzó las cejas como diciendo: «¿Me lo preguntas en serio?». Yo también sonreí.

—Ya, te habría pillado —convine. Me mordisqueé el labio, nerviosa—. Creía que estabas viviendo en Londres.

—Regresé hace tres semanas.

Lo miré con los ojos muy abiertos y me ruboricé hasta las orejas al darme cuenta de lo que eso significaba.

—¿Y has estado viniendo aquí todo este tiempo?

—Sí.

—Yo también.

—Lo sé.

Inspiré un par de veces y aparté la mirada. Cada tarde me había estado reuniendo allí con Román sin saberlo. Me sentaba en el banco y pensaba en él, en qué estaría haciendo, en cuánto lo echaba de menos; y él solo se encontraba a unos metros sobre mi cabeza.

Comencé a hacerme preguntas y cerré los ojos con fuerza. No quería saber sus razones. En realidad, no eran importantes. Nada antes de ese momento en el que había decidido sacar el teléfono y llamarlo lo era.

Román estaba a solo unos pasos de distancia y aún me parecía mentira.

Tan cerca... Tan lejos al mismo tiempo...

Recorrí su rostro y me perdí en sus ojos de color caramelo, que también me observaban. Su expresión era tranquila y dulce, pero en su mirada había anhelo. Dio un paso adelante y yo otro. Nos acercamos, como si estuviéramos imantados. Su olor me envolvió e incliné la barbilla, sobrepasada por la situación, por todos los sentimientos que revivían dentro de mi pecho como chispas, que prendían otras. Y otras.

Estábamos tan cerca que mi frente rozó la tela de su camisa. Vi que contenía el aire y que después lo soltaba muy despacio.

—Querías decirme algo cara a cara —susurró.

Asentí mientras respiraba su aliento y su voz me acariciaba la mejilla.

—Aquel día dijiste que no podíamos seguir juntos porque nos necesitábamos demasiado el uno al otro. Al principio no lo entendí, no le encontraba sentido, pero con el paso del tiempo lo hice. Lo comprendí. Y más adelante lo sentí, aquí dentro, que ya no te necesitaba —le dije llevándome la mano al pecho.

Lo miré a los ojos y vi en ellos un reflejo del mismo sentimiento que despertó en mí su escultura. Noté que el corazón se me encogía y luego se expandía, lleno. Proseguí:

—En ese momento dijiste algo más. Dijiste que ojalá algún día pudiéramos tener la oportunidad de elegirnos.

—Es verdad.

—Entonces tampoco entendí esa parte. Estaba demasiado enfadada y asustada como para darme cuenta de lo que querías decir.

Vi que tragaba saliva.

—¿Y ahora?

—Lo he comprendido.

—¿Y?

—Te elijo, Román. Elijo estar contigo, quedarme a tu lado, quererte como te quiero, y si tú también...

Sus labios me silenciaron con un beso brusco. Sus manos enmarcaron mi rostro mientras me acariciaba la boca con la suya y un sabor dulce se me pegaba a la lengua. Su sabor. Cuánto lo había echado de menos.

—Hace siglos que lo hice, Lucía. Desde entonces solo te he estado esperando.

Pestañeé, aturdida aún por las emociones. ¿Me estaba esperando?

—¿Y por qué no buscarme?

Sus dedos me rozaron los labios, dibujándolos. Lo vi inseguro.

—Porque no tenía ningún derecho a hacerlo. Tenía que darte la oportunidad de alejarte de mí, de que te desintoxicaras de nuestra relación. Que pudieras olvidarme para siempre y encontrar a alguien mucho mejor que yo. —Sacudió la cabeza—. Y si aun sabiendo cómo soy y todo el daño que te había hecho volvías conmigo, sabría que lo harías solo porque sería tu elección y no por una dependencia insana.

Asentí con un nudo en la garganta. Entendía sus razones y, en cierto modo, eso me demostraba lo mucho que yo le importaba. Su elección había sido renunciar a mí y dejarme ir para que pudiera ser feliz. Esperarme sin saber si regresaría algún día.

Alcé la barbilla y lo miré.

Se humedeció los labios mientras miraba los míos.

Apoyé la palma de la mano en su pecho y sentí sus latidos. Rápidos y constantes.

—He vuelto —susurré.

—Ya lo veo.

—¿Tú vas a quedarte?

—Haré todo lo que tú quieras que haga.

—Quiero que te quedes. Conmigo. Para siempre.

Me abrazó contra su pecho y sentí que por fin cada parte de mí encontraba su lugar y encajaba.

—No necesitas pedírmelo. A partir de ahora no pienso soltarte nunca.

Me eché hacia atrás y alcé una ceja. Después sonreí lentamente, con picardía.

—Nunca es mucho tiempo. Es lo mismo que decir para siempre.

—¿Percibo cierto tono de arrepentimiento? —me preguntó con aire travieso.

Me reí, porque esa era la reacción que buscaba en él. Me encantaba cuando jugábamos a molestarnos. A provocarnos. Era divertido.

Me mordí el labio, sin poder disimular la felicidad que me recorría el cuerpo.

—Puede —repliqué.

Román me rodeó la cintura con sus brazos.

—Lo siento, perdiste tu oportunidad. Ahora tienes que asumir las consecuencias.

—¿Y de qué consecuencias estamos hablando?

—Déjame pensar... —Frunció el ceño, cavilando—. Te besaré a todas horas.

Me derretí con el tono ronco de su voz.

—Creo que podré soportarlo.

—Y en todas partes.

—¡Qué atrevido! —exclamé.

De repente, me agarró el rostro y me lo llenó de besos. Me entró la risa y traté de escaparme. Me hacía cosquillas y, donde su boca me tocaba, me ardía la piel. El último beso lo depositó en mis labios. Los presionó con dulzura, despacio. Leves caricias que me robaban el aliento. Me dejé llevar, me perdí en la calidez de su boca, en la suavidad de sus manos.

Un baile lento y húmedo que nos dejó sin respiración.

Apoyó su frente en la mía y su pecho se llenó con una inspiración.

Me miró a los ojos.

—No te haces una idea de lo mucho que te quiero.

Le sonreí, emocionada.

—Voy a tener toda una vida contigo para comprobarlo.

—Me gusta cómo suena —suspiró, y me abrazó de nuevo.

Cerré los ojos y me aferré a su cuerpo.

Román apareció en mi vida cuando ninguno de los dos sabíamos aún lo que era el amor.

Lo descubrimos juntos, mientras aprendíamos a besar y a besarnos. Inocentes, porque así éramos entonces. El destino nos separó y luego nos hizo tropezar una y otra vez en los mismos errores. Hasta que aprendimos a no necesitarnos. A vivir sin el otro, aunque nos echáramos de menos.

Ahora, por fin habíamos encontrado el momento perfecto para ser.

Apoyé la cabeza en su pecho y contemplé la puesta de sol.

Observé los destellos que su luz dibujaba en el cielo.

Eran preciosos.

Suspiré con una sensación muy dulce.

—Hay otra cosa que quiero decirte —susurré.

—¿Qué?

—Me alegro de que siempre hayas sido tú.

# Epílogo

Metimos las tablas en el mar y nos adentramos chapoteando en la espuma.

Cuando el agua nos llegaba más arriba de la cintura, tomamos impulso con los pies desde el fondo de arena y nos subimos sobre las tablas. Comenzamos a remar con los brazos mar adentro. Pasamos el punto donde el grueso de las olas rompía y nos alejamos unos cinco metros. Entonces, nos sentamos con las piernas colgando a ambos lados y esperamos con la mirada en el horizonte una ola lo bastante grande para montarla.

Pasó una, y luego otra. Y apareció una tercera.

Era larga y avanzaba de lado. Se alzaba deprisa y tenía pinta de que iba a formar un tubo perfecto. Ladeé la cabeza y miré a Román. En su cara se dibujó una sonrisa enorme.

—Esa —susurré.

—¿Lista?

Asentí nerviosa y solté el aliento.

Giré para darle la espalda y me tumbé boca abajo. Empecé a remar muy rápido y en perpendicular y, cuando noté que la ola se elevaba y yo estaba dentro, me puse de pie. Flexioné las piernas y asenté los pies, y dejé que la memoria de mi cuerpo hiciese el resto.

Me deslicé por la pared de la ola mientras se iba cerrando. Fui haciendo giros para ganar velocidad y fluidez y, cuando se formó un tubo perfecto, me agaché con el corazón a mil y seguí deslizándome a la vez que sentía la fuerza del agua a mi alrededor.

Contuve la respiración y un torrente de adrenalina se derramó bajo mi piel.

Esta vez iba a conseguirlo, casi estaba fuera.

Me caí.

—¿En qué te has equivocado? —me preguntó Román cuando llegó a mi lado remando.

Lo miré malhumorada.

—¿En lo mismo de siempre? —repliqué con sarcasmo mientras me subía de nuevo a la madera.

—Pega el hombro a la pared y coloca la mano para sentir la curva.

—Lo sé, lo sé... Pero la culpa es de la tabla.

—Que Hugo no te oiga decir eso.

Se echó a reír y me salpicó con la mano.

—¿Quieres seguir?

Asentí con una sonrisa y me puse a remar en busca de otra ola.

Me encantaba hacer surf.

Hacía un año que Román había empezado a darme clases, el mismo tiempo que yo llevaba yendo a la consulta de una psicóloga especializada en fobias, y ambos me habían ayudado mucho. Ahora podía controlar el miedo, sabía canalizarlo y comprenderlo.

Continuamos pillando olas, pero, conforme avanzaba la tarde, estas se hicieron más pequeñas y fueron perdiendo fuerza hasta que todo a nuestro alrededor se quedó en completa calma.

Permanecimos sentados en las tablas, viendo cómo el

sol desaparecía poco a poco en el horizonte. No había viento ni ruido, solo se oía un ligero burbujeo cuando el agua chocaba contra la madera. Ladeé la cabeza y miré a Román, estaba absorto en el cambio de colores que tenía lugar frente a él, mientras una leve sonrisa tiraba de sus labios.

Me tumbé de espaldas y cerré los ojos. El mar se mecía con suavidad a mi alrededor y solo oía mi propia respiración. Cuando los abrí de nuevo, la noche se había abierto paso y en el cielo brillaban un sinfín de estrellas diminutas y una luna inmensa, reluciente y redonda.

—Te has dormido —me dijo Román en voz baja.

—¿Por qué no me has despertado?

—Estabas tan tranquila.

Me senté y al meter las piernas en el agua me estremecí. Estaba fría.

Miré a mi alrededor y me sorprendí de lo irreal que parecía el paisaje. El mar se había convertido en una piscina infinita de luz plateada. Contuve la respiración. Nunca había estado tan lejos de la orilla de noche, siempre nos quedábamos cerca de la arena, donde había poca profundidad y yo me sentía más segura.

Román me observó un poco más serio. Él también se había dado cuenta.

Exhalé despacio y moví las piernas. La temperatura era baja, pero no molesta. Hundí una mano y la agité, noté la resistencia del agua, las burbujas que se formaban entre los dedos. La inquietud que se extendía por mi estómago.

«La culpa no es del lugar, sino de los recuerdos que ese espacio nos trae a la mente. El truco está en crear nuevos recuerdos en ese mismo sitio que los desplacen», me había dicho la terapeuta durante una sesión.

Tomé una bocanada de valor y me bajé de la tabla con

decisión. Miré a Román, que me vigilaba con los hombros en tensión, intentando entender qué estaba haciendo. Yo tampoco lo tenía claro.

Inspiré hondo un par de veces y, sin pensarlo más, me sumergí.

Dejé que mi cuerpo se hundiera unos pocos metros.

A esa profundidad, la luz de la luna penetraba lo suficiente para que pudiera ver lo que me rodeaba.

Giré sobre mí misma. Ligera. Ingrávida.

Solo había agua. Burbujas que ascendían. La ausencia de ruido.

Solo estaba yo. No había nada a lo que tenerle miedo.

Y me lo repetí hasta que mi corazón se calmó.

Ahora yo era la sirena y ese mar oscuro, el lugar donde habitarían unos recuerdos mucho más felices.

Sonreí cuando la superficie se agitó y una espiral de burbujas me envolvió.

Cerré los ojos y esperé.

Sentí sus brazos rodeándome la cintura con firmeza.

Esperé.

Me abrazó contra su pecho y mi corazón tembló.

Esperé.

Su boca besó mi sonrisa, devolviéndome el aire.

Abrí los ojos y tomé su rostro en mis manos.

Lo miré, y noté un tirón en ese hilo invisible que solo conecta a las almas gemelas.

No importaba cuán profundo cayera.

Ni lo inmensa que fuese la oscuridad.

Porque él siempre estaría ahí, como un faro en medio del caos.

Iluminando el camino, devolviéndome a tierra.

Lo besé y emergimos con los cuerpos entrelazados.

Nuestros pulmones aspirando la brisa.

Permanecimos abrazados bajo un montón de estrellas titilantes.

Con el calor de un beso en los labios.

Con sabor a sal en la piel y sueño bajo los párpados.

Y la certeza de que sus ojos siempre serían lo primero que vería al despertar.

—Román...

—¿Sí?

—Vamos a casa.

# Agradecimientos

Este libro ha sido posible gracias a un equipo que siempre confía en mí, incluso cuando les doy motivos para dudar. Irene, Laura, Andrea, Anna, Javier y Aurora, me siento muy agradecida de trabajar con vosotros.

Gracias a mi familia, que hacen de mi mundo un lugar seguro en el que puedo ser yo.

A mis amigos, por aguantarme, consentirme y, sobre todo, quererme tanto.

A Antonio Luis y María, que se han convertido en familia.

A P. Hemos cambiado mucho, no siempre es fácil, pero sigue mereciendo la pena.

A J., mi musa y sana obsesión.

A vosotros, mis lectores, porque vuestro apoyo me ha permitido continuar este viaje, libro tras libro, por más incierto que pueda parecer a veces. Espero que sigamos compartiendo muchas historias, momentos y encuentros.

Y a ti, que me lees por primera vez.

Que este faro os traiga de vuelta.